PENELOPE DOUGLAS

ATÉ VOCÊ

Série Fall Away

Traduzido por Carol Dias

1ª Edição

2022

Direção Editorial:	**Arte de Capa:**
Anastacia Cabo	Bianca Santana
Preparação de texto:	**Tradução e diagramação:**
Wélida Muniz	Carol Dias
Revisão Final:	**Imagem de diagramação:**
Equipe The Gift Box	Freepik

Copyright © Penelope Douglas, 2013
Copyright © The Gift Box, 2022
This edition published by arrangement with Berkley, an imprint of Penguin Publishing Group, a division of Penguin Random House LLC

Todos os direitos reservados.
Nenhuma parte do conteúdo desse livro poderá ser reproduzida em qualquer meio ou forma – impresso, digital, áudio ou visual – sem a expressa autorização da editora sob penas criminais e ações civis.
Esta é uma obra de ficção. Nomes, personagens, lugares e acontecimentos descritos são produtos da imaginação da autora. Qualquer semelhança com nomes, datas ou acontecimentos reais é mera coincidência.

Este livro segue as regras da Nova Ortografia da Língua Portuguesa.

CIP-BRASIL. CATALOGAÇÃO NA PUBLICAÇÃO

D768a

Douglas, Penelope
 Até você / Penelope Douglas ; tradução Carol Dias. - 1. ed. - Rio de Janeiro : The Gift Box, 2023.
 304 p. (Fall away ; 2)

Tradução de: Until you
ISBN 978-65-5636-205-2

1. Romance americano. I. Dias, Carol. II. Título. III. Série.

CDD: 813
CDU: 82-31(73)

NOTA

Este livro não era para ter sido escrito.

Depois que *Intimidação* foi publicado, percebi que a história do Jared era tão importante quanto a da Tate e, falando com sinceridade, os leitores lutaram muito pelo ponto de vista dele; queriam saber o seu lado da história.

Por isso, minha gratidão é eterna. Amei escrever este livro e ver Jared crescer.

Embora possa ser lido como livro único, eu não recomendaria. Você vai gostar de ler o ponto de vista da Tate em *Intimidação*, e vai desejar saber o lado dele.

Isso dito, quero acalmar sua cabecinha se você leu *Intimidação*. Histórias de diferentes pontos de vista são complicadas e ninguém quer ser enganado e acabar comprando o mesmo livro duas vezes.

Trabalhei bastante para trazer algo diferente.

Esta NÃO é uma releitura de *Intimidação*.

É a história do Jared.

Dedicatória
Este livro é dedicado inteiramente aos leitores.
Agradeço por acreditarem em Jared e por pedirem que ele tivesse o próprio livro.

PRÓLOGO

Meu nome é Jared.
Meu nome é Jared.
Meu nome é Jared.

Continuei repetindo, uma e outra vez, tentando fazer meu coração parar de bater tão rápido. Queria sair para conhecer nossos novos vizinhos, mas estava nervoso.

Tinha uma criança morando na casa ao lado agora, ela devia ter uns dez anos, igual a mim. Eu sorri quando vi que ela usava boné e All Star de cano longo. As outras meninas do bairro não se vestiam assim, e ela era bonita também.

Apoiei-me no parapeito da janela, verificando a casa ao lado, cheia de música e vida. Ninguém morava ali há bastante tempo e, mesmo antes, eram apenas pessoas velhas.

Havia uma árvore grande entre a minha casa e a dela, mas eu ainda conseguia ver através das folhas verdes.

— Ei, docinho.

Virei a cabeça e vi minha mãe recostada à porta. Ela estava sorrindo, mas havia lágrimas em seus olhos e suas roupas estavam amarrotadas.

Ela estava enjoada de novo. Ficava assim toda vez que tomava as garrafas de bebida.

— Vi que temos vizinhos novos — continuou. — Você os conheceu?

— Não. — Neguei com a cabeça, olhando pela janela e desejando que ela fosse embora. — Eles têm uma menina. Nenhum menino.

— E você não pode ser amigo de uma menina? — A voz dela titubeou e a ouvi engolir. Sabia o que estava por vir, e meu peito se apertou.

Eu não gostava de falar com a minha mãe. Na verdade, não sabia como falar com ela. Eu passava muito tempo sozinho, e ela me irritava.

— Jared... — começou, mas não continuou. Depois de um momento, eu a ouvi se afastar e bater a porta do corredor. Deve ter ido para o banheiro, para vomitar.

Minha mãe bebia muito, especialmente nos fins de semana; e, de repente, perdi a vontade de conhecer a vizinha loira.

E daí se ela parecia legal e gostava de andar de bicicleta?

E que consegui ouvir *Alice in Chains* tocando em seu quarto? Pelo menos pensei ter sido no quarto dela. As cortinas estavam fechadas.

Fiquei de pé, pronto para me esquecer de tudo e preparar algo para comer. Minha mãe provavelmente não cozinharia naquela noite.

Mas aí a cortina do quarto da garota se abriu e eu parei.

Ela estava lá. *Aquele era o quarto dela!*

E, por algum motivo, eu sorri. Gostei de que o meu quarto ficava de frente para o dela.

Estreitei os olhos para enxergá-la melhor enquanto a garota abria as portas duplas, mas eles logo se arregalaram quando notei o que ela estava fazendo.

O quê? Ela era maluca?

Abri a janela e coloquei a cabeça para fora, no ar noturno.

— Ei! — gritei para ela. — O que você está fazendo?

Ela levantou a cabeça e minha respiração travou quando a vi balançar no galho em que tentava se equilibrar. Seus braços se agitaram de um lado para o outro, e saí da minha janela na mesma hora, subindo na árvore atrás dela.

— Cuidado! — gritei, quando ela se abaixou e agarrou o galho grosso.

Rastejei para a árvore, segurando o galho ao lado da minha cabeça para me apoiar.

Menina idiota. O que ela está fazendo?

Seus olhos azuis estavam enormes e ela ficou de quatro, segurando a árvore que balançava embaixo dela.

— Você não pode sair subindo em árvores sozinha — disparei. — Quase caiu. Venha aqui. — Estiquei-me para agarrar sua mão.

Meus dedos formigaram no mesmo instante, tipo quando uma parte do seu corpo fica dormente.

Ela se levantou, com as pernas tremendo, e segurei o galho acima da minha cabeça, levando nós dois até o tronco.

— Por que você fez aquilo? — ela reclamou atrás de mim. — Eu sei subir em árvores. Você me assustou, e por isso eu quase caí.

Olhei para ela ao nos colocar na parte interna e mais grossa da árvore.

— Claro que sabe. — E limpei as mãos na bermuda cargo cáqui.

Encarei a nossa rua, Travessa Fall Away, mas não consegui afastar das minhas mãos a sensação dela. Um zumbido se espalhou pelos meus braços e por todo meu corpo. Era como se todos os meus pelos estivessem se arrepiando, e eu meio que quis rir, porque fazia cócegas.

Ela apenas continuou lá, provavelmente fazendo bico, porém, depois de alguns segundos, ela se sentou ao meu lado. Nossas pernas balançavam juntas no galho.

— Então — falou, apontando para a minha casa. — Você mora ali?

— Sim. Com a minha mãe — afirmei, e a olhei bem a tempo de vê-la olhar para baixo e começar a brincar com os dedos.

Por alguns segundos, a menina pareceu triste, mas então suas sobrancelhas se juntaram e ela pareceu tentar não chorar.

O que foi que eu falei?

Ela ainda vestia o mesmo macacão de hoje mais cedo, quando estava tirando as coisas de dentro do caminhão com o pai. Seu cabelo estava solto e, além de um pouco de sujeira na calça, ela parecia limpa.

Ficamos lá sentados por um minuto, encarando a rua e escutando o vento farfalhar as folhas ao nosso redor.

Ela parecia bem pequena ao meu lado, como se a qualquer minuto fosse cair do galho, incapaz de se segurar.

Seus lábios viraram para baixo, e eu não sabia por que ela estava tão triste. Tudo que eu sabia era que não queria ir para lugar nenhum até ela se sentir melhor.

— Eu vi seu pai — comecei. — Onde está sua mãe?

Seu lábio inferior tremeu e ela me olhou.

— Minha mãe morreu no início do ano. — Seus olhos se encheram de lágrimas, mas ela respirou fundo várias vezes, como se estivesse tentando ser forte.

Nunca conheci uma criança com mãe ou pai mortos, e me senti mal por não gostar da minha.

— Eu não tenho pai — contei a ela, tentando fazê-la se sentir melhor. — Ele foi embora quando eu era bebê, e minha mãe diz que ele não era um bom homem. Pelo menos sua mãe não queria te deixar, né?

Claro que pareci um idiota. Não quis dar a entender que a experiência dela foi melhor que a minha. Só senti que deveria dizer qualquer coisa para fazê-la se sentir bem.

Até mesmo abraçá-la, que era o que eu realmente queria fazer no momento.

Mas não fiz. Mudei de assunto.

— Vi que seu pai tem um carro antigo.

Ela não me olhou, mas revirou os olhos.

— É um Chevy Nova. Não um carro antigo qualquer.

ATÉ VOCÊ

Eu sabia o que era. Queria ver se ela sabia.

— Gosto de carros. — Tirei meu tênis DC, deixando que caíssem no chão, e ela fez o mesmo com seu All Star vermelho. Nossos pés descalços balançavam no ar, para frente e para trás. — Vou correr no Loop algum dia — anunciei.

Seus olhos se animaram, e ela se virou para mim.

— Loop? O que é isso?

— É uma pista de corrida aonde as crianças grandes vão. Podemos ir lá quando estivermos no ensino médio, mas precisamos ter um carro. Você pode ir torcer por mim.

— Por que eu não posso correr? — Ela pareceu estar brava.

A menina estava falando sério?

— Acho que eles não deixam garotas correrem — expliquei, tentando não rir na cara dela.

Ela estreitou os olhos e voltou a encarar a rua.

— Você pode obrigá-los a deixar.

Os cantos dos meus lábios se ergueram e segurei a risada.

— Pode ser.

Totalmente.

Ela esticou a mão para eu apertar.

— Sou a Tatum, mas todo mundo me chama de Tate. Não gosto de Tatum. Entendeu?

Assenti e apertei a mão dela, sentindo uma onda de calor se espalhar pelo meu braço de novo.

— Sou o Jared.

CAPÍTULO UM

Seis anos depois...

Sangue se espalhou pelo meu lábio inferior e caiu no chão, como uma linha longa de tinta vermelha. Deixei empoçar na minha boca até escorrer, já que tudo doía demais até para cuspir.

— Pai, por favor — implorei, minha voz vacilando enquanto eu tremia de medo.

Minha mãe estava certa. Ele era um homem ruim, e desejei nunca tê-la convencido a me deixar passar as férias com ele.

Ajoelhei-me no chão, tremendo, com as mãos amarradas nas costas. A corda grossa beliscava minha pele.

— Está implorando, seu merda? — ele rosnou, e o cinto atingiu minhas costas também.

Fechei os olhos com força, estremecendo, conforme o fogo se espalhava pelas minhas omoplatas. Fechei a boca também, tentando não fazer nenhum barulho e respirar pelo nariz até as queimaduras pararem de arder. A pele dos meus lábios parecia estar esticada e inchada, e o gosto metálico e viscoso de sangue enchia a minha boca.

Tate.

Seu rosto brilhou na minha cabeça, e rastejei de volta para a minha mente, onde ela estava. Onde estávamos juntos. Seu cabelo da cor do sol voava pelo ar quando subimos nas pedras ao redor do lago. Sempre subia atrás dela, no caso de ela escorregar. Seus olhos azuis tempestuosos sorriram para mim.

Mas meu pai conseguiu se infiltrar.

— Não implore! Não peça desculpas! É isso que eu ganho por deixar aquela puta te criar todos esses anos. Nada mais que um covarde agora. É isso que você é.

Minha cabeça disparou para trás, e meu couro cabeludo pinicou quando ele me puxou pelo cabelo para que eu o olhasse nos olhos. Meu estômago embrulhou quando senti o cheiro da cerveja e do cigarro em seu hálito.

— Pelo menos Jax ouve — ele rosnou, meu estômago revirando. — Não é, Jax? — gritou ele, por cima do ombro. Meu pai me soltou e foi até o freezer no canto da cozinha, batendo duas vezes na tampa. — Ainda está vivo aí dentro?

Cada nervo do meu rosto se acendeu com dor quando tentei segurar as lágrimas. Não queria chorar nem gritar, mas Jax, o outro filho do meu pai, estava dentro do freezer há quase dez minutos. Dez minutos inteiros sem fazer nenhum barulho!

Por que meu pai estava fazendo isso? Por que punir Jax sendo que estava bravo comigo?

Mas permaneci em silêncio, porque era como ele gostava que os filhos ficassem. Se conseguisse o que queria, talvez deixasse meu irmão sair. Ele deveria estar congelando lá dentro, e eu não sabia se tinha ar suficiente. Quanto tempo alguém conseguia sobreviver em um freezer? Talvez ele já estivesse morto.

Meu Deus, ele era uma criancinha! Pisquei, segurando as lágrimas. *Por favor, por favor, por favor...*

— Então... — Meu pai foi até sua namorada, Sherilynn, uma viciada em crack que tinha o cabelo todo em pé, e seu amigo Gordon, um vagabundo assustador pra caralho que me olhava de um jeito estranho.

Os dois estavam sentados à mesa da cozinha, usando seja qual for a droga que estava no menu do dia, sem prestar nenhuma atenção ao que acontecia com as duas crianças indefesas naquele cômodo.

— O que vocês acham? — Meu pai colocou uma das mãos no ombro de cada um deles. — Como vamos ensinar o meu garoto a ser um homem?

Acordei no susto, minha pulsação batendo no pescoço e na cabeça. Uma gota de suor escorreu pelo meu ombro e eu pisquei, vendo meu próprio quarto e paredes entrarem em foco.

Está tudo bem. Respirei fundo. *Eles não estão aqui. Foi apenas um sonho.*

Eu estava na minha própria casa. Meu pai não estava aqui. Gordon e Sherilynn se foram há bastante tempo.

Está tudo bem.

Mas eu sempre tinha que me certificar.

Minhas pálpebras estavam pesadas pra caralho, porém me sentei e esquadrinhei o cômodo às pressas. A luz da manhã brilhava pela minha janela como uma buzina de ar, e ergui a mão para proteger meus olhos dos raios dolorosos.

Toda merda da minha cômoda estava jogada no chão, porém não era incomum que eu fizesse uma bagunça quando estava bêbado. Além daquela zona, meu quarto estava quieto e seguro.

Soltei um longo suspiro e inalei de novo, tentando acalmar meu coração, e continuei olhando de um lado para o outro. Só quando dei um giro completo que meus olhos enfim se fixaram no volume ao meu lado, debaixo das cobertas. Ignorando a dor entre os meus olhos por causa da bebedeira da noite passada, tirei as cobertas para ver quem fui idiota o bastante, ou estava bêbado o bastante, para deixar passar a noite inteira na minha casa.

Ótimo.

Outra porra de loira.

Em que merda eu estava pensando?

Loiras não são a minha. Elas sempre parecem boas garotas. Não são exóticas nem remotamente interessantes. Puras demais.

Pareciam a típica vizinha.

E quem queria aquilo?

Mas, nos últimos dias, quando os pesadelos começaram de novo, tudo que eu queria eram as loiras. Era como se eu tivesse alguma inclinação autodestrutiva para a única loira que eu amava odiar.

Embora... preciso admitir, a garota era gostosa. A pele era parecia macia e ela tinha belas tetas. Acho que ela disse algo sobre vir para casa passar as férias, que estudava na Purdue. Não acho que contei a ela que eu tinha dezesseis anos e ainda estava no ensino médio. Talvez revelasse aquilo quando ela acordasse. Só por diversão.

Joguei a cabeça para trás, com dor demais para sequer sorrir com a imagem dela surtando.

— Jared? — Minha mãe bateu, e virei a cabeça, me encolhendo.

Minha cabeça latejava como se alguém tivesse passado a noite enfiado uma faca lá, e eu não queria lidar com ela agora. Mas saí da cama de todo jeito e fui até a porta antes que a garota ao meu lado se mexesse. Abri só um pouco e encarei minha mãe com toda paciência que pude reunir.

Ela estava usando calça de moletom rosa e uma camisa de manga longa ajustada, arrumada para um domingo, na verdade, mas, do pescoço para cima, estava a bagunça de sempre. Ela estava com o cabelo preso em um coque, e a maquiagem do dia anterior estava borrada debaixo dos olhos.

Sua ressaca devia estar rivalizando com a minha. O único motivo para ela estar de pé e se movendo de um lado para o outro, era porque seu corpo estava bem mais acostumado que o meu.

Quando ela ficava sóbria, porém, dava para ver como era jovem. A maioria dos meus amigos, ao vê-la pela primeira vez, pensava que ela era minha irmã.

— O que você quer? — questionei.

Parecia que ela queria que eu a deixasse entrar, mas não ia rolar.

— Tate está indo embora. — Sua voz saiu baixa.

Meu coração começou a bater forte no peito.

Era hoje?

E subitamente foi como se uma mão invisível estivesse abrindo minha barriga, e estremeci com a dor. Não sabia se era da ressaca ou do lembrete de sua partida, mas cerrei os dentes para obrigar a bile voltar.

— E? — murmurei, sobrecarregando na arrogância.

Ela revirou os olhos para mim.

— E eu pensei que você pudesse levantar essa bunda e se despedir. Ela vai ficar fora por um ano, Jared. Vocês já foram amigos.

Sim, até dois anos atrás... Nas férias antes do primeiro ano do ensino médio, fui visitar meu pai e, ao voltar para casa, percebi que estava por conta própria. Minha mãe era fraca, meu pai era um monstro e Tate não era uma amiga, afinal.

Apenas fiz que não com a cabeça antes de bater a porta na cara da minha mãe.

Tá bom, como se eu fosse lá fora dar um abraço de despedida em Tate. Eu não estava nem aí e fiquei feliz por me livrar dela.

Apoiei-me na porta, sentindo o peso de mil tijolos cair em meus ombros. Tinha me esquecido de que ela iria embora hoje. Fiquei bêbado praticamente o tempo todo desde a festa do Beckman há dois dias.

Merda.

Consegui ouvir as portas do carro batendo do lado de fora e disse a mim mesmo para continuar onde estava. Eu não precisava vê-la.

Que ela vá estudar lá na França. A partida dela era melhor coisa que poderia acontecer.

— Jared! — Tensionei ao ouvir minha mãe me chamar lá debaixo. — O cachorro fugiu. É melhor você ir atrás dele.

Ótimo.

Quer apostar que ela soltou a droga do cachorro, para início de conversa? E quer apostar que ela o deixou sair pela porta *da frente*? Franzi as sobrancelhas com tanta força que chegou a doer.

Vesti o jeans da noite passada e abri a porta do quarto com tudo, sem me importar se a garota Purdue acordou, e desci as escadas.

Minha mãe estava esperando perto da porta da frente, segurando a coleira para mim e sorrindo como se fosse muito esperta. Arranquei a coisa de sua mão e fui lá para fora, para o quintal de Tate.

Madman costumava ser dela também, e ele não teria ido a mais nenhum lugar.

— Você veio me dar tchau? — Tate se ajoelhou no gramado, perto do Bronco de seu pai, e eu estanquei ao ouvir suas risadinhas encantadoras e incontroláveis. Ela estava sorrindo como se fosse manhã de Natal, e seus olhos bem estavam fechados enquanto Madman acariciava seu pescoço com o focinho.

Sua pele marfim brilhava com o sol da manhã e seus lábios carnudos e rosados estavam abertos, mostrando uma linda fileira de dentes brancos.

O cachorro estava claramente feliz também, abanando o rabo, brincalhão, e senti como se eu estivesse interrompendo.

Eles eram uma dupla e tanto, demonstrando amor um pelo outro, e minha barriga virou uma geleira.

Droga. Travei o maxilar.

Como ela fazia isso? Como sempre conseguia me deixar feliz por vê-la feliz.

Pisquei; com força.

Tate continuou falando com o cachorro:

— Ai, sim, eu também te amo! — Parecia que ela estava falando com uma criança, toda essa palhaçada fofa, e Madman continuava acariciando e lambendo seu rosto.

Ele não deveria amá-la tanto assim. O que ela tinha feito por ele nos últimos dois anos?

— Madman, vem — chamei. Não estava bravo de verdade com o cão.

Os olhos de Tate se ergueram para mim, e ela se levantou.

— Agora está sendo um babaca com o cachorro também? — A garota franziu o cenho, e foi aí que reparei no que ela vestia.

A camiseta da Nine Inch Nails que lhe dei quando ela tinha catorze anos. Meu peito apertou por alguma razão idiota e desconhecida.

Esqueci que ela a tinha.

Ok... não esqueci. Acho que não tinha percebido que ela *ainda* tinha a blusa.

Provavelmente nem se lembra de que fui eu quem a deu a ela.

Ajoelhei para colocar a guia na coleira de Madman, e torci os lábios de leve.

— Você está falando de novo, Tatum.

Eu não a chamava de Tate. Ela odiava "Tatum", então era o nome que eu usava.

Colei uma expressão entediada e altiva no rosto.

Ficaria mais feliz sem essa garota por perto, disse a mim mesmo. Ela não era nada.

E, mesmo assim, ouvi aquela vozinha lá no fundo da minha cabeça. *Ela era tudo.*

Balancei a cabeça, e a dor em seus olhos ficou evidente quando ela se virou para ir embora.

Ela não revidaria, acho. Hoje, não. A festa na sexta à noite, quando eu a humilhei e ela socou meu amigo Madoc na cara, deve ter sido coisa de uma vez só.

— É isso que você vai usar no voo? — perguntei, zombeteiro.

Deveria ter simplesmente saído andando, mas, porra, eu não conseguia parar de interagir com ela. Era um vício.

Ela voltou a se virar para mim, e seus dedos se fecharam em um punho.

— Por que da pergunta?

— Parece um pouco desleixada, só isso. — Mas essa era uma mentira deslavada.

A camiseta preta estava gasta, mas se agarrava ao corpo dela como se tivesse sido feita sob medida, e o jeans abraçava sua bunda, me dizendo exatamente como ela era quando estava nua. Com um cabelo longo e brilhoso e pele perfeita, ela parecia fogo e açúcar, e eu queria devorar e me queimar ao mesmo tempo.

Tatum era gostosa, mas não sabia disso.

E, loira ou não, aquele era o meu tipo.

— Mas não se preocupe — continuei. — Eu entendo.

Ela estreitou os olhos.

— Entende o quê?

Inclinando-me, eu lhe abri um sorriso presunçoso.

— Você sempre gostou de vestir minhas roupas.

Seus olhos se arregalaram e, a tirar pela pele corada, não havia dúvidas de que ela estava brava. A raiva cobria todo o seu rostinho duro.

Sorri para mim mesmo, porque, porra, eu amei.

Mas ela não saiu correndo.

— Espere aí. — A garota ergueu o indicador e se virou para ir até a caminhonete.

Mexendo embaixo do banco da frente, no pacote de emergência que seu pai mantinha lá, ela pegou algo e bateu a porta. No momento em que ela voltou aos bufos até mim, vi que trazia um isqueiro.

Antes que eu sequer me desse conta do que estava acontecendo, ela arrancou a camisa e expôs seu peitoral perfeito, coberto apenas por um sutiã esportivo sexy.

Meu coração quase se deslocou com a porra das batidas no meu peito.
Puta merda.

Observei, sem respirar, enquanto ela erguia a camisa, acendia o isqueiro e colocava bainha na chama, transformando a peça, pedaço a pedaço, em cinzas.

Filha da puta! Mas que merda deu nessa garota assim do nada?

Meu olhar se voltou para o seu e o tempo parou enquanto observávamos um ao outro, esquecendo o tecido em chamas entre nós. Seu cabelo dançou ao redor do corpo, e os olhos tempestuosos perfuraram minha pele, meu cérebro e minha habilidade de me mover ou falar.

Seus braços tremeram um pouco e sua respiração, embora estável, era profunda. A garota estava nervosa pra caramba.

Ok, então quebrar o nariz do Madoc na outra noite não foi um acaso. Ela estava revidando.

Passei os últimos dois anos do ensino médio fazendo da vida dela um inferno. Contando algumas mentiras, estragando alguns encontros, tudo para o meu próprio prazer. Desafiar Tate, fazer dela a chacota do ensino médio, fez meu mundo girar, mas ela nunca revidou. Não até agora. Talvez ela tenha pensado que, já que sairia da cidade, poderia jogar a precaução pelos ares.

Meus punhos se fecharam com energia renovada, e fiquei subitamente paralisado pelo tanto que sentiria falta disso. Não de odiá-la ou provocá-la.

Apenas. A falta. Dela.

E, com essa percepção, cerrei a mandíbula com tanta força que doeu.
Filha da puta.
Ela ainda era minha dona.

— Tatum Nicole! — seu pai gritou da varanda, e nós dois voltamos à realidade. Ele correu e largou a camiseta, pisando nela até apagar.

Meus olhos não deixaram os seus, mas o transe foi quebrado e finalmente fui capaz de respirar.

— Te vejo em um ano, Tatum — falei, esperando que soasse como uma ameaça.

ATÉ VOCÊ

Ela inclinou o queixo para cima e simplesmente me encarou, enquanto o pai a mandava entrar para vestir uma blusa.

Voltei para casa com Madman ao meu lado e sequei o suor frio da minha testa.

Caralho. Puxei o ar como se ele estivesse prestes a acabar.

Por que eu não conseguia tirar aquela garota de mim? Aquele showzinho pirotécnico também não me ajudaria a fazer isso.

A imagem ficaria na minha cabeça para sempre.

Medo se enraizou no meu cérebro com a percepção de que ela estava mesmo partindo. Eu não a controlaria mais. Ela viveria todos os dias sem pensar em mim. Iria a encontros com qualquer babaca que demonstrasse interesse. E, ainda pior, eu não a veria nem teria notícias dela. Tatum viveria uma vida sem mim, e eu estava assustado.

Tudo, de uma hora para outra, pareceu estranho e desconfortável. Minha casa, meu bairro, a ideia de voltar para a escola dali a uma semana.

— Foda-se — resmunguei, baixinho.

Essa merda tinha que acabar.

Eu precisava de uma distração. De muitas distrações.

Uma vez do lado de dentro, soltei o cachorro e subi para o meu quarto, tirando o celular do bolso pelo caminho.

Se fosse qualquer outro ligando, Madoc não atenderia tão cedo. Mas, para o seu melhor amigo, só precisou dois toques.

— Ainda. Estou. Dormindo — resmungou ele.

— Ainda está a fim de dar uma festa na piscina antes de as aulas voltarem? — perguntei, colocando *Crazy Bitch*, de Buckcherry, para tocar no dockstation na minha cômoda.

— Vamos falar disso agora? Ainda falta uma semana para as aulas. — Ele falava como se estivesse com metade do rosto enfiado em um travesseiro, mas era como ele se comunicava nos últimos dias. Depois de Tate ter quebrado o nariz dele na outra noite, o cara estava com dificuldade de respirar por uma de suas narinas.

— Hoje. Esta tarde — avisei, indo até a janela.

— Mano! — explodiu. — Ainda estou morto por causa de ontem.

E a verdade era que eu também estava. Minha cabeça ainda nadava com o álcool em que tentei me afogar na noite passada, mas de jeito nenhum eu poderia ficar lá sentado o dia inteiro, com apenas meus pensamentos como companhia.

Tate indo passar um ano na França.

Parada lá no quintal só de sutiã, ateando fogo nas coisas.

Afastei a imagem da cabeça.

— Então vá para a academia suar essa ressaca — ordenei. — Preciso de uma distração.

Por que acabei de dizer aquilo? Agora ele saberia que algo estava errado, e eu não gostava de as pessoas saberem das minhas merdas.

— Tate foi embora? — questionou, quase que com timidez.

Meus ombros tensionaram, mas mantive o tom estável ao vê-la sair de casa com outra camisa.

— O que tem ela? Vai dar a festa ou não?

A linha ficou em silêncio por alguns segundos antes que ele murmurasse:

— Uhum. — Parecia que o cara tinha mais a dizer, porém tomou a sábia decisão de calar a droga da boca. — Beleza. Não quero ver a mesma galera que vimos ontem à noite. Vamos convidar quem?

Observei o Bronco saindo da frente da casa e a porra da motorista loira que não se virou nem uma vez, apertei o telefone no ouvido.

— Loiras. Várias loiras.

Madoc exalou, rindo baixinho.

— Você odeia loiras.

Não todas. Apenas uma.

Suspirei.

— No momento, quero me afogar nelas. — Não estava nem aí se Madoc ligaria os pontos ou não. Ele não insistiria, e por isso era meu melhor amigo. — Mande as mensagens e arranje as bebidas. Vou cuidar da comida e aparecer em algumas horas.

Virei ao ouvir o mais puro gemido vindo da minha cama. A garota Purdue, esqueci o nome dela, estava acordando.

— Por que você não vem agora? Podemos passar na academia e depois arranjar as paradas — Madoc sorriu, mas meus olhos estavam fixos nas costas nuas da garota na minha cama. Seu virar e revirar havia empurrado o cobertor para baixo até mostrar o topo de sua bunda, e seu rosto estava virado para longe de mim. Tudo que eu via era sua pele e seu cabelo de sol.

Desliguei na cara de Madoc, porque minha cama era o único lugar em que eu queria estar.

ATÉ VOCÊ

CAPÍTULO DOIS

As semanas seguintes foram como mergulhar em uma caverna com um paraquedas perfeitamente bom, mas que eu recusava a usar. A escola, minha mãe, Jax, meus amigos... estavam em toda parte para eu poder me agarrar a eles, mas a única coisa que me fazia sair de casa todos os dias era a promessa de arrumar encrenca.

Irritado e puto da vida, me arrastei até Inglês III, tentando descobrir por que que eu ainda ia para a escola. Era a droga do último lugar em que eu queria estar. Os corredores estavam sempre cheios de gente, e ainda assim pareciam vazios.

Minha cara também estava uma merda. Meu olho esquerdo estava roxo e havia um corte em meu nariz por causa de uma briga de que eu não me lembrava. E mais, rasguei as mangas da minha camisa hoje de manhã, porque não conseguia respirar.

Não sei no que eu estava pensando, mas pareceu fazer sentido na hora.

— Senhor Trent, não se sente — a senhora Penley ordenou, quando entrei atrasado na aula. Todo mundo já tinha se sentado, e parei para encará-la.

Eu gostava de Penley tanto quanto de qualquer um, mas não deu para esconder o tédio que certamente estava estampado por todo o meu rosto.

— Como é que é? — perguntei, enquanto ela escrevia em um papelzinho cor de rosa.

Suspirei, sabendo exatamente o que aquela cor significava.

Ela me entregou.

— Você me ouviu. Vá ver o diretor — ela mandou, ao prender a caneta em seu coque alto.

Eu me animei, notando o tom ácido em sua fala.

Estar atrasado ou matar aula se tornou um hábito, e Penley estava puta. Tinha demorado bastante tempo também. A maioria dos professores já tinha me colocado para fora na primeira semana.

Sorri, euforia percorria o meu corpo a qualquer possibilidade de caos.

— Nenhum "por favor" nesse pedido? — provoquei, arrancando o papel de suas mãos.

Risos abafados e bufos explodiram pela sala, e Penley estreitou os olhos castanho-escuros para mim.

Mas ela nem vacilou, preciso admitir.

Virando-me, joguei o papel rosa no lixo e abri a porta, sem me importar se fecharia ou não atrás de mim quando saísse.

Suspiros e sussurros preencheram o ar, mas não era nada de novo. A maioria das pessoas desviava de mim por esses dias, mas minha postura desafiadora estava ficando cansativa. Pelo menos para mim. Meu coração não acelerava mais quando eu agia feito um babaca. Estava louco para elevar os riscos.

— Senhor Caruthers! — Ouvi Penley chamar, e me virei para ver Madoc saindo da aula também.

— É aquela época do mês, senhora Penley. — Parecia sério. — Já volto.

A risada que ressoou da sala de Penley foi bem clara dessa vez.

Madoc não era como eu. Todo mundo gostava dele. O cara poderia até te oferecer uma pilha de merda, e você pediria ketchup para acompanhar.

— Quer saber? — Ele correu até mim, apontando o polegar para a direção oposta. — A sala do diretor é por aquele lado.

Ergui a sobrancelha para ele.

— Tudo bem, tudo bem. — Ele balançou a cabeça, como se quisesse afastar o delírio de que eu ia mesmo ficar mofando na sala do diretor por sei lá quanto tempo. — Então, para onde estamos indo?

Puxei as chaves do bolso do jeans e coloquei os óculos escuros.

— Importa?

— Então o que você vai fazer com o dinheiro? — Madoc perguntou, ao conferir sua nova tatuagem.

Saímos da escola e procuramos por tatuadores que não pediam identidade. Encontramos um lugar chamado *The Black Debs*, sendo "debs" uma contração de "debutantes", o que não tinha feito muito sentido para mim até que olhei em volta e notei que toda a equipe era feminina.

Tínhamos menos de dezoito anos, então não era permitido por lei que fizéssemos tatuagens sem o consentimento dos nossos pais, mas elas não pareciam se importar.

Alguma garota chamada Mary tinha acabado de escrever "Fallen" nas costas de Madoc, só que o "e" parecia estar pegando fogo. Para mim, estava com cara de "o", mas não falei nada. Ele não estava fazendo perguntas sobre o que a minha significava, então não abriria aquela caixa de Pandora.

— Não posso fazer muita coisa com a grana agora — respondi, grunhindo quando a agulha cortou minha pele sobre a costela. — Minha mãe colocou a maior parte em um fundo para pagar a faculdade. Posso pegar quando me formar. Mas consegui ficar com um pouco. Estou pensando em comprar um carro novo e dar o GT para o Jax.

Meu avô materno faleceu no ano passado, deixando para mim algumas terras e uma cabana perto do Lago Geneva, em Wisconsin. A cabana estava caindo aos pedaços e não tinha nenhum valor sentimental para a família, então minha mãe concordou em vender a alguns caras que estavam interessados. Ela depositou a maior parte do dinheiro no banco, guardado a sete chaves.

Na verdade, me senti orgulhoso por ela insistir nisso. Não era normal que ela tomasse decisões tão responsáveis e adultas.

Mas eu não estava nada interessado em ir para a faculdade também.

Não queria pensar em como as coisas mudariam quando eu terminasse o ensino médio.

Meu telefone tocou, e o coloquei no silencioso.

Fechei os olhos enquanto *Cold*, de Crossfade, tocava no fundo e me deleitei com a picada da agulha. Não tinha ficado nada tenso nem pensei em muita coisa desde que entramos ali. Meus braços e pernas pareciam não pesar nada, e as toneladas de merda em meus ombros desapareceram.

Eu poderia me viciar nisso.

Sorri, me imaginando daqui a dez anos, todo coberto de tatuagens, só porque eu gostava da dor.

— Quer dar uma olhada? — Aura, minha tatuadora de dreadlocks, perguntou ao terminar.

Fiquei de pé e fui até o espelho da parede, analisando as palavras na lateral do meu torso.

O ontem dura para sempre. O amanhã nunca chega.

As palavras vieram do nada na minha cabeça, mas pareciam certas. A fonte era apenas ilegível o suficiente para não ficar fácil de ler, e era bem o que eu queria.

A tatuagem era para mim e ninguém mais.

Apertei os olhos e vi as gotinhas de sangue pingando no final da frase.

— Não pedi isso aqui. — Apontei, fechando a cara para Aura através do espelho.

Ela colocou óculos escuros e prendeu um cigarro apagado na boca.

— Não explico minha arte, garoto. — E foi em direção à porta dos fundos. Para fumar, presumi.

E, pela primeira vez em semanas, eu ri.

A gente tem que amar uma mulher que não te dá a mínima.

Pagamos e fomos comprar algo para comer, o que levamos para minha casa. Minha mãe tinha mandado mensagem dizendo que sairia com algumas amigas depois do trabalho, então eu sabia que a casa seria só minha por um tempo. Quando ela bebia, só voltava quando estava tonta.

E então, para azedar ainda mais o meu humor, havia um pacote, enviado da França, na minha porta.

Estava endereçado ao pai da Tate, e deve ter caído aqui por acidente. Quando veio almoçar, minha mãe o abriu sem saber, pensando que fosse nosso. Ela o deixou para mim com um bilhete, pedindo para colocar na casa ao lado quando eu chegasse em casa.

Mas não antes que a porra da curiosidade me vencesse.

Depois que Madoc entrou na garagem, para podermos comer enquanto trabalhávamos, abri as abas da caixa de papelão e as fechei na mesma hora. Um fogo forte e violento queimou meu sangue, e fiquei mais faminto do que estive em semanas. Não sabia o que havia na caixa, mas o cheiro de Tate estava em todo lugar, me dominando.

Minha breve alegria da tatuagem foi se esvaindo, sendo substituída por mijo e vinagre.

Larguei a coisa nos degraus da varanda da casa dela, então voltei correndo para a minha garagem para me jogar debaixo do carro e trabalhar.

— Segure a lanterna — ordenei a Madoc.

Ele se inclinou mais para frente conforme eu tentava soltar as velas de ignição do meu carro.

— Faz direito — ele reclamou. — Essas coisas quebram com muita facilidade se você não tomar cuidado.

Parei e apertei a chave com mais força, estreitando os olhos para ele.

— Acha que eu não sei disso?

Ele pigarreou e desviou o olhar, e pude sentir o julgamento vindo dele.

Por que eu estava ladrando para ele?

Olhei para baixo, balancei a cabeça e fiz mais pressão no plugue. Minha mão escapuliu e meu corpo foi para frente quando ouvi o estalo.

— Merda — resmunguei, jogando a chave debaixo do capô, onde ela desapareceu em algum lugar na bagunça.

Filho da puta.
Agarrei a lateral do carro.
— Pegue a chave de vela.
Madoc se inclinou para a mesa de ferramentas atrás de si.
— Nenhum "por favor" nesse pedido? — Ele ecoou minhas palavras ao pegar o que pedi para conseguir retirar a vela da ignição.
Era uma merda lidar com aquilo e ele, provavelmente, estava dando tapinhas nas próprias costas por ter me avisado.
— Sabe... — o cara começou, soltando um suspiro. — Eu deveria manter a boca fechada, mas...
— Então mantenha fechada.
Madoc tirou a lanterna de debaixo do capô, e saltei para trás, saindo da frente quando ele a arremessou do outro lado da garagem, onde a coisa se estilhaçou contra a parede.
Jesus Cristo!
O comportamento geralmente relaxado foi substituído pela raiva. O olhar estava penetrante, e a respiração, ofegante.
Madoc estava bravo, e eu soube que tinha ido longe demais.
Travando o maxilar, voltei a me inclinar para o carro, apoiando as mãos lá, e me preparei para o seu colapso. Acontecia raramente, o que aumentava o impacto.
— Você está se afundando, cara! — ele gritou. — Não vai para a aula, está puto com todo mundo, brigamos o tempo inteiro com idiotas aleatórios e eu tenho cortes e hematomas para provar. Que porra é essa? — Cada palavra preencheu o cômodo. Havia significado e verdade em tudo que ele estava dizendo, mas não eu não queria encarar aquilo.
Tudo parecia errado.
Eu estava faminto, mas não de comida. Queria rir, mas nada era divertido. Tudo que normalmente me animava não fazia meu coração acelerar mais. Até mesmo minha própria vizinhança, que costumava me trazer conforto por sua familiaridade e gramados limpos, parecia estéril e sem vida.
Eu estava preso dentro de um pote, sufocando com tudo que eu queria, mas nada que me desse ar para respirar.
— Ela vai voltar daqui a oito meses. — A voz calma de Madoc rastejou para os meus pensamentos, e eu pisquei, levando um momento para perceber que ele estava falando da Tate.
Balancei a cabeça.

Não.
Por que ele disse aquilo?
Isso não era por causa dela. Eu. Não. Precisava. Dela.

Fechei o punho ao redor da chave e endireitei a coluna, querendo enfiar as palavras dele de volta em sua goela.

O olhar dele desceu para a minha mão direita, que segurava a ferramenta, então voltou para o meu rosto.

— O quê? — desafiou. — O que você acha que vai fazer?

Eu queria bater em alguma coisa. Qualquer coisa. Até no meu melhor amigo.

O toque do meu telefone pôs fim ao impasse ao vibrar no meu bolso. Peguei o aparelho, sem afastar o olhar do meu amigo.

— O quê? — disparei para o telefone.

— Ei, cara. Estou tentando te ligar o dia inteiro — meu irmão, Jax, disse, com a voz um pouco abafada.

Minha respiração não estava desacelerando, e meu irmão não precisava de mim desse jeito.

— Não posso conversar agora.

— Ótimo — ladrou ele. — Então vai se ferrar. — E desligou.

Droga, filho de uma puta desgraçado.

Apertei o telefone, querendo quebrá-lo.

Meus olhos dispararam para Madoc, que balançava a cabeça, e jogou uma estopa na mesa de trabalho em seguida saiu da garagem.

— Merda — falei, entredentes, ao discar o número do Jax.

Se eu precisava ficar equilibrado por alguém, era pelo meu irmão. Ele precisava de mim. Depois que dei o fora da casa do meu pai há dois anos, reportei o abuso. O do meu irmão, não o que foi feito a mim. Ele foi retirado daquela casa e colocado no acolhimento familiar, já que não conseguiram encontrar a mãe dele.

Eu era tudo o que ele tinha.

— Desculpa — soltei, nem mesmo esperando que ele dissesse "alô" quando atendeu. — Estou aqui. O que há de errado?

— Você pode vir me buscar?

É, não com as velas de ignição arrancadas do meu carro. Mas Madoc ainda estava lá com o dele, provavelmente.

— Onde você está? — perguntei.

— No hospital.

ATÉ VOCÊ

CAPÍTULO TRÊS

— Com licença, posso ajudar? — uma enfermeira chamou por trás de mim quando invadi as portas duplas de vaivém. Tinha certeza de que deveria falar primeiro com ela, mas a mulher poderia enfiar aquela prancheta no rabo se quisesse. Eu precisava encontrar meu irmão.

As palmas das minhas mãos estavam suando, e eu não tinha ideia do que aconteceu. Ele desligou depois de dizer onde buscá-lo.

Já o encontrei sozinho, e ferido, uma vez. Nunca mais.

— Calma, cara — Madoc se meteu, por trás de mim. — Vai ser bem mais rápido se perguntarmos onde ele está. — Não tinha nem percebido que ele havia me seguido até aqui.

Meus sapatos guinchavam no piso de linóleo conforme eu passava correndo pelos corredores, empurrando cada cortina até finalmente encontrar meu irmão.

Ele estava sentado em uma cama, com as pernas longas penduradas de lado e a mão na testa. Estiquei a mão até seu rabo de cavalo e puxei sua cabeça para trás, querendo dar uma olhada em seu rosto.

— Ai, merda! — gemeu.

Acho que eu podia ter sido mais gentil.

Ele estreitou os olhos para protegê-los da iluminação florescente e reparei nos pontos em sua sobrancelha.

— Senhor Trent! — uma voz feminina rugiu às minhas costas, mas não tinha certeza se era comigo ou com Jax, já que ambos carregamos o sobrenome do nosso pai.

— Mas que droga aconteceu com ele? — Eu não perguntaria ao Jax. Os outros eram os culpados.

Meu irmão era apenas uma criança e, embora fosse só um pouco mais de um ano mais novo que eu, ainda era mais novo.

E tinha uma vida de merda.

A mãe dele era indígena e mal tinha completado dezoito anos quando engravidou dele. Embora ostentasse os olhos azuis de nosso pai, o resto de sua aparência vinha dela.

Seu cabelo provavelmente era preto, mas parecia um tom mais claro e ia até a metade das costas. Certas partes foram trançadas e então tudo foi preso em um rabo de cavalo no meio da cabeça. Sua pele era um pouco mais escura que a minha, e tudo isso ficava ofuscado por seu sorriso brilhante.

Uma mulher atrás de nós pigarreou.

— Não sabemos o que aconteceu com ele — explicou. — Ele não quer dizer.

Não dei as costas a Jax para ver com quem estava conversando. Poderia ser uma médica ou assistente social. Ou policial. Não importava. Todos olhavam para mim do mesmo jeito. Como se eu merecesse uma surra ou algo nessa linha.

— Estou te ligando há horas — Jax sussurrou, e prendi a respiração quando reparei que seu lábio estava inchado também. Seus olhos estavam implorando. — Pensei que você chegaria aqui antes que eles fossem chamados pelos médicos.

Então eu soube que era a assistente social, e me senti um idiota. Ele precisou de mim hoje e eu fodi com tudo de novo.

Fiquei entre ele e a mulher, ou talvez fosse ele que estivesse se escondendo das vistas dela. Não dava para saber.

Mas o que eu sabia era que Jax não queria ir com ela. Minha garganta se fechou e o nó lá de dentro inchou tanto que eu precisava machucar alguém.

Tate.

Ela sempre era a minha vítima de escolha, mas também esteve em cada memória boa que tive.

Meu cérebro piscou com o único lugar que estava intocado pelo ódio e o desespero.

Nossa árvore. Minha e de Tate.

Por um segundo, me perguntei se Jax tinha algum lugar em que se sentia seguro, aquecido, como um inocente.

Eu duvidava. Ele já experimentou um lugar assim? Experimentaria algum dia?

Não fazia a mínima ideia de como tinha sido a vida do meu irmão. Claro, provei um pouco dela durante as férias que passei com nosso pai, quando eu tinha catorze anos, mas Jax teve uma vida inteira daquela merda. Sem mencionar as casas de acolhimento ao longo dos anos. Ele me olhava como se eu fosse a porra do mundo dele, e eu não tinha as respostas. Não tinha nenhum poder. Nenhuma forma de protegê-lo.

— O senhor Donovan fez isso com você? — a assistente social perguntou a Jax sobre seu pai do acolhimento familiar, Vince.

ATÉ VOCÊ

Ele me olhou antes de responder, sabendo que eu saberia que ele estava mentindo.

— Não — falou.

E todos os músculos dos meus braços e pernas queimaram.

Ele estava mentindo.

Jax não estava mentindo para proteger Vince. Meu irmão sabia que eu poderia dizer quando ele não estava falando a verdade. Era a forma como ele hesitava e me olhava antes de mentir. Eu sempre sabia.

Não, ele não estava enganando a mim; estava enganando a mulher.

Jax e eu resolvemos nossas coisas.

— Ok — a moça da prancheta, para quem finalmente me virei para fazer contato visual, falou —, vamos facilitar para você. Vamos assumir que ele foi o responsável e te levar para um abrigo hoje à noite até encontrarmos outra casa.

Não. Fechei os olhos.

— Seus filhos da puta — saiu engasgado; meu estômago se afundou quando tentei manter as emoções controladas por Jax.

Por toda a vida, meu irmão dormiu em camas estranhas e viveu com pessoas que não o queriam de verdade. Quando ele era criança, meu pai o carregava de um lugar de merda a outro, e o deixava em locais degradados o tempo todo.

Já chega. Jax e eu tínhamos que ficar juntos. Éramos mais fortes juntos. Era só uma questão de tempo até que a pouca inocência que ele ainda tinha desaparecesse e seu coração ficasse duro demais para que qualquer coisa boa crescesse.

Ele ficaria igual a mim, e eu queria gritar pra caralho com essas pessoas que não conseguiam amá-lo mais do que qualquer outra coisa. Crianças não precisam apenas de comida e um lugar para dormir. Precisam se sentir seguras e queridas. Precisam sentir confiança.

Vince não tirou isso do meu irmão essa noite, porque Jax nunca pôde contar com ele, para início de conversa. Mas o homem se certificou de que ele voltaria para um abrigo e, de novo, me colocou em uma posição onde deveria lembrar ao meu irmão que eu não poderia ajudá-lo. Não poderia protegê-lo.

E, caramba, eu odiava aquela sensação.

Tirei um maço de dinheiro do bolso, puxei meu irmão para um abraço e enfiei a grana na sua mão. Sem nem olhar para ele, dei meia-volta e saí de lá o mais rápido que pude.

Eu não merecia o olhar em seu rosto.

Mas eu sabia de uma coisa. Sabia como revidar.

— Estamos indo para onde eu acho? — Madoc apareceu do meu lado, e não me surpreendi por ele ainda estar aqui.

O cara era um bom amigo, e eu não o tratei tão bem como merecia.

— Você não tem que vir — alertei.

— Você iria se fosse comigo? — perguntou, e o encarei como se ele fosse um idiota. — É. — Ele assentiu. — Foi o que eu pensei.

Madoc parou na casa de Donovan meia hora depois, e desci do carro antes mesmo que ele parasse. Era tarde, as luzes estavam apagadas e a vizinhança parecia morta, o ronco profundo do GTO do Madoc era o único ruído.

Virei para encará-lo e falei por cima do teto do carro.

— Você precisa ir.

Ele piscou, provavelmente sem saber se me ouviu direito.

Eu fiz o cara passar por poucas e boas mês passado, meio que excedi os limites. Claro, brigar era divertido. Nós nos perdermos em várias garotas era um entretenimento moderado, mas Madoc não pularia do penhasco se eu não o guiasse até lá.

Ele caminharia até a borda?

Claro.

Daria uma espiadinha?

Com certeza.

Mas não daria o primeiro passo. Sempre era eu quem o empurrava ou o deixava cair. Em uma dessas vezes, porém, ele não se levantaria; e seria minha culpa.

— Não — ele respondeu, decidido. — Não vou a lugar nenhum.

Abri um meio-sorriso, sabendo que seria quase impossível obrigá-lo a ir embora.

— Você é um bom amigo, mas não vou te arrastar nessa comigo.

Peguei o celular dentro do bolso do jeans e liguei para a polícia.

— Alô. — Meus olhos ficaram em Madoc enquanto eu falava com o atendente. — Estou na alameda Moonstone, 1248, em Weston. Alguém invadiu nossa casa e precisamos da polícia. E de uma ambulância. — Desliguei, encarando sua expressão assustada. — Eles chegarão em uns oito minutos — avisei. — Vá acordar minha mãe. Você pode fazer isso por mim.

Alguém, provavelmente um guardião legal, teria que pagar a fiança.

Percorri o caminho até a casa de dois andares de tijolinhos vermelhos e marrons, eu conseguia ouvir a TV lá dentro. Parei diante dos degraus, preocupado por não ter ouvido Madoc arrancar com o carro ainda, porém ainda confuso para o meu coração estar batendo tão devagar.

Por que eu não estava nervoso? Ou empolgado?

Parecia que eu estava prestes a entrar em um restaurante e pedir um milkshake.

Com Tate, eu enlouquecia com a emoção de como ela reagiria. Era o suficiente para me satisfazer dia sim, dia não. Odiava admitir, mas ela estava sempre na minha cabeça. Eu vivia para ter aquele primeiro vislumbre seu pela manhã ou qualquer outra interação durante o dia.

Estreitei os olhos para a luz vibrante da tela da televisão que escapava para fora da casa e respirei fundo.

O filho da puta ainda estava acordado.

Que bom.

Nas raras ocasiões em que Vince Donovan e eu interagimos, nos toleramos mutuamente. Ele falava comigo como se eu fosse um arruaceiro, e tratava meu irmão do mesmo jeito.

Ao subir os degraus da varanda, escutei Madoc dar a partida. Atravessei a porta da frente e entrei na sala, preenchendo a porta ao pairar por ali.

Vince nem pestanejou ao disparar:

— Que merda você está fazendo aqui?

Pegando a longa haste de madeira do abajur ao meu lado, arranquei o fio da parede.

— Você machucou meu irmão — falei, cheio de calma. — Estou aqui para acertarmos as contas.

CAPÍTULO QUATRO

— Você não precisava pagar minha fiança. — Passei a língua sobre a deliciosa picada no corte no canto da minha boca.

— Não paguei — James, o pai da Tate, respondeu. — Foi a sua mãe.

Ele guiava o carro pelas curvas silenciosas da nossa vizinhança. O sol espiava por entre as árvores, fazendo as folhas vermelho-douradas brilharem como fogo.

Minha mãe? Ela estava lá?

Madoc e James passaram a noite na delegacia, esperando que eu fosse solto. Eu tinha sido preso, autuado e acabei dormindo em uma cela.

Sábias palavras sobre esperar que paguem sua fiança: nada acontece até o amanhecer.

Mas se foi minha mãe quem me liberou, então onde ela estava?

— Ela está em casa? — indaguei.

— Não, não está. — Ele virou uma esquina, reduzindo a marcha do Bronco. — Ela não estava em condições de te ajudar, Jared. Acho que você sabe disso. Sua mãe e eu conversamos noite passada na delegacia e ela decidiu que era hora de passar um tempo no Centro Haywood.

Os olhos azuis de James estavam concentrados no para-brisa, uma infinidade de coisas que ele nunca diria fervendo por trás deles.

Naquele aspecto, Tate e ele eram iguais. Se James gritasse, então você sabia que era hora de calar a boca e prestar atenção. Ele raramente dizia algo que não fosse importante e odiava conversas desnecessárias.

Ficava bem claro quando ele e a filha chegavam ao limite.

— Reabilitação? — questionei.

— Já estava na hora, não acha? — devolveu.

Apoiei a cabeça no descanso do banco e olhei pela janela. Sim, acho que estava.

Mas certa apreensão rastejou de volta para minha cabeça.

Eu estava acostumado com a forma como minha mãe vivia. Como eu vivia. James poderia nos julgar. Outros talvez sentissem pena de mim. Mas era o nosso normal.

Eu não era de sentir pena de crianças pobres ou de pessoas em situação difícil. Se aquilo era tudo o que conheciam, então não era bem sofrer, não importa como outras pessoas olhassem para aquilo. Era a vida delas. Era um inferno para elas, claro, mas também era familiar.

— Por quanto tempo? — Eu ainda era menor. Não tinha muita certeza de como seria com ela longe.

— Pelo menos um mês. — Ele virou o carro na entrada da casa e a luz da manhã fez a árvore entre as janelas de Tate e a minha brilharem como sol sobre um lago.

— E como é que eu fico? — perguntei.

— Uma coisa de cada vez — ele suspirou, e nós saímos do carro. — Hoje, você está comigo. Vai tomar banho, comer e dormir por algumas horas. Vou te acordar para almoçar, depois conversaremos. — Antes de chegarmos aos degraus, ele me entregou uma bolsa que estava no banco de trás. — Sua mãe separou algumas roupas. Vá para o quarto da Tate, tome um banho e vou fazer algo para você comer.

Estanquei. *No quarto da Tate? De jeito nenhum!*

— Não vou dormir no quarto dela. — Fechei a cara, meu coração batendo com tanta força e tão rápido que mal consegui respirar. — Fico no sofá ou algo assim.

Ele parou antes de destrancar a porta da frente e virou a cabeça para me prender com uma estranha expressão de "não fode comigo".

— Temos três quartos, Jared. O meu, o da Tate e o outro é um escritório. A única cama disponível é a dela. — Ele mostrou os dentes em cada sílaba, como se estivesse falando com uma criança. — É lá que você vai dormir. Não é difícil. Agora, banho.

Eu o encarei por alguns segundos, com os lábios franzidos, sem piscar. Ocupado demais pensando em uma resposta.

Mas era caso perdido.

Por fim, apenas soltei um suspiro gigante, porque era tudo que eu podia fazer. O homem passou a noite na delegacia e estava tentando ajudar minha mãe.

Eu pisaria no quarto da Tate pela primeira vez em dois anos. E daí? Eu podia encarar aquela e, caramba, eu ouviria a garota resmungar lá da França se soubesse que eu estava lá.

Na verdade, sorri com aquele pensamento, e meu sangue aqueceu como se eu tivesse acabado de engolir mais de vinte pacotinhos de bala azedinha em pó.

Fechei os olhos, me deleitando com aquele sentimento acolhedor de que tanto senti falta. Aquele que deixava meu coração acelerado e gritando: você ainda está vivo, mané!

James desviou para a cozinha, enquanto me dirigi para o quarto de Tate, minhas pernas tremiam conforme eu me aproximava.

A porta estava aberta. Estava sempre aberta. Tate nunca teve nada para esconder como eu. Entrei com passos suaves como se estivesse explorando um terreno instável, circulei o quarto e fiz um inventário do que mudou e do que não mudou.

Uma coisa que sempre apreciei nessa garota era sua aversão pela cor rosa, a menos que estivesse combinada com preto. As paredes tinham duas metades: em cima era um papel de parede listrado preto e branco e embaixo era pintado de vermelho, uma faixa de madeira separava ambas as partes. Sua roupa de cama cinza-escuro com desenhos de folhas pretas por todo lado, e havia alguns castiçais, fotos e pôsteres espalhados pelas paredes.

Muito organizado e muito Tate.

Também reparei que não havia nada meu ali. Nenhuma foto nem lembranças de quando éramos amigos. Eu sabia o motivo, mas não entendia por que me incomodava.

Larguei a bolsa no chão e fui até seu CD player, que ela tinha desde sempre. Também havia um dock para um iPod que não estava lá. Provavelmente foi com ela na França.

Uma curiosidade do caralho me remoeu, então comecei a apertar os botões para ligar o CD player. Sabia que ela não escutava rádio, porque achava que a maioria das músicas que tocavam nas rádios era uma merda.

Dearest Helpless, de Silverchair, começou a tocar, e não consegui evitar o tremor em meu peito da risada que tentei segurar. Voltei para a cama, me deitei e deixei a música me segurar firme.

— Não entendo como você consegue ouvir essa merda alternativa, Tate.

Eu me sentei na cama, fazendo careta para ela, mas incapaz de controlar o sorriso que queria sair. Eu pegava no pé da garota, mas amava simplesmente vê-la feliz.

E ela estava tão fofinha naquele momento.

— Não é uma merda — argumentou, e arregalou os olhos para mim. — É o único CD que eu já tive do qual consigo ouvir todas as músicas com o mesmo prazer.

ATÉ VOCÊ

Apoio-me nas mãos e suspiro.

— É uma choradeira — pontuo, e ela franze os lábios, tocando sua guitarra imaginária.

Observá-la, algo que eu poderia fazer a cada minuto do meu dia, provava que estava falando por falar. Eu assistiria a um milhão de shows do Silverchair por ela.

As coisas estavam mudando entre nós. Ou talvez fosse apenas eu, sei lá. Esperava que estivesse acontecendo com ela também.

O que antes era amigável e simples, agora está diferente. Caramba, nesses últimos tempos, a cada minuto em que a via, tudo que eu queria fazer era agarrá-la e beijá-la. Sentia como se houvesse algo de errado comigo. Meu corpo aquecia toda vez que ela usava aqueles shorts curtinhos como o de agora. Até a camisa preta e larga da Nine Inch Nails *me excitava.*

Porque era minha.

Ela pegou emprestada um dia e nunca mais devolveu. Ou eu devo ter dito que ela podia ficar. Uma noite, quando reparei que ela estava dormindo com ela, não quis mais de volta. A ideia de a minha camisa cobrir seu corpo adormecido me fazia sentir como se ela fosse minha. Eu gostava de estar perto dela mesmo quando eu não estava aqui.

— Aaah, eu amo essa parte! — Ela soltou um gritinho assim que o refrão começou, e se balançou mais forte com seu instrumento invisível.

Até mesmo o mínimo balançar dos seus quadris ou seu nariz franzido deixava minha calça mais apertada. Mas que porra? Só tínhamos catorze anos. Eu não deveria ter essas ideias, mas, caramba, não conseguia evitar.

Quer dizer, merda, ontem eu não consegui nem vê-la fazer o dever de matemática, porque sua expressão pensativa era tão fofa que senti um impulso forte de puxá-la para o meu colo. Não tocá-la era uma merda.

— Tudo bem, não aguento mais — solto, ao me levantar da cama para desligar a música. Qualquer distração para deter a ereção que estava se formando na minha calça.

— Não! — a garota gritou, mas consegui ouvir o riso em sua voz quando ela agarrou meus braços.

Cutuquei de leve embaixo do seu braço, porque sabia que ela sentiria muita cosquinha. Ela se contorceu, mas agora que a toquei, não queria parar. Cutucamos um ao outro, nós dois tentando chegar ao CD player.

— Tá bom, vou desligar! — bradou, em meio a um ataque de risos quando meus dedos se moveram para a sua barriga. — Mas para! — Ela riu, caindo sobre mim, e fechei os olhos quando minhas mãos permaneceram em seus quadris e meu nariz em seu cabelo.

O que eu queria dela me assustava. E tive medo de que a assustaria também.

Sabia que, com certeza, assustaria o pai dela.

Mas eu esperaria, porque não havia outra escolha. Pelo resto da vida, eu não queria mais ninguém.

Era hora de crescer e contar a ela.

— *Vamos para o lago hoje à noite* — *sugeri, com mais suavidade do que gostaria. Minha voz ficou embargada, e não tinha certeza se era de nervosismo ou medo. Talvez os dois.*

Nosso lago de pesca era onde precisava acontecer. Era onde eu queria dizer que a amava. Íamos muito para lá. Fazíamos piqueniques ou só dávamos caminhadas. Não era incomum que fugíssemos e pegássemos as bicicletas para ir até lá de noite.

Ela se apoiou para trás e me encarou com um sorriso despreocupado.

— *Não posso. Hoje não.*

Meus ombros caíram um pouco, mas me recuperei.

— *Por quê?*

Ela não me olhou, mas empurrou o cabelo por trás da orelha e andou até a cama para se sentar.

Pavor invadiu meu cérebro como um grande e gordo rinoceronte. Ela me diria algo de que eu não iria gostar.

— *Eu vou ao cinema* — *ela me informou, com um sorriso de lábios fechados.* — *Com Will Geary.*

Engoli em seco, sentindo o baque em meu peito quase quebrar uma costela. Will Geary era da nossa turma, e eu o odiava. Ele passou o ano rodeando Tate. O pai dele e o dela jogavam golfe juntos, e aquela era uma parte de sua vida em que eu não estava envolvido.

Will Geary não era melhor que eu em nada. A família dele não tinha mais dinheiro ou uma casa melhor. Mas sua família era envolvida com a da Tate e meus pais eram... bem, não eram envolvidos com nada. O pai dela tentou me levar para jogar golfe uma ou duas vezes, mas nunca deu certo. Consertar carros era a nossa conexão.

Estreitei os olhos, tentando esconder a raiva.

— *Quando isso aconteceu?*

Ela só fez contato visual comigo por um segundo. Dava para dizer que ela estava desconfortável.

— *Ele me chamou ontem quando nossos pais jogaram golfe juntos.*

— *Ah* — *praticamente sussurrei, e meu rosto se aqueceu.* — *E você disse sim?*

Ela mordeu os lábios e assentiu.

Claro que ela disse sim. Demorei pra caramba, e outro cara apareceu.

Mas ainda doía.

*Se ela quisesse ficar comigo, acho que teria dito não a ele. Mas não disse.
Assenti.*

— Legal. Divirta-se. — O tom agudo na minha voz provavelmente entregou o quanto eu estava tentando dar a entender que não me importava. Comecei a ir para a porta do seu quarto. — Olha, tenho que ir. Esqueci que a comida do Madman acabou, então vou ter que ir comprar.

Ela era minha. Eu sabia que ela me amava. Por que não podia me virar e dizer a ela? Tudo que eu precisava fazer era dizer "não vá" e a parte difícil acabaria.

— Jared? — ela chamou, e eu parei, o ar no quarto quase espesso demais para respirar. — Você é meu melhor amigo. — Tate fez uma pausa, então continuou: — Mas será que existe qualquer motivo para você não querer que eu saia com Will hoje?

Sua voz trêmula estava hesitante como se estivesse com medo de falar e aquele momento encheu o cômodo como uma promessa quebrada. Era o momento em que você sabia que poderia ter o que quisesse se apenas fosse corajoso o suficiente para pedir. Uma fração de segundo em que tudo pode mudar, mas você fraquejou porque tem muito medo do risco de ser rejeitado.

— Claro que não. — Eu me virei e sorri para ela. — Vá. Divirta-se. A gente se vê amanhã.

Naquela noite, vi Will beijá-la e, no dia seguinte, meu pai me ligou e perguntou se eu queria passar as férias com ele.

Eu respondi que "sim".

CAPÍTULO CINCO

— Coma. — James empurrou um prato de rocambole de carne e batatas na minha cara assim que me sentei em uma banqueta.

Caí no sono na cama da Tate ouvindo Silverchair e quando acordei, já eram duas da tarde, com o pai dela batendo à porta.

Sentado ao balcão da ilha, enchi a boca se não comesse uma refeição caseira há anos. Bem, acho que não comia mesmo. Antes das férias com o meu pai, minha mãe alcóolatra não era muito maternal. E depois daquilo, eu não teria deixado nem se ela tentasse.

— Você não tem que trabalhar? — perguntei, antes de tomar uma bebida para ajudar a comida a descer.

Era sexta-feira, e eu também estava perdendo aula. Tinha faltado ontem também quando Madoc e eu fomos fazer as tatuagens.

Agora, parecia que aquilo tinha acontecido há séculos.

— Tirei o dia de folga — ele respondeu, cruzando os braços sobre o peito.

Para lidar comigo.

— Desculpa. — E era verdade. O senhor Brandt era um cara legal e não merecia tanto drama.

Apoiado no balcão oposto ao da ilha, James estava de braços cruzados, e eu soube que uma conversa se aproximava. Encarei a minha comida, me preparando, porque, com o senhor Brandt, era melhor apenas calar a boca e aceitar.

— Jared, sua mãe vai ficar fora por pelo menos quatro semanas. Você vai ficar aqui enquanto ela está fora.

— Vou ficar bem na minha casa. — Valia a tentativa.

— Você tem dezesseis anos de idade. Isso é ilegal.

— Dezessete — corrigi.

— O quê?

— Estou fazendo dezessete hoje. — Era dois de outubro. Só percebi quando preencheram a data na minha documentação essa manhã na cadeia.

A informação não fez James parar nem por um segundo.

— Falei com um juiz. Um que eu conheço bem. Organizei uma espécie de solução para que aquela bagunça da noite passada ficasse fora do seu registro permanente.

Bagunça da noite passada? Era uma maneira estranha de descrever o acontecido.

— Eu quase soquei o cara até a morte — cuspi, sarcástico. Como manteriam uma merda dessas fora da minha ficha?

Ele franziu as sobrancelhas loiro-escuras.

— Se essa é a verdade, então por que você não me perguntou como ele está?

Eu tinha socado o cara até ele estar praticamente morto.

Sim, mesmo dizendo as palavras, eu ainda não me importava. Eu me importaria se ele estivesse morto?

— No caso de você se importar, ele está bem — James continuou. — Não ótimo, mas sobreviverá. Algumas costelas quebradas, uma hemorragia interna que o fez passar por uma cirurgia na noite passada, mas o homem vai se recuperar.

Ele passaria uma temporada no hospital, mas fiquei feliz de saber que não o machuquei tanto. Para ser franco, a maior parte da noite passada rodava na minha mente como água descendo pelo ralo. Quanto mais eu me movia, mais perdia. Mal conseguia me lembrar do ataque. Lembro-me de ter batido nele com o abajur e de chutar sua barriga várias vezes. Ele jogou alguma merda em mim, mas, no fim das contas, era ele quem estava no chão.

Até aquele policial babaca aparecer, enfiar o joelho nas minhas costas, puxar meu cabelo e me xingar por cada nome possível enquanto me algemava.

Por que mesmo eu chamei a polícia? Ainda não tinha certeza.

— O juiz gostaria que você participasse de aconselhamento. — Não precisei erguer o rosto para saber que James estava me dando um olhar de aviso. — Em troca, você não terá este último episódio em seu registro.

— Mas de jeito nenhum. — Neguei com a cabeça e ri da piada.

Aconselhamento? A maioria das pessoas me irritava. E pessoas se metendo nas minhas merdas me deixava puto.

— Foi o que eu disse a ele que você falaria. — James inclinou a cabeça e suspirou. — Jared, você terá que começar a assumir responsabilidade pelo que faz. Você errou e o mundo não te deve nada. Não vou limpar a sua barra só porque você veio de um lar fodido e pensa que isso te dá o direito de se comportar mal. Eu chamo de política de "pisou na bola, sacuda a poeira e dê a volta por cima". Cometa um erro, admita e siga em frente. Todos nós fazemos merda, mas um homem resolve os próprios problemas. Não os torna piores.

Eu deveria apenas comer e ficar de boca fechada.
— Você pisou na bola? — ele perguntou, cada sílaba pareceu um desafio.
Assenti.
Faria de novo? Sim. Mas não foi o que ele perguntou.
— Bom. — O homem bateu a mão na bancada. — Agora é hora de sacudir a poeira. Sua frequência na escola e as notas estão um lixo. Você não faz nada além de estudar, até onde eu sei, pelo menos. E é péssimo tomando decisões responsáveis. Há um ótimo lugar para pessoas que precisam de disciplina e não precisam de muita liberdade.
— A prisão? — soltei, sarcástico.
E, para minha surpresa, ele sorriu, como se tivesse me vencido.
Merda.
— West Point — ele respondeu.
Franzi as sobrancelhas.
— Sim, claro. — Balancei a cabeça. — Filhos de senadores e escoteiros perfeitos? Não é para mim.
No que ele estava pensando? West Point era um colégio militar. Os melhores dos melhores iam para lá, e essas pessoas passavam anos construindo o histórico escolar perfeito para conseguirem ser aceitos. Eu nunca entraria em West Point, mesmo se estivesse interessado.
— Não é para você? — questionou. — Sério? Não sabia que você se importava em se encaixar. Todos os outros têm que se encaixar no que você quer, não é?
Filho da p... Prendi a respiração e afastei o olhar. Esse cara sabia me fazer calar a boca.
— Você precisa de um objetivo e de um plano, Jared. — Ele se apoiou na ilha, invadindo o meu espaço, então não tive escolha, a não ser prestar atenção. — Se você não tiver esperança de um futuro ou paixão pelo que virá, não vou poder incutir isso em você. A melhor coisa que posso fazer é te dar um empurrãozinho e te manter ocupado. Você vai melhorar suas notas, aparecer em todas as suas aulas, arranjar um emprego e... — hesitou — visitar seu pai uma vez por semana.
— O quê? — *De onde veio essa merda?*
— Bem, contei ao juiz Keiser que você não faria aconselhamento, então essa era sua única outra opção. Você deve fazer uma visita por semana durante um ano inteiro...
— Você só pode estar de brincadeira comigo! — interrompi, a tensão

em meus músculos foi tão grande que comecei a suar. Mas nem fodendo eu faria isso!

Abri a boca.

— Mas de...

— Essa é a parte do "sacudir a poeira", Jared! — gritou, me cortando. — Se você não concordar com uma das opções, então vai para o reformatório... ou para a cadeia. Essa não é a primeira vez que você se mete em problemas. O juiz quer te dar um corretivo. Vá se sentar naquela prisão, todo sábado, e ver não o que fez seu pai entrar lá, mas sim o que estar lá fez a ele. — Ele balançou a cabeça para mim. — A cadeia faz duas coisas com as pessoas, Jared. Te enfraquece ou te mata, e nenhuma delas é boa.

Meus olhos arderam.

— Mas...

— Você não vai fazer nenhum bem ao seu irmão se for mandado para longe. — E saiu da cozinha em direção à porta da frente, tendo provado seu ponto.

Mas que merda acabou de acontecer?

Agarrei as bordas do mármore cinza, querendo arrancar a coisa e atirá-la na parede, destruindo o mundo inteiro no processo.

Porra.

Tive dificuldades para inspirar, minhas costelas doíam cada vez que se esticavam.

Eu não visitaria aquele filho da puta toda semana! De jeito nenhum!

Talvez eu devesse apenas contar tudo ao senhor Brandt. Tudo.

Tinha que haver outra solução.

Eu me afastei do balcão e me levantei, corri para o quarto da Tate, rastejei para fora das portas duplas e passei pela árvore, indo para o meu próprio quarto.

Foda-se ele. Fodam-se todos eles.

Coloquei meu iPod para tocar *I don't care*, do Apocalyptica, e me joguei na cama, inspirando e expirando até o buraco em meu estômago parar de queimar.

Meu Deus, eu sentia saudade dela.

A realidade me dava desgosto, mas era verdade. Quando eu odiava Tate, meu mundo diminuía. Eu não via todas as outras merdas: minha mãe, meu pai ou meu irmão em um lar de acolhimento. Se eu a tivesse aqui de novo, não seria essa zona do caralho de rompantes e dificuldade para respirar.

Era estúpido demais, eu sabia. Como se ela devesse ficar por perto apenas para eu fazer o que quisesse com ela.

Mas eu precisava dela. Precisava vê-la.

Estiquei o braço até o puxador da gaveta da mesa de cabeceira, onde eu guardava as fotos de nós dois quando crianças, mas recuei. Não. Não olharia para elas. Já era ruim o suficiente eu ter guardado aquilo. Jogar fora ou destruir tinha sido impossível. O domínio dela sobre mim era absoluto.

E eu estava de saco cheio, porra.

Ótimo.

Que eles pensem que vou jogar o jogo deles. Meu irmão era o mais importante e o senhor Brandt estava certo. Eu não faria nenhum bem a ele se estivesse na prisão.

Mas, porra, eu não iria ao aconselhamento.

Suspirei e me sentei.

Então era o pai babaca.

Vesti um jeans escuro limpo, uma camisa branca e passei gel no cabelo pela primeira vez na semana, provavelmente.

Ao descer as escadas e sair pela porta da frente, encontrei o pai da Tate na garagem, tirando as coisas de seu antigo Chevy Nova. Anos atrás, Tate e eu costumávamos ajudá-lo a fazer pequenos ajustes no carro, mas a coisa sempre foi dirigível.

Parecia que ele estava limpando o porta-malas e tirando tudo de pessoal que havia lá dentro.

— Preciso trocar as velas do meu carro — avisei. — E depois vou até a Fairfax's Garage procurar emprego. Quando voltar, vou pegar umas roupas e estar lá dentro a tempo para o jantar.

— Às seis — especificou, me oferecendo um meio-sorriso.

Deslizei os óculos de sol e me virei para sair, mas parei e girei de novo.

— Não vai contar nada disso para a Tate, né? — confirmei. — Ser preso, minha família, ficar aqui...

Ele olhou para mim como se eu tivesse acabado de dizer que brócolis era roxo.

— Por que eu faria isso?

Era bom o bastante.

CAPÍTULO SEIS

Nem vinte e quatro horas depois, parei em frente a outro policial, sendo revistado, só que dessa vez eu não estava com problemas.

De acordo com o juiz amigo do senhor Brandt, eu só precisava começar as visitas dali a algumas semanas. Eles queriam a aprovação da minha mãe primeiro, mas eu não estava a fim de esperar. Quanto mais cedo começasse, mais cedo terminaria.

— Ao atravessar essas portas, você vai encontrar armários onde pode deixar suas chaves e telefone. Livre-se dessa corrente da carteira também, garoto.

Olhei para o agente penitenciário de aparência neonazista como se ele pudesse pegar suas próprias ordens e enfiar no rabo. Ele era careca, branco como se nunca tivesse visto sol e tão gordo quanto alguém que come doze donuts por dia. Queria ficar com as minhas coisas, porque esperava totalmente dar meia-volta e sair daqui no momento que colocasse os olhos naquele filho da mãe doente que era meu pai.

Meu pai. Meu estômago se revirou com as palavras.

— Como funciona? — questionei, relutante. — Ele vai estar tipo em uma jaula e vamos nos falar por buracos ou usar telefones?

Fazer perguntas não era muito meu estilo. Ou eu descobria por conta própria ou calava a boca e dava o meu jeito. Mas a ideia de ver aquele desgraçado deixava meus músculos tensos. Queria saber no que exatamente estava me metendo. Parecer um garoto indefeso para esse policial não seria nada se eu pudesse andar como um homem na frente do meu pai.

— Jaula com buracos? — o policial provocou. — Andou assistindo *Prison Break* recentemente?

Filho da puta.

Ele parecia estar tentando prender o sorriso ao me liberar para passar pelas portas duplas.

— Thomas Trent não está aqui por assassinato nem estupro. Segurança adicional não é necessária, garoto.

Não, claro que não. Não é como se ele fosse perigoso. De jeito nenhum.

Erguendo o queixo, caminhei com toda a calma do mundo ao atravessar as portas.

— Meu nome é Jared — corrigi, com a voz tranquila. — Não "garoto".

A sala de visitação, se era assim que era chamada, ostentava algo parecido com a área comum de uma escola de ensino médio. Bancos, mesas e máquinas de lanche preenchiam a maior parte do cômodo, janelas ao longo da parede sul davam luz suficiente, mas não muita.

Era sábado e o lugar estava cheio. Mulheres seguravam crianças no colo, enquanto maridos, namorados e entes queridos sorriam e conversavam. Mães abraçavam filhos e crianças se escondiam dos pais que não conheciam.

Era tudo felizmente horrível.

Observando o espaço, não tive certeza se meu pai já estava lá ou se eu deveria me sentar e esperar que o anunciassem. Queria disparar meu olhar para todos os lugares de uma só vez. Não gostava de que ele soubesse minha posição quando eu não sabia a sua. Minha boca estava seca e meu coração acelerava em meu ouvido, mas me forcei a desacelerar e fazer o que sempre faço.

Examinei tudo, tentando parecer calmo e confortável, como se fosse o dono do lugar.

— Jared. — Ouvi uma voz chamar, e congelei.

Era a voz rouca que, em meus sonhos, nunca esqueci. Era sempre a mesma.

Paciente.

Como uma cobra espreitando sua presa.

Devagar, segui o som até meus olhos pousarem no homem de uns quarenta anos, olhos azuis e o cabelo loiro se enrolando atrás da orelha.

Ele estava lá sentado, os antebraços apoiados na mesa e os dedos entrelaçados, usando uma camisa cáqui de botões com outra branca por baixo. A calça devia combinar também, mas não me importei o suficiente para conferir.

Não consegui deixar de encarar seu rosto. Nada tinha mudado. Além de estar barbeado e seu tom de pele parecer um pouco mais saudável, por não estar usando drogas, eu acho, ele parecia o mesmo. Ainda havia alguns fios grisalhos em seu cabelo, e seu corpo, que antes estava na média, agora estava mais leve. Duvidava que os presos tivessem a chance de engordar dentro da cadeia.

Mas a parte que deixou as palmas das minhas mãos suando foi a forma como ele me encarou. Infelizmente, aquilo também não tinha mudado. Seus olhos eram frios e distantes, com uma pitada de algo mais também. Diversão, talvez?

Era como se ele soubesse algo que não deveria saber.
Ele sabia de tudo, lembrei a mim mesmo.

De repente, eu tinha voltado àquela cozinha, meus pulsos queimando da corda e paralisado pelo desespero.

Levei a mão ao bolso e puxei a única coisa de que sabia que precisaria. O colar de fóssil da Tate.

Eu o segurei firme, já me sentindo um pouquinho mais forte.

Tecnicamente, era da mãe dela, mas eu peguei quando ela o deixou no túmulo um dia. No começo, disse a mim mesmo que o estava mantendo em segurança. Garantindo que sobrevivesse. Então se tornou outra parte dela que pude reivindicar.

Agora, era quase um talismã. Eu não o mantinha mais em segurança, embora ele me protegesse do mal.

Estreitando os olhos por precaução, caminhei até ele, não muito devagar para transpassar timidez, nem muito rápido para parecer obediente. No meu próprio tempo, porque ele não dava mais todas as ordens.

— O que você fez? — ele perguntou, antes mesmo de eu me sentar, e hesitei por um momento antes de estacionar minha bunda no banco.

Ah, sim. Ele falaria comigo. Tinha esquecido essa parte.

Mas não significava que eu tinha que responder.

Não tinha decidido como lidaria com essas visitas, mas ele poderia ir para o inferno. Cinquenta e duas reuniõezinhas no próximo ano, e eu poderia decidir falar com ele em algum momento, mas não começaria até estar bem e pronto.

— Qual é — provocou. — Podemos muito bem fazer o tempo passar.

Uma pequena parte de mim pensou que, sem as drogas e o álcool, meu pai poderia, ai, sei lá, se comportar como se tivesse coração. Mas ele ainda era um babaca.

— Você roubou? — ele indagou, mas então prosseguiu, como se estivesse falando consigo mesmo, batendo os dedos na mesa de aço. — Não, você não é ganancioso. Agressão, talvez? — Balançou a cabeça para mim. — Mas você nunca foi de escolher brigas que poderia perder. Com alguém mais fraco, quem sabe. Você sempre foi um pouquinho covarde nesse sentido.

Fechei a outra mão em punho e me concentrei em respirar.

Sentado ali, eu me forcei a ouvir suas reflexões internas que, com tanta graciosidade, ele me deixou escutar, me perguntando se ele tirava aquelas merdas do cu ou se realmente era perceptivo a esse ponto.

Eu era ganancioso? Não, achava que não. Escolhia brigas com oponentes mais fracos? Levei um minuto para considerar, mas, sim, escolhia.

Mas isso era só porque *todo mundo* era mais fraco que eu.

Todo mundo.

— Deve ser droga, então. — Bateu a mão na mesa, me assustando, e olhei para baixo, longe de seu rosto, por puro reflexo. — Creio que sim. Entre sua mãe e eu, está no seu sangue.

Todo mundo, lembrei a mim mesmo.

— Você não me conhece — declarei, com voz baixa e uniforme.

— Sim, continue repetindo isso a si mesmo.

Não. Ele me deixou, graças a Deus por isso, quando eu tinha dois anos. Passou apenas algumas semanas comigo nas férias.

Ele não me conhecia.

Apertando o colar de Tate, o encarei duramente. Era hora de calar a boca dele.

— Por quanto tempo você vai ficar preso? Mais seis anos? — perguntei. — Como é a sensação de que você vai estar de cabelo branco antes de conseguir transar de novo? Ou dirigir um carro? Ou conseguir ficar acordado depois das onze nos dias de semana? — Ergui a sobrancelha, torcendo para que minhas perguntas condescendentes o colocassem em seu devido lugar. — Você não me conhece, nunca conheceu.

Ele piscou, e sustentei seu olhar, desafiando-o a partir para o ataque de novo. Parecia que ele estava me estudando e senti como se um atirador de elite mirasse na minha direção.

— O que é isso aí? — Ele apontou para o colar na minha mão.

Olhei para baixo, sem perceber que havia enrolado os dedos na fita verde-clara. Era óbvio que eu tinha algo no punho e, subitamente, meu coração começou a bater com força.

Eu queria ir embora.

Pensar em Tate e no meu pai de uma só vez, e ter aquele homem encarando algo que era dela, me dava nojo.

Sabe aquelas flores que um mágico tira de dentro da manga? Naquele momento, eu queria ser uma flor e voltar a me esconder. Só queria afundar na cadeira e sair de debaixo de seus olhos imundos, levando o colar comigo para onde era seguro.

— Qual é o nome dela? — Sua voz era baixa, quase um sussurro, e eu me encolhi, apesar de não querer.

Voltei a olhar para cima e o vi sorrir como se soubesse de tudo.
Como se eu estivesse na palma da sua mão outra vez.

— Seis anos, né? — Lambeu os lábios. — Ela vai estar com uns vinte até lá. — Assentiu, e eu vi fogo, sem perder o significado do que ele disse.
Filho. Da. Puta.

Bati a mão na mesa e ouvi os suspiros dos que estavam ao nosso redor, então empurrei minha cadeira para trás e fiquei de pé para encará-lo.

Seja lá o que eu estava lançando com os olhos, queimava como inferno.

Eu o queria morto. E queria que fosse doloroso.

Ar quente entrava e saía do meu nariz, soando como se houvesse uma cachoeira ao longe.

— O que há de errado dentro de você? — rosnei. — Está quebrado, morto ou apenas dormente?

Meu pai me olhou, sem medo nenhum, eu não era uma ameaça para ele, afinal, e respondeu com a maior sinceridade que já vi vir dele.

— Você não sabe, Jared? — ele perguntou. — Você também tem isso. E assim será com seus filhos inúteis. Ninguém nos quer. Eu sei que eu não te quis.

Meu rosto não relaxou. Simplesmente desmontou, e eu não sabia o motivo.

— Tenho um presente de aniversário para você. — O pai da Tate apareceu na frente da minha casa, com as mãos nos bolsos, assim que saí do carro.

Balancei a cabeça, sentindo um peso do caralho com a visita ao meu pai ainda rastejando em minha pele. Pisei fundo na volta para casa, e precisava de uma distração.

— Agora não — cuspi.

— Agora, sim — ele rebateu, girando para voltar para casa, supondo que eu o seguiria.

O que eu fiz. Nem que fosse para fazer o homem parar de encher o saco.

Entrando atrás dele em sua garagem para dois carros, estanquei na mesma hora ao ver o desastre na minha frente.

— Que merda aconteceu? — explodi, chocado.

O Chevy Nova inteiramente restaurado que ficava parado na garagem pela mesma quantidade de anos que Tate e o senhor Brandt moravam ali estava completamente destruído. Bem, não completamente. Mas era uma zona do caralho. Parecia ter sido usado em um jogo de beisebol entre o King Kong e o Godzilla. As janelas estavam quebradas, os pneus cortados, e essa era a parte fácil. Amassados do tamanho de bolas de basquete cobriam as portas e o teto, e o couro dos assentos estava rasgado.

— Feliz aniversário.

Virei a cabeça na direção dele e franzi as sobrancelhas em confusão.

— Feliz aniversário? Você ficou maluco? Esse carro estava em ótimo ontem. Agora, já que transformou a coisa nesse lixo, eu posso ficar com ele?

Não que eu precisasse de um carro. Jax ficaria com o meu assim que fizesse dezesseis anos e tirasse a carteira, e eu compraria outro a qualquer momento com a grana da casa do meu avô.

— Não, você não pode ficar com ele. Você pode consertá-lo.

Nossa, valeu.

— Percebi que você precisava de um pouquinho de terapia automotiva depois do dia de hoje, então decidi estrear a marreta e inventar um projeto para você.

Todos os adultos da minha vida estavam fumando craque, porra?

James veio na minha direção, para a frente do carro.

— Toda essa merda que você sente, Jared… a frustração, a raiva, a perda, seja o que for… — ele deixou no ar, e então prosseguiu: — vai encontrar uma forma de sair, em algum momento, e você terá que lidar com isso algum dia. Mas, no momento, apenas se mantenha ocupado. Não vai curar nada, mas vai te ajudar a se acalmar.

Andando devagar em volta do carro, absorvendo o dano e já listando os materiais que precisaria na minha cabeça, percebi que fazia sentido. Ainda não me sentia nada melhor do que há um mês, e não fazia ideia do que pensar sobre as coisas que meu pai disse hoje. Pelo contrário, me sentia pior agora, só que não queria pensar em mais nada.

Mas Jax precisava de mim e eu não poderia falhar com ele.

Apenas se mantenha ocupado.

— Vai levar meses. — Desviei o olhar para ele e me inclinei sobre o capô.

Ele sorriu de volta e se virou para entrar na casa.

— Estou contando com isso.

Então eu mergulhei.

Fundo.

Dia após dia. Mês após mês, me alimentando da rotina. Enterrei-me em atividades e barulho, para não ter tempo de pensar em nada. Assim não teria tempo de me importar.

Fiquei no quarto da Tate. Dormia no chão.

Minha mãe ficou sóbria. Depois, arrumou um namorado.

Fiz outra tatuagem. Madoc colocou um piercing... em algum lugar.

Fui para as aulas, minhas notas melhoraram.

James e eu fomos conhecer West Point. Não era para mim.

Meu pai continuava mexendo com a minha cabeça. Às vezes, eu dava o fora. Em outras, não. Às vezes, jogávamos cartas, assim eu não tinha que ouvir o filho da puta falar.

Sonhos me mantinham acordado à noite, mas os remédios ajudavam.

Comprei um Boss 302. Me manteve ocupado.

Passei tempo com algumas garotas. Nenhuma loira.

Madoc e eu começamos a correr no The Loop. Algo para me manter ocupado.

Jax foi parar em uma casa decente. Eu o via todo sábado.

Dei festas na minha casa. Mais barulho.

O senhor Brandt foi enviado para a Alemanha a trabalho. Tate não voltaria para casa.

Acabaram com o Heartland Scramble no Denny's. Beleza. Foda-se. Tanto faz.

Tudo passava por mim, porque nada disso importava.

Até onze meses depois, em uma noite quente de agosto, quando uma garota com olhos de tempestade e cabelo de sol soprou ar e fogo dentro de mim novamente.

CAPÍTULO SETE

— Piper, vamos! — gritei para o lago. — A tempestade está se aproximando. Vamos cair na estrada.

— Não precisa ir — Madoc falou às minhas costas. — Vamos para a minha casa. A gente continua a festa por lá. — Ele estava deitado em uma toalha de piquenique na praia de seixos, se pegando com alguma garota cujo nome provavelmente não sabia, enquanto *Love-Hate-Sex-Pain*, do Godsmack, tocava no rádio do meu carro à distância.

Viemos em seis para o lago Swansea esta tarde, para nadar e ficar por aqui, porém o grupo tinha crescido para mais de vinte e cinco cabeças antes de anoitecer. Eu tinha que trabalhar na oficina de manhã, então estava usando aquilo como desculpa para ir embora.

A verdade era que eu estava entediado. Não bebia mais em público. Ir a festas, passar mal na casa de estranhos... nada disso me atraía mais agora que eu não estava enchendo a cara, e não pensava mais no que me seduzia. Só pensava no que fazer para passar o tempo.

— Ai, gata — Madoc gemeu para a garota ao seu lado. — Snickers não são a única coisa que vêm em tamanho grande.

Sorri para mim mesmo, desejando ser ele. Era como se todo dia fosse aniversário dele e o cara tivesse cinco anos de idade, pulando na piscina de bolinhas da área infantil do seu restaurante favorito. Não precisava nem me virar para saber que aquela cantada funcionou. A garota estava dando risadinhas, e eu estava pronto para partir para a ação também.

— Não vai me levar para casa agora, né? — Meu brinquedinho atual, Piper, marchou para fora do lago, jogando água para todo lado ao torcer seu longo cabelo escuro.

Sim, eu sou um babaca. Ela não era um brinquedinho, sei disso. Nenhuma delas era. Mas eu me relacionava mais com o meu carro que com elas, o que as tornava uma diversão passageira.

Piper estava entrando no último ano, como nós, e eu a via pela escola há anos, mas nunca despertou meu interesse. Era pegajosa e óbvia demais. Sabia que era bonita e pensava que isso contava para alguma coisa.

Sim, eu tinha zero tolerância com ela. Até... que descobri no feriado

ATÉ VOCÊ 49

de 4 de julho que o pai dela era o babaca que me prendeu no ano passado. O policial idiota que enfiou o joelho na minha coluna e esfregou minha cara no chão ao me algemar.

É, aí ela se tornou algo com que eu queria brincar.

— O que você acha? — perguntei, sem querer saber realmente. Ela tinha um corpo incrível, e eu amava que ela topasse quase tudo. Desde que não falasse muito, continuávamos ficando.

— Ei, sabe que dia é hoje? — Madoc riu, me arrancando dos meus pensamentos e enrolando as palavras. — Hoje faz um ano que aquela Tate quebrou meu nariz na festa. Ah, ela estava puta pra caralho.

Fiquei tenso, mas continuei vestindo a camisa, sem olhar para ninguém.

— Jared, já não era para ela ter voltado? — Madoc perguntou. — Assim, não era para ela ficar fora só um ano? — sugeriu, como se eu fosse idiota. — Já faz um ano.

— Cale a boca, mané. — Revirei os olhos e me abaixei para pegar minhas roupas molhadas no chão. Já tinha ido lá nas árvores para vestir meu jeans antes de chamar Piper para sair da água.

— Do que ele está falando? — Piper ficou parada lá, mas nem olhei para ela.

— Tate. A vizinha do Jared — Madoc ofereceu. — Ela frequenta a nossa escola, mas ficou fora no ano passado — explicou, virando-se para mim. — Onde ela está mesmo? Sinto falta da garota.

Ele ficou lá sentado e, mesmo enterrando meu rosto no telefone, sabia que ele estava me observando.

Idiota. Babaca. Puta amigo de merda.

Neguei com a cabeça.

— O pai dela está trabalhando na Alemanha, beleza? Foi enviado para um projeto lá, para ficar sete meses fora; só volta em dezembro. Ele disse que ela vai começar as aulas por lá. Certo, babaca que tem que se meter na vida de todo mundo?

A empresa do senhor Brandt o enviou para lá no início do ano, então eu estava tomando conta da casa e pegando a correspondência desde maio.

Madoc olhou para mim como se eu tivesse acabado de dizer que ele não poderia tomar sorvete de sobremesa.

— Que pena, cara. Mas é provável que ela esteja animada — adicionou. — A garota odiava a gente.

Uma pontada de diversão rastejou pelo meu peito. *Sim, claro que odiava.*

Quando o senhor Brandt me contou sobre a viagem, dei outra festa em casa naquela noite. Em vez de ficar bêbado em outro lugar, eu não tinha problemas em entornar todas em casa. E ajudava.

Esperava que Tate estivesse em casa em junho, quando o ano letivo terminou, mas quando descobri que a garota só voltaria em dezembro, quis esmagar alguém contra uma parede.

Eu amava odiá-la e queria que ela voltasse para casa, porra.

Mas simplesmente engoli a dor como vinha fazendo desde o fim do ano passado. Já havia me acostumado a passar por tantas emoções e fingir que aquela merda não importava.

E era hora de mergulhar fundo de novo.

— Vamos lá. — Peguei a mão de Piper e fui em direção ao meu carro.

— Mas ainda estou molhada. Preciso mudar de roupa — choramingou.

— É — respondi, sorrindo —, vou te ajudar.

A estrada estava escorregadia pra caramba. Não tinha chovido muito no verão e todo o acúmulo de óleo na pista estava fazendo o carro rabear o tempo todo.

Mas não era como se eu tivesse o bom senso de diminuir a velocidade também.

Acelerei pela entrada da casa e entrei na garagem, mesmo que soubesse que não deveria estar com pressa. Nada esperava por mim, apenas o silêncio do meu lar, e eu não gostava de silêncio.

Fechei a garagem, passei pela porta da cozinha, tirei a camisa e joguei no cesto de roupa suja. Estava com cheiro da Piper.

— Ei, cara — saudei Madman, que desceu as escadas correndo. — Venha aqui.

Abri a porta dos fundos para ele fazer suas necessidades, deixei assim e corri escada acima para colocar meu telefone para carregar.

Assim que o aparelho se acendeu, vi que tinha perdido uma chamada do pai da Tate.

Por que ele estava ligando?

Trocamos mensagens há alguns dias. Ele quis saber como eu estava e perguntou pela casa.

Não tinha certeza do que ele queria agora, mas, de todo jeito, eu não retornaria a ligação esta noite.

Virei a cabeça de repente, um arranhar estridente no vidro da minha janela me fez pular.

— Droga de árvore. — Joguei o telefone na cama e me aproximei para puxar as cortinas. Essa árvore entre a janela da Tate e a minha era um incômodo do caralho. Tínhamos que podar constantemente, porque ameaçava fazer buracos na casa. Nessa primavera, falei para minha mãe simplesmente cortar a coisa, mas, tecnicamente, era na propriedade dos Brandt, e acho que quiseram mantê-la.

O senhor Brandt fazia uma poda comum, mas nunca cortava muito. Eu ainda conseguia alcançar os galhos, mesmo depois de aparados.

Abri a janela e me inclinei para fora, espiando o galho deslizando contra as vidraças acima de mim. Com ele longe, eu teria que cuidar daquilo amanhã.

A chuva começou a descer em cascata e fazia tudo brilhar sob a intensa luz dos postes da rua. Deixei meu olhar vagar pelo labirinto de galhos, afastando as memórias daqueles em que arranhei as pernas e dos que me sentei com Tate.

Eu amava aquela maldita árvore e queria cortá-la.

E então... eu nem vi mais a árvore.

Meus olhos se prenderam no sol no céu da meia-noite e, porra, eu congelei.

Tate?

— Mas que droga é essa? — sussurrei, sem respirar nem piscar.

Ela estava parada em seu quarto, apoiada no batente das portas francesas abertas. Me encarando.

Mas que merda é essa que estou vendo agora?

Ela deveria estar na Alemanha com o pai, pelo menos até o Natal.

Cada músculo do meu corpo se retesou, e me segurei no parapeito da janela, mas não consegui tirar os olhos dela. Era como se eu estivesse em um universo alternativo, faminto, e ela fosse a porra de um bufê.

Ela voltou.

Fechei os olhos por um momento e engoli meus batimentos cardíacos, que estavam subindo pela garganta. Eu estava nauseado, animado e grato, tudo ao mesmo tempo.

Jesus, ela estava em casa.

A garota usava um shortinho de pijama e regata branca. Não muito diferente do que notei que usava para dormir há um ano, mas, por algum motivo, vê-la fez um fogo furioso subir pelo meu peito. Queria sair rasgando a porra da árvore, arrancar todas as roupas de Tate e amá-la como se os últimos três anos nunca tivessem acontecido.

Seu cabelo voava ao seu redor e pude sentir seus olhos, protegidos pela sombra, em mim.

Minha boca ficou seca e o sopro de ar e sangue que correu pelo meu corpo foi incrível pra caramba.

Até que ela recuou e fechou as portas.

Não. Engoli em seco, sem desejar que ela se afastasse.

Vá em frente. Puxe uma briga, disse a mim mesmo, mas balancei a cabeça.

Não. Deixe a garota em paz. Ela não estava pensando em mim, e eu precisava superar.

Eu estava subindo pelas paredes dentro da minha cabeça, sabendo com certeza que precisava crescer e deixá-la em paz. Deixá-la ir para a escola sem os rumores e pegadinhas pairando sobre ela. Deixá-la ser feliz. Éramos quase adultos agora e essa babaquice tinha que acabar.

Mas...

Senti-me mais vivo nos últimos dez segundos do que no último ano.

Ver aquele rosto, saber que acordaria com sua música alta pra caralho e assisti-la sair de casa para correr todo dia de manhã...

Meu telefone vibrou com outra mensagem e fui verificar.

Era do pai dela.

Mudança de planos. Tate está em casa. Sozinha até o Natal. Devolva a chave da casa para ela e seja legal. Senão...

Estreitei os olhos, lendo a mensagem uma e outra vez.

Nem sei se respirei.

Ela estava sozinha? Até o Natal?

Fechei os olhos e soltei uma risada.

E, simples assim, fiquei bem animado para acordar amanhã.

CAPÍTULO OITO

— Eu deveria ficar com medo? — minha mãe perguntou quando voltei da garagem carregando uma machadinha.

— Sempre — murmurei, passando por ela ao balcão da cozinha e subindo as escadas.

Decidi resolver o assunto com minhas próprias mãos em vez de contratar alguém, cortando os galhos menores que vinham para dentro da casa. Aquele machado faria o seu trabalho.

— Tente não se machucar! — ela gritou para mim. — Foi difícil fazer você! — E revirei os olhos para ninguém, desaparecendo pela escada que levava ao sótão.

Ela estava quase decente desde que ficou sóbria. De vez em quando, tentava fazer piadas. Às vezes eu ria, mas não na frente dela. Ainda havia muito desconforto entre nós, uma rachadura que perdi o interesse de consertar.

Porém entramos em uma rotina. Ela se mantinha equilibrada, e eu fiz o mesmo.

Rastejei pela janelinha do nosso escuro terceiro andar, consegui me embrenhar na árvore onde os galhos eram grossos o suficiente para suportar meu peso. Descobri que deveria me sentar na parte interna e cortar o que havia de extra, então descer pelo tronco quando terminasse. Precisava trabalhar de cima para baixo e por fim chegar aos galhos da minha janela; motivo pelo qual comecei o trabalho.

Mas assim que ergui o machado para começar, quase o derrubei.

— Você acha que o jeito como ele me trata pode ser considerado como preliminares? — Ouvi o grito sério da Tate e congelei.

O quê? Preliminares?

— Sim — continuou, e parei o que estava fazendo para ouvir. — Foram preliminares quando ele contou para toda a escola que eu tinha Síndrome do Intestino Irritável e todo mundo fez barulhos de pum quando eu andava pelo corredor no primeiro ano.

Meus olhos se alargaram e minha pulsação aumentou no pescoço. Ela estava falando de mim?

— E, sim — prosseguiu, falando com alguém que eu não conseguia ver —, foi completamente erótico o modo como ele fez a farmácia entregar uma pomada contra candidíase durante a aula de matemática no segundo ano. Mas ele realmente me deixou excitada, pronta para ficar de quatro para ele, quando colocou folhetos para tratamento de verrugas genitais no meu armário, mesmo sendo completamente ultrajante que alguém possa contrair uma DST sem nunca ter feito sexo!

Ih, merda.

Ela com certeza estava falando da minha pessoa.

Peguei o galho acima de mim, fiquei de pé e passei para o outro lado, tomando cuidado para ficar fora de vista das portas abertas de Tate.

Outra garota estava falando, provavelmente sua amiga K.C., e peguei alguma coisa sobre revidar.

Deslizei por outro galho, começando a me sentir um pervertido por bisbilhotar a conversa delas. Mas, ei, estavam falando de mim e aquilo fazia o assunto ser da minha conta.

— Já te disse mil vezes, fomos amigos por muitos anos — Tate falou. — Antes do primeiro ano, ele viajou por algumas semanas durante o verão e, quando voltou, estava diferente. Não queria ter mais nenhuma relação comigo.

E meus punhos se fecharam.

K.C. não precisava saber das minhas coisas. Tate não tinha nenhum direito de espalhar nossos problemas desse jeito.

— Nós teremos um ano maravilhoso. — A voz dela estava mais baixa agora e mais forte que antes. — Espero que Jared tenha me esquecido. Se esqueceu, então nós dois poderemos nos ignorar em paz até a formatura. Se não, aí farei o que achar melhor. Tenho coisas maiores em mente agora. Ele e o idiota do Madoc podem me cutucar e me alfinetar o quanto quiserem. Já cansei de dar atenção a eles. Os dois não vão acabar com meu último ano.

Espero que Jared tenha me esquecido.

E quase estraguei meu futuro por causa da minha necessidade por ela?

Já cansei de dar atenção a eles.

Ela me odiava. Odiaria para sempre, e eu era um idiota por desejá-la quando tínhamos catorze anos.

Ninguém nos quer. Eu sei que eu não te quis, a voz do meu pai rastejou para a minha cabeça.

Subi de volta para a minha janela e me puxei para lá, sem me importar se me veriam. Joguei o machado no chão, fui até o dockstation e coloquei

Coming Down, do Five Finger Death Punch, para tocar. Então peguei meu telefone para mandar mensagem para Madoc.

> Festa hoje? Minha mãe sai lá pelas 4h.

Minha mãe fugia toda noite de sexta-feira para ficar com o namorado em Chicago. Ainda não conheci o cara, mas ela ficava fora quase o fim de semana inteiro.

> Isso aí, porra!

A resposta dele veio menos de um minuto depois.

> Bebidas?

O pai do Madoc tinha uma loja de bebidas, ou algo na linha, no porão e também uma adega. Praticamente nunca estava em casa, então pegávamos o que queríamos, e eu arrumava a comida.

> Pode deixar. Te vejo 7h.

Joguei o celular na cama, mas vibrou de novo.
Voltei a pegá-lo e abri uma mensagem de Jax.

> O pai ligou de novo.

Filho da puta.
Meu pai estava dando um jeito de conseguir o número do Jax, e sabia que não deveria estar ligando para ele. Maltratar o garoto foi um dos motivos que o mandou para a cadeia, afinal.

> Vou resolver.

Olhei para o relógio e reparei que ainda eram dez da manhã.
Vá hoje de uma vez, disse a mim mesmo. *Vai logo no encontro dessa semana e não terá que ir amanhã.*
Essas visitas ao meu pai acabavam comigo, e eu as temia. Não dava para prever o que ele me diria de uma semana para outra. Da última vez,

ele me contou, em detalhes, de como largou minha mãe em uma clínica de aborto um dia para se livrar de mim. E então se livrou dela quando ela decidiu que não faria aquilo. Não sei se a história era verdadeira, mas tentei apenas deixar os insultos, histórias e provocações passarem voando por mim. Na maior parte do tempo, era o que acontecia. Mas, às vezes, não era bem por aí.

Dane-se.

Tirei a camisa preta e suada, troquei por uma preta limpa de gola V, peguei as chaves na mesa de cabeceira e desci as escadas.

— Vou dar uma saída — avisei, passando pela minha mãe na cozinha. — Te vejo na segunda.

Minhas mãos tremiam, embora eu viesse aqui há quase um ano já. Odiava olhar na cara daquele filho da puta, especialmente quando ele fazia essas visitas serem as mais horríveis possível. Sabia que ele tinha conseguido privilégios especiais por cooperar, mas não havia dúvidas de que adorava cada palavra nojenta que saía da própria boca.

— É sexta-feira. Você deveria vir amanhã — resmungou, sentando-se à mesa da sala de visitas.

Forcei-me a olhar em seus olhos e equilibrar meu tom.

— Você está ligando para o Jax de novo. Isso termina agora.

Ele riu de mim.

— Foi o que você disse da última vez, mas não é você que está no controle, Jared.

Sim. Sou. Eu.

— Você nem tem autorização para fazer ligações. — Depois que contei para o diretor da última vez, ele perdeu o privilégio de fazer viagens sem supervisão ao telefone.

Dando de ombros com as palmas das mãos erguidas, ele respondeu:

— E, mesmo assim, eu dei um jeito.

Foi apenas um momento. Mas, no tempo que levou para o meu peito afundar e eu quebrar o contato visual, ele soube. Soube que estava certo e que eu não tinha o poder. Talvez fossem os guardas deixando que ele fizesse ligações em troca de favores, ou talvez tivesse algum colega prisioneiro ajudando, mas ambos sabíamos que eu não poderia fazer droga nenhuma para detê-lo.

Nunca poderia.

— Deixe o Jax em paz. — Meus lábios se moveram, mas quase não ouvi minha própria voz.

— O que te irrita mais? — Ele se aproximou, estreitando os olhos azuis. — Que eu tenha ligado para ele e não para você, ou que você não pode me impedir? Continuo te dizendo, Jared, você não tem poder nenhum. Não de verdade. Pode parecer que você está no controle, porque está lá fora e eu estou aqui, mas sou eu quem te assombra. Não o contrário.

Fiquei de pé e enfiei a mão dentro do bolso, agarrando o colar de fóssil com tanta força que pensei que quebraria.

— Vai se foder — rosnei e saí.

CAPÍTULO NOVE

— Ah, Jared — Piper ofegou meu nome, enquanto eu devorava seu pescoço. Agarrei seu cabelo e puxei sua cabeça para trás, tentando me perder em seu perfume e no seu corpo.

— Eu disse para você não falar — sussurrei suavemente em sua pele. — Faça o que foi dito.

Hats off the Bull soava no andar debaixo, e eu podia ouvir vozes vindo de todos os lados, tanto de dentro quanto de fora da casa.

Piper veio para minha festa, sem ser convidada, e aceitei o que me foi oferecido. Barulho, atividade e distração.

Distração do que me atraía na casa ao lado.

Distração do meu pai.

Aquele filho da puta estava certo, afinal. Os pesadelos que me mantinham acordado? Aqueles que tive que abafar com remédio para dormir a fim de conseguir passar a noite? Tudo isso era sinal da minha fraqueza.

— Sinto muito. — Ela deu uma risadinha. — É que está tão gostoso.

Uma das minhas mãos estava enterrada em seu cabelo grosso e escuro e a outra estava dentro de sua calcinha, meus dedos a penetravam, conforme ela se contorcia contra a parede do meu quarto.

Agarrei-me a Piper, procurando pela parte mágica de seu corpo que me deixaria focado. Abri a parte de cima do seu vestido, segurei seus seios, beijei seus lábios, mas nada disso me trouxe a paz que eu queria.

Espero que Jared tenha me esquecido.

Peguei Piper no colo e a carreguei até a cama. A paz chegaria quando eu estivesse dentro dela. Então eu estaria felizmente perdido.

— Jared! — Virei a cabeça em direção às batidas na porta.

— Vá embora! — gritei, Piper desabotoava o meu cinto.

— Sabe aquela garota? Tate? — meu amigo, Sam, perguntou. — Está lá embaixo, cara. É melhor você ir lá.

Parei de imediato o que estava fazendo e me sentei.

— Mas que merda é essa? — murmurei.

Por que ela estava na minha casa? Olhei para o relógio, que mostrava passar da meia-noite.

— Tate? — Piper questionou, deitada nos travesseiros. — Pensei que você tinha dito que ela ainda estava fora.

Desci da cama.

— Só se veste, Piper — rebati.

— O quê? — a garota gritou, e me voltei para ela. Seus lábios e nariz estavam franzidos, e seu peito subia e descia a respiração desregulada.

Piper não exigia laços nem complicações. Gostava disso nela.

Mas ela estava puta, e eu não parei para explicar. Nunca parava. E ela sabia bem disso.

Nunca demonstrei que quisesse mais do algo casual, e ela podia ou seguir o fluxo ou sair daqui.

Escancarei a porta e vi Sam esperando no corredor, com as mãos nos bolsos e o rosto incerto.

— Foi mal, cara. — Ergueu as mãos. — Madoc não tira as mãos de cima dela. Pensei que deveria vir atrás de você.

Merdinha do caralho. Passei reto por Sam e desci o corredor, já pronto para enfiar a cabeça do meu melhor amigo na privada para acordar aquele merda. Tinha quase certeza de que ele tinha uma quedinha pela Tate, mas ele foi avisado, anos atrás, de que ela estava fora dos limites.

E que porra a garota estava fazendo aqui?

No andar debaixo, virei no corredor e parei na hora, meu coração se apertou por causa da perda do ar.

Jesus Cristo.

Ela era tão bonita que chegava a doer.

Estava perdida em pensamentos; do contrário, teria me visto também.

Apertei a moldura da porta logo acima da minha cabeça. Era minha maneira de tentar parecer despreocupado, como se não me importasse. Mas, para ser sincero, só precisava de suporte para evitar que minhas pernas vacilassem.

Meu coração batia forte no peito, e desejei muito poder pausar esse momento para simplesmente encarar aquela garota até que a Terra desmoronasse.

Seu cabelo estava mais claro e sua pele mais escura, provavelmente por ter passado o verão sob o sol, e seu corpo ficou mais tonificado. Crescido. O formato da parte de trás das suas coxas fez minha boca ficar seca. Seu nariz ainda era pequeno, sua pele ainda era irretocável e, junto dos seus lábios cheios, a faziam parecer a boneca perfeita. Nunca brinquei com bonecas, mas, caramba, eu queria muito brincar com essa.

Bem naquele momento, eu queria tudo de Tate. Tudo. Sua raiva e sua paixão, seu ódio e sua luxúria, seu corpo e alma.

Queria controlar tudo isso.

Sou eu quem te assombra. Não o contrário, meu pai invadiu minha cabeça de novo. Ele e Tate estavam sempre lá.

Nenhum dos dois me queria e ambos eram meus donos.

Mas um deles eu poderia controlar.

— O que ela está fazendo aqui? — disparei, encarando Madoc, mas completamente ciente de que Tate direcionou a atenção para mim.

Madoc ficou em silêncio, mas pude ver os cantos de sua boca tentando reprimir um sorriso.

— *Ela* queria dar uma palavrinha com você. — A voz de Tate era calma, mas havia uma pontada de rispidez ali. Sorri para mim mesmo, sentindo a adrenalina há tanto perdida aquecendo minhas veias secas.

— Seja breve. Tenho convidados. — Abaixei as mãos, cruzei os braços e tentei parecer entediado.

Sam e Madoc dispararam para a cozinha, e Tate se endireitou, com o queixo erguido. Seus lábios estavam franzidos e seus olhos poderiam acender uma fogueira.

Não tinha certeza do que aconteceu com Madoc para deixá-la tão brava, ou talvez estivesse apenas irritada comigo, mas finalmente senti que voltei a mim depois de passar um ano como um zumbi.

— Eu. Tenho. Convidados — repeti, quando ela não falou de imediato.

— Sim, dá pra dizer que sim. — Ela olhou para trás de mim, e eu soube que Piper ainda estava aqui. — Você pode voltar a servi-los em um minuto.

Estreitei o olhar, travando-o nela.

Bem, bem, bem... Tate tinha uma opinião bem ruim sobre mim. Vai entender.

Piper se aproximou e beijou minha bochecha. Dizendo adeus? Me lembrando de que estava aqui? Não faço ideia, mas ela sempre fazia coisinhas assim em momentos inesperados, o que me deixava desconfortável. Como se ela quisesse mais, e eu fosse obrigado a dar.

Fiquei parado, desejando que ela deixasse de onda e fosse para casa. A presença de Tate estava me fazendo mais bem do que a dela, de todo jeito.

Depois que Piper se tocou e foi embora, Tate prosseguiu:

— Tenho que acordar daqui a cinco horas para um compromisso em Weston. Estou pedindo educadamente para você abaixar a música.

A garota estava falando sério?

— Não.

— Jared, vim aqui como boa vizinha. Já passou da meia-noite. Estou pedindo gentilmente. — A forma como ela implorou foi fofa.

— Já passou da meia-noite em uma *sexta-feira* — expliquei, tentando soar o mais condescendente possível.

— Você está sendo insensato. Se eu quisesse acabar com a música, poderia chamar a polícia reclamando do barulho ou ligar para a sua mãe. Estou vindo até aqui porque te respeito. — Ela olhou ao redor da sala. — Cadê a sua mãe, a propósito? Não a vi desde que voltei.

Ah, Tate. Não vá por aí. Não aja como se conhecesse a mim ou à minha família.

— Ela não fica mais aqui por muito tempo. — Mantive a voz tranquila e inexpressiva. — E não vai se arrastar até aqui no meio da noite só para acabar com a minha festa.

Ela suspirou, parecendo irritada.

— Não estou pedindo para você "acabar com a festa". Estou te pedindo para abaixar o volume da música.

— Vá dormir na casa da K.C. aos fins de semana — sugeri, dando a volta na mesa de sinuca na sala de jogos.

— Já passou da meia-noite! — ela explodiu. — *Não vou* incomodá-la assim tão tarde.

— Você está me incomodando a essa hora da noite.

O controle voltou, e minha mandíbula tremeu com um sorriso.

Eu me sentia calmo. E bem certo de quem eu era. Havia força, certeza e confiança circulando por mim novamente.

— Você é tão imbecil — ela sussurrou.

Parei e a encarei, fingindo estar bravo.

— Cuidado, Tatum. Você ficou fora por um tempo, então vou te dar uma folga e te lembrar que minha boa vontade não vai muito longe com você.

— Ah, por favor. — Ela bufou. — Não aja como se fosse um problema tão grande tolerar a minha presença. Eu te aguentei muito mais do que devia com o passar dos anos. O que você poderia fazer comigo que ainda não fez?

Fiquei tão maravilhado com o desafio que quase ri.

— Gosto das minhas festas, Tatum. Gosto de ser entretido. Se você acabar com elas, então terá que me entreter. — Surpreendi a mim mesmo com o quão baixa e inconfundivelmente desejosa minha voz ficou. As imagens de como ela poderia me entreter correram pela minha cabeça.

Mas Tate nunca faria aquilo. Ela era uma boa menina. Escovava os dentes e usava fio dental. Passava as roupas.

E não fazia sacanagem na cama com garotos problemáticos.

Ela colocou o cabelo longo e ondulado por trás da orelha e me encarou com desdém.

— E que tarefa nojenta, por favor, me diga, você gostaria que eu fizesse? — Ela acenou dramaticamente, e meu sangue acelerou por causa do tanto que ela parecia diferente.

Ela já tinha dado uma de espertinha comigo antes. E, antes da França, correu alguns riscos.

Mas, toda vez, ela pareceu nervosa ou à beira das lágrimas. Agora, parecia perfeitamente confortável, quase como se isso fosse um desperdício do seu tempo.

Boa.

Melhorar minha estratégia seria divertido. E uma distração bem-vinda.

Parei na frente dela e senti o calor e a dor deliciosamente familiar dentro da minha calça.

Merda. A porra de uma ereção agora?

Meu pau latejou, mas tentei ignorar.

Sim, meu corpo era atraído pelo dela. E daí? Eu era atraído pela maioria das coisas que usava saia. Ou short de pijama com moletom preto e All Star de cano longo.

Minhas emoções se descontrolavam com Tate, mas eu sabia que não poderia comer a garota. O inferno congelaria antes de eu dar a ela esse tipo de poder sobre mim.

Mas não significava que eu não aproveitaria a vista.

— Tire isto — peguei na bainha do seu moletom preto — e me dê uma *lap dance*.

Ela arregalou os olhos.

— Oi?

E notei que, quanto mais nervosa, e nem tão confiante, sua voz ficava, ela soava como música para os meus ouvidos.

Meu olhar ficou firme ao desafiá-la:

— Vou colocar *Remedy*. Ainda é a sua música favorita? Uma dança rápida e a festa termina.

Eu encerraria a festa? Não. Sob nenhuma circunstância eu daria o que ela queria.

E adoraria lhe ensinar esse fato. Mas eu esperava que ela não aceitasse minha oferta. Não me entenda mal. Ter seu corpo se esfregando no meu não seria ruim, mas eu não seria capaz de comer essa garota e ir embora. Eu andava em uma linha tênue com Tate, e sabia que ia querer repetir a dose.

Ela me encarou por um minuto, diversas emoções cruzarem seu rosto docemente cruel. Consideração, enquanto ela realmente parecia estar cogitando a proposta. Então raiva, ao perceber que, no fim das contas, eu só a humilharia. Derrota, ao aceitar que não havia uma forma de vencer aqui. E perda, quando a tristeza cruzou seus olhos vidrados. Não tenho certeza do motivo daquilo. E então algo diferente.

Sua sobrancelha relaxou e ela inclinou o queixo, me encarando.

Merda.

Eu conhecia aquele olhar. Eu o usava o tempo todo.

Desafio.

Ela se virou, seu cabelo voou por cima do ombro, e meu coração bateu em descompasso quando a garota começou a gritar pela minha casa a plenos pulmões:

— Polícia! — gritou pela sala. — Polícia! Saiam todos daqui! A polícia está vindo pelos fundos! Corram!

Filha da puta!

Assisti, sem ter o que fazer, a todos os bêbados e drogados idiotas que estavam na minha casa começarem a escapar.

Mas que inferno! Eles acreditaram nela!

Calor subiu pelo meu pescoço e cruzei os braços para evitar que meu coração saísse do corpo.

As pessoas se espalharam ao sair da casa, fugindo pela cozinha, pela sala e pela porta da frente como se houvesse a porra de um incêndio. Muitos eram menores de idade, então tinham motivo para estarem alertas, mas ainda assim... Era de se esperar que os merdinhas idiotas olhassem em volta primeiro.

Mas, não, eles simplesmente sumiram.

E, em pouquíssimo tempo, minha casa estava praticamente vazia. Exceto pelos que já tinham desmaiado ou quem quer que estivesse escondido lá em cima nos quartos.

Sangue bombeava em minhas veias como açúcar derretido, a dor era quase insuportável, mas me deu tanta água na boca que desejei mais. Alguma coisa mudou nela, que agora estava me desafiando.

Isso aí, porra.
Aproximando-me do meu alvo, sorri e deixei sair um suspiro condescendente.

— Você vai chorar bem em breve — prometi.

Ela me encarou, quase achando graça.

— Você já me fez chorar diversas vezes. — E ergueu o dedo do meio para mim. — Sabe o que é isso? — questionou, usando o dedo para dar tapinhas no canto do olho. — Sou eu, afastando a última lágrima que você vai conseguir tirar de mim.

E deu as costas e foi embora.

Minha boca não se fechava, e não consegui arrancar os olhos da porta vazia.

Puta merda.

Uma coceira começou na minha garganta e perdi o fôlego quando comecei a rir.

Filha da puta, eu estava sorrindo também.

Não conseguia acreditar que ela tinha acabado de dizer aquilo para mim. Era um desafio, sem sombra de dúvida.

Ah, baby. Está valendo.

— Bem, ela está diferente. — Madoc disse por trás de mim e pisquei para afastar o sorriso.

Dei meia-volta para encará-lo.

— Você tocou nela? — Meu tom era uma ameaça.

— Foi mal, cara. — Ele olhou para mim como se já não tivesse escutado umas dez vezes que era para manter as mãos longe dela. — Esqueci. Não vai rolar de novo. — Deu de ombros e voltou para a cozinha.

É melhor mesmo.

Eu não sabia se ele realmente iria para cima de Tate. Sam disse que ele estava tocando nela, mas Madoc era um bom amigo que conhecia limites.

Eu também não tinha certeza do que ele estava tramando.

Olhei mais uma vez para a porta da frente, me lembrando de como Tate tinha saído de cabeça erguida, voz estável e mais confiança do que eu já tinha visto.

O jogo começou.

Meus ombros relaxaram, subi as escadas e fui para a cama. Dessa vez, sem remédio para dormir e sem pensar no meu pai.

CAPÍTULO DEZ

— Aff, acho que meu pau quebrou — Madoc gemeu, se ajustando bem no meio do corredor da escola.

Balancei a cabeça para ele, antes de acenar para alguns amigos que passaram.

— Então fique só com garotas, mané — brinquei. — Provavelmente são mais macias do que os caras de que você gosta.

Vagando pelo corredor no primeiro dia do último ano, senti passar por mim uma brisa que mais ninguém sentiu. Madoc estava se gabando de suas conquistas, consegui as aulas que queria e minhas visitas à prisão estavam quase terminando.

Depois que Tate voltou, e uma semana depois da sua incursão lá na minha festa, dormi em paz também. Quase me sentia feliz.

— Então — Madoc começou —, Tate já conseguiu um pequeno fã--clube. Estou supondo que você já ficou sabendo.

Fiquei. Por mais que odiasse as poucas coisas que ouvi os caras falando dela, não eram necessariamente ruins. Ninguém tinha mencionado seus seios nem sua bunda, então eu não teria que socar a cara deles no chão.

Não, falavam apenas de como ela estava bonita. De como se portava agora. Confiança que ela adquiriu morando no exterior, com certeza.

E eu amava a atenção que ela recebia. Afinal, quanto mais ela subisse, maior seria a queda.

— Tatum não está nem no fã-clube dela mesma — murmurei.

Pegamos comida e nos sentamos à mesa de sempre da cantina. Madoc comia como o atleta do *Clube dos Cinco*. Ele quase precisava de duas bandejas para os sanduíches, a pizza, as batatas, os Gatorades e os brownies que comprou, enquanto eu odiava comer demais durante o dia. Um sanduíche ou um burrito e algumas bebidas eram o meu normal.

Resultado: Madoc dormiu nas aulas da tarde, e eu consegui terminar o trabalho com energia de sobra.

— Como nós vamos fazer isso então? — Ele dirigiu a pergunta a mim enquanto Sam e seu amigo, Gunner, estacionavam em nossa mesa e come-çavam a se afogar na própria comida.

Tampei a minha garrafa e sequei os lábios com as costas das mãos, então o encarei, sem imaginar do que ele estava falando.

— Como *nós* vamos fazer o quê?

— Tate — soltou, como se eu já devesse saber. — Vamos ou não deixá-la em paz esse ano?

Eu me recostei na cadeira.

— Eu faço o que eu quero. Te aviso se precisar de ajuda.

— Shhh — Madoc pediu. — Ela está ali. — E apontou o queixo na direção das portas à frente, e meu olhar seguiu.

Ela andou na fila e pegou uma bandeja, e fiz um inventário de tudo. Para o meu plano de batalha, claro.

Seu corpo se movia devagar, quase metodicamente. Havia algo na maneira como suas costas pareciam rígidas.

Ela não estava relaxada.

Esperava que fosse por minha causa. Esperava que ela tivesse me sentido aqui, observando-a.

Gostava de vê-la se mover, mas fiquei tenso quando percebi que todos os outros caras aqui também deviam estar apreciando a mesma vista.

Era uma bela vista, e não consegui não olhar.

Ela costumava usar o cabelo liso, mas, das poucas vezes que a vi na semana passada, parecia que ela estava dando preferência a um estilo mais ondulado agora. As luzes acima faziam os fios brilharem até as pontas. A camisa longa e justa cobria sua bunda de um lado, mas estava presa na cintura do jeans do outro, deixando seu traseiro visível na calça apertada.

— Bem — Madoc começou —, invente algo melhor dessa vez. Sabotar encontros é infantil.

O quê?

E então percebi que ele continuava a discutir algo que eu nem lembrava de ele ter iniciado.

— Dê um jeito de fazer dupla com ela em um projeto ou algo assim — prosseguiu. — Daria para fazer tanta coisa passando essa quantidade de tempo juntos.

Tempo juntos?

Ah, sim. Estávamos falando do "Plano de atacar a Tate".

— Isso não é uma preliminar, Madoc. — Mandei a real para ele assim como Tate fez com K.C. — Não estou tentando ficar com ela.

Eu a observei caminhar até uma mesa distante e se sentar... com as costas para mim.

ATÉ VOCÊ

Meus lábios se curvaram.

Ela não queria arriscar fazer contato visual comigo, o que era uma vitória.

Madoc começou a rir, quase se engasgando ao tentar engolir a comida.

— Você está certo. — Ele tossiu, seus olhos lacrimejam. — Qualquer um que vê o jeito que você olha para ela sabe que você não quer ficar com a garota. — Ele balançou a cabeça. — Não, agora mesmo você está encarando a menina como se quisesse amarrá-la e dar uma bela de uma surra nela.

Idiota.

Eu não gostava desse tipo de merda nem... não achava que gostava. Nunca tentei. Deveria tentar, acho. Você deveria experimentar de tudo, pelo menos uma vez.

Exceto metanfetamina.

— Não? — ele desafiou, me encarando quando não respondi. — Bem, acho que isso não vai te deixar com ciúmes então.

E empurrou a cadeira para trás, arrastando-a pelo chão e deu a volta na mesa para ir para o outro lado da cantina. Em direção à Tate.

Filho da puta.

Eu ia cortar aquele pau quebrado dele e dar para o Madman comer.

As mangas curtas da minha blusa preta se esticaram sobre os meus bíceps, e percebi que quase todos os músculos do meu corpo estavam tensos.

Observei, furioso, enquanto Madoc abordava Tate e se inclinava para o ouvido dela, falando. Não conseguia ouvir o que estava sendo dito, claro, mas vi as costas dela se enrijecerem, e percebi que a garota estava desconfortável.

Que bom.

Mas não me senti bem. Eu parecia ficar chapado quando a pressionava, mas nunca gostei quando outros seguiam o meu exemplo. Quando Madoc fez o comentário sobre o peito dela no ano passado na festa, pouco antes de a garota quebrar o seu nariz, quase cortei as bolas dele.

Me ajudar a provocá-la de vez em quando era uma coisa, mas falar merda sobre o corpo da menina, em público, me deixou de cabeça quente. Nem eu fazia aquilo. Se ela não tivesse socado ele, eu teria feito isso.

As mãos dele deslizaram pelas costas de Tate e fechei a minha em punho.

Droga! Não acabamos de conversar?

O ar entrava e saía do meu nariz conforme eu observava, sem nem piscar, a mão cheia de intimidade passar pelo corpo dela, descendo para sua bunda.

Saltei da cadeira, mas parei de imediato ao ver Tate disparar da cadeira e agarrar Madoc pelos ombros, esmagando as bolas dele com o joelho.

Puta merda!

Minha respiração ficou ofegante, estava tentando não rir ao ver meu melhor amigo cair de joelhos, gemendo como um animal ferido.

Tate o circulou, e me sentei para ver.

— Não toque em mim e não fale comigo — ela falou, entredentes. — Achou mesmo que eu sairia com você?

Ele a chamou para sair?

— Ouço as conversas das outras garotas — ela continuou — e, contrariando a crença popular, os melhores perfumes *não* estão nos menores frascos. — Sua voz era forte, como se estivesse completamente confortável consigo mesma. Todo mundo entendeu a piada quando ela moveu o dedo mindinho para a multidão que achava graça de tudo aquilo, insinuando que Madoc tinha um pau pequeno. — Mesmo assim, obrigada pelo convite, Madoc — ela concluiu, com uma voz meiga e entediada.

Ela apanhou a bandeja, atravessou a multidão, jogou o almoço fora e foi em direção às portas, enquanto todos os olhos ali a seguiam. Até os meus.

Inclinei-me para trás de novo, me lembrando de como ela chorava ou apenas saía toda vez que Madoc e eu fazíamos alguma coisa. Agora, era a Tate de dez anos de idade de novo, agitando a porra do meu mundo.

Ela parou nas portas e estreitei os olhos para ela, que se virou e me olhou dentro dos olhos. Os dela se fixaram, acabando com a distância entre nós e me levando para bem perto do seu rosto, a ponto de eu conseguir sentir o cheiro de sua pele.

Ela era tudo. A garota conhecia minha estratégia, combinava comigo e seria uma alegria derrubá-la. Depois, e só depois disso, eu teria provado que não precisava dela nem de mais ninguém.

O senhor Sweeney, um dos nossos diretores, foi até a cantina querendo saber o que aconteceu, e eu fui explicar que Madoc tinha caído em uma cadeira. Mentira idiota, eu sei, mas professores não têm muito poder. Se um aluno alega alguma coisa e os outros confirmam, deve ser verdade. Não queria que Tate se metesse em encrenca.

Não com os outros, só comigo.

Antes de as aulas da tarde começarem, encontrei Madoc no armário dele; foi quando o peguei pelo braço e o arrastei pelo corredor até uma sala vazia.

— Opa! — ele uivou, provavelmente surpreso pela minha súbita aparição. — Pega leve!

Assim que estávamos longe de olhares indiscretos, me virei e dei um soco na boca do seu estômago. A pele dos nós dos meus dedos se esticou, mas Madoc cedeu ao soco e eu sabia que a dor seria bem pior.

Tossindo e se curvando, ele caiu para a parede e pairei sobre ele. A parte estranha era que eu não estava agitado nem mesmo bravo. Só um pouco irritado, mas, fora isso, estava no pleno controle de minhas ações e emoções.

Ele sabia por que apanhou, e agora sabia que eu não estava blefando sobre não tocar em Tate.

— Dessa vez você me ouviu, né? — perguntei.

E ele assentiu, franzindo as sobrancelhas e parecendo enjoado ao segurar a barriga.

Ao ir para a próxima aula, tirei o celular do bolso e mandei mensagem para o meu chefe, avisando que não trabalharia naquela tarde. Ele era meu amigo e não me perturbava nas raras vezes que eu precisava de uma folga de última hora.

O trabalho era barulho e distração. Agora eu tinha Tate, e ela estava mantendo minha cabeça bem ocupada esses tempos.

Passei o resto da tarde com uma fome eufórica pelo que estava por vir.

CAPÍTULO ONZE

O ego de Madoc foi seriamente ferido depois de baterem nele duas vezes no mesmo dia. Fomos embora da escola para que ele pudesse curar as feridas com um almoço tardio, ou um jantar antecipado, no Sonic. Na minha opinião, as garotas de patins o animaram mais que a comida.

Lá pelas quatro e meia, ele voltou de carro para casa, e eu fui para a escola. Tate tinha treino de *cross-country* essa tarde. Conferi com Jess Cullen, a capitã, mais cedo, e Tate deveria estar lá para tentar voltar para a equipe.

Esperei do lado de fora do vestiário feminino, com as mãos nos bolsos e apoiado na parede. Foi assim que aproveitei a calmaria antes da tempestade.

Meu Deus, senti falta disso.

Meu pai cruzou pela minha cabeça, mas quase não parecia importante agora. Tipo, por que eu estava dando tanta atenção a ele, para início de conversa?

Quando uma garota saiu, cabelo molhado e carregando uma bolsa de ginástica, soube que era hora. As mocinhas poderiam ainda estar se arrumando, mas deveriam ter terminado o banho.

Não que elas tivessem algo que eu não tenha visto, algumas bem de perto, porém havia uma linha tênue entre pregar uma peça e ser preso.

Passando pela porta, virei à esquerda no corredor. Havia várias fileiras, igual no vestiário masculino, então passei pela principal, espiando os armários e procurando pela loira ensolarada.

Ouvi os secadores de cabelo funcionando e a conversa nos fundos, então ainda não havia tantas garotas se vestindo.

Mas houve, claro, alguns ofegos e movimentos rápidos para se cobrir.

Uma garota puxou a camisa para cobrir o sutiã, mas então a baixou de novo ao perceber quem eu era. Seus lábios se retorceram ao me olhar de cima abaixo. Olhei de novo, já que pareceu que ela me conhecia. Como se ela me conhecesse, *conhecesse*, mas não consegui me lembrar na hora. O ano anterior foi uma confusão, e raramente fiquei duas vezes com alguém. Pode ser que eu tivesse tocado nela. Era gostosa. Provavelmente toquei, mas não seria capaz de dizer se foi há um mês ou há um ano.

Passei para o próximo corredor e parei, com o estômago dando cambalhota.

Tate estava em seu armário, nua, exceto pela toalha.

Por um segundo, pensei que não poderia ter planejado melhor o *timing*. E então me lembrei de que não poderia ter sido em um momento pior. Meu pau parecia uma maldita bússola apontando direto para ela.

Endureci o olhar e franzi as sobrancelhas, falei alto, pronto para colocá-la na porra do seu lugar.

— Saiam. Tatum fica — ordenei para o cômodo.

Todo mundo deu um gritinho ou prendeu a respiração, e a cabeça da Tate disparou, seus olhos estavam arregalados. Ela agarrou a toalha como se eu tivesse o poder de rasgá-la com a força da mente.

Ah se eu pudesse...

As garotas fugiram, e fiquei grato por terem esvaziado o lugar sem fazer drama. Talvez tenham ido lá para fora ou apenas recuaram algumas fileiras para nos dar privacidade, mas tudo que me importava era que elas tinham ido e Tate não tinha uma rota de fuga.

Estava isolada.

— Está brincando comigo? — ela gritou, com o rosto torcido em uma bela raiva, e me aproximei devagar.

— Tatum? — Meu corpo enlouqueceu com o calor descendo por meus braços e pernas. — Queria me certificar de que teria sua atenção. Eu tenho?

Ela lambeu os lábios, respirando por entre os dentes. Até sua boca, tensa com a frustração, parecia pronta para briga.

— Diga o que tem a dizer. Estou nua aqui, e prestes a gritar. Isso é ir longe demais, até mesmo para você!

Nunca era longe demais. Não havia limites para as alturas que eu alçaria para me alimentar dela.

Ela parou de recuar e, por um breve momento, me perguntei o motivo. Mas, em vez de me parar, não consegui evitar chegar mais perto.

Ficamos parados ali por um momento, nenhum dos dois disposto a recuar, e um calor emanava dela toda vez que seu peito subia e descia.

E então eu vi.

Suas pálpebras tremeram de leve, sua respiração engatou, e ela não me olhava. Não por medo, mas por vergonha. Ela estava constrangida por alguma coisa.

Ai, Jesus.

Aquele flash de desejo em seu rosto. Era isso.

E, porra, eu queria aquele momento também.

Vagando o olhar por seu corpo, absorvi o tom caramelo de sua pele bronzeada e não pude evitar me perguntar como ficaria coberta por suor. A curva do seu pescoço ao encontrar o ombro, as gotas de água no oco de sua clavícula, os seios cheios quase explodindo para fora da toalha... tudo aquilo me deixou duro.

Caramba. Se orienta, maluco.

Fiz meu olhar voltar para o dela e me forcei a vê-la como a inimiga que ela era.

Já cansei de dar atenção a eles.

— Você sabotou minha festa na semana passada. — Cheguei bem perto do seu rosto, mas ela se manteve firme. — E agrediu meu amigo. Duas vezes. Está realmente tentando mostrar a sua força nesta escola, Tatum?

Na minha mente, ela era "Tate". Sempre. Mas não conseguia chamá-la assim agora. Era um apelido para família e amigos, e não éramos nenhum dos dois.

Seus olhos, a mistura perfeita de fogo e gelo, me fitaram, mordazes.

— Acho que já estava na hora, não acha?

— Pelo contrário. — Apoiei o ombro no armário ao seu lado. — Segui em frente com passatempos mais interessantes do que ficar te zoando, acredite ou não. Foi um ano pacífico sem a sua cara convencida, de "eu sou boa demais para vocês" passando por estes corredores.

E aquilo era verdade. Tinha sido pacífico. Tão pacífico quanto a morte.

— O quê? Você, o grande e mau Jared, está se sentindo ameaçado?

Mas que porra é essa?

Aquilo me irritou.

Eu me afastei armário com um solavanco e a prendi entre meus braços.

— Não me toque — a garota disparou, e escondi um sorriso. Ela não estava me olhando de novo.

Movi a cabeça como se fosse uma cobra, tentando captar seu olhar.

Mechas molhadas estavam coladas no rosto e a inalei bem devagar, como se ela fosse um pedaço de bife, e eu estivesse faminto.

— Se um dia eu encostar as mãos em você — ameacei, baixinho —, você vai querer.

Aquela porra de cheiro. Era algum tipo de flor e kiwi.

— E aí? Você quer?

Ela parou, parecendo um pouco surpresa, um pouco confusa e então bastante irritada.

ATÉ VOCÊ

— Estou entediada. — Seu tom era incerto; mas seus olhos, não. — Vai me dizer o que quer ou não?

— Quer saber? Sabe essa nova pose que você está usando desde que voltou? Me surpreendeu. Você costumava ser um alvo bem fácil. Tudo que você fazia era correr ou chorar. Agora desenvolveu algum instinto de luta. Eu estava preparado para te deixar em paz este ano. Mas agora... — Deixei no ar.

Ela me deu um sorriso debochado.

— Vai fazer o quê? Me fazer tropeçar no meio da aula? Derramar suco de laranja na minha camiseta? Espalhar boatos sobre mim, assim eu não terei nenhum encontro? Ou talvez você vá dar mais um passo e começar com *cyberbullying*. Acha mesmo que qualquer uma dessas coisas me incomoda? Você não consegue me assustar.

Baby, eu já te atingi.

Pelo menos eu achava que sim. Ela estava falando de merdas sérias. Claro, ela começou a se abrir antes de ir para a França, mas percebi que era tudo parte de deixar o país. Ela se sentiu segura. Caramba, ela esteve segura, acho. Não havia muito que eu pudesse fazer de onde estava.

Mas agora ela voltou.

Levei uma das mãos ao armário, bem acima de sua cabeça, e me inclinei.

— AAcha que é forte o suficiente para me confrontar? — perguntei, parte de mim esperando que ela aumentasse o desafio e outra torcendo que ela ficasse na dela.

— Valendo. — E a promessa flutuou no ar como se fosse "você ganhou na loteria".

Isso, porra.

— Tatum Brandt!

Nós dois pulamos de nosso mundinho, e olhei para o fim do corredor, de onde a treinadora Syndowski e metade do time de *cross-country* nos encarava.

Ah, merda.

Quase ri daquela sorte.

Tate de toalha. Eu me elevando sobre ela. Não poderia ter planejado melhor, e me envergonhei um pouco por não ter previsto essa reviravolta.

Não cairia nada bem na sua estratégia chamada "os dois não vão acabar com meu último ano".

— Treinadora! — Tate ofegou, agarrando a toalha e fazendo parecer que éramos culpados de alguma coisa além de falar.

Muito sutil, Tate.

Mas minha diversão foi breve quando vi garotas tirando fotos com o celular. Meu peito se afundou na mesma hora.

Não, não, não... droga.

Tate era minha para eu fazer o que bem entendesse. E eu não queria fotos dela de toalha sendo enviadas para a escola inteira!

— Há outros lugares para vocês dois fazerem isso. — O tom da treinadora foi algo como se ela estivesse apontando o dedo para nós e nos mandando para cama sem o jantar. — Senhor Trent? — Repreendeu-me com o olhar. — Saia!

Enterrei minha raiva em relação às fotos e saí assim como entrei: como se fosse dono do lugar.

CAPÍTULO DOZE

Dias depois, eu estava experimentando mais altos e baixos do que uma droga de uma montanha-russa. Tate completamente ciente da minha presença e estremecendo toda vez que me via: subindo! Idiotas tentando me cumprimentar por comer a garota como se ela fosse alguma vadia barata que daria em qualquer lugar: descendo.

Essas porras de celulares, internet, tecnologia e outras merdas!

E, pior de tudo, na verdade, eu me sentia culpado.

Eu deveria estar empolgadíssimo. Ainda mais porque ela foi transferida para uma das minhas aulas ontem, e eu poderia foder com ela a qualquer momento agora.

Mas as coisas estavam diferentes este ano, e aquela droga de foto não ajudou. Os caras a desejavam. Eles a queriam tanto que nenhuma quantidade de merda que eu vomitasse sobre ela comer meleca, ter piolho ou até mesmo dissecar cadáveres humanos em casa resolveria.

Dane-se. Não havia muito que eu pudesse fazer naquele sentido, e por que eu ia querer algo assim? Por que me importava se ela namorava ou não? Eu não ligava.

Simplesmente me irritava pra caramba ter uma foto dela quase nua passeando pelo ciberespaço.

Tate presumiria que planejei a coisa inteira e saberia que eu estaria animado pela sua humilhação. Então deixa. Funcionou a meu favor.

Mas aquilo não significava que eu estava feliz nem que concordava com isso.

— Toni, gata. Venha comigo. — Passei o braço pelo cotovelo de Toni Vincent, capitã das líderes de torcida, e atravessei as portas duplas do ginásio com ela, saindo de lá.

— Ah, veja só quem está falando comigo depois de semanas e semanas. — Seu tom sarcástico era brincalhão, mas incomodado.

Ela e eu nos pegamos algumas vezes no ano passado e, embora a garota fosse confiante e divertida, eu não estava no clima de um relacionamento. Ela tentou forçar essa merda.

Ela era arrogante, e sabia usar seu lado durão. Eu admirava isso nela.

— Somos melhores quando não estamos falando — murmurei, e a fiz recuar até a parede.

A garota não cedeu um centímetro, mas vi um sorrisinho aparecer antes de ela abaixar os olhos verdes. Quando voltou a me encarar, seu olhar estava firme:

— E aí, o que você quer?

— O blog das líderes de torcida — declarei. — Sabe as fotos minhas com Tatum? Tire de lá.

— Por que eu faria isso? — zombou. — Está tendo bastante engajamento.

— Porque estou mandando — dei a ordem, sem flertar nem fingir que fazia isso. — Hoje.

E a deixei ali, sabendo que ela faria aquilo.

Mais tarde naquele dia, fui à última aula, Cinema e Literatura. Me inscrevi em qualquer aula que pudesse fazer com Penley esse semestre. Ela era fofa, e me sentia pior por causa da forma como me comportava com ela do que com qualquer outro professor no ano passado. Eram os professores que iam um pouco além que conseguiam meu respeito e, depois do meu comportamento de merda com ela no fim do ano passado, decidi aproveitar a oportunidade para mostrar a ela que era um bom aluno. Ou pelo menos um cara legal.

Acontece que as aulas dela, embora a mulher se esforçasse, eram as de que eu menos gostava. Odiava literatura e escrita, e com certeza odiava me expressar em público quando não havia tequila Patrón ou um carro veloz envolvidos.

Mas eu estava ansioso por essa aula mais do que qualquer outra agora. Tate estava sentada duas carteiras à frente da minha, e eu poderia encará-la a aula inteira.

— Estou tentando entrar na Columbia, Medicina. E você? — Tate perguntou para Ben Jamison, que estava sentado perto dela, e não pude evitar ouvir a conversa.

— Estou tentando para alguns lugares. Só que não tenho cabeça para Matemática ou Ciências. Para mim, vai ser Administração.

E Administração é o quê, exatamente? Literatura grega?

— Bom, espero que você goste um pouco de Matemática. Administração tem a ver com Economia, sabia? — Tate ecoou meus pensamentos, e bufei quando Ben olhou para ela com os olhos arregalados e claramente confusos.

Mordi minha caneta para evitar rir do idiota.

As costas de Tate enrijeceram, e soube que ela percebeu que eu estava escutando.

— Então... — ela continuou, me ignorando — você está no comitê do Baile de Boas-vindas, né?

— Sim. Você vai? — Ben perguntou, e parei de respirar, esperando pela resposta dela.

Talvez Ben tentasse convidá-la. Talvez ele estivesse avaliando se ela estava ou não interessada em alguém. Lembrei que ele era a fim dela no primeiro ano, mas foi afastado com facilidade. Assim que ouviu o rumor sobre Stevie Stoddard, que eu espalhei dizendo que Tate perdeu a virgindade com o garoto mais sujo da escola, ele não a mencionou de novo. Ele era fraco, apenas um seguidor.

Mas... as garotas o amavam. Por quê? Não faço ideia. Ele era tão entediante quanto uma noite de filmes religiosos. Mas era bonzinho. O cara que você apresentava para sua mãe.

— Vamos ver — Tate respondeu. — Contrataram uma banda ou será um DJ?

— Uma banda seria legal, mas eles costumam tocar só um tipo de música, então é difícil conseguir agradar a todos. Teremos um DJ. Acho que foi o que todos decidiram. Ele vai manter a festa rolando com uma boa mistura: pop, country...

Ok, sobre Tate e música: se os fãs fizessem menos do que gravar o nome da banda na própria pele, então não era algo que valesse a pena ouvir. Qualquer música que envolvesse mais do que pular por aí e balançar a cabeça era tão empolgante quanto Kenny G para ela.

Bem, para mim também. Essa é uma área em que batíamos de frente.

— Ah... pop e country? Não tem como errar nessa. — Ela tentou soar sincera e, para alguém que não tinha nada na cabeça, como Ben Jamison, provavelmente funcionasse, mas dava para sentir o cheiro da mentira.

Incapaz de segurar a risadinha, enterrei o rosto no telefone quando ela se virou para me olhar.

Mas quando não lhe dei atenção, ela voltou para frente.

— Então você gosta de pop e country? — Ela voltou a puxar assunto com Ben, e me vi batendo a caneta na mesa, com irritação.

Caramba, onde está Penley?
— Mais de country. — Ouvi Ben responder.
Ela se limitou a fazer que sim com a cabeça, e eu esperava que o cara tivesse percebido que eles não tinham nada em comum.
— Sabe — ela continuou —, fiquei sabendo que vamos assistir a *O sexto sentido* aqui neste semestre. Já viu?
— Ah, sim. Já faz um tempão. Não entendi. Não sou muito fã desses filmes de suspense e terror. Gosto de comédias. Talvez ela nos deixe assistir *Borat*.
— Ei, Jamison? — interrompi, bem cansado de ouvir Tate se oferecer para esse cara. — Se você gosta do Bruce Willis, *Corpo fechado* é bom. Você devia dar uma chance... sabe, se tiver vontade de mudar sua opinião sobre filmes de suspense.
Pronto. Agora Tate pode voltar para coisas melhores. Como calar a boca. Tate amava Bruce Willis. Gostava de filmes de ação e suspense.
E eu queria que se lembrasse de que eu sabia coisas sobre ela.
— Ok, turma. — A senhora Penley finalmente entrou. — Além da apostila que vou entregar, Trevor vai repassar o modelo de uma bússola. Por favor, escreva seu nome no topo, mas deixem as áreas ao redor do Norte, Leste, Sul e Oeste em branco.
O folhear de papéis tomou a sala, as fileiras de estudante trabalhando duro. Papéis e pacotes foram sendo passados de um para o outro, como se fosse um ticket para dar o fora daqui, como se todos tivessem algum lugar para ir.
— Ok. — A Penley bateu palmas. — As apostilas que entreguei são listas de filmes onde monólogos importantes aconteceram. Como já começamos a discutir sobre monólogos e a importância deles na aula de Cinema e Literatura...
Minha mente viajou e ouvi o barulho da voz de Penley, mas não as palavras. Meus olhos estavam fixos nas costas de Tate e, antes que eu percebesse, estava perdido.
Ela pegou todo o cabelo e prendeu em um longo rabo de cavalo, o comprimento ondulado caindo em cascata pelas suas costas como uma cachoeira ou... uma guia de coleira.
Cerrei os punhos.
Jesus.
Não conseguia ver meu pau, mas podia jurar que inchou duas vezes o tamanho que normalmente ficava quando eu estava com tesão.

ATÉ VOCÊ

Sua camiseta verde-militar da Five Finger Death Punch não era justa demais, porém franzia de levinho sobre suas costas esguias e complementava a pele beijada pelo sol. Eu estava quase sangrando para beijar o pedaço de pele em seu ombro, a curva de seu pescoço onde a gola roçava.

Seria um bom lugar para uma tatuagem pequena, pensei.

O cabelo, as roupas... eram a mistura perfeita da garota boazinha com a problemática, da salvação e do perigo.

Não fazia sentido mentir para mim mesmo. Por mais que a odiasse, eu queria uma provinha dela.

Sexo com raiva era muito bom, pelo que ouvi.

— Vai! — gritou a professora, e ergui a cabeça, piscando para afastar a fantasia em que fiquei preso.

Ah, merda. Todo mundo se levantou da carteira e começou a andar pela sala, levando papel e caneta.

Era para eu me levantar? Medo apertou meu coração ao dar uma espiada no meu jeans, e então fechei os olhos. *É, não vai rolar.*

E, porra, não consegui deter as malditas imagens de Tate: no meu carro, no armário de produtos de limpeza, na minha cama...

De jeito nenhum eu poderia me levantar agora, então respirei fundo e tentei pensar em coisas entediantes, como dramas britânicos de época e roda-gigante.

Por sorte, Ivy Donner ficou de pé e escreveu seu nome em meu papel abaixo de Leste, depois fez o mesmo com o meu no dela. Algo bom, porque eu não fazia ideia do que deveríamos fazer, e meu sangue corria feito lava. Eu estava puto.

Tate era uma boa distração do meu pai, mas não precisava que ela me excitasse tanto e tão rápido a ponto de eu não ser capaz nem sair da sala caso houver uma simulação de incêndio sem envergonhar a mim mesmo.

Eu me concentrei em manter a careta no rosto e a respiração equilibrada, deixei mais duas garotas preencherem meu papel, enquanto eu tentava me acalmar. Acho que era para encontrarmos parceiros na bússola e trocar nomes para cada ponto cardeal ou algo assim. Dane-se.

— Senhora Penley, estou sem um Norte. Tem algum problema se eu fizer a três com os outros dois? — Ouvi Tate perguntar de seu lugar na frente da sala.

As pessoas bufaram, outros riram. Não fiz nada. Apenas tentei não olhar para ela nem imaginá-la em um ménage, assim conseguiria me livrar dessa porra de ereção.

— Ei, Tate — Nate Dietrich chamou, com voz grave. — Eu faço a três com você. Minha bússola aponta sempre para o Norte.

— Valeu, mas acho que sua mão direita vai ficar com ciúmes — ela rebateu, e, dessa vez, a turma inteira riu com ela e não dela.

— Alguém precisa de um Norte? — a senhora Penley perguntou, pondo fim à bagunça.

Olhei para o meu papel e vi que também estava com aquele espaço vazio. Mas não falei nada. A última coisa que eu queria era ajudar aquela garota.

Mas então vi Ben, duas cadeiras à minha frente à esquerda, apagando seu Norte, e neguei com a cabeça, determinado a ser um idiota, suponho.

— Ela pode ser meu Norte — afirmei, o mais calmo que pude.

Tinha que reconhecer o feito de Ben. Ele tinha sido babaca, mas queria Tate e correria atrás dela.

Por que eu não podia simplesmente deixar pra lá?

— Bem, Tate. Vá em frente, então. — A senhora Penley esticou a mão, acenando para que ela se sentasse.

Ela não me olhou, apenas se jogou na cadeira e pairou sobre seu papel, claramente planejando minha morte. Abri um largo sorriso, me aquecendo em seu ódio e me sentindo no controle de novo.

Agora... estava pronto para o *round* dois.

CAPÍTULO TREZE

— Ah, veja. É o cachorro... E o Madman.

Parei de olhar para a grama, reparando em K.C., que caminhava pela entrada da casa de Tate. Madman e eu tínhamos terminado de dar uma volta e desmaiamos no gramado da frente após um combate mano a mano envolvendo seus dentes e minha mão com luva.

— Sabe, não consigo decidir qual de vocês é mais educado. — Ela carregava sacolas plásticas cheias do que parecia ser comida, mas parou antes de chegar às escadas. — Pelo menos ele não caga nas pessoas. — Apontou o queixo para Madman.

K.C. me lembrava daquela loira de *Vampire Diaries* que anda por aí agindo como se cada problema do universo inteiro tivesse relação com ela.

Sim, não julgue. Madoc gosta da série, não eu.

O ponto é que algumas pessoas pensam que têm um papel principal quando, na real, são elenco de apoio.

— K.C.? — Apoiei-me nos cotovelos e disparei um sorriso preguiçoso e confiante para ela. — Sabe o que é pior do que ver como eu posso ser maldoso?

Ela suspirou e inclinou o quadril como se eu estivesse desperdiçando seu tempo.

— O quê?

— Ver como eu posso ser legal. — Minha voz flutuou como seda pelo gramado, direto para o meio de suas pernas.

Sua expressão atrevida se desfez, e ela pareceu um pouco perdida. Devia estar tentando descobrir se eu estava flertando, ou talvez estivesse apenas tentando se lembrar da porra do próprio nome.

Ri sozinho.

É, aquilo calou a boca dela.

Não tenho muita tolerância para... bem, para a maioria das pessoas, mas eu odiava mesquinharia. Se uma garota tinha que torcer o nariz e franzir as sobrancelhas ao mesmo tempo apenas para falar, então era perfeita para o tipo de atividades que não requeria conversa.

K.C. disparou pelas escadas até a casa de Tate e tocou a campainha como se uma legião de zumbis a perseguisse.

Meu peito sacudiu com a imagem e caí de costas no chão, fechando os olhos.

O sol da tarde estava se pondo, e a calmaria entre chegar em casa após um dia de trabalho e comer o jantar tinha começado. Eu amava aquele momento.

A luz do oeste criou um caleidoscópio de laranjas e verdes por trás das minhas pálpebras e absorvi a ilusão de que o bairro ao meu redor existia, mas eu não estava nele.

Madman lambeu minha mão e devolvi o gesto acariciando atrás de sua orelha. Tate abriu a porta da frente, vozes abafadas. Um cortador de grama soava pela rua. Carros passavam. Crianças eram chamadas para jantar.

E me deixei ser parte disso por alguns momentos.

Amava nossa rua e sempre amaria. Toda casinha tinha seus segredos, e era isso o que a tornava perfeita. Poderia rir do senhor Vanderloo do outro lado da rua, porque ele fugia para a garagem todas as noites e fumava maconha depois que a família dormia. A senhora Watson, três casas abaixo, gostava que o marido se vestisse de entregador e deixasse coisas na porta dela. E então ele a entregava para o quarto.

Até o pai da Tate tinha um segredo.

Durante o período que ficamos juntos enquanto ela estava fora, descobri que ele ainda ia sozinho ao Mario toda quinta-feira à noite. Eu me lembro de Tate dizer que foi naquele restaurante italiano em que os pais tiveram o primeiro encontro. Não sabia se ela estava ciente de que ele ainda ia lá.

Minha perna vibrou, interrompendo minhas reflexões, e enfiei a mão no bolso para pegar meu telefone.

Irritado, estreitei os olhos, toquei a tela e atendi.

— Oi? — Não havia necessidade de ser educado. Eu sabia quem era.

— Alô. Tenho uma ligação a cobrar de um detento da Prisão de Stateville. Você aceita?

Não.

— Sim.

Esperei a ligação ser transferida, sentindo como se tivesse sido levado para a Terra do Nunca e agora estivesse cercado por uma dúzia de soldados me prendendo sob a mira de suas armas.

Sabia por que meu pai estava ligando. Ele só tinha me ligado uma vez e era pela porra do mesmo motivo.

— Quando você vier amanhã... coloque dinheiro na minha conta — avisou, não pediu.

Respirei fundo.

— E por que eu faria isso?

— Você sabe o porquê — resmungou. — Não haja como se tivesse escolha.

Não tinha dinheiro para dar a ele. Podia não ter escolha, mas tinha um problema.

— Então vou precisar ganhar dinheiro, o que só vai acontecer amanhã à noite. — Era tarde demais para entrar em uma corrida hoje à noite. — Vou aí no domingo então.

E ele desligou.

Fechei os olhos e apertei o telefone, querendo que fosse seu rosto, seu coração e seu poder.

O dinheiro que dava a ele, para parar de ligar para Jax, era para ter sido uma coisa única. Mas não foi.

Ele dava um tempo a Jax, mas sempre ligava de novo.

Continuei pagando, apenas para Jax poder ter essa pausa.

Não haja como se tivesse escolha. Suas palavras perfuravam meus ouvidos como se eu ainda pudesse sentir a dor daquele dia. Eram as mesmas palavras que ele me disse antes de me jogar das escadas do porão.

Pouco antes de eu encontrar Jax com eles.

Sentando-me, olhei ao redor da rua.

Maldito.

Tento recuperar a calma, volto a me concentrar na vizinhança. Os gramados quadrados e verdes pareciam irregulares nas bordas agora, a grama menos vibrante. Todas as casas pareciam mortas e minha respiração começou a me assustar.

Então olhei para cima.

Os pés de Tate, apoiados na grade do lado de fora de suas portas francesas, estavam inclinados e me fixei nela. O resto do seu corpo estava escondido, mas observei de todo jeito. Saber que ela estava ali. Sentir a energia que emanava dela. Chame de ódio. Chame de luxúria. Não era amor, porém.

Mas era o bastante, e eu precisava daquilo.

O ar que deixava meu corpo foi ficando mais e mais tranquilo. Começou a entrar e sair como água em vez de xarope, e finalmente fiquei de pé e voltei para casa.

Liguei para Zack Hager, que organizava as corridas no Loop, abrindo e fechando meu punho, tentando desfazer o formigamento.

— Ei, posso correr amanhã à noite?

— Bem — ele fez uma pausa —, já tenho três corridas rolando. Mas Jones acabou de dar para trás, então Diaz precisa de um oponente.

— Pode me colocar na lista. — Precisava de dinheiro. Depois que comprei o carro com a grana da casa do meu avô, minha mãe fez valer a promessa de colocar o restante do dinheiro em uma conta para a faculdade. A única grana que eu tinha era a que eu ganhava no trabalho, e aquilo não era suficiente para manter os cigarros e lanchinhos extras de Thomas Trent.

Depois de desligar com Zack, mandei mensagem para Madoc para fazermos uma festa na minha casa naquela noite, e tirei o carro da garagem para dar uma olhada no óleo.

Já que não tinha mais nada com que me distrair até a festa começar, dirigi até Weston para buscar meu irmão. Os novos pais adotivos dele eram bem tranquilos quanto a deixarem Jax passar a noite na minha casa, então eu o levava para festas e corridas às vezes.

— Olha lá o Baby Jared! — Madoc gritou quando descemos do carro. Ele tinha chegado mais cedo na minha casa para organizar tudo e, pelo que parecia, a festa já tinha começado.

Jax bateu com o ombro no peito de Madoc, rindo.

— Sim, ouvi dizer que você gosta de novinhos.

— Só se eles forem tão bonitos como você, princesa.

Revirei os olhos quando Madoc passou os braços em volta do meu irmão e fingiu comê-lo por trás.

Não fazia ideia de por que Madoc chamava Jax de "Baby Jared". Não tinha nada a ver com nossa aparência. Erámos muito diferentes, nossos cabelos eram diferentes e tínhamos personalidades distintas. Jax era selvagem, não tinha medo de sorrir e curtir o momento.

Embora tivéssemos quase a mesma altura. Ele era um pouco mais magro, mas só tinha dezesseis anos.

Era melhor que eu aproveitasse a atenção feminina enquanto podia, porque, daqui a alguns anos, quando estivesse perto dele, as mulheres nem repararam em mim.

Não que eu ligasse. Queria que Jax tivesse tudo, porque ele merecia.

Esquadrinhei a rua ao me encaminhar para a porta e absorvi o brilho de vida e barulho ao meu redor. Quando meu pai ligou mais cedo, a pulsação dali tinha decaído diante dos meus olhos. Tudo parecia doente.

Mas, agora, olhando para a janela de Tate e vendo sua luz acesa, o baque em meu peito me levou mais alto.

— Ei, acha que teremos alguma ação hoje à noite? — Madoc passou o braço ao redor do meu pescoço e apontou a casa de Tate com o queixo.

Ele estava se referindo à última vez que ela estragou minha festa.

Sorri, olhando para a janela dela.

— Acho que ela não tem mais truques.

E entramos no barulhento frenesi de menores de idade, também conhecido como minha casa.

— Ah, cara, você beija direitinho — ela ofegou, quando deixei sua boca e beijei o caminho do seu pescoço.

Essa garota, ela disse que se chamava Sarah, parecia um amor, e era completamente corruptível. A parte boa era que ninguém convidou Piper, então fui deixado em paz hoje à noite para aproveitar o que a festa tinha a oferecer.

Eu a pressionava contra a porta do banheiro e estava me alimentando como se nunca fosse me satisfazer.

Eu não a conhecia. Apareceu como a amiga de uma amiga e ia para a escola a duas cidades daqui. Seu cabelo era macio; seus lábios, mais ainda, e ela agia como se tivesse um cérebro.

Passei cerca de uma hora ficando bêbado e tive vislumbres dela se movendo com a música em seu vestido preto sem alças, e enfim tomei uma atitude. Não demorou muito para trazê-la até aqui, e eu não estava com pressa de sair também.

Meus lábios acariciavam seu pescoço, cheiroso e suave, minhas mãos deslizavam por seu corpo. Seu mamilo enrijeceu quando o resvalei de leve no caminho para sua barriga chapada.

Passei a mão pelo osso do seu quadril e fui para trás, então enchi a mão com sua bunda e puxei a garota para o meu pau enquanto a beijava lenta e profundamente. O gosto era bom. Ela não tinha bebido nem fumado.

— Não sou uma vadia — ela falou baixinho, e ergui a cabeça para encará-la.

É, eu estava acostumado com essa parte. Garotas costumavam se sentir culpadas por serem "fáceis demais", como se os caras pudessem gostar de sexo; mas garotas, não.

E sabe o que é pior? As próprias garotas perpetuavam esse padrão. Caras não usam a palavra "vadia". Nós não julgamos. Ela não precisava me garantir nada.

Mas me olhou, pensativa.

— Eu só... quero me perder por um tempo.

E então olhou para baixo, como se alguma história fosse brotar em seus olhos e ela não quisesse me deixar ver. Sabia como ela estava se sentindo. Não queria que ninguém soubesse minha história também.

— Sou bom em me perder — ofereci. — Venha aqui.

Nossos lábios se uniram de novo e minha mão mergulhou devagar entre suas pernas, me perdendo no momento que eu queria. Na história por trás dos meus olhos, uma que eu não queria que ninguém mais visse.

— Jared?

Ouço seu sussurro em meu ouvido e quero rastejar para dentro de sua voz.

— Jared? — *Ela pega minha mão e guia para cima, para suas coxas, até chegar ao seu calor.* — Está me sentindo?

Meu Deus, seu sussurro está desesperado. Ela fica rouca e sem fôlego, como se tivesse perdido todo controle e fosse saltar de cabeça. Como se o menor dos fios estivesse mantendo seu desejo e lágrimas sob controle, porque a qualquer momento ela vai quebrar e implorar pelo que quer. A dor é uma tortura.

Abro os olhos e vejo os azuis que espero ver; eles me desejam. Seus lábios tremem e uma leve camada de suor faz seu rosto brilhar. Ela é fogo e necessidade na garota mais bonita que já vi.

— Tate? — *Minha voz fica embargada, não acredito que ela está me deixando tocá-la desse jeito.*

— Sente o quanto eu te quero? Você. Sempre você, lindo — *ela roga, apoiando a testa no meu queixo, e fecho os olhos, meu sangue ferve com violência pela necessidade de viver nesse momento para sempre.*

Minha pele parece eletrificada quando sua mão vai para o meu jeans, sobre meu pau que eu não parecia conseguir manter abaixado perto dela.

— Você me quer também — *ela geme, a ponta de sua língua deixa uma trilha quente e molhada pela minha mandíbula.* — Eu consigo sentir. Não estrague a gente, lindo. Eu te amo.

Meus olhos se abrem de repente e entrelaço os dedos por seu cabelo, segurando sua cabeça para que ela me encare.

— Você me ama? — *pergunto, descontrolado.*

Ela não me ama. Não pode.

— Sempre você. Sempre sua. Agora, aceite tudo isso — *ela ordena.*

Não consigo lidar mais com a fome e agarro o que é meu. Me alimento de seus lábios doces e derretemos em suor e calor, querendo nada além de mergulhar nessa ânsia perigosa um pelo outro.

Eu queria tudo. Toda ela.

— Você está bem? — uma voz, forte e clara, me interrompeu.

Pisquei e vi que ainda estava no banheiro, com a testa apoiada no ombro de outra garota. Meus cílios pareciam pesados e havia um borrão.

Que porra é essa?

Eu estava chorando?

Jesus Cristo. Filha da puta!

— Você está bem? — ela repetiu.

Ajeitei a postura e olhei para a garota com quem estava prestes a transar. Olhos castanhos me encararam de volta.

Meu estômago revirou com violência, o álcool fazendo meu corpo de uma bruma agradável para a agonia.

— Não, eu não estou bem — murmurei e me virei para agarrar a pia. — Apenas saia. Estou passando mal.

— Quer que eu chame alguém?

— Vai embora! — gritei, e ela deslizou porta afora bem rápido, e eu fechei os olhos e retesei cada músculo do meu corpo, desejando que a sensação ruim desaparecesse.

Mas, depois de alguns segundos, eu estava de saco cheio. Aqui estava eu, escondido no banheiro, praticamente chorando, caralho. E por quê?

Fora de controle. Era assim que eu estava. Sempre fora de controle.

Peguei minha escova de dentes do suporte, enfiei na garganta e esvaziei na privada tudo que tinha comido naquele dia. A maior parte era o álcool das últimas quatro horas, e queimou como inferno conforme eu agarrava as laterais da porcelana e me dobrava, vomitando.

— Jared, você está bem? — alguém invadiu.

— Caralho! — gritei. — Vocês não podem me deixar em paz, porra? — Cuspi o resto do que vinha no meu estômago e olhei para quem estava na porta.

Merda.

— Jax — comecei, mas não consegui terminar. Ele estava se encolhendo.

Ele não falou de novo. Só afastou o olhar e saiu do banheiro, fechando a porta.

E, naquele momento, eu não era melhor do que o merda do nosso pai.

Eu conhecia aquele olhar. Já o tinha visto antes. Porra, ele já esteve no meu rosto. Assustado demais para encontrar meus olhos. Saindo tão silenciosamente quanto entrou. Tentando me manter fora do radar do lunático bêbado.

Fiz gargarejo com um pouco de enxaguante bucal, arranquei a camisa e me larguei na parede do banheiro para descansar. Precisava me acalmar antes de pedir desculpas. Ele não poderia me ver daquele jeito de novo.

Fiquei lá por um ou dois minutos, tentando endireitar a cabeça e acalmar o estômago.

Mas, assim que me levantei para sair do cômodo, a casa inteira apagou. As luzes, a música, e tudo que ouvi foi o resmungo das pessoas irritadas.

— Mas que inferno! — Tateei meu caminho para fora do banheiro, indo em direção ao meu quarto. Pisei nas merdas que estavam no chão e encontrei uma lanterna na mesa de cabeceira. Eu a acendi.

Não estava chovendo e nossas contas estavam em dia. Por que a luz acabou?

Fui até a janela e vi a varanda dos Brandt acesa, foi quando notei que não era na rua toda.

E então vi Tate.

Não. Meu olhar fechou sobre ela como uma bala.

Sua silhueta estava atrás da cortina, e eu soube. Porra, eu sabia o que ela tinha feito.

Disparei pela escada e pelos idiotas bêbados caindo e rindo ao redor da minha casa e jardim, corri para o quintal dos fundos, pulei sobre o condensador do ar-condicionado e pulei a cerca.

A chave que o pai dela me deu para tomar conta da casa ainda estava no chaveiro, então a tirei do bolso e fui até a porta dos fundos, sem me importar se ela ouviria.

Ela descobria logo que eu estava na casa, de todo jeito.

Meu Deus! Não acredito que ela desligou a porra da eletricidade da minha casa.

Dentro de mim, meu sangue girava feito um ciclone, mas, acredite ou não, a sensação era fácil. Era aqui que eu era forte.

Era para eu estar aqui? Não. O que eu faria ou diria quando a encontrasse? Não fazia ideia. Mas eu queria essa briga.

Saltei por cima do corrimão, subi as escadas e avistei Tate correndo de volta para o quarto.

Ela estava segurando um bastão?

É, aquilo ajudaria. Ela não estava a salvo de mim e saberia disso agora.

Abri sua porta a tempo de vê-la tentar escapar pelas portas francesas.

— Ah, não, não faça isso!

Ela se virou para me encarar e tentou erguer o bastão, mas cheguei nela antes que estivesse pronta para mover o braço. Eu o arranquei de sua mão, invadindo seu espaço, pairando sobre ela, mas sem tocar. Onda após onda de calor tomou conta de mim através dos poucos centímetros de ar entre nós.

Pela forma como me encarava, ela estava puta também. Mas sua respiração não estava firme e profunda. Estava ofegante e rasa. Ela estava com medo.

— Sai fora! Ficou maluco? — Ela tentou dar a volta por mim e sair do quarto, mas a impedi.

— Você cortou a eletricidade da minha casa. — Mantive a voz baixa e estável. Não queria que ela sentisse medo de mim. Não era como se eu fosse machucá-la. Mas a garota tinha que saber que teria troco.

— Prove — ela disparou.

Ah, minha linda. Meu rosto relaxou e orquestrei um sorriso muito falso e sorrateiro. Ela não queria brincar assim comigo.

— Como você entrou aqui? — ela disparou. — Vou chamar a polícia!

— Eu tenho a chave — respondi, aproveitando seu rosto cabisbaixo.

— Como você tem a chave da *minha* casa?

— Você e seu pai ficaram na Europa o verão inteiro — falei, estreitando os olhos. — Quem você acha que recebeu as correspondências? Seu pai confia em mim. Ele não deveria.

James Brandt, tenho bastante certeza, sabia quase nada sobre meu relacionamento com sua filha. Tate não foi reclamar da nossa situação, porque, se tivesse, tenho certeza de que eu estaria sem alguns membros.

— Cai fora — ela ordenou, desgosto e ira estavam estampados em todo o seu rosto, e cerrei os punhos.

Avancei até ela ficar com as costas na porta, pairei em seu espaço, deixando-a saber quem realmente estava no controle aqui.

Lição um, Tate. Não faço o que mandam.

— Você é uma megera intrometida, Tatum. Mantenha essa sua bunda do seu lado da cerca, porra.

Ela me olhos nos olhos, sem nem piscar.

— Deixar a vizinhança inteira acordada deixa as pessoas irritadas.

Quase ri de sua coragem. Ela estava tentando provar que era a lutadora que poderia ser, e apoiei as mãos de cada lado da sua cabeça, deixando-a saber que não estava nem na mesma categoria de peso que eu.

Por que ela não saiu de debaixo do meu braço, não faço ideia. Meio que esperava que ela fizesse isso. Mas a garota ficou parada e, infelizmente, aquilo foi difícil para nós dois, eu acho. Olho no olho, nariz contra nariz, provando sua respiração... o quarto ficou cheio de tensão ou ódio. Talvez os dois, ou talvez fosse outra coisa.

Graças a Deus, ela foi a primeira a afastar o olhar. O dela caiu e, por um momento, pensei que tinha vencido.

Até que... seus olhos começaram a vagar sobre mim e, porra, eu fiquei duro. Em todos os lugares.

Observei seu olhar aquecido abrir caminho pela tatuagem de lanterna em meu braço e descer pela escrita em meu torso, passando pela minha barriga e peito nus.

E, caramba, seu olhar dava uma sensação boa.

Mas que merda você está fazendo, Tate?

Imagens do meu devaneio no banheiro surgiram, e meu próprio olhar começou a descer por ela, descontrolado.

Gostei da ótima vista de cima da regata preta que cobria seus seios perfeitos. Gostava de poder ver um pedacinho de sua barriga onde o cós de sua calcinha boxer estava enrolada. Amava pensar em como ela soaria gemendo meu nome.

Mas odiava que o olhar em seus olhos fosse a melhor visão de todas.

Ela me viu, o verdadeiro eu, e foi a única vez que realmente senti que existia.

Mas ela também viu toda a feiura e confusão.

Viu tudo que me fazia ser um perdedor.

E foi quando eu soube o que ela estava fazendo. Jogando um jogo comigo. Olhando para mim, me fazendo quase perder a cabeça.

Respirei fundo e dei as costas para ela, me afastando.

— Mais ninguém está reclamando. Então, por que você não cala a boca e deixa isso pra lá?

— Deixe a chave — ela rebateu, e eu parei.

Soltei uma risada amarga.

— Quer saber? Eu te subestimei. Você ainda não chorou, não é?

— Por causa de um rumor que você começou essa semana? Sem chance.

Sim, ela pensou que aquelas fotos eram ideia minha.

— Por favor, como se eu tivesse que espalhar rumores. Suas colegas do *cross-country* fizeram aquilo. E as fotos delas. Todo mundo tira sua própria conclusão. — E voltei até onde ela estava. — Mas estou te entediando. Acho que tenho que evoluir minha estratégia.

A ameaça pendurou entre nós.

Seus lábios se retorceram e seus olhos deveriam estar queimando. Eles disparavam chamas.

Ela estava prestes a perder a cabeça. Em 3... 2... 1...

— O que foi que eu fiz para você? — ela gritou.

Dei de ombros, sem querer dizer a verdade.

— Não sei por que você sequer pensa que fez alguma coisa. Você era pegajosa, e cansei de te aturar, só isso.

Ela não era pegajosa. Era desonesta e não confiável.

— Isso não é verdade. Eu não era pegajosa. — Ela se engasgou com a respiração. — Você ficava na minha casa tanto quanto eu ficava na sua. Éramos amigos. — Ela me olhou com muita tristeza. Seu rosto estava contraído e lágrimas empoçavam seus olhos.

Tudo uma mentira do caralho.

Sorri, mas o ato queimava mais de raiva do que de divertimento.

— É sim, continue sonhando.

— Eu te odeio!

Lá estava.

— Que bom! — gritei, pairando sobre ela. Meu coração batia com violência. — Finalmente. Porque faz muito tempo que não consigo nem te olhar mais!

Ela se encolheu, e meu coração despencou para o meu estômago.

Merda.

Eu a assustei.

Por que eu fiz aquilo?

Recuei alguns centímetros.

Queria bater em alguma coisa, mas não nela. E não queria que ela pensasse que eu sequer chegaria a isso. Nunca. Jamais bati numa garota e nunca bateria em uma na minha vida.

Caramba. Ela não estava nem me olhando agora.

As coisas nunca estiveram tão ruins entre nós.

Ela costumava dar meia-volta e sair correndo. Antes de ir para a França. Ou antes de saber que iria para a França.

E quando ela se curvava, eu desligava.

Poderia ficar satisfeito.

Mas agora... agora, eu não era o mais forte. Ela estava agindo de igual para igual comigo, aceitando o desafio.

Nós dois ficamos lá parados e ela enfim olhou para cima e me encarou. Algo passou em seu oceano azul. Desespero? Arrependimento?

E, por fim, decisão.

Meus olhos ainda estavam fixos nela, querendo que ela dissesse alguma coisa, foi quando ela se virou para olhar pela janela.

— Ah, veja. É a polícia — disse, com um tom despreocupado. — Me pergunto por que será que eles estão aqui.

Olhei por cima dos seus ombros e vi dois carros preto e branco, com as luzes piscando, estacionados na frente da minha casa. Dois policiais percorreram o meu quintal, observando o caos.

Filha da puta.

Não houve tempo para ligar para eles quando entrei em sua casa. Ela deve ter feito o chamado mais cedo.

No momento, você está encarando a garota como se quisesse amarrá-la e dar uma bela de uma surra na cama.

A avaliação idiota de Madoc era verdade. Ela com certeza merecia uma bela de uma surra.

— Prometo que você estará chorando até semana que vem. — Eu faria o que tinha que fazer. Meu tom estava calmo, decidido, definitivo. Saí do quarto, já fazendo planos.

— Deixe a chave — ela gritou às minhas costas.

Mas eu nunca faço o que mandam.

ATÉ VOCÊ

CAPÍTULO CATORZE

Depois que mandei todo mundo embora da minha casa, os policiais me deram uma multa altíssima e ligaram para a minha mãe.

Mas tudo aquilo me afetou tanto quanto a guerra no Oriente Médio.

Ter problemas com policiais? Zero novidade.

Ficar sem um dinheiro que nem tenho? Brincadeira de criança.

Jax e Madoc me ajudaram a limpar a casa antes de a minha mãe chegar, então tomei banho e fui para a cama, deixando Jax dormir no quarto de hóspedes.

Tate era a única coisa nos meus pensamentos agora. Qualquer suspeita de que o que eu estava pensando em fazer pudesse ser ir longe demais tinha sido arrancada da minha cabeça. Ela armou aquilo para me machucar? Não. Eu estava armando para machucá-la? Com certeza.

Mas era tudo um jogo.

Ela não se importava, e tudo o que compartilhamos anos atrás não foi nada para ela. Todas as vezes que a provoquei, não tinha nada a ver com fazer a garota se sentir mal. Foi para provar a mim mesmo que minha cabeça e meu coração não estavam sob o controle dela.

E se eu pudesse arrancá-la da minha cabeça e coração, matar tudo de bom que eu sentia por ela, então eu era forte.

— Ei, K.C. — Caminhei até o balcão de venda do Spotlight Cinemas, onde a melhor amiga de Tate trabalhava. — Como você vai?

Ela afastou os olhos do livro e estreitou para mim.

— Não fale comigo, cérebro de merda.

— Ai. — Sorri e lhe dei um aceno condescendente. — Que bom para você.

K.C. era a melhor amiga de Tate. A única amiga dela, na verdade. Conquistá-la, possivelmente seduzi-la, acabaria com Tate, e eu estava ignorando a voz na minha cabeça que continuava gritando para eu parar.

Isso era ir longe demais.

Eu estava prestes a usar alguém para machucar uma garota que amei um dia? Com quem eu aprendi a ser tão baixo?

A chegada de Tate trouxe altos e baixos. Meus altos eram melhores do que me senti por um ano, mas meus baixos me faziam arranhar a porra das paredes de novo. K.C. era um dano colateral.

Eu podia fazer isso.

— Eu vou querer uma pipoca grande e uma Coca-Cola, por favor.

K.C. revirou os olhos e foi em direção à comida.

Caminhei pelo balcão, indo até onde ela enchia um balde de pipoca.

Lá vamos nós.

— Então, você vai ao Loop hoje com Liam? — perguntei sobre o namorado dela.

Sem tirar os olhos do que fazia, ela negou com a cabeça.

— Com que frequência você me vê lá, Jared? — ela questionou, irritada. — Um monte de garotinhos rosnando e gemendo para ver quem tem a maior rola. Ah, desculpa. O que eu quis dizer foi o motor de quem é maior. Eu deveria achar divertido?

— Pega leve. — Ergui as mãos. — Só pensei que, já que Liam ia correr, você estaria lá para dar apoio.

Agora ela olhou para cima.

— Ele vai correr?

— Vai — respondi, tentando manter meu tom indiferente. — Vai correr contra Nate Dietrich. Ele não te contou?

Erguendo o queixo e não parecendo nada satisfeita, ela bateu com a pipoca no balcão e se virou para pegar o refrigerante.

O namorado dela, embora fosse um cara bem legal, também era bem patético. Era o tipo de cara que entregaria informações ultrassecretas nos cinco primeiros minutos de tortura. Eu não sentia respeito nenhum por ele.

E mesmo com toda a fraqueza dele, encontrei uma a mais. Há várias semanas, em uma noite no Loop, eu o vi com uma garota.

E era por aí que eu começaria com K.C. Acabar com o relacionamento dela, colocá-la do meu lado e irritar Tate.

— Sinto muito — ofereci. — Ele deve saber que não é a sua praia. Fica uma loucura por lá. Algumas garotas amam. Algumas odeiam — murmurei, tentando soar como se a conversa me entediasse. Mas, por dentro, eu estava rindo. Não poderia ter previsto melhor a reação dela.

Ela me entregou a comida, se recusando a falar, dei a ela uma nota de vinte e peguei o troco.

Peguei as merdas que não pretendia comer e fui em direção ao cinema em que não pretendia entrar, dei meia-volta e ergui minhas, assim esperava, inocentes sobrancelhas.

— K.C.? — Ela olhou para cima quando chamei seu nome. — Você mora na Evans, não é?

— Sim.

— É no meu caminho. Vai ser um prazer te levar lá se quiser fazer uma surpresa para ele hoje.

Minhas mãos suavam, ou talvez fosse do copo de bebida, mas na verdade eu estava nervoso. Se ela recusasse, ou ligasse para Liam para confirmar a corrida, eu estaria na merda.

— Acho que não.

Meu estômago se afundou, mas dei de ombros e abri um sorrisinho, de todo jeito.

— É só uma carona, K.C. Tate e eu temos uma relação incomum. Não sou daquele jeito com todo mundo e você sabe disso. — Sustentei seus olhos verdes, vendo as engrenagens girarem. Ela deveria aceitar ou não? A garota estava pensando, o que era um bom sinal. — Mas tudo bem — cedi —, te vejo na escola.

Ao me afastar, quase consegui ouvir K.C. mudar de ideia.

— Que horas você vai? — Ela gritou a pergunta.

Parei abruptamente, como se não esperasse que ela mudasse de ideia, e me virei.

— Vou sair umas sete e meia.

— Tudo bem. — Ela assentiu, com o tom um pouco mais gentil. — Sete e meia. É na Evans, 1128 — esclareceu.

— Um "obrigado" seria legal — provoquei.

— Sim, seria. — E voltou às suas tarefas.

Dentro do cinema, entreguei minha comida para alguns adolescentes e me encaminhei para a saída.

— O quê?

O grito de K.C. provavelmente foi captado pelo sonar russo, e Madoc e eu apenas ficamos parados para assistir ao show.

— K.C.! — Seu namorado, ou talvez seja ex agora, escapou dos braços da ruiva e correu até ela.

Chegamos ao Loop bem a tempo. Até fiz Madoc ir na minha frente para me mandar mensagem confirmando se Liam estava no local e acompanhado.

— Está brincando comigo? — K.C. gritou.

— Por favor... — Liam começou, mas Madoc o cortou.

— Não é o que parece? — meu amigo terminou por ele, rindo.

— Cale a boca, cacete! — Liam latiu para ele, o que fez Madoc rir ainda mais.

Liam estendeu a mão para K.C., mas ela se afastou.

— Não toque em mim. Eu confiei em você!

— Cara, tire as mãos dela. — Eu me intrometi.

Liam não me olhou, mas manteve as mãos para si mesmo.

— Por que você está aqui? — ele gaguejou.

Mas K.C. ignorou a pergunta.

— Quem é ela? — A garota olhou para a ruiva apoiada no Camaro de Liam.

— Faça-me o favor — a garota, que não parecia nem um pouco incomodada, falou, sarcástica. — Estamos juntos há dois meses. Você não é muito esperta, né?

K.C. estava prestes a perder a cabeça, então a puxei gentilmente pela curva do braço e a guiei para trás, longe daquela bagunça.

— Pode me levar para casa, por favor? — Sua respiração estava ofegante, e ela parecia envergonhada e com o coração partido.

Eu sou um babaca.

— Sim — suspirei, subitamente me sentindo um merda. — Tenho que correr primeiro, mas Madoc vai te deixar ficar sentada no carro dele enquanto espera, ok? Me dê dez minutos.

Assenti para Madoc, que revirou os olhos, provavelmente se perguntando em que merda eu estava aprontando.

Depois da corrida, levei K.C. para casa, talvez não me sentindo tão mal quanto ela, mas com certeza não me sentia bem.

Nada do que eu estava fazendo era certo, mas, foda-se, era o único plano que eu tinha para destruir o mundo de Tate.

— K.C., sinto muito mesmo.

— Você sabia? — Ela usou os dedos para secar as lágrimas e as manchas de rímel.

Quase senti vontade de vomitar.

— De jeito nenhum — menti. — Se soubesse, não teria te contado. Desculpa, está no código masculino. — E aquela parte era verdade. A menos que a namorada do amigo seja também sua amiga, você não interfere.

— Argh — grunhiu, mais zangada do que triste agora.

— Ei, olha só. Acredite ou não, sinto muito mesmo por você estar machucada — ofereci, parando em frente à casa dela. — Vá comer chocolate ou fazer compras on-line. O que quer que faça vocês, garotas, se sentirem melhor. E prometo acabar com ele na corrida da semana que vem. Você pode até vir junto para assistir se der vontade.

Mas minha piada não aliviou o clima.

— Você acha que é muito melhor do que ele?

E mesmo que eu soubesse que ela tinha um ponto válido, eu achava, sim, que era melhor do que Liam. Sei lá por quê. Talvez porque visse o cara como um covarde. Se eu mentia, era por um bom motivo. Não só porque era fraco demais para abrir mão do que não queria mais.

Mas eu era, né? Não conseguia abrir mão de Tate.

— Acho — respondi, por fim. — Não traio namoradas, pois não dou a impressão de que quero um relacionamento. Olha — comecei, soltando meu cinto —, posso passar pelas garotas mais rápido que uma bala, mas não é por sentir que elas são inúteis ou descartáveis, ok? É coisa minha. Sei que não sou bom para nada, então por que deixar as pessoas se aproximarem?

E, pela primeira vez, não estava atuando para K.C. Tinha dito a verdade. Não estava tentando tirar a calcinha dela nem ligava para ela nem para o que a garota pensava de mim. Pela primeira vez em muito tempo, estava totalmente confortável ao ser sincero com alguém.

Seu olhar estava fixo na janela.

— Acho que você nunca vai saber — ela quase sussurrou, como se fosse só para si mesma.

Não, eu sei, pensei comigo. Sei muito bem o que acontece quando você deixa alguém se aproximar.

— Você deveria tentar esquecer — sugeri, e pigarreei. — Não tem por que chorar por alguém que não estava pensando em você ao ficar com outra pessoa. Você merece melhor.

Ela ficou sentada lá por um momento e enfim me ofereceu um sorriso apertado.

— Você ainda é um babaca — ela admitiu, ao sair do carro, mas peguei um sorrisinho em seu rosto que me garantiu que ela estava apenas brincando.

Pelos próximos dois dias, fui me infiltrando aos poucos na vida de K.C. Enviei mensagens de texto preocupadas, tentando dar a entender que me importava. Não tinha certeza se ela estava mostrando nossas conversas para Tate, mas era só questão de tempo até me certificar de que Tate soubesse.

CAPÍTULO QUINZE

— Valeu pela carona. — K.C. abriu o capacete e sorriu para mim.

Era uma noite de segunda-feira, e eu tinha acabado de buscá-la no trabalho depois que ela me mandou mensagem, pedindo carona.

Quando cheguei lá, porém, ela começou a agir com um afeto nenhum pouco natural. Passando os dedos no meu cabelo, tocando meu braço. Uma familiaridade que não tínhamos ainda.

Olhei para trás dela, antes que ela subisse na minha moto, e encontrei seu ex com alguns dos amigos dentro do saguão do cinema, nos observando.

Sorri, muito orgulhoso dela por me usar, na verdade.

E interessado.

Tate estava me olhando com cara de pouquíssimos amigos hoje e, se eu pudesse continuar pegando no pé dela enquanto ajudava K.C. a fazer ciúmes no namorado, sem realmente ter que ir mais longe com ela, por mim tudo bem.

Peguei o capacete de sua mão e lhe dei um beijo rápido na bochecha.

— Te vejo amanhã.

Ela soltou um pequeno suspiro com seu sorriso.

K.C. era uma boa garota, e os nós em meu estômago se acalmaram.

Liguei a moto e coloquei o capacete, partindo, sem saber para onde.

Não queria mais ficar em casa.

Ou talvez sempre quisesse estar em casa.

Tate estava sozinha na casa ao lado, e eu não conseguia evitar os rumos dos meus pensamentos. Nós dois estávamos meio que por conta própria: o pai dela fora do país e a minha mãe me deixando sozinho a maior parte do tempo; e minha droga de mente suja sempre criava ideias de merdas que eu poderia fazer com Tate. Cada noite que caíamos no sono a menos de quinze metros um do outro, a sensação de algo corroendo minha cabeça me deixava pronto para gritar.

Todo esse tempo perdido.

Depois de passar algumas horas na oficina onde eu trabalhava, sair com Madoc e fazer uma coisa ou outra na minha moto, finalmente concluí que Tate provavelmente estaria dormindo. Não teria que olhar para o seu quarto, aquecido com a luz forte, me perguntando o que ela estava fazendo lá.

Ou o que estava vestindo.

Parando em um sinal vermelho, espiei meu retrovisor e tive que olhar de novo.

Aquilo...?

Um Honda S2K estava atrás de mim.

Um Honda S2k branco de 2005.

Merda.

Meu coração subiu para a garganta.

Conhecia aqueles caras, e agarrei o guidão, tentando acalmar meus nervos.

Idiotas aspirantes a Vin Diesel de Weston, que não sabiam perder com dignidade. Corri contra o dono do carro no Loop semana passada, e venci. Ele deu um show dizendo ter sido uma corrida injusta e, pelo que parecia, ainda não tinha superado.

Eram o único carro atrás de mim, mas não me davam espaço.

O sinal ficou verde e, assim que acelerei, o Honda acelerou também.

Droga. Balancei a cabeça, meus temores estavam se provando verdade. *Hoje à noite, não.*

Tirei o telefone do bolso da frente do moletom e liguei para Madoc.

— Ei — falei, olhando o retrovisor de novo —, já chegou em casa?

— Não.

Diminuindo em uma placa de pare, falei rapidamente.

— Dê a volta e vá para a minha casa. Os *Velozes e Furiosos* estão na minha cola. Pode ser que eu precise de ajuda.

— Chego em cinco minutos. — E desligou.

Atrapalhado, devolvi o telefone para o bolso. Larguei a embreagem, acelerei e disparei, virando a esquina. Uma rajada de vento frio atingiu meu rosto e apertei o guidão com mais força para manter o corpo colado na moto.

Merda.

Meu coração estava quase saindo do peito, mas não tirei os olhos da estrada, nem para olhar para trás.

Não estava com pressa de chegar lá sem Madoc para me dar apoio, mas não queria arriscar que começassem alguma merda comigo ainda pilotando a moto.

Eles estavam de carro. Era eu o vulnerável.

Correndo pela entrada da minha casa, virei a cabeça bem a tempo de ver o Honda fazer uma parada brusca no meio-fio.

Ryland Banks, o motorista baixinho e dono do carro, saiu de imediato.
Tate.
Disparei o olhar até sua casa, o medo fincou as garras em mim, e cerrei os dentes pela necessidade de bater em mim mesmo.
Por que os trouxe para cá?
Tate estava sozinha e, agora, não estava segura. Quem saberia que tipos de armas esses caras carregavam?
Arranquei o capacete, corri pelo gramado, me aproximando antes que eles se aproximassem mais.
Tudo que eu queria manter em segurança estava atrás de mim e era lá que deveria ficar.
Forcei-me no espaço deles.
— Não tenho certeza do que estão procurando, mas não está aqui — rosnei, encarando-os.
— Queremos nosso dinheiro de volta — Ryland ordenou, como se tivesse algo em que se apoiar.
— Supera — desdenhei. — Você arriscou e pagou o preço como todo mundo. — Eles tentaram invadir meu espaço, mas mantive os pés plantados.
— Não foi uma corrida justa! — O outro, mais alto e escuro, apontava o dedo indicador para a minha cara como um garotinho dedo-duro no recreio.
Bufei.
Havia dois tipos de idiotas: os que ficavam bêbados e batiam em árvores, e os que apenas batiam em árvores. O primeiro era o Madoc. Esses caras eram o segundo tipo.
— É, você está certo. — Ri. — Seu carro nunca teve chance. Use os pneus certos da próxima vez. Essa porra não é corrida de rua.
— Vai se foder! — Ryland ladrou. Ele empurrou meu peito, e perdi o ar, tropeçando para trás.
Voltando na direção dele, eu o encarei.
— Cai fora da minha propriedade.
Bem aí, distingui o ronco do motòr do GTO do Madoc e relaxei os ombros um pouco quando ele entrou no meu campo de visão, acelerando pela minha rua.
Acho que ele nem desligou o carro antes de sair correndo de lá.
Graças a Deus.
Não estava com medo desses caras, de jeito nenhum, mas também não era idiota. Dois contra um, e tudo que eu tinha em mãos era o meu capacete como arma.

Um golpe violento quase me derrubou e a dor abalou minha cabeça.
Merda. Fui atingido.
Não. Levei um soco, na verdade.
Filhos da puta covardes.
Os dois correram para mim, distribuindo socos na minha cara, e um milhão de coisas aconteceram ao mesmo tempo.
Braços voam ao meu redor... me rodeando... estou prestes a cair...
Minha cabeça ainda zumbia por causa do golpe, e levei tempo pra caralho para me endireitar.
Lancei o corpo para frente, enfiando o ombro no estômago de um deles e levando a luta para o chão.
Madoc deve ter pegado o outro, pois ninguém veio até mim por trás.
Minha mandíbula se fechou e o ar entrou e saiu pelo meu nariz quando agarrei o cara, Ryland, pelo pescoço e o joguei de costas.
Grunhidos encheram o ar e a grama escorregadia pelo orvalho, o que dificultou tudo conforme eu tentava subir em cima dele. Era uma noite fria, mas suor escorria pela minha testa como se fosse meados de agosto.
Dei um soco após o outro, meus dedos queimaram pelo impacto. Ele ergueu as mãos, os dois punhos fechados juntos, e socou minha barriga.
Perdi o fôlego, e ele aproveitou o breve intervalo para tirar o canivete da calça jeans e cortar meu bíceps.
Caralho!
Joguei o corpo para trás, me inclinando para longe.
A picada quente do corte se espalhou e meu braço ficou frio. Percebi que era o sangue atingindo o ar noturno, resfriando minha pele.
Mas o resto de mim estava quente pra caralho, meu sangue corria com força. Agarrei o capacete no chão e bati com o topo na testa dele.
Bem forte.
O canivete caiu no chão e ele cobriu o couro cabeludo que sangrava com as mãos trêmulas.
Covarde maldito.
Eu gostava de brigar e gostava de problemas, mas puxar uma faca?
Aquilo me fez querer causar mais danos do que apenas na sua janela.
Fiquei de pé e agarrando o braço para evitar que o sangue escorresse, levei o capacete até a merda do Honda dele e o meti no para-brisa, até estar todo estilhaçado e parecendo ter sido coberto por uma crosta de geada.
Andei para trás, sentindo o gosto de sangue na boca, e pairei sobre aquele merda caído no chão.

— Você não é mais bem-vindo no Loop. — Quis que minha voz soasse firme, mas minha respiração ainda estava irregular.

E o maldito sangue do corte estava pingando na ponta dos meus dedos agora. Bem provável que fosse precisar de pontos.

Madoc já tinha largado o primeiro cara, sangrando e inconsciente, perto do carro, e agora estava se aproximando para tirar o outro do meu gramado.

— Jared. — Eu o ouvi chamar, quase em um sussurro.

Virei o rosto, mas então vi que ele estava concentrado em outra coisa. Segui seu olhar para o jardim dos Brandt, e parei de respirar.

Puta que pariu. Que inferno.

Tate estava parada lá, no caminho que levava até a varanda.

Apenas parada lá, nos encarando. Um pouco assustada, um pouco confusa, e usando a porra da sua roupa íntima!

Mas que caralho?!

Madoc estava aqui. Dois outros caras, embora inconscientes, estavam aqui.

Meu sangue ferveu e calor imediatamente correu para a minha calça.

Endureci a mandíbula e respirei com dificuldade.

Ela usava uma camisa de banda preta e justa e uma daquelas calcinhas boxer de algodão. Vermelha. Vermelha, porra.

Ela estava coberta, mas bem pouco.

Mas não importava. Ainda dava para inventar o restante, e ela estava perfeita. Meu coração batia tão rápido e tão forte por causa daquele traje ínfimo, que só queria arrancar tudo dela e afundar minhas mãos em seu corpo aqui e agora.

Ela estava tentando me matar?

Entra na porra da casa, Tate! Jesus.

Então meus olhos caíram para a arma em sua mão direita.

Uma arma?

Não.

Estreitei os olhos, esquecendo suas pernas e o belo cabelo escorrendo ao seu redor.

Ela não estava nos ajudando. Não faria isso.

Estava esperando a polícia ou algo assim.

Tate não dava a mínima e estava apenas enfiando o nariz onde não era chamada.

Mas então eu pisquei.

Se ela tivesse chamado a polícia, duvido que estaria andando por aqui de calcinha, carregando uma arma.

Por que ela nos ajudaria?

Talvez não tivesse vindo aqui fora de calcinha para me provocar. Talvez apenas estivesse com pressa.

Mas, antes mesmo de eu poder organizar meus pensamentos, ela arqueou uma sobrancelha irritada e voltou batendo pé para a varanda. Então entrou em casa e me deu uma bela vista de sua bunda.

Madoc riu e empurrei seu ombro antes de ir em direção à minha casa.

Eu tinha uma ereção e um braço sangrando, e não tinha certeza do que precisava primeiro: pontos ou um banho frio.

Madoc ameaçou chamar a polícia, então Ryland e o amigo deram o fora, para-brisa quebrado e tudo, enquanto eu acordava minha mãe.

Odiava acordá-la, odiava estressá-la, mas eu ainda era, tecnicamente, menor de idade e usava o plano de saúde dela, então precisava dela no hospital. Madoc foi para casa cuidar do nariz sangrando, porém levei dez pontos e tive que ouvir minha mãe reclamar comigo por duas horas até eu conseguir ir para a cama também. No momento em que acordei três horas depois, estava mais confuso do que antes de dormir.

Tate com a porra de uma arma.

Qual era a porra do plano dela?

Peguei meu telefone do carregador e afastei a voz na minha cabeça que me dizia para desacelerar.

> Precisa da minha ajuda hoje?

E enviei para K.C. Levou um segundo para ela responder.

> Ajuda?

> Liam.

> Vamos deixá-lo com ciúmes.

Inclinei-me para frente, apoiando os cotovelos nos joelhos e esperando sua resposta.

Ouvi o Bronco de Tate ligar na porta ao lado e olhei para o relógio, vendo que ainda era cedo.

O laboratório.

Tinha visto Tate sair do laboratório de química nas manhãs e algumas tardes. Ela provavelmente competiria na Feira de Ciências no início do ano e precisava fazer pesquisa. Ficaria bonito na inscrição da faculdade.

Provavelmente estava se preparando para tentar a Columbia no ano que vem. Ela sempre quis ir para Nova Iorque.

K.C. não respondeu, então larguei o telefone na cama e fui para o chuveiro.

Meu braço estava enfaixado bem apertado, mas ainda precisava me limpar.

Depois do banho, envolvi a toalha na cintura e parei brevemente no espelho do banheiro, observando minhas tatuagens. Não consegui evitar o sorriso, me lembrando de como minha mãe gritou comigo ontem à noite.

Brigas, ela gritou. *Ser preso! E tatuagem sem a minha permissão!* E disse aquilo como se fosse a pior de todas.

Só ri baixinho e apoiei a cabeça no carro, tentando dormir quando ela nos levou para casa.

Amo tatuagens e faria mais. Queria que as cicatrizes das minhas costas — aquelas que meu pai me deu — fossem cobertas.

Voltei para o meu quarto, sequei o cabelo e percebi que tinha outra mensagem.

> O que você ganha com isso?

K.C. tinha perguntado. Bem, não podia dizer a verdade a ela.

> Diversão.

> Não sei. Tate já está brava comigo.

> Tate não vai saber.

Menti, então joguei o telefone na cama e fui me vestir.

CAPÍTULO DEZESSEIS

— Quer ir lá em casa hoje à noite? — Apoiei o antebraço na parede acima da cabeça de K.C. e me inclinei sobre ela, quase tocando.

Sua respiração acelerou quando passei os dedos sobre a pele entre seu short e a camisa.

— O que vamos fazer? — Ela entrou na brincadeira, parecendo totalmente excitada e indefesa.

O idiota do ex-namorado dela estava na cantina, e ficamos do lado de fora das portas duplas, invadindo o espaço um do outro.

Suas costas estavam para a parede, mas ele podia vê-la, e, claro podia me ver.

Só queria que Tate pudesse ver também.

Meus lábios pairavam a apenas um fio de cabelo do dela, e corri a mão por suas costas, prestes a cair matando.

— Podemos jogar Banco Imobiliário — sugeri, pressionando o corpo no seu. — Ou Wii.

Seus olhos se arregalaram e os lábios se apertaram, tentando esconder a risada. Embora parecêssemos prestes a mandar ver, nossa conversa não entregava nada.

— Não sei — ela gemeu. — Não sou muito boa com Wii.

— Não é tão difícil. — Meu sussurro roçou seus lábios. — Observe.

E a puxei para mim, beijando-a lenta e demoradamente.

Seu corpo esguio se moldou ao meu; ela inclinou a cabeça para o lado e trilhei um caminho até sua orelha.

K.C. veio fácil em minhas mãos. Pequena, macia, se dobrando quando a puxei... ela sabia o que fazer.

Definitivamente não era inocente. Eu podia sentir.

Mas ela era um alvo fácil agora, e eu não iria atrás daquilo.

E... com certeza senti como se tivesse perdido meu batimento cardíaco enquanto a beijava.

Jesus.

Meus lábios e mãos fizeram os movimentos. *Beijar, beijar, morder, apertar...* e nada aconteceu, porra.

Mas que merda é essa?

Sabia que não estava interessado nela, mas caramba! Deveria sentir algum tipo de energia. Alguma reação. Ela tinha seios, afinal.

Mas não. Nada. Eu estava morto. Fazendo meu trabalho de casa de Literatura. Jogando golfe.

Odeio golfe.

E foi quando franzi as sobrancelhas, ainda a beijando e percebi que não ia atrás de nenhuma garota há umas duas semanas.

O segundo sinal tocou. K.C. saltou e me afastei, ainda preso no fato de que a única vez que tive uma ereção recentemente foi perto de Tate.

Cristo.

Recuei e apontei o queixo para K.C.

— Mande mensagem quando chegar mais tarde. Liam vai ficar sabendo. — *E Tate vai te ver*, pensei comigo mesmo. — Não quer que ele pense que você fica sentada em casa sozinha a noite inteira, quer?

Sabia que aquilo a pressionaria.

Mas, antes que ela tivesse chance de responder, dei um tapa em sua bunda, sabendo que Liam veria.

K.C. sorriu, seus olhos arregalados pelo choque antes de se virar e correr para a aula.

Soltei um suspiro, observando-a desaparecer pelo corredor.

Eu não iria para a aula. Tinha uma reunião com a porra do aconselhamento esta manhã. Hora de falar sobre a faculdade.

Não, na verdade, isso foi ano passado. Agora, já que eu não tinha nenhum plano, era hora de falar sobre "tome uma decisão ou aceite as consequências".

— Ei, cara. — Madoc saiu da cafeteria antes mesmo de eu me mover. — Era K.C. que saiu correndo? Vocês ainda não treparam? — Ele abriu a tampa do Gatorade.

Virei, sabendo que ele me acompanharia.

— Quem disse que não?

— Ah, porque ninguém nunca te vê com uma garota depois de foder com ela. Duvido até que você espere tirar a camisinha para esquecer os nomes delas.

Parei na frente da escadaria que precisava subir. É sério? Um tom de julgamento, vindo *dele*?

— E você espera? — questionei, enfiando as mãos nos bolsos do jeans.

Madoc provavelmente transava mais do que eu.

— Sim, sim. Eu sei. — Deu de ombros. — Só estou dizendo que você nunca ralou tanto para levar uma garota para a cama.

— Não estou com pressa. Pode ser que eu queira brincar um pouco com essa aí. — Não podia dizer a verdade para Madoc.

Nunca disse nada a ninguém.

— Tate vai ficar puta — ele pontuou, como se eu não tivesse pensado nisso.

— Esse é o ponto.

Madoc assentiu.

— Ah... então esse é o plano.

Bem, o que ele pensou que eu estava fazendo. Realmente saindo com a K.C.?

Já deu.

— Valeu de novo pela ajuda na noite passada. — Mudei de assunto e me virei para subir as escadas.

Mas Madoc falou de novo.

— Essa coisa com a Tate... — ele começou, e eu parei. — PPor que fazemos isso? Sei que já perguntei antes, mas você não me fala merda nenhuma. Não te entendo.

Jesus Cristo.

Eu me virei para encará-lo, cansado de falar disso.

Ele já tinha perguntado várias vezes antes e cada vez que usei aquela garota como alvo foi por uma razão diferente.

Eu gostava de jogar.

Queria controle.

Estava protegendo-a.

Nunca tive uma resposta que me satisfizesse, quanto mais que valesse repetir. Na minha cabeça, sempre parecia razoável, mas dizer em voz alta parecia maluquice.

Mas embora Madoc estivesse curioso, ele também fazia parte do jogo. Toda vez que quis ajuda para espalhar um rumor ou mexer com Tate ao longo dos anos, ele sempre se prontificou. Seja atendendo a um pedido meu ou por vontade própria.

A festa ano passado, quando ele jogou as chaves dela na piscina e ela quebrou o nariz dele.

Tudo ideia do cara.

Minha primeira festa este ano quando ela gritou "Polícia?", eu disse a ele para colocar as mãos nela?

Estreitei os olhos para o meu amigo.

— Acho que você vai além do limite. Mexe com ela sem eu pedir, então por que se importa?

Ele sorriu e soltou uma risada nervosa, me dispensando.

— Não é coisa minha. Nunca quis fazer daquela garota minha inimiga. Ela saiu de casa ontem à noite como se estivesse pronta para nos ajudar. Ela é gostosa, atlética, durona e sabe usar uma arma. Como não gostar dela?

Cada músculo dos meus ombros e braços se retesou. Não gostava que Madoc estivesse se afastando de como eu queria que as pessoas a vissem, e odiava que ele babasse por ela.

Voltei a descer as escadas, minhas botas bateram no piso quase tão forte quanto o sangue pulsando em minhas veias, e me irritei com meu melhor amigo.

— Fique longe dela.

Ele ergueu as mãos e sorriu como se estivesse tentando me acalmar.

— Ei, cara, não se preocupe. Ela quebrou meu nariz e chutou as minhas bolas. Esse navio já partiu. — Ele estreitou os olhos, parecendo confuso. — Mas, se você não a quer, por que mais ninguém pode ter uma chance?

Por que mesmo?

As merdas que joguei em Tate ao longo dos anos poderiam ser consideradas ódio, raiva, necessidade por controle.

Mas não deixar outros caras chegarem perto dela? Isso não era um jogo. Tinha a ver comigo concordar com a boca ou as mãos de outra pessoa nela. E eu precisava deixar essa merda pra lá.

— Não vou mais ficar no caminho — afirmei, calmo. — Se ela quiser sair e transar com todos os caras da escola, ela que fique à vontade. Cansei.

— Que bom — ele falou, esticando a boca enorme em um largo sorriso —, porque andam falando que ela saiu com Ben Jamison ontem à noite.

As paredes se fecharam. Madoc ficou cada vez menor.

Ben e Tate? Não, não, não...

Minha blusa térmica preta estava me sufocando e, pela primeira vez desde o fim do ano passado, tive um desejo insuportável de rasgar as mangas de novo apenas para conseguir respirar.

— Beleza — cuspi, mal abrindo o maxilar para falar. — Não dou a mínima. Todo mundo pode ficar com ela.

Mas nunca, nem por um segundo, eu quis dizer isso.

Tate e K. C. foram almoçar juntas de novo. Conseguia vê-las comendo nas mesas de piquenique do lado de fora e ambas estavam imersas na conversa. Tate afastou o olhar, negando com a cabeça, e K.C. parecia se desculpar.

Embora dissesse a mim mesmo que valeria a pena quando terminasse, ainda me sentia um merda. K.C. não disse a Tate que estava me usando para reconquistar o namorado. Se tivesse dito, provavelmente não estariam brigando. Não que Tate concordaria, mas talvez não estaria mal tocando no almoço e fazendo uma careta tão feia.

Não, Tate pensava que K.C. e eu estávamos ficando.

Dizer para a escola toda que ela tinha verrugas genitais ou piolho tinha sido maldade, mas ainda era divertido. Tentar roubar a melhor amiga dela era cruel. Isso a machucaria de verdade.

Exatamente o que eu queria, disse a mim mesmo.

Mas, dia após dia, me peguei embasbacado por cada movimento dela. O jeito metódico como apontava seus preciosos lápis, a forma como seu cabelo caía sobre o ombro quando ela se inclinava para pegar algo da bolsa, ou observar seu corpo se dobrar quando se sentava ou se levantava. Cada pedaço de pele, cada sorriso, e toda vez que ela lambia os lábios disparava uma tempestade de raios descendo por meu estômago para o meu pau, e quase desejei que ela voltasse para a França.

Pelo menos eu poderia odiá-la sem querer trepar com ela a cada segundo.

Madoc chamava de sexo com raiva. Uma vez, ele me disse que nunca tinha amado ninguém, mas transou com uma pessoa que odiava de verdade, e foi a melhor experiência que já teve.

Paixão, punição, raiva... tudo soava como uma mistura atraente e perigosa.

Soltei o ar e endireitei os ombros ao ir para a última aula do dia, a que eu fazia com Tate.

— Cai fora.

Ouvi a voz de Tate assim que passei pela porta e voltei minha atenção para Nate Dietrich apoiado em sua mesa, invadindo seu espaço.

— É o seu último aviso — ela continuou, parecendo sentir raiva e vergonha ao mesmo tempo.

— Jared está certo — Nate resmungou, e ficou de pé. — Você não vale a pena.

E eu estava na cola dele.

— Sente-se, Nate.

Ele girou, sobrancelhas erguidas, parecendo surpreso, já que estávamos parados entre fileiras de carteiras que rapidamente se enchiam de alunos.

— Ei, cara, sem ofensas. — Ele ergueu as mãos. — Se não tiver terminado com ela...

Meus braços tensionaram com a necessidade de arrastar esse cara para longe daqui pelas bolas.

Se eu não tiver terminado com ela?

E, bem aí, senti vontade de rastejar para dentro de mim mesmo e me esconder.

Minha garganta apertou.

Mas que merda é essa?

Eu queria que ela se machucasse. Eu não queria que ela se machucasse. Eu a odiava. Eu a amava.

Queria violar seu corpo de centenas de maneiras diferentes. Queria mantê-la segura.

Não havia limites para o tanto que eu estava confuso para caralho agora, mas uma coisa era certa.

Ela não era lixo.

Ao longo dos anos, Tate sofreu muito assédio por minha causa. As pessoas eram facilmente manipuladas. Queriam ser aceitas, e a fofoca era encarada como religião. Diga às pessoas que alguém tem um piercing no clitóris ou que come cachorro, e você só precisava se sentar e observar aquilo espalhar pela escola.

No entanto, nos primeiros anos, meus boatos infantis eram quase tão efetivos quanto a camisinha furada. Queria manter os caras longe de Tate, mas aquilo não funcionava mais tão bem assim. Eles viam que ela era bonita e agora, após o incidente no vestiário, a enxergavam como uma puta também.

E, pela primeira vez, eu não estava recebendo nenhuma paz por atormentar essa garota. Só queria envolvê-la em meus braços e ver seu sorriso.

Meus olhos se estreitaram e desejei um mundo perfeito onde eu poderia jogar dardos no pau desse cara.

— Não fale com ela outra vez — ordenei. — Vá. — E indiquei com o queixo o canto onde ele deveria se esconder.

Eu era melhor do que ele?

Não. Mas lidaria com essa merda mais tarde.

Tate soltou um suspiro sério quando Nate se afastou, e voltei meus olhos para ela bem a tempo de ver seus lábios se apertarem. Vi a careta, sabia que era para mim, mas nem tive chance de descobrir o motivo antes de ela me dizer:

— Não me faça nenhum favor — ela disse, entredentes. — Você é um miserável, um pedaço de merda, Jared. Mas acho que eu também seria miserável, se meus pais me odiassem. Seu pai te abandonou e sua mãe te evita. E quem é que vai culpá-los, né?

Parei de respirar, e a sala se fechou ao meu redor.

Mas que porra ela acabou de dizer?

Eu a encarei, me sentindo revirado e morto, sabendo que era completamente não-Tate dizer algo assim, mas ciente de que ela tinha dito a verdade.

Não me esqueci de respirar. Só não queria mais fazer isso.

Senti como se todos os olhos na sala estivessem em mim e as pessoas sussurrassem por trás da mão, rindo de mim. Fui exposto e todos sabiam das minhas merdas.

Mas, quando olhei ao redor, reparei que ninguém estava prestando atenção em nós.

Meus olhos se fixaram nela e me lembrei exatamente de por que eu a odiava.

Ela estava embalada para parecer uma boa garota, mas não se engane, havia uma megera ali.

— Ok, turma — a senhora Penley chamou, passando pela porta.

Não falei nada e continuei até minha carteira.

— Por favor, peguem as bússolas e procurem o seu Leste. Quando eu disser "vai", peguem seus materiais e sentem ao lado da pessoa para a discussão do dia. Fiquem à vontade para colocar as mesas lado a lado ou frente a frente. Vai.

Fiquei sentado, e Ivy Donner veio até mim antes mesmo de eu ter a chance de pegar minha bússola.

Mas eu mal ouvi sua conversa.

Tate estava se juntando a Ben Jamison, e eles estavam colocando suas carteiras frente a frente.

A coisa estranha foi que não senti nada olhando para ela. Como se eu estivesse dormente. A necessidade que senti há dois minutos de abraçá-la e dizer que sentia muito tinha sumido completamente agora.

E o que mais? Eu nem senti raiva também.
Tate estava perdida para mim. Eu não ligava.
Eu era um merda. Não ligava para isso também.
Ela me olhava de vez em quando. Eu não a queria. Eu não a odiava.
Eu. Simplesmente. Não. Ligava.

CAPÍTULO DEZESSETE

— Para! — K.C. riu. — Você está trapaceando!

— Eu não trapaceio. — Fiquei lá parado, um sorriso debochado no rosto, me apoiando no taco de sinuca. — Acertei a tacada. Posso dar outra.

K.C. e eu estávamos na sinuca da sala de jogos, e sua frustração realmente me dava vontade de rir.

K.C., rata de sinuca. Quem diria?

Depois da escola, e do episódio com Tate, esfriei a cabeça no trabalho e fui para casa.

Assim que parei na garagem, notei um Lincoln preto estacionado no lado dos Brandt e gemi na mesma hora.

A avó da Tate.

Normalmente, eu ficaria puto por ela agora ter um adulto por perto, interferindo.

Mas não era isso.

A avó dela se metia na vida de todo mundo e sempre tentava falar comigo quando vinha visitar. Eu deveria saber que ela viria ficar com Tate, já que a garota estava por conta própria agora. Só esperava que ela não ficasse muito tempo.

K.C. chegou lá pelas oito, e estávamos na nossa quinta rodada de sinuca.

— Você cantou a seis — ela argumentou. — Não a seis e a dez! Não pode colocar duas bolas na caçapa ao mesmo tempo. Tem que fazer a jogada que cantou.

— Isso se chama ser ótimo — devolvi.

Ela fechou a cara para mim e torceu os lábios em frustração.

Sua frustração era meio fofa, e ela estava uma bela bagunça hoje à noite. Seu longo cabelo castanho, um tom mais claro que o meu, estava preso em um rabo de cavalo frouxo, e ela não usava maquiagem.

Se já houve um sinal mais claro de que uma garota não estava a fim de você, era esse.

— Ok. — Dei de ombros e joguei as mãos para cima, fingindo irritação. — Sua vez.

Os olhos dela se acenderam, assim como o sorriso, e ela se inclinou na

ATÉ VOCÊ 115

mesa para dar uma tacada. Mesmo que estivesse chegando perto das dez da noite, eu não estava com pressa de que ela fosse embora.

Ela venceu quatro das cinco partidas que jogamos, e acho que teria que ir ao pronto-socorro para colocar minhas bolas no lugar. Estava interessado em saber como uma garota certinha que não tocava em nada na aula de Biologia no ano de calouros sem dizer "eca" aprendeu a ser uma jogadora de sinuca tão intransigente.

Fomos em direção à sala, e coloquei o braço em volta do seu pescoço, puxando-a de levinho para perto.

— Tenho que te perguntar uma coisa.

Ela soltou um longo suspiro e respondeu:

— É, eu também.

Olhei para ela.

— Você primeiro.

Jogando-se no sofá, ela encarou as mãos no colo.

— Sei que você está me usando para incomodar a Tate, Jared. Para deixá-la irritada ou... — a garota olhou para mim — com ciúmes.

Minhas pernas endureceram, e não me sentei. Cruzei os braços, fui até a janela salpicada de chuva e, por hábito, olhei para as janelas escuras do quarto de Tate.

Não.

— Jared — continuou —, estou te usando também. Nem tenho certeza se quero voltar com Liam, mas quero que ele saiba que não estou sentada em casa esperando por ele também. É por isso que aceitei sua oferta de vir aqui hoje. Tate disse que estava ocupada e eu não quis ficar em casa.

Virei em sua direção e inclinei a cabeça para o lado, encarando-a.

— Você podia ter usado qualquer cara para fazer ciúmes em Liam, K.C. Por que eu? Você sabia que Tate ficaria magoada se você saísse comigo.

Quase pude vê-la derreter no sofá. Seu rosto se desfez e, devagar, ela levou os joelhos até o peito, abraçando-os.

— Minha mãe é... — quase sussurrou — controladora. — Então sacudiu a cabeça, como se a palavra "controladora" fosse uma simplificação. — Ela escolhe minhas roupas, olha meu telefone, seleciona minhas aulas e até... — Sua respiração se prendeu e ela engoliu um soluço seco.

Minha boca ficou seca, e travei.

Jesus.

O que ela estava dizendo?

Usando o polegar, secou as lágrimas que foram caindo.

— Enfim, depois de Liam, só fiquei cansada de ser eu mesma. Cansada de ser fraca e pressionada. Pensei que Jared Trent irritaria Liam como ninguém mais.

Os cantos de sua boca se ergueram de leve, e entendi o que ela estava dizendo.

Nós dois queríamos controle.

— Mas você sabia que isso magoaria a Tate — reafirmei, ainda procurando uma razão para ela ferir sua suposta melhor amiga.

— Sim — suspirou. — Não era parte do plano, mas acho que imaginei que isso mudaria o joguinho de vocês. Tocaria as coisas em frente, por assim dizer.

Franzi as sobrancelhas.

— Mesmo sob o risco de perder sua amiga? — perguntei.

Mas ela me chocou ao soltar uma risada.

— Você não é tão poderoso assim, Jared. — Ela olhou para baixo e continuou baixinho: — Tate e eu vamos ficar bem. Só que ela não pode saber disso. Ela sabe quem é. Não é boba nem insegura. Não quero que me julgue por esse joguinho com Liam. Não quero que ninguém saiba.

Ela voltou a pôr o pé no tapete e se endireitou, encontrando meus olhos.

— Jared, não faço ideia de quais são os seus problemas com ela, mas sei que você não é um cara ruim. Pensei que, depois que ela voltou, as coisas seriam diferentes. Que vocês dois já teriam superado essa confusão.

— Superamos — afirmei, sentando-me ao lado dela.

K.C. estreitei os olhos até virarem fendas e inclinou o queixo para cima.

— Você a ama — declarou, sem perguntar, e meu rosto corou.

— Não — falei, firme.

— Que bom. — Ela bateu as mãos no colo, seu tom estava subitamente leve, o que me surpreendeu. — Ben Jamison vai à corrida na sexta. É provável que leve a Tate. Você consegue manter as garras no lugar?

Meus braços descansaram na parte de trás do sofá, pois, do contrário, ela veria meus punhos fechados.

Por mais que eu estivesse tentando não me importar, Madoc, K.C. e todos os outros continuavam me lembrando de que Tate estava seguindo em frente com a vida.

— Não ligo de quem faz o quê, K.C. — declarei, sem nenhuma emoção.

Ela me olhou por alguns segundos, enquanto foquei em um ponto à frente.

— Me faz um favor? — pediu, passando as mãos pelo jeans desgastado. — Continua com isso durante a corrida, por mim? Liam vai correr contra Madoc e eu só...

— Sim — eu a cortei, sabendo exatamente do que ela precisava. — Pode deixar.

Se ela queria fazer ciúmes em Liam, então eu podia ajudar. Não era uma causa muito honrosa, mas era divertido.

— Filme? — sugeri, tentando mudar de assunto.

— Claro. Gosta de filmes de dança?

E quase a expulsei da minha casa ali mesmo.

Uma chuva grossa caía do lado de fora, e o ar parecia carregado. Dei um moletom para K.C. cobrir a cabeça quando ela foi embora lá pela meia-noite, então tranquei a casa e subi correndo para o meu quarto.

Pela primeira vez em anos, eu queria estar naquela árvore.

Tate e eu costumávamos subir para nos sentar lá durante tempestades, ou em qualquer momento, na verdade. Mas fazia anos que eu não a via naquela árvore.

Pulei a janela, coloquei a cabeça para fora no vento e na chuva, e congelei de imediato.

Inferno.

Tate estava na árvore.

Meus dedos apertaram o peitoril da janela.

A primeira coisa que me veio à cabeça foi um anjo. Seu cabelo esvoaçante e brilhante. As pernas longas e macias penduradas. Ela parecia perfeita onde estava, como uma pintura.

E então me lembrei de que Satanás também era um anjo.

Você é um miserável, um pedaço de merda, Jared. Suas palavras de hoje tinham me ferido mais do que queria admitir.

— Sentada em uma árvore no meio de uma tempestade? — provoquei. — Você é algum tipo de gênia. — Ela ergueu a cabeça e se virou para me encarar.

O olhar em seu rosto, ao menos o que eu conseguia ver, não estava bravo do jeito que costumava ficar comigo. Ela não me olhava direito.

Não, seus olhos estavam resguardados e um pouco tristes.

— Gosto de pensar que sim — respondeu, desviando o rosto de novo.

Seu comportamento me deixava confuso. Ela não estava tímida, mas também não se envolvia. Ela se sentia mal pelo que me disse hoje?

Bem, eu não precisava de pena. Queria que ela estivesse brava pra caralho.

Não se sinta mal por mim.

Queria que ela se sentasse ali e reafirmasse o que disse. Não que se desculpasse ou que ficasse tímida. *Fique brava comigo, Tate.*

— Árvore? Relâmpagos? Nenhum sinal de alerta? — continuei a provocá-la. Sabia que havia algum perigo em me sentar em uma árvore durante a tempestade, mas não era nada que não tivéssemos feito centenas de vezes quando crianças.

— Nunca teve importância para você antes — ela falou. Emoção havia evadido de sua voz conforme ela olhava para nossa rua acesa.

— O quê? Você estar sentada em uma árvore no meio de uma tempestade?

— Não, eu me ferir — devolveu, me calando.

Maldita.

Cada músculo do meu corpo se retesou e quis sacudi-la e gritar: "sim, não dou a mínima se algo de ruim te acontecer!".

Mas não podia.

Eu ligava, droga, e queria socar uma parede por causa disso. Por que diabos eu ligava para qualquer coisa que ela dizia? Com quem ela saía? Com quem ela transava?

Mas acho que eu também seria miserável, se meus pais me odiassem.

Suas palavras se espalhavam feito tentáculos pelo meu cérebro, arrancando a vida de cada coisa boa que já pensei dela. Cada memória.

Eu tinha que arrancá-la do meu coração e da minha cabeça.

— Tatum? — Quase hesitei, mas forcei o resto a sair: — Não me importo se você está viva ou morta.

Virei as costas para ela e finalmente me afastei.

CAPÍTULO DEZOITO

No dia seguinte, no almoço, K.C. chegou bufando à minha mesa. Ela não quis falar a razão, nem eu perguntei, mas suponho que seja por causa da Tate ou do Liam.

Com Liam, eu não me importava nem um pouco. Com Tate, eu tentava me importar um pouco menos.

— Acabei de receber uma mensagem do Zack. — Madoc se aproximou e girou a cadeira para montar nela. — Derek Roman vai voltar à cidade para passar o fim de semana. Ele quer correr contra você sexta à noite.

Gemi por dentro, não por achar que perderia, mas porque Roman era um grande babaca.

Sim, o que fiz com Tate nos últimos anos, esse cara fez dez vezes com metade da escola quando a frequentou. Talvez eu ganhe, talvez perca, mas conseguir que meu carro terminasse sem um arranhão seria um milagre.

Dei de ombros.

— Beleza. Será uma corrida apertada, então as apostas vão pagar bem.

E eu precisava de dinheiro. Meu pai estava me arrancando dinheiro toda semana e não era nenhum trocado. Ele era inteligente. Queria dinheiro, mas nunca era ganancioso demais. Era o suficiente para me ferir, mas não para que eu não fosse capaz de atender.

— Você vai correr contra o Liam, né? — K.C. perguntou ao Madoc.

Ele olhou para ela do outro lado da mesa e lhe deu um sorriso convencido.

— Não sei se vamos chamar de corrida. Está mais para castração.

— Apenas tome cuidado, ok? — Ela parecia preocupada.

Sério?

Madoc inclinou o peito para frente, para o encosto da cadeira.

— K.C.? — Sua voz estava baixa e profunda. — Estou te imaginando nua agora.

E não consegui evitar. O bufo saiu, e meu peito explodiu com uma gargalhando conforme eu enterrava a testa na mão.

— Argh! — K.C. rosnou de desgosto. Ela ficou de pé, ajeitou a saia jeans cortada e foi em direção às portas da cantina, mas Madoc e eu ainda não conseguíamos nos controlar.

Meu Deus, ele é o melhor.

— K.C.! Espera! — gritei para suas costas, sem querer realmente que ela voltasse.

Madoc ficou de pé, ainda rindo.

— Qual é, K.C. Foi só uma piada.

Mas ela não voltou.

E nós continuamos rindo.

Tate e eu fizemos contato visual algumas vezes durante o dia. A tempestade em seus olhos se tornou uma garoa, mas não perdi tempo pensando nisso.

Eu não podia. Essa merda entre nós terminou. Já terminou para ela há bastante tempo, mas, para mim, precisava se encerrar imediatamente.

A aula de Cinema e Literatura passou sem intercorrências, mas Penley nos fez arrumar as carteiras em círculos, então tive a visão perfeita de Tate sentada na minha frente. De vez em quando, reparei que ela me olhava, os pensamentos por trás de seus olhos não eram claros.

Tínhamos acabado de voltar as carteiras para o lugar, e a senhora Penley estava falando sobre os monólogos que deveríamos apresentar nas próximas duas semanas. Eu estava pronto para dar o fora dali e levar Madman até o lago. O pobre cão vinha sendo ignorado ultimamente por causa do meu trabalho, da escola e ter de que sair nos fins de semana. Às vezes, eu o levava comigo quando ia passar um tempo com Jax, mas dormir na minha cama costumava ser o único momento que eu ficava com ele.

Passou brevemente pela minha cabeça ver se Tate queria ficar com ele de vez em quando, para dar atenção extra ao garoto, mas cortei o pensamento na hora.

Não éramos amigos, e eu não pediria merda nenhuma a ela.

Como se lendo meus pensamentos, notei a garota se mexer na carteira e olhei para cima e vi que ela havia se virado e estava me encarando.

Ela piscou, olhou para baixo e para cima de novo, como se estivesse triste, perdida e algo mais. Algo como arrependimento ou desespero. Por que ela estava triste? Estreitei o olhar, e tentei afastá-lo. Não precisava saber o que estava rolando com ela.

— Agora, turma — Penley falou, com a atenção ainda focada no pedaço de papel em sua mão. — Não se esqueçam de que a assembleia anti-bullying é no dia 29. Em vez de irem para o primeiro período, vão para...

Tate ergueu o braço.

— Senhora Penley? — interrompeu.

A professora olhou para cima.

— Sim, Tate?

— Temos cinco minutos restantes de aula. — Sua voz foi educada. — Posso fazer meu monólogo agora?

Mas que porra?

Esse projeto não era para agora, e os olhos de todo mundo, incluindo os da Penley, se arregalaram.

Mas que merda Tate estava fazendo?

— Hm, bem, eu não estava esperando para avaliar nada ainda. Você está com a redação pronta? — Penley perguntou.

— Não, eu terei no prazo, mas eu realmente adoraria apresentar agora. Por favor.

Meus dentes travaram um no outro.

— Ok — Penley soltou um suspiro relutante —, se você tem certeza de que está pronta.

Ótimo.

A última coisa que eu queria fazer agora era olhar para Tate ou ouvir sua voz. Principalmente porque sabia que seria uma dificuldade não olhar para ela.

Barulho. Espaço. Distração.

Eu me afundei na cadeira, estiquei as pernas e cruzei os tornozelos. Peguei a caneta e comecei a pressionar no caderno, desenhando cubos tridimensionais.

— Eu gosto de tempestades. — Ouvi seu começo, mas mantive os olhos fixados nas linhas que desenhava. — Trovão, chuva torrencial, poças, sapatos molhados. Quando as nuvens se aproximam, fico cheia dessa expectativa vertiginosa.

Minhas sobrancelhas se uniram. Tate amava a chuva.

— Tudo fica mais bonito na chuva. Não me pergunte por quê. — Ela parecia leve e natural, como se estivesse falando com uma amiga. — Mas é como se houvesse todo esse outro reino de oportunidades. Eu costumava me sentir como uma super-heroína, andando de bicicleta pelas estradas perigosamente escorregadias, ou talvez uma atleta olímpica, enfrentando provas difíceis para chegar à linha de chegada.

Ela pausou, e ergui a caneta, percebendo que estava traçando a mesma caixa uma e outra vez.

— Em dias ensolarados, como uma menina, eu ainda podia acordar com aquela sensação emocionante. Você me deixava tonta de expectativa, como uma tempestade sinfônica. Você era uma tempestade no sol, o trovão em um céu entediante e sem nuvens.

Suspeita encontrou caminho por sob minha pele, e comecei a ofegar. Aquilo não era um monólogo.

Ela continuou:

— Eu lembro que colocava o café da manhã o mais rápido que podia, para que pudesse bater na sua porta. Brincávamos o dia todo, só voltávamos para casa para comer e dormir. Brincávamos de esconde-esconde, você me empurrava no balanço, ou subíamos em árvores.

Não consegui evitar. Meus olhos se ergueram para encontrar os dela e a porra do meu coração... era como se ela tivesse esticado a mão e o estava apertando.

Tate.

Ela estava falando comigo.

— Ser sua ajudante me deu uma sensação de lar novamente. — Seus olhos travaram nos meus. — Veja bem, quando eu tinha dez anos, minha mãe morreu. Ela tinha câncer, e eu a perdi antes de realmente conhecê-la. Meu mundo parecia tão inseguro, e eu estava com medo. Você foi a pessoa que acertou as coisas novamente. Contigo, me tornei corajosa e livre. Foi como se a parte de mim que morreu com minha mãe voltasse quando te conheci, e eu não me machuquei mais. Nada doía se eu soubesse que tinha você.

Não conseguia controlar a porra da respiração. Por que ela estava fazendo isso? Eu não significava nada para ela.

— Então um dia, do nada, eu perdi você também. A dor voltou, e eu me senti mal quando te vi me odiando. Minha tempestade se foi e você se tornou cruel. Não havia explicação. Você simplesmente se foi. E meu coração foi rasgado. Senti a sua falta. Senti falta da minha mãe.

Uma lágrima desceu por sua bochecha e senti minha garganta se apertar. Ela estava me olhando como costumava olhar, como seu eu fosse tudo.

Pilhas e pilhas de merda giravam pela minha mente ao observá-la.

Todas as besteiras que fiz parar provar que era forte. Para provar que não precisava de alguém que não me queria... Engoli em seco, tentando acalmar as batidas do meu coração.

ATÉ VOCÊ

Ela me amava?

Não.

Ela estava mentindo. Tinha que estar.

— Pior do que perder você, foi quando você começou a me machucar. Suas palavras e ações me fizeram odiar vir para a escola. Elas me deixavam desconfortável em minha própria casa.

Seus olhos se encheram de mais lágrimas e eu quis quebrar coisas.

Ela estava ferida. Eu estava infeliz pra caralho. E a troco de quê?

— Tudo ainda dói, mas sei que nada disso é minha culpa — continuou, e contraiu os lábios em uma linha severa. — Há muitas palavras que eu poderia usar para descrever você, mas a única que inclui triste, zangado, miserável e lamentável é "covarde". Em um ano, eu terei ido embora, e você não será nada além de um fracasso, cujo auge da existência foi o ensino médio. — Seus olhos voltaram para mim de novo e sua voz ficou mais firme. — Você era minha tempestade, minha nuvem de trovão, minha árvore na chuva. Eu amava todas essas coisas, e eu amava você. Mas agora? Você é uma porra de um período de seca. Pensei que todos os babacas dirigissem carros alemães, mas acabou que idiotas em seus Mustangs ainda podem deixar cicatrizes

Cerrei as mãos e senti como se estivesse espremido em um espaço confinado, procurando uma saída.

Mal consegui registrar a turma a aplaudindo. Não, torcendo por ela. Todos acharam sua "apresentação" ótima. Eu não sabia que merda fazer com isso.

Ela agiu como se se importasse comigo. Suas palavras me diziam que ela se lembrava de como tudo costumava ser bom entre nós. Mas o final... foi como um adeus.

Ela se curvou, o cabelo caindo junto, e nos abriu um sorriso triste. Como se estivesse se sentindo bem, embora culpada por se sentir bem.

O lamento distante do sino da escola soou, e me levantei, passei da carteira onde ela estava sentada e saí da sala, sentindo como se estivesse em uma droga de túnel. As pessoas corriam ao meu redor, parabenizando Tate pelo trabalho bem-feito e seguindo sua vida como se meu mundo não estivesse desmoronando.

Tudo era ruído de fundo ao meu redor. O único som que enchia meus ouvidos eram as próprias batidas do meu coração conforme eu andava atordoado pelo corredor.

Pressionei a testa na parede fria de azulejos em frente à sala da Penley e fechei os olhos.

Mas que merda ela acabou de fazer comigo lá dentro?

Eu mal conseguia respirar. Tentei forçar o ar a entrar em meus pulmões.

Não, não...

Que se foda.

Ela estava mentindo. Era tudo atuação.

Tudo que eu queria quando tinha catorze anos era ela. E ela não estava pensando em mim quando eu estava gritando por ela. Não sentiu minha falta enquanto eu estava com meu pai naquelas férias. Ela não me queria lá, e não me queria agora.

No dia em que voltei, eu precisava dela pra caramba e ela não pensou em mim nem por um segundo, porra.

Droga, Tate. Não faça isso. Não fode com a minha cabeça.

Jesus, eu não sabia mais o que queria fazer. Queria deixá-la em paz. Queria esquecê-la. Mas então, não.

Talvez eu só quisesse abraçá-la e respirar o mesmo ar que ela até me lembrar de quem eu era.

Mas não podia. Precisava odiar Tate. Precisava odiá-la, porque se não tivesse um lugar para enterrar toda minha energia, então desmoronaria novamente. Meu pai me alcançaria e eu não poderia mirar nela.

— Tchau, Jared.

Eu me virei e pisquei. Ben havia falado comigo, e ela estava com ele.

Ela me olhava como se eu fosse um nada. Como se eu não fosse o foco de sua vida quando ela era o foco de tudo na minha.

Enfiei os punhos no bolso do casaco para que não vissem que eles estavam apertados. Era meio que natural fazer aquilo quando estava em público. Para manter meu temperamento controlado e ninguém conseguir notar que eu estava fervendo por dentro.

Meus dentes travaram. *Ela não podia me ferir.*

Mas o ar que saía do meu nariz estava esquentando conforme os observava sumir no corredor.

Ela estava indo embora com ele.

Ela tinha acabado de me expor na frente da turma toda.

Ela estava sobrevivendo sem mim.

Apertei ainda mais os punhos até os ossos dos meus dedos doerem.

— Pode me dar uma carona?

Minha mandíbula endureceu na mesma hora em que a frustração ameaçou se transformar em raiva.

Eu não tinha nem que me virar para saber que era Piper.

Ela era a última coisa na minha cabeça por esses dias e queria que ela captasse a mensagem e recuasse.

Mas então me lembrei de que ela era boa para uma coisa.

— Sem conversa. — Eu me virei e a peguei pela mão sem nem encará-la, arrastando-a até o banheiro mais próximo. Precisava queimar a frustração, e Piper sabia como funcionava. Ela era como água. Tomava a forma de qualquer recipiente que a abrigasse. Não me desafiava nem fazia exigências. Ela só estava lá para ser pega.

Era depois da aula. O lugar estava vazio quando invadi uma cabine, me sentei em um sanitário e a trouxe por cima de mim. Acho que ela riu, mas, para ser sincero, eu nem ligava para quem ela era, para onde eu estava nem que alguém pudesse nos encontrar ali. Precisava mergulhar fundo. Tão fundo em uma caverna que não seria capaz de ouvir meus próprios pensamentos. Que não conseguiria ver os cabelos loiros e olhos azuis *dela* na minha mente.

Tate.

Arranquei o cardigã rosinha de Piper e ataquei sua boca. Não foi bom. Não era para ser. Não era para me satisfazer. Era para me vingar.

Agarrei as alças de sua regata e puxei por seus braços, o sutiã fui junto, até tudo estar em sua cintura. Seu peito estava livre para mim e eu me lancei enquanto ela gemia.

Nada doía se eu soubesse que tinha você.

Estava tentando fugir de Tate, mas ela estava me alcançando. Puxei Piper com mais força para mim e inalei sua pele, querendo que ela fosse outra pessoa.

Eu me senti mal quando te vi me odiando.

Meu coração ainda batia como se não quisesse mais morar em meu corpo, e eu não conseguia me acalmar. Mas que porra é essa?

Piper se inclinou para trás e começou a se esfregar em mim; minhas mãos estavam em todo lugar, tentando encontrar escapatória. Tentando encontrar meu controle.

E meu coração foi rasgado. Senti a sua falta.

Agarrei a bunda de Piper e ataquei seu pescoço. Ela gemeu de novo e disse alguma merda, mas não consegui ouvir. Só havia uma voz na minha cabeça, e nenhuma quantidade de Piper ou de qualquer outra garota a abafaria.

Eu amava todas essas coisas, e eu amava você.

E então eu parei.
Todo o ar saiu dos meus pulmões.
Tate me amava.
Não sabia se tinha sido seus olhos marejados ou o tom de sua voz, ou talvez o fato de que eu a conhecia melhor do que quase qualquer um. Mas sabia que ela tinha dito a verdade.
Ela me amou.
— Qual é o problema, lindo? — Piper estava com os braços em volta do meu pescoço, mas eu não conseguia encará-la. Fiquei lá sentado, respirando na porra do seu peito, tentando enganar a mim mesmo, ainda que por poucos segundos, que era Tate que estava ali. — Jared. O que houve com você? Está agindo estranho desde que as aulas começaram.
Aquela porra de choramingo. Por que as pessoas não sabem quando calar a boca?
Passo as mãos pelo rosto.
— Levanta. Vou te levar para casa — atirei.
— Não quero ir para casa. Já faz um mês que você está me ignorando. Mais de um mês, na verdade! — Ela colocou a camisa e o casaco no lugar, mas continuou sem se mover.
Respirei fundo e tentei acalmar os nervos que explodiam no meu estômago.
— Quer carona ou não? — indaguei, prendendo-a com um olhar de "é pegar ou largar".
Piper sabia que não deveria fazer perguntas. Não contava essas merdas ao Madoc, não seria com ela que eu começaria a fazer isso.

No momento que cheguei em casa, meu humor tinha mudado de ruim para pior. Depois de deixar Piper, apenas dirigi. Precisava ouvir um pouco de música, clarear a cabeça e tentar me livrar da dor em meu peito.
Queria culpar Tate. Ficar cego, como sempre fiz quando ela estava ferida.
Mas não podia. Não dessa vez.
Não havia como escapar dessa verdade. Nada de me jogar em uma festa ou em uma garota para me distrair.

A verdade era que... eu desejava poder voltar àquele dia no parque. Voltar ao lago onde decidi que ela precisava ser ferida. Teria feito diferente.

Em vez de afastá-la, teria enterrado o rosto em seu cabelo e a deixado me trazer de volta de onde quer que eu estivesse. Ela não teria que dizer nem fazer nada. Apenas preencher meu mundo.

Mas minha raiva foi mais profunda do que meu amor por ela naquele dia e, agora, eu não conseguia encarar o que fiz. Não conseguia encarar o fato de que ela me odiava, de que minha mãe mal queria ter contato comigo, de que meu pai passava todos os sábados me lembrando do desperdício que eu era.

Foda-se. Que todos eles se fodam.

Entrei em casa, bati a bota e joguei a chave longe. Estava tão quieto quanto uma igreja lá dentro, exceto pelas patas do Madman batendo no chão.

— Agora não, amigo — disparei e entrei na cozinha. Madman me acalmaria, e eu queria socar alguma coisa. Abri a geladeira e notei que minha mãe deixou um bilhete preso na porta.

> *Vou passar a noite fora. Peça uma pizza. Te amo!*

Fechei a porta com força de novo. *Sempre fora de casa.*

Agarrei os dois lados da geladeira e pressionei a cabeça no aço inoxidável. *Não importava*, disse a mim mesmo. Estava tudo bem. Eu tinha pais de merda, mas quem não tinha? Afastei Tate, mas havia outras garotas por aí. Não fazia ideia de que porra faria com a minha vida, mas eu só tinha dezoito anos; ou quase.

Estava. Tudo. Bem.

Agarrei as laterais com mais força, querendo acreditar na mentira.

E então me vi, sozinho na cozinha, segurando uma geladeira. Dizendo a mim mesmo que minha vida era boa.

Porra.

Comecei a bater na porta de aço. Cada músculo do meu corpo parecia sufocar quando bati com a palma no aparelho uma e outra vez. Madman ganiu e se afastou.

Todas as merdas que minha mãe colocou na parte de cima viraram e se espalharam no chão, e eu continuei. Usando as duas mãos para batê-la repetidas vezes contra a parede.

Nada doía se eu soubesse que tinha você.

Ela estava fodendo com a minha cabeça. Por que eu não poderia simplesmente esquecer essa garota?

Parei, meus ombros caíram, e forcei o ar puro a entrar e sair dos meus pulmões, mas nunca era suficiente. Virei e subir as escadas. Se minha mãe passaria a noite fora, então não teria problemas em colocar Jack para jogo. Já que ela era alcóolatra, eu mantinha essa merda escondida. Mas hoje eu precisava de um escape. Não conseguia engolir a dor. Não podia lidar com ela, e precisava ficar entorpecido.

No caminho para o andar de cima, reparei que a porta da frente estava aberta.

Merda.

Não deve ter trancado quando a bati antes. E Madman saiu, sem dúvidas.

Chutei a porta. Com força.

Que maravilha, porra. Até o cachorro foi embora.

Quando entrei no quarto, fui até o álcool que Madoc e eu pegamos escondido do pai dele e peguei uma garrafa do esconderijo.

Tirei moletom e camisa, chutei longe as botas e abri a garrafa, tomando vários goles para abafar a voz dela na minha cabeça.

Mas, ao caminhar até minha janela, parei de imediato.

Lá estava ela.

Dançando.

Olhos fechados e pulando.

Uma imagem sua de camisola roxa veio à minha mente, mas não consegui localizar de quando era.

Ela estava ridícula e não conseguia dançar melhor que eu. Quase ri quando ela fez os chifrinhos com a mão e gritou junto com a música. Meu peito afundou por causa da vontade incontrolável de abraçá-la.

E bem ali, eu a quis de volta.

Mas que merda eu diria a ela? Não poderia contar tudo.

Tudo não.

Levei a garrafa de novo aos lábios, fechei os olhos e forcei a bile a voltar por minha garganta.

Não havia nada a ser dito. O garoto que ela conheceu aos catorze anos se foi. Meus pais me deixaram. Ela me deixou.

Eu estava sozinho assim como o filho da puta disse que eu estaria.

A forte fisgada de ódio rastejou pelo meu pescoço e me subiu à cabeça até meus nervos queimarem tanto que eu quis rasgar minha pele só para conseguir respirar.

Lancei a garrafa pelo quarto, e ela bateu na parede antes de se derramar no chão.

Droga!

Saio do quarto e desço as escadas, fiquei maluco pra caralho. Chutei cadeiras, destruí quadros e usei o bastão em peças de cerâmica e de vidro. Quebrei a porra toda, usando o atiçador de lareiro em tudo e qualquer coisa. Todas as fotos que minha mãe tinha de mim sorrindo e cada caralho de peça que desse a impressão de que éramos um lar feliz foram destruídos. Em duas horas, a casa foi arruinada de cima a baixo conforme eu me perdia e me cansava.

Quando tudo terminou, o lugar estava um desastre, e eu, coberto de suor.

Mas estava voando alto. Nada poderia me ferir se eu pudesse ferir primeiro.

Alegremente entorpecido e calmo, fui lá para fora, para a varanda dos fundos, com outra garrafa de Jack do meu estoque, deixando a chuva me resfriar. Não soube quanto tempo fiquei lá, mas finalmente eu estava respirando, o que era bom. Agir feito uma criança de cinco anos de idade e quebrar as coisas tinha um lado bom. Enfim recuperei o controle e só fiquei lá sentado e bebendo, absorvendo o silêncio da minha cabeça.

— Jared?

Virei a cabeça e perdi o ar na hora. *Tate? Ai, Jesus Cristo. Não, não, não... Ela estava aqui? E de short e regata?*

Virei de novo, torcendo para que ela tivesse ido embora. Não queria perder a cabeça com a garota. Ou fazer alguma idiotice. Tinha finalmente me acalmado, mas minha cabeça não estava nem perto de pensar direito o suficiente para lidar com ela agora.

— Jared? O cachorro estava latindo lá fora. Eu toquei a campainha. Você não ouviu?

Caramba, ela estava perto. Eu consegui sentir o empuxo. Queria chegar mais perto. Para me afogar em seus braços até não conseguir nem me lembrar do dia de ontem.

Ela deu a volta por mim, na chuva, e meus dedos formigaram. Eles a queriam.

Olhei para cima, apenas por um momento, incapaz de resistir à atração. *Porra, Jesus Cristo.* Ela estava encharcada. E olhei para baixo de novo, sabendo o que faria se continuasse encarando. Sua camisa molhada estava grudada no corpo, mas ela tentou esconder cruzando os braços. Suas pernas brilhavam com a água que escorrida, e o short estava colado nas coxas molhadas e torneadas.

— Jared? Quer me responder? — gritou. — A casa está um lixo.

Tentei olhar para ela de novo. Por quê? Quem sabe, porra? Toda vez que eu a via, queria enterrar meu coração e corpo dentro dela.

— O cachorro fugiu — botei para fora. *Mas que merda?*

— E então você fez birra? Sua mãe sabe que você fez isso com a casa?

E foi aí que meus muros se ergueram de novo. Minha mãe. Tate me olhando como se eu não pudesse me controlar. Como se eu fosse fraco.

Não queria mais machucá-la, mas não a deixaria se aproximar também.

— Você se importa? Eu sou um nada, certo? Um perdedor? Meus pais me odeiam. Não foram essas suas palavras? — *Sim, isso foi fácil. É só revidar.*

Ela fechou os olhos, parecendo envergonhada.

— Jared, eu nunca deveria ter dito essas coisas. Não importa o que você...

— Não se desculpe — eu a cortei, balançando para lá e para cá após ficar de pé e me elevar sobre ela. — Rastejar faz você parecer patética.

Ela gritou algo para mim, mas eu estava muito tonto e irritado para registrar o que estava dizendo ao entrar na casa.

Ela foi atrás, eu a ignorei e comecei a secar o cachorro. Mas aí ela tomou o controle das minhas mãos de novo ao correr para esvaziar minha garrafa na pia.

O quê?

— Filha da puta! — Corri até ela e tentei tirar Jack de suas mãos. — Não é da sua conta. Apenas vá embora. — Não a queria aqui para me ver desse jeito. Ela não deveria se importar comigo. Não fiz nada para merecer. E não precisava disso nem dela!

Puxei a garrafa e seu corpo veio de encontro ao meu.

Ela era a coisa mais bonita que eu já tinha visto. E, com raiva, era ainda mais gostosa. Havia fogo em seus olhos, e seu lábio inferior cheio brilhava da chuva. Não queria parar isso por nada. Queria perder toda minha energia nela.

Em mais de uma forma.

Eu a vi erguer a mão, e minha cabeça foi para o lado, com uma picada que veio de lá. Fiquei parado por um momento, embasbacado.

Ela me bateu!

ATÉ VOCÊ

Larguei a garrafa. Não ligava mesmo para isso, e a coloquei em cima do balcão. Não sabia o que estava fazendo, porém estava fora do meu controle. E, pela primeira vez, não tive nenhum problema com isso.

Ela encontrou meus olhos, sem afastar os seus nem por um segundo, seu corpo se contorcia contra o meu. Eu não deveria segurá-la desse jeito. Não deveria cruzar essa linha com ela. Mas eu tinha Tate em meus braços pela primeira vez em três anos, e não soltaria. Quanto mais a olhava, e mais ela me deixava tocá-la, me tornava completamente seu.

E eu odiava e amava isso ao mesmo tempo.

— Você me fodeu hoje.

— Que bom — ela desafiou, e a segurei mais apertado.

Ela se contorceu contra mim de novo.

— Você queria me machucar? Ficou aliviada? Foi bom, não foi?

— Não, eu não fiquei aliviada — respondeu, calma demais. — Eu não sinto nada. Você não é nada para mim.

Não.

— Não diga isso. — Eu não a afastei completamente. Ela ainda era minha, não era?

Podia sentir seu hálito doce quando se inclinou, seus lábios úmidos de calor e sexo.

— Nada — repetiu, me provocando, e na mesma hora fiquei duro feito a porra de uma rocha. — Agora, saia...

Ataquei sua boca, engolindo seu doce gemido. Porra, ela era minha e pronto. Seu cheiro, sua pele, tudo invadiu meu mundo e não consegui enxergar direito. Minha cabeça parecia atordoada, como se estivesse debaixo d'água, sem peso e silenciosa. Meu Deus, o gosto dela era bom.

Chupei seu lábio inferior, provando o que estive quase morrendo para ter ao longo dos anos. E quis prová-la em todos os lugares. Fui rápido demais, mas não conseguia me controlar. Era como se precisasse encaixar todo o tempo perdido agora mesmo.

Seu peito estava pressionado no meu, e eu estava entre suas pernas. Tentei recuperar o fôlego entre os beijos. Era aqui que eu queria estar, e por que não vi isso antes, caralho? Ela não estava lutando contra mim. Sorri quando a vi esticar o pescoço para mim, me convidando. Soltei meu aperto e afundei as mãos em seu corpo, trazendo-a para os meus quadris, assim ela poderia sentir o quanto eu a queria.

Ela envolveu as pernas ao meu redor e corri as mãos por suas coxas, completamente maravilhado por sua pele macia e quente. Porra, não sairíamos dali até minhas mãos e boca terem estado em cada parte dela.

Eu beijava seu pescoço, mas ela trouxe meu rosto de volta para os seus lábios e me deliciei com sua reação. Tate queria isso tanto quanto eu.

Sim, porra.

Sabia que não merecia. Sabia que ela merecia mais. Mas me enterraria nessa garota ou passaria a vida tentando. Não conseguia trazê-la para perto o suficiente nem beijá-la rápido o bastante. Queria mais.

Mergulhei no cantinho por trás de sua orelha, sentindo seu cheiro, doendo por ela. Me sentia mais livre com seu corpo ao redor do meu do que me senti em anos.

— Jared, pare. — Ela afastou a cabeça de mim, mas continuei. *Não. Você. Eu. E a porra de uma cama. Agora.*

Eu estava prestes a carregá-la quando ela gritou:

— Jared! Eu mandei parar! — E me afastou.

Tropecei para trás, saindo do meu transe. Sangue corria para o meu pau como as Cataratas do Niágara, meu corpo gritava alto pelo dela. Fiquei lá parado, tentando descobrir o que dizer para trazê-la de volta para mim, mas ela não me deu chance. Pulou do balcão e saiu correndo da minha casa.

Droga.

Não fazia ideia de que merda faria agora, mas uma coisa estava muito certa: não terminamos.

CAPÍTULO DEZENOVE

— Isso é sério? — Inclinei-me para a janela do carro de Madoc, onde ele se sentava no banco do motorista ouvindo Pink.

— O que eu ouço não é problema seu. — Ele terminou a conversa bem ali e continuou encarando a pista à sua frente.

Era sexta à noite, dois longos dias depois do meu beijo em Tate, e estávamos no Loop, preparando tudo para a corrida de Madoc contra Liam. Ele estava ouvindo música de menininha, e eu tentava não rir.

Não que a Pink não fosse gostosa pra caramba, mas, pessoalmente, eu precisava de algo mais barulhento quando tinha que focar.

K.C. veio comigo de carro hoje. Olhei para o lado, onde sabia que ela estava parada, e fiquei tenso quando a vi conversando com Tate.

Meu peito inchou com uma onda de calor.

— Mano, por que você está sorrindo? — Ouvi a voz de Madoc.

Pisquei e voltei a encará-lo. Ele estava lá sentado, segurando o volante e estreitando os olhos para mim.

— Eu estava sorrindo? — Meu rosto voltou ao normal.

— Sim, e é estranho. A única vez que te vi sorrir foi quando estava arrancando as asas de uma borboleta — murmurou, mas então franziu as sobrancelhas e se virou para olhar por sobre os ombros, em direção ao vidro vigia. — Ela está aqui?

— Quem?

— A borboleta que você gosta de atormentar — provocou.

— Vai se foder — resmunguei, voltando para o meu carro.

Minha estratégia com Tate mudou, e eu não fazia ideia de como me explicar para ele.

Então não me expliquei.

Mas meus lábios se torceram quando flashes de como minha ideia de atormentar Tate mudou.

Meu Deus, eu a queria.

Era isso. Puro e simples.

Aquele beijo, nosso primeiro, foi uma tortura do caralho, e eu queria mais.

Ela tinha me punido com ele. Me mostrando o que poderia fazer comigo. O que poderíamos fazer juntos. E aquilo foi só uma provinha.

K.C. veio até mim quando me inclinei no capô do meu carro.

— Ei, você.

Tate vinha atrás com... o merda do Ben Jamison. Soltei um suspiro e direcionei o meu olhar para K.C.

— Ei, você. — Passei o braço por seu ombro, mas não fazia ideia do motivo.

K.C. e eu ainda estávamos mantendo um falso de fachada, porém, enquanto ela queria irritar Liam, eu não sabia o que estava ganhando nisso.

— E aí, cara. — Ben acenou para mim.

Queria fazer o cara colocar sangue pelo olho.

— Ei, como vai? — perguntei, e retornei a atenção para a pista antes de ele ter a chance de responder.

Um silêncio pesado preencheu o ar, e minha mandíbula estremeceu com um sorriso reprimido.

Dava para sentir a tensão como se uma bolha estivesse pronta para estourar e eu estava aproveitando aquilo demais.

Não ligava se K.C. estava confortável e não queria Ben ou Tate tendo vida fácil também.

Em nenhum universo eu ficaria bem com ela saindo com ele.

Ou com qualquer um, provavelmente.

Mas K.C. decidiu pressionar.

— E Jared, esta é Tatum Brandt — ela nos apresentou, sarcástica. — Diga "oi".

Sim, já nos conhecemos.

Deslizei o braço pela cintura da K.C., porque sou um babaca, e deixei meus olhos percorrerem Tate bem devagar, como se eu não desse a mínima.

O ar saindo das minhas narinas esquentou, e não consegui fazer nada além de inclinar o queixo para ela e olhar para longe.

Ela devia estar aliviada por eu estar sendo tão civilizado, mas era tudo atuação. Meu interior estava quente, e eu queria beijar algo e bater em tudo ao mesmo tempo.

Ben pensar que tinha uma chance real com ela me deixava puto.

A roupa dela me deixava puto.

A garota usava uma saia preta e curta de pregas com uma blusa branca e justa, provavelmente uma regata, com uma jaqueta cinza por cima.

— E estamos prontos! — Zack chamou da pista, e olhei para ele quando todo mundo começou a esvaziar a estrada de terra onde Liam e Madoc correriam.

Tate deu alguns passos em direção à pista, e imediatamente tirei o braço de K.C. e coloquei a mão no bolso para segurar o colar de fóssil. Não era algo que eu carregava comigo regularmente, apenas nos domingos e nas corridas.

— Preparar? — alguma garota gritou na pista.

A multidão celebrou loucamente quando os motores vibraram. A maioria deles não fazia ideia de que essa era uma corrida de merda.

O GTO de Madoc contra o Camaro de Liam?

Nem perto.

Um Camaro resolve aquilo sozinho, mas Liam não fazia ideia de como modificar seu carro. Madoc, sim.

— Apontar? — A garota gritou, mas meus olhos estavam colados em Tate, que se virou para assistir à largada. — Vai!

Aplausos explodiram, e o corpo de todo mundo bloqueou minha visão, já que fiquei parado no carro. Não importava. Eu sabia quem venceria, e só havia uma pessoa a quem eu queria assistir agora.

Tate ficou de costas para mim e, pela primeira vez, não tive que afastar o olhar. Não me sentia mais culpado de querê-la, então olharia mesmo.

Ela ficou na ponta dos pés, tentando enxergar por cima das cabeças do espectadores. Os músculos de suas pernas se flexionaram, e eu quis colocar as mãos nela.

Os contornos macios de sua pele e a memória de como, duas noites atrás, aquelas pernas estavam enroladas ao meu redor me faziam querer colocá-la na mesma posição no capô do meu carro.

Percebi, há algum tempo, que Tate não tinha mais catorze anos. Assim, mesmo naquela idade, ela era bonita, mas nós dois éramos apenas crianças.

Os desejos e impulsos pequenos que costumavam se infiltrar na minha cabeça se tornaram fantasias completas.

E agora tínhamos idade suficiente para nos entretermos com elas.

— Merda! — K.C. xingou, alguns centímetros à minha frente. — Eu derramei cerveja.

Tate se virou para ver o que aconteceu e o mundo inteiro parou quando seus olhos encontraram os meus.

Era nisso que ela era diferente das outras garotas.

Eu gostava quando ela me encarava.

Ela tirou a jaqueta, e a jogou para K.C., que eu ainda não tinha olhado. Acho que ela tinha estragado a camisa e precisava de algo com que se cobrir.

E puta merda.

Engoli em seco.

A regata branca de Tate era fina e justa, e consegui ver seus mamilos endurecerem por causa do ar da noite.

Olhei para Ben, que tinha olhado duas vezes. Ele estava tentando não olhar para ela, mas era difícil.

Caramba. Trinquei os dentes.

A ideia de ir até lá e arrastá-la para casa comigo era tentadora.

E se ele continuasse olhando para ela daquele jeito, porra, eu arrancaria seus dentes com uma colher.

Os dois viraram de novo para a corrida, e K.C. vestiu a jaqueta de Tate.

Madoc e Liam finalmente passaram pela quarta curva, mas o GTO tinha uma grande vantagem. Quando eles cruzaram a linha de chegada, o público aplaudiu e balançou as mãos para o alto, claramente satisfeitos com a aposta e o show.

Ben sorriu para Tate, que riu da onda de ar trazida pelos carros. Ela odiava Madoc, mas acho que estava fascinada com a cena em vez de com sua vitória.

Eles riram e conversaram, parecendo bem confortáveis um com o outro.

Sério?

Tate não queria conforto. Ela queria ser pressionada. Queria as mãos e boca de alguém nela, deixando-a louca. Queria fazer amor na chuva.

E agora mesmo estava tentando ser alguém que não era.

Puxei K.C. pela cintura, trazendo-a para mim, e seus olhos se arregalaram de surpresa.

— Por causa do Liam, lembra? — sussurrei, não fazendo isso por ela.

Tentar fazer ciúmes em Tate era idiotice, mas queria ver se ela reagiria. Ela havia tinha ficado boa nisso no mês passado.

K.C. olhou para Tate com nervosismo, e fiquei com medo de ela estar pensando demais. Brincar na frente de Liam era de boa, mas ela provavelmente tinha um grande problema em fazer isso bem na cara de Tate.

Depois de alguns momentos, porém, ela desistiu e passou os braços em meu pescoço. Aceitei o convite e mergulhei para beijar sua mandíbula.

Enterrei o rosto em seu pescoço, trilhando beijos leves e lentos na direção da sua orelha, meu cérebro dizia ao meu corpo o que fazer.

Verdade seja dita, eu preferia estar beijando Madman, mas podia sentir os olhos de Tate em mim.

Pare, disse a mim mesmo. *Se Tate te vir tocando a amiga dela, nunca vai te deixar tocá-la.*

— Todos, esvaziem a estrada! — Ouvi Zack gritar, e ergui o rosto, ansioso demais. — Trent e Roman, coloquem suas bundas na linha de partida.

Passei a mão pelo rosto.

Finalmente, porra.

Dei a volta para entrar no carro, liguei o motor e senti o trovão debaixo do meu corpo. Eu vivia para fazer duas coisas: atormentar Tate e rasgar a pista.

Mesmo que tudo que eu ganhe no Loop vá para o meu pai, ainda amo correr. Meu pé estremeceu ao sentir o pedal e minhas mãos dominaram perfeitamente as manobras do carro. Conseguia mover o volante, fazendo a máquina girar, deslizar e virar exatamente do jeito que eu precisava.

Eram dois minutos, uma vez por semana, em que eu amava minha vida.

Still, Swingin', de Papa Roach, gritava nos meus alto-falantes, e levei meu Boss 302 para a pista. Meu Mustang preto era poderoso, rápido e a minha cara. Foi a única coisa que minha mãe me deixou comprar com o dinheiro da casa do meu avô. Estava quitado, e era minha única saída quando precisava me afastar das pessoas e me perder.

Derek Roman, um calouro na faculdade e ex-colega de escola, voltava à cidade de vez em quando para correr. Ele parou seu Trans Am 2002 perto de mim, e meus dedos apertaram o volante.

Ele tinha algum peso. Algumas pessoas apostaram contra mim esta noite por causa dele. Meio ofensivo, mas atendia às minhas necessidades. Quanto menores as chances, maior a recompensa.

— Tudo bem! — Zack gritou, com voz profunda e dominante. — Esvaziem a pista para o evento principal da noite.

CAPÍTULO VINTE

Com o retorno dos universitários aos dormitórios, tínhamos menos corridas acontecendo agora do que durante as férias. A de Madoc e a minha foram as únicas da noite.

Coloquei a mão no bolso do jeans, tirei o colar de fóssil e pendurei no espelho retrovisor. Por ele, vi que Tate me observava, e minha garganta se fechou. Não sabia se ela conseguia enxergar, mas eu com certeza não queria que fosse o caso. O colar, que pertencia à mãe dela, seria difícil de explicar.

Devon Peterson, uma das poucas gostosas que eu não tocaria nem com uma vara de três metros, caminhou até a frente de nossos carros, trajando sua saia de pregas curta e regata de alça fininha. Ela estava um ano atrás de mim na escola, e deixou bem óbvio que estaria disponível se eu estivesse interessado.

Eu não estava.

Ela, na verdade, era bem pé no chão e legal, mas era legal com todo mundo. O problema era esse. Às vezes, você precisa ter o bom senso de saber quando não vale o risco curtir o momento.

— Preparar? — ela gritou, seus olhos brilhando para mim.

Vamos lá. Vamos lá. Meu joelho esquerdo balançava ao segurar a embreagem.

Nada de garotas, nada de pais... apenas eu, fugindo de todos eles.

— Apontar?

Roman e eu aceleramos.

— Vai!

Minhas pernas entraram em ação, uma soltando a embreagem e a outra pisando no acelerador com força total. Meus pneus giraram por um breve segundo antes de Roman e eu sairmos em disparada. Senti um frio na barriga, e sorri com o sentimento.

Eu amava aquela merda.

Agarrando o volante, pisei na embreagem de novo ao passar a segunda e então a terceira. Muitas vezes, esquecia ou tentava pular marchas como fazia quando não estava correndo, mas não dava para fazer isso na pista. Minha mãe ficou brava no ano passado quando comprou um carro novo, de câmbio manual, que ensinei a ela a como dirigir.

"Como assim eu posso pular as marchas? Jared, eles não teriam colocado lá se não fosse para você usar."

Apenas balancei a cabeça para ela, percebendo que não valia a irritação.

O Boss estremeceu de novo quando engatei a quarta e deixei a música e o carro me rasgarem em mil pedaços e me espalharem ao vento. Não conseguia pensar nem me preocupar com nada, mesmo se quisesse.

Era aqui que eu vivia. O Boss não se voltaria contra mim. Eu era dono dele, por dentro e por fora.

Roman e eu estávamos lado a lado, mas a primeira curva estava chegando. E eu tinha uma pequena vantagem, só que ele não estava diminuindo.

Merdinha do caralho.

Algum dia eu teria que dar nesse cara a surra que ele merecia. Não conseguiríamos fazer a curva juntos, e ele sabia disso. Um de nós teria que diminuir, e não seria ele.

E ele sabia que eu sabia disso.

Apertei o volante e pisei no freio, ficando atrás dele e entrando na faixa interna. Bem na cola dele, respirei com dificuldade e balancei a cabeça, tentando evitar que meu pé de chumbo batesse no carro dele.

Puxei o volante para a esquerda, fiz a primeira curva, levantando poeira e sentindo a traseira do carro rabear, meu coração batia na garganta.

Mas o carro de Roman deslizou mais.

Voltei para a segunda marcha e pisei no acelerador, aumentei o som de *I Stand Alone*, de Godsmack, e disparei.

A cada segundo, meu sangue vibrava pelas minhas veias com mais força, e eu não me importava se venceria ou perderia. Nada poderia arruinar isso aqui para mim; e nada seria melhor.

Em cada volta, Derek Roman me cortava e me fazia ficar para trás ou girar mais do que queria. De todo jeito, eu não conseguia ficar na liderança porque o babaca preferia brincar de carrinho de bate-bate do que correr.

Otário. Respirei a mil por minuto, não porque estava nervoso, mas porque estava puto pra caralho.

Ele preferia ver nossos carros destruídos a me ver vencer.

Acelerei e agarrei o volante quando Roman e eu seguíamos em frente. A multidão passava voando pelo carro, e meu estômago revirou quando enfim cruzamos a linha de chegada.

Soltei um suspiro e cerrei os dentes, diminuindo. Não tinha certeza se perdi, mas também não sabia se ganhei.

E, naquele ponto, eu nem ligava.

Queria bater em alguma coisa, e essa coisa era Roman.

Disparando do carro, meus braços estavam rígidos como barras de aço quando circulei o veículo para encontrar o otário no meio do caminho.

— Você é um babaca — rosnei.

Por favor. Me dá um soco.

Estávamos quase com o nariz colado no do outro. Roman era praticamente do meu tamanho, mas não era exatamente igual.

— Você estava entrando na minha linha de corrida! — Roman rosnou.

— Ou talvez você simplesmente não saiba como lidar com seu carro.

Quase ri.

— Não há linhas de corrida na pista. — Idiota. — E não vamos falar sobre quem não consegue lidar com seu carro.

Roman, cabelo preto e oleoso penteado para trás, apontou o dedo na minha cara.

— Vou te dizer uma coisa, princesa. Volte depois de ter crescido um pouco e tirado suas rodinhas. Então você será homem o suficiente para competir comigo.

A voz do cara parecia um monte de lixeiras batendo uma na outra, e ele precisava calar a boca.

— Homem o suficiente? — perguntei, me certificando de que a careta que fiz passasse a mensagem de que aquela era a coisa mais ridícula que eu já ouvi. Eu me virei para me dirigir à multidão e ergui as mãos. — Homem o suficiente?

Eles sabiam a verdade, a maioria era da minha escola.

Bem na hora, Piper saiu do meio da multidão e veio na minha direção. As pessoas não lutaram para conter a empolgação quando ela colou o corpo no meu, pôs a mão na minha bunda e me beijou devagar e profundamente.

Foi como se um par de braços invisíveis estivesse me puxando para trás, tentando me arrancar de seu agarre, e tive que me lembrar de mergulhar, não nadar.

Eu a agarrei e passei as mãos por suas costelas, sentindo o calor de sua língua tocar a minha.

Era isso de que eu precisava.

Piper era fácil.

Mas assim que a multidão rugiu com nossa demonstração, meus lábios ficaram tensos e o beijo ficou turbulento.

Ela tinha gosto de cinza.

Tate piscou na minha cabeça, assim como a memória de sua boca.

As pessoas comemoraram mais conforme eu me jogava para colocar Roman no próprio lugar, mas estava tudo errado.

— Ok! — Zack abriu caminho em meio à multidão. — Fora do caminho, fora do caminho.

Piper me abriu um sorrisinho maroto e voltou para as amigas, que riam.

— Ouça. Temos boas e más notícias. — Zack olhou ao redor, falando mais para as pessoas do que para Roman e eu. — A má notícia é que estamos declarando um empate.

Todos gemeram e alguns xingaram.

Jesus Cristo. Inspirei.

— Mas a boa notícia é que — apressou-se para adicionar — temos uma maneira de resolver o impasse.

E então nos abriu um sorriso estranho que fez bile subir por minha garganta. Zack poderia ser desleal.

— Uma revanche? — falei, esperançoso.

— Mais ou menos. — Seu sorriso se alargou. — Se vocês quiserem resolver isso, então seus carros vão correr de novo, mas... vocês não serão os pilotos.

Meus olhos queimavam. Não consegui piscar.

Mas que porra é essa?

— É o quê? — Roman explodiu, ao se aproximar de Zack.

— Sabemos que vocês são pilotos excepcionais — o homem afirmou. — A corrida foi próxima o suficiente para provar isso. Vamos ver quem tem a melhor máquina.

Já deu.

— Então, quem vai dirigir os carros? — gritei.

Os lábios de Zack viraram uma linha fina.

— Suas namoradas.

O QUÊ?

— Aí sim! — Algum idiota na multidão riu como se fosse engraçado pra caralho.

Ninguém, repito, ninguém dirigiria o meu carro!

Os espectadores se aproximaram mais para ouvir a discussão; e, sim, haveria uma discussão. Roman e eu concordaríamos que essa ideia era uma merda, embora boa parte da galera adoraria perder uma grana para ver duas garotas correrem.

— Cara! Isso não está acontecendo! — Roman fechou a cara e olhou para a namorada. Ela era uma graça, mas a morena baixinha e magrinha parecia ter músculos o suficiente para dirigir uma motinha e nada mais.

Sorri para mim mesmo, pensando no que Tate faria contra ela.

Não. Não vá por aí.

— Zack — suspirei —, eu não tenho namorada. Eu nunca tenho namorada.

— E a coisinha bonita com quem você chegou?

Virei o rosto e olhei sério para K.C. Suponho que ele esteja falando dela.

Seus olhos quase saíram da cabeça quando ela viu que era o foco de nossa atenção.

— Ele é apenas meu peguete — brincou, erguendo as mãos. A galera cobriu a boca e riu, me provocando como se eu devesse estar magoado.

K.C. não conseguiu evitar sorrir por sua esperteza, e ergui as sobrancelhas para Zack, esperando que ele compreendesse.

— Ninguém dirige o meu carro — declarei.

— Concordo com a princesa aqui — Roman se meteu. — Isso é uma estupidez.

— A multidão já viu vocês dois correrem. Eles querem se divertir. Se vocês dois tiverem algum interesse em acertar as contas para que as pessoas possam ser pagas, então vão jogar do meu jeito. Estejam na linha de partida em cinco minutos ou vão embora. — Ele se virou para sair, mas parou. — Ah, e vocês podem ir no carona se quiserem... sabe, para dar apoio moral. — Suas últimas palavras quase se entrecortaram ao saírem de seus lábios.

O idiota estava rindo de nós.

— Isso é besteira. — Passei os dedos pelo cabelo e fui até onde Madoc e K.C. estavam, enquanto Roman foi até seu grupo.

Estiquei e cerrei os punhos uma e outra vez. Se Zack não fosse um amigo, eu acabaria com ele.

Mesmo se não fosse pelo dinheiro de que eu precisava, ainda não poderia sair dessa. Um desafio era um desafio. Se Roman não desistiria, nem eu.

— Ei, cara. Eu poderia dirigir para você — Madoc falou. — Nós apenas teríamos que contar a eles sobre nosso relacionamento secreto.

Ele estava tentando me animar, porém ajudaria mais se calasse a boca.

Eu conhecia garotas que dirigiam bem. Encontrei uma boa quantidade delas na oficina onde trabalhava e mais algumas em corridas aqui e ali, mas as únicas que eu conhecia e estavam aqui essa noite eram as com quem eu transei ou com quem tinha estudado.

E não confiava em nenhuma delas.

— Jared, eu não posso correr por você — K.C. pontuou, como se eu não soubesse. — Tem que haver outra pessoa.

Havia.

E a ideia de pedir a ela me fez querer me enforcar. Não que ela diria não, mas provavelmente cuspiria na minha cara por pedir.

Não haja como se tivesse escolha.

Merda.

Era naquele ponto que eu queria entrar no carro e dirigir para longe. Tomar decisões difíceis e aceitar quando as necessidades dos outros vinham antes das minhas machucava, porém eu... não tinha escolha.

Então ouvi outro pai, um pai melhor, na minha cabeça:

Um homem sabe o que precisa ser feito e simplesmente faz.

Meu irmão merecia alguém que cuidasse dele, e eu tinha o poder de tornar sua vida mais fácil.

Joguei a cabeça para trás e suspirei.

Doeria.

— Só tem uma pessoa em quem eu confiaria um pouco dirigindo meu carro. — Virei-me e travei os olhos em Tate.

Os dela se arregalaram.

— Eu? — questionou, surpresa.

— Ela? — Madoc, K.C. e o otário do Ben disseram logo depois.

Cruzei os braços sobre o peito e fui até ela.

— Sim, você.

— Eu? — Sua voz ficou mais baixa, soando como se eu tivesse acabado de perguntar algo idiota. Ela não estava mais surpresa.

— Estou olhando para você, não estou? — resmunguei baixinho.

Ela ficou inexpressiva, e seus olhos se estreitaram em desafio. Ela se virou para o acompanhante, e me ignorou.

— Ben, podemos ir mais cedo para aquela fogueira? Estou entediada aqui.

Ela não esperou uma resposta antes de dar meia-volta e seguir para a multidão.

De jeito nenhum eu escolheria outra pessoa, e não perderia para o otário do Derek Roman.

Fui atrás dela e a segurei pelo cotovelo.

— Posso falar com você?

Mal conseguia olhar para ela, e mantive a voz em um murmúrio. Isso era o mais próximo que já cheguei de implorar para alguém em três anos.

— Não — ela cuspiu.

Rancorosa, coisinha...

Joguei os ombros para trás, sabendo que ela tinha todo direito de não querer me ajudar, mas seu comportamento ainda me deixava puto.

— Você sabe como isso é difícil para mim — sussurrei. — Preciso de você.

Eu a vi puxar um pequeno suspiro, olhando para baixo por um momento. Bem, eu a fiz parar, pelo menos.

— E amanhã quando você não precisar de mim? — provocou. — Serei o cocô do cavalo do bandido de novo?

Meu coração titubeou, e meu peito doeu.

Você nunca foi isso.

— Ela vai fazer isso — K.C. gritou, por trás de mim.

— K.C! — Tate mostrou os dentes. — Você não fala por mim. E eu não vou fazer isso! — ela gritou na minha direção, e calor passou por mim por causa de sua raiva.

Isso me lembrou do balcão da cozinha, e quis calar sua boca de novo como tinha feito naquela noite.

— Mas você quer — K.C. argumentou com Tate.

— Talvez — provocou. — Mas eu tenho orgulho. Ele não vai ganhar nada de mim.

Que se foda.

— Obrigado — resmunguei, entredentes.

— Pelo quê? — Tate rebateu.

Fiquei perto do seu rosto, mas ela não recuou.

— Por me lembrar de como você é uma vadia decepcionante e egoísta!

— Já chega. Vocês dois — Madoc interrompeu nossa briga, enquanto eu encarava os olhos arregalados e raivosos de Tate. Ele ficou parado entre nós, encarando Tate e eu. — Agora, eu não dou a mínima para a história entre vocês dois, mas precisamos de bundas naquele carro. As pessoas vão perder muito dinheiro. — Ele olhou para mim e continuou: — Jared? Você vai perder muito dinheiro. E Tate? — Ele se virou para ela, que ainda estava me mastigando em pedaços com aquela careta. — Acha que todos te trataram mal antes? Dois terços das pessoas aqui esta noite apostaram em Jared. Quando souberem que a pessoa que ele escolheu primeiro o recusou, o resto do seu ano letivo será um inferno sem termos que levantar um dedo. Agora, vocês dois, entrem no maldito carro!

Meus olhos foram para o chão, me senti feito criança e totalmente embasbacado.

Madoc não costumava fazer tantas exclamações. Já o vi puto algumas vezes, mas raras vezes ele usava esse tom de professor.

Sempre tive a impressão de que ele estava escondendo alguma coisa. Algo a mais.

Todo mundo ficou quieto. Até algumas pessoas que passavam e ficaram presas na explosão.

— Ele tem que me pedir com jeitinho — Tate exigiu.

— O quê?

Eu pedi *com jeitinho*. Da primeira vez.

Ok, talvez não.

— Ele tem que dizer "por favor" — falou com todos os outros, menos comigo.

Balancei a cabeça e ri comigo mesmo.

Meu Deus, ela era um prato cheio.

— Tatum. — Eu a olhei como se ela fosse minha próxima refeição. — Você poderia pilotar comigo, por favor?

Seus olhos se estreitaram de novo, mas havia um toque de excitação dessa vez. Ela não queria saltar à oportunidade rápido demais, mas aceitaria, e eu sabia disso.

— Chaves? — pediu, esticando a mão.

Eu as larguei ali para ela, a segui até a pista conforme ela se dirigia para o lado do motorista do meu carro.

Roman tinha levado seu Trans Am até a posição quando o público limpou a pista. Sussurros surgiram ao nosso redor assim que Tate se acomodou atrás do meu volante.

Nós dois nos acomodamos, e a irritação acabou com a minha calma por causa da impotência que eu sentia. Nunca tinha me sentado no lado do passageiro.

Não consegui manter os olhos à frente, eles deslizavam para Tate, que estava correndo as mãos para cima e para baixo no volante.

A visão dela sentada na porra no meu assento com as mãos na porra do meu volante era demais.

Mudei a posição, meu pau era incapaz de se controlar.

Como sempre acontecia perto dela.

Não fazia ideia de qual era o lance de tê-la no meu carro. Talvez fosse o tanto que eu sabia que ela estaria gostosa, ou o pensamento de ter as duas coisas que faziam meu coração bater juntas, mas meu jeans ficou apertado.

Respirei fundo, de repente querendo que meu maldito carro estivesse sendo atingido pela chuva e o corpo dela brilhando de suor, enquanto ela me montava no meu banco.

Ela era linda, e foi o pior momento da minha vida querer tanto alguma coisa e saber que não conseguiria.

Ainda não, de todo jeito.

Ela girou a chave e engatou a ré, e só pude assistir com admiração quando ela colocou o braço nas costas do meu banco, olhando por cima do ombro para colocar o carro na posição. A garota moveu o volante com facilidade e pisou de leve nos pedais, flexionando as pernas toda vez que freava e mudava a marcha.

Era como assistir a pornô.

Tate estava tranquila e feliz, e um sorriso brincava no canto de seus lábios. Sorrindo. Na minha presença.

E de novo, um peso desceu sobre meus ombros e me senti mal por tudo que fiz a ela. A ela e a mim.

— Você está sorrindo — comentei, desejando que ela parasse, e torcendo para que ela nunca fizesse isso.

Queria fazê-la sorrir, e odiava ser lembrado de que ela nunca fazia isso.

— Não estrague tudo para mim com suas palavras, por favor.

Justo.

Pigarreei.

— Então, seu pai nos ensinou a dirigir com marchas, e o Bronco é um manual, então suponho que você não tenha dúvidas sobre essa parte, certo?

— Nenhuma. — Seus olhos continuaram em frente. Ela parecia metade interessada no que eu disse, e a outra metade hipnotizada pela sensação do carro. Seus dedos tamborilavam e os olhos estavam em todo canto.

Dei a ela um resumo do que fazer, quando diminuir e como virar, mas ela apenas respondeu com acenos.

Zack parou na frente dos carros, provavelmente porque mulheres pilotas não se interessariam em Devon Peterson balançando a bunda para elas, e então meu coração foi parar nos meus pés.

Merda!

Tate se esticou e tocou o colar de fóssil. Seu colar, feito para sua mãe, que eu roubei e guardei por todos esses anos.

Merda, merda, merda.

Sangue bombeava em meus ouvidos e precisei juntar todas as minhas forças para manter a voz estável e tranquila. Tinha esquecido que ainda estava lá.

— Amuleto da sorte — expliquei, ao prender o cinto e desviar o olhar. — Peguei alguns dias depois que você deixou lá. Achei que seria roubado ou estragado. Meio que ficou comigo desde então.

Mas pior do que ela saber que eu tinha guardado todos esses anos era o conhecimento de que ela poderia querer de volta. Eu não tinha direito de guardar, afinal.

Ela abaixou a mão, e eu a vi encarar a janela do motorista, em silêncio.

No que ela estava pensando? Eu queria saber, mas nunca perguntaria.

— Nós. Estamos. Prontos? — A voz de Zack me trouxe de volta para a realidade e Tate virou a cabeça para frente.

Estiquei a mão e busquei por *Waking the Demon*, de Bullet for My Valentine, no meu iPod, então aumentei o som.

Barulho, atividade, distração.

Nós dois focamos no para-brisa, em silêncio.

— Preparar? — Zack gritou, e sorri quando Tate acelerou.

— Apontar?

Aumentei a música de novo e me preparei.

Esperava o melhor, mas não me surpreenderia se Tate decidisse bater meu bebê de propósito por vingança.

— Vai!

Ela acelerou, ofegante e soltando um sorriso selvagem pela empolgação do momento. Talvez fosse a sensação de um carro diferente ou a emoção da competição, mas ela estava focada. Seus olhos observavam a estrada como se ela fosse sua presa, e seus dedos trabalhavam no câmbio com força e velocidade.

Observei seus músculos lidando com meu carro e balancei a cabeça.

Pornô.

— A primeira curva é rápida — falei, colocando a cabeça de volta no jogo.

Tate não disse nada, mas parecia ter parado de respirar ao tocar no freio e começar a fazer a primeira curva.

Adrenalina se acumulou em meu peito e cerrei os dentes, pronto para gritar para ela diminuir mais. Ela estava na frente, o que não era nenhuma surpresa, mas o Trans Am poderia nos alcançar com facilidade se ela saísse da pista.

Olhando pelo retrovisor, vi o carro de Roman ganhar velocidade e segurei o painel com mais força. Maldito Roman. Se Tate não tivesse passado no momento que eles fizeram a curva, eles teriam batido em nós.

— Acelera! — gritei, depois que ela endireitou o carro. — E não vire tão rápido. Você está perdendo tempo se corrigindo.

— Quem está em primeiro lugar? — respondeu, soberba.

— Não seja arrogante.

Mas ela não me deu ouvidos. Apenas aumentou a música e engatou a sexta marcha. Disparamos para frente e fiquei tenso, mas não de nervosismo.

Não me sentia impotente agora, o que era estranho. Normalmente, queria estar no controle e andar feito uma bala me incomodava, mas agora? Eu gostava de observá-la.

— A próxima curva está chegando. Você precisa desacelerar — ordenei.

Ela puxou os lábios para o meio dos dentes, mas a velocidade do carro não estava diminuindo.

Mas que merda ela estava fazendo?

Franzi as sobrancelhas para ela e deixei minha voz mais profunda.

— Tatum, você precisa desacelerar.

É, não funcionou.

Meu coração batia mais rápido conforme nos aproximávamos da curva, e agarrei o painel com ambas as mãos, impotente, quando Tate derrapou na curva e girou o volante para a esquerda, depois para a direita, e para a esquerda de novo para centralizar. Ela era rápida, e ela e o carro eram um só. Não era suave nem limpo. Era veloz e furioso.

— Não faça isso de novo. — Eu a queria segura.

Ela venceria de todo jeito. O carro de Roman estava para trás, e me encolhi com a bronca que sua namorada devia estar recebendo.

Tate não precisava ser imprudente. Não dentro de um carro, de todo jeito.

Cuspi mais algumas ordens na direção dela na próxima curva, que ela ignorou totalmente, e avançamos até a última com uma vantagem significativa. Diminuindo para uns 50km/h, Tate olhou para mim e abriu um sorriso meigo.

— Está bom desse jeito, senhor Trent?

Seus olhos acenderam com um desafio.

Ela estava tentando não rir, e não consegui deixar de encarar seus lábios carnudos e franzidos.

E eu soube bem ali que arrancaria aquele sorriso convencido de seu rosto.

Queria Tate ofegante e indefesa quando eu me enterrasse dentro dela. Sem brincadeiras, sem sarcasmo, sem palavras. Apenas eu em seus olhos.

— Tatum? — Eu a desafiei também. — Pare de brincar com seu oponente e ganhe a droga da corrida.

— Sim, senhor Trent.

Cerrei os punhos e os dentes.

Meu Deus, mal podia esperar para tê-la em minhas mãos.

Tate cruzou a linha de chegada tão devagar que, por ser hilário, o público comemorou mais do que nas corridas de Madoc e eu unidas. Ela parou o carro, e os espectadores se aglomeraram ao redor.

Ela deixou o Boss em ponto morto e puxou o freio de mão, então se inclinou para trás e relaxou no assento.

— Obrigada, Jared. — Sua voz era quase um sussurro, doce e sincera. — Obrigada por me pedir para fazer isso.

Minha garganta se fechou.

Ela estendeu a mão, tirou o colar do retrovisor e o colocou ao redor do pescoço esguio. Seu rosto estava pensativo, mas confortável.

O ar ficou quente, e estávamos só nós dois.

Tate e Jared.

Passei a mão pelo cabelo, afastando a sensação de déjà vu, e abri a minha porta para encontrar a multidão que aplaudia.

Parei, olhando para o chão.

— *Waking the demon...* Acordando o demônio... — murmurei. Não sabia por que tinha escolhido aquela canção para a corrida, mas acabei de perceber o quanto ela se encaixava. — Obrigado, Tate — sussurrei, ao olhar para ela.

"Tatum" não se encaixava. Nunca se encaixou, na verdade.

Ela era Tate, e sempre seria.

CAPÍTULO VINTE E UM

— E aí vocês viraram amigos? — Um Madoc muito bêbado enganchou o braço em meu pescoço durante a fogueira após a corrida.

Eu sabia de quem ele estava falando.

— Eu não iria tão longe. — Tomei um gole da cerveja quente e mantive os olhos à frente.

Tate e eu nos cumprimentamos quando cheguei, mas sabia que teria que falar com ela de novo hoje à noite.

Eu estava determinado a pegar aquele colar de volta. Tinha que ir ver meu pai amanhã.

— Tenho certeza de que tudo vai se resolver. — Ele suspirou, indiferente. — Agora que ela tem um namorado, acho que vocês dois vão fazer coisas mais interessantes do que odiar um ao outro.

O copo se amassou na minha mão.

— Ela não tem namorado.

— Mas vai ter — devolveu, e pude ouvir um sorriso em sua voz. — Ele vai tentar colocar as mãos nela hoje.

Não.

Tate e Ben não estavam juntos aqui como amigos. Eu sabia daquilo. Mas Madoc dizer em voz alta fez meu estômago queimar de raiva.

— Está vendo todos esses caras? — Ele apontou com o queixo e acenou para o grupo com quem Tate e Ben estavam conversando. — Todos eles querem enfiar a mão debaixo da saia dela. Você está ligado, né?

Apenas respire.

— E, mais cedo ou mais tarde — continuou —, ela vai deixar um deles fazer isso.

Filho da puta.

Engoli em seco e relaxei meu aperto no copo de plástico vermelho.

Madoc se afastou, tendo feito o estrago que pretendia.

Eu sabia que ele só estava tentando mexer com a minha cabeça, mas tinha razão, e minha empolgação da corrida foi sugada do meu cérebro em um fluxo constante.

Ela nunca me perdoaria.

Ela tinha um futuro, e o meu era questionável.

Mas olhei para Tate, que na mesma hora olhou para mim de lá do outro lado do fogo, e era como tentar se afastar da água de que você sabia que precisava para viver.

Não havia escolha, exceto beber.

Antes que eu pudesse focar o que faria em seguida, senti braços circularem meu pescoço.

— Meu Deus, senti sua falta. — Um corpo de cheiro doce se pressionou em mim, e lábios macios e úmidos gemeram no meu pescoço.

Piper.

Com calma, desvencilhei os seus braços.

— Ouvi dizer que você se manteve ocupada com Nate Dietrich — provoquei, mas não ligava.

Ela se virou para me encarar.

— Saímos algumas vezes. Mas só penso em você — disse, ao se inclinar. — Eu até tenho uma surpresa.

— E o que é? — perguntei, dando trela.

— Ah, que bom. — Ela uniu as mãos. — Você está interessado. Está vendo aquela garota ali? — Ela apontou em direção à fogueira, para uma ruiva de short curto e preto com uma regata justa.

— O que tem ela? — indaguei, sem ter certeza de para onde isso estava indo.

— Que tal você, eu e ela voltarmos para a sua casa?

O quê? Pisquei, sem saber se ouvi direito.

Ela acabou de oferecer...

— Já acertei tudo. Ela está dentro. Podemos todos brincar ou... — ela abaixou o tom de voz — você pode assistir.

Fechei os olhos e passei a mão pelo rosto.

Jesus Cristo. A porra de um ménage. Ela estava falando sério?

Meu coração acelerou, e senti minha mandíbula tremer com um sorriso nervoso que não deixei sair.

Eu nunca tinha feito ménage, e que cara não ia querer participar de um? Uma imagem minha na cama com duas garotas passou pela minha mente, e meu peito se apertou quando ambas se pareciam com Tate.

Olhei para Piper, então para a garota do outro lado, que era gata pra caramba e me encarava como se dissesse "venha me comer", e eu quis bater em alguma coisa.

Fitei o chão, piscando ao perceber que não queria o que estavam oferecendo.

Na verdade, meio que senti vontade de tomar um banho por pensar nisso.

Cristo.

Eu me odiaria por isso no futuro.

Tirei as mãos de Piper de mim outra vez.

— Pare. — E recuei.

— O quê? — explodiu, com tom surpreso e olhos irritados.

Fiz que não.

— Apenas chegue em casa em segurança, ok? — E me afastei. — Já deu, porra — murmurei. E saí à procura de Tate.

Não ligava se ela estava em um encontro com Ben.

Ela ia embora comigo.

Eu me arrastei pela terra e folhas molhadas, mantendo os ouvidos abertos para qualquer som. Depois de esbarrar em um Ben bêbado, que admitiu ter perdido sua acompanhante, disparei para a floresta, em direção ao estacionamento, procurando por Tate.

Ela não estava perto da fogueira, e não era como se tivesse muitos amigos por lá.

Ou em qualquer outro lugar, idiota.

Um gemido gutural e alto ecoou na floresta, e virei a cabeça na direção do lamento.

O quê? Merda.

Comecei a correr, pulando sobre galhos com o coração batendo tão forte que doía respirar.

— Por que os caras da nossa escola são tão idiotas?! — Ouvi uma voz rosnar.

Tate.

Virei à esquerda e saltei sobre uma confusão de galhos caídos e folhagem molhada.

— Merda! — Escutei uma voz masculina. — Sua puta do caralho!

Passei entre as árvores e cheguei a uma clareira de árvores caídas e troncos cortados. Meu peito arfava a cada respiração conforme eu absorvia a cena diante de mim.

Tate estava de pé sobre um Nate Dietrich todo encolhido e deitado no chão em visível agonia. Uma das mãos cobria os olhos e a outra agarrava a virilha.

Filho da puta.

— Tatum! — rosnei, mais pela picada de medo do que pelo calor da raiva.

Se ela o atacou, foi porque tinha sido ameaçada.

Ele está morto.

Ela se virou e lutei para manter o controle. Nate já tinha sido subjugado, mas peguei de relance a alça da regata dela rasgada, e cada músculo meu tensionou.

— Ele te machucou? — perguntei através de dentes quase cerrados.

Ela colocou a mão no ombro, sobre a camisa rasgada.

— Ele tentou. Estou bem. — Ela mal me olhava.

Tirei a camisa e joguei para ela.

— Ponha isto — dei a ordem. — Agora.

Ela não se apressou para obedecer, não que eu esperasse isso dela, mas meu controle estava por um fio, e que Deus a ajudasse se ela não fizesse o que foi dito.

Sozinha, na floresta. No escuro.

Queria estrangulá-la por ser tão descuidada.

Fui até Nate, que ainda estava deitado no chão.

— Você tem uma memória ruim pra caralho, Dietrich. O que eu te disse? — Abaixei-me para ficar na cara dele.

Meu aviso para ele naquele dia na aula claramente não tinha sido ouvido.

Eu o agarrei pela camisa e o puxei para cima antes de lhe dar um soco na boca do estômago. Ele se curvou, como se todo o ar tivesse sido forçado para fora do seu corpo.

E eu não parei.

Soquei e bati em Nate Dietrich, em seu corpo e rosto, até ele estar cansado demais para fazer qualquer outra coisa além de aceitar.

A dor em minha mão vibrou por meus ossos e viajou pelo meu braço quando a força total do meu ódio desceu sobre ele.

Filho da puta!
Ele era um merdinha; mas eu, não, continuei dizendo a mim mesmo. Havia uma diferença entre mim e Nate.
Nate a tocou.
Nunca fiz isso.
Ele a assediou sexualmente.
Aquilo no vestiário foi só para mexer com ela.
Ela disse a ele uma e outra vez para parar.
Eu a vi chorar, querendo que eu parasse.
E quanto mais eu batia em Nate, mais deixava de ver seu rosto, para ver o meu.
— Pare. — Ouvi Tate gritar por trás de mim. — Jared, pare!
Minha vontade era de parar só quando ele não estivesse mais respirando, mas tiraria Tate daqui. Agora.
Puxei Nate pelo cotovelo e o joguei no chão.
— Isso não acabou — prometi, não me sentindo nada culpado por seu olho, nariz e boca sangrando. Havia uma linha de sangue no interior de seus lábios também, e ele ficou lá caído, ofegando e gemendo.
Virei para Tate, cujos olhos pareciam assustados e o peito subia e descia de medo.
Um medo que ela não sentia quando a encontrei aqui.
— Vou te levar para casa. — Não estava aberto a discussão.
— Não, obrigada. Eu tenho carona — argumentou, erguendo o queixo.
Ela tinha carona? Eu queria rir e rosnar ao mesmo tempo.
Meu Deus, eu ia adorar calar a boca dessa garota.
— Sua carona — eu me virei para me encará-la — está bêbada. Agora, a menos que você queira acordar sua pobre avó para que ela venha para o meio do nada te pegar depois que seu encontro ficou bêbado e você quase foi estuprada, o que tenho certeza que fará maravilhas com a confiança de seu pai de que você pode ficar sozinha, a propósito, então você vai entrar no maldito carro, Tate.
Eu me virei para ir até o meu carro, totalmente preparado para jogá-la sobre os ombros se precisasse.

CAPÍTULO VINTE E DOIS

— Qual é o seu problema? — ela explodiu, assim que estávamos correndo pela estrada, voltando para a cidade.

— *Meu* problema? — Eu estava puto, e dava para ela perceber. — Você vem para a fogueira com aquele idiota do Ben Jamison, que não consegue ficar sóbrio o suficiente para te levar para casa, e então vai para a floresta, no escuro, e o Dietrich toca em você. Talvez seja você que tem um problema.

Calma lá, idiota.

Quando pensava no que Nate poderia ter feito a ela, e teria feito, me dava vontade de matar alguém. Tate era muito cabeça dura. Muito independente. Ela julgou mal as próprias capacidades e se colocou em perigo.

— Se você se lembra, eu tinha a situação sob controle — disse, puta da vida. — Qualquer favor que você pensou que estava me fazendo foi apenas para satisfazer sua própria raiva. Me deixa fora disso.

Chupei o ar das bochechas, respirando a tensão no ar e focando a estrada.

O carro rugia debaixo de mim, nos impulsionando mais rápido, e minhas mãos esmagavam o volante.

— Diminui — ela ordenou, mas eu ignorei.

— Haverá situações com as quais você não poderá lidar, Tate.

Eu estava tentando ser racional com ela, mas nem sabia aonde queria chegar com isso. A garota não poderia passar o resto da vida na redoma de vidro que criei para ela, e eu não poderia protegê-la de tudo. Mais cedo ou mais tarde, ela iria embora.

— Nate Dietrich não ia aceitar muito bem o que você fez com ele esta noite — continuei. — Achou que este seria o fim? Ele teria vindo atrás de você novamente. Sabe o quanto Madoc queria fazer algo depois que você quebrou o nariz dele? Ele não queria te machucar, apenas se vingar.

Ela se achava mais do que realmente era. Alguns caras não se importavam de tomar mulheres como vítimas.

Obviamente.

— Você precisa desacelerar.

— Não, acho que não, Tate. — Eu ri. — Você queria a experiência completa do ensino médio, não queria? Namorando um jogador de futebol, sexo casual, comportamento imprudente?

Desliguei os faróis antes que ela tivesse chance de responder.

A estrada à nossa frente ficou escura, e Tate soltou um suspiro baixinho ao pressionar o corpo no assento.

A adrenalina do medo e da empolgação disparou pelas minhas veias. Era o tipo de sentimento que vivi enquanto ela estava fora. Me fazia sentir vivo.

A luz opaca e patética da lua passava pelas árvores, mas iluminava bem pouco.

— Jared, pare com isso! Acenda os faróis! — Sua voz falhou, e ela estava com medo. Não estava olhando para ela, mas ainda podia vê-la, preparando-se para uma batida com uma das mãos no painel. — Jared, pare o carro agora! — ela implorou, e eu odiei aquele som. — Por favor!

— Por quê? Não é divertido? — instiguei, embora soubesse a resposta. — Você sabe quantas garotas de cabeça vazia estiveram gritando nesse lugar aí? *Elas* adoraram.

E você é diferente.

— Pare. O. Carro! — gritou.

— Sabe por que você não gosta disso? — Virei a cabeça para encará-la, e dava olhadas rápidas para a estrada invisível. — Porque você não é como elas, Tate. Você nunca foi. Por que acha que eu mantive todo mundo longe de você?

Fechei a boca na hora e gemi.

Porra, por que eu fui dizer aquilo?

Seus olhos se arregalaram e então se estreitaram como balas.

Lá vamos nós. Em 3... 2... 1...

— Pare a porra do carro! — gritou, batendo os punhos nas coxas e me atingindo no braço.

Estremeci e pisei no freio, travando os dentes com os pneus de centenas de dólares que acabei de deixar no asfalto.

O Boss parou bruscamente, balançando um pouco de um lado a outro, e manejei o volante para evitar que voássemos em direção ao mato.

Droga.

Reduzi a marcha, puxei o freio e desliguei o carro.

Tate abriu a porta e voou para fora de seu assento, assim como eu, pronto para ir atrás dela, caso decidisse que caminhar até em casa fosse uma decisão inteligente.

Mas ela não correu.

Parecia pronta para bater em mim. Pude sentir o calor do fogo do inferno e o ódio que emanava de seus olhos.

— Volte para o carro. — Eu a cortei antes que ela tivesse chance de abrir a boca.

Estávamos no meio da estrada, e outro carro poderia passar a qualquer momento.

— Você poderia ter nos matado! — ela gritou.

Nunca te colocaria em perigo.

Minha camisa caía em seu ombro nu, e vi a alça rasgada da sua aparecendo.

Bati a palma da mão no teto do carro, raiva e amor batalhavam na minha cabeça.

— Volte para o maldito carro! — bradei.

— Por quê? — perguntou, com voz baixa e embargada.

Ela estava falando sério?

— Porque você precisa ir para casa. — *Dã.*

— Não. — Ela balançou a cabeça, engolindo as lágrimas e partindo meu coração. — Por que você manteve todos longe de mim?

— Porque seu lugar não era com o resto de nós. Ainda não é — rebati.

Ela era melhor.

Mas, ao que parecia, ela não gostou da resposta. Antes que eu conseguisse pará-la, Tate se enfiou dentro do carro e tirou as chaves da ignição.

Observei, confuso, quando ela rodeou a porta aberta do carro e se dirigiu para a estrada, perto da vala rochosa que havia ao lado.

Com as minhas chaves. Mas que merda é essa?

Meus dedos coçavam para sacudi-la ou beijá-la.

Eu a abordei devagar, parte irritado e parte admirado com a guerreira dentro dela.

Ela estava linda. Mechas de cabelo caíam sobre seus olhos e algumas circulavam seu rosto ou pelo vento ou por sua respiração ofegante. Ver a paixão raivosa em seu rosto me empolgava do mesmo jeito que intimidá-la tinha empolgado.

E quando pensava em como eu poderia ter sentido tudo isso ao simplesmente estar perto dela em vez de feri-la, fiquei plantado no chão; não, preso, com o peso do tempo desperdiçado.

Parecia uma pedreira parada no meu estômago.

— O que você está fazendo? — Tentei parecer irritado.

— Mais um passo, e você perde uma de suas chaves. Não tenho certeza se é a do carro, mas eventualmente chegarei a essa. — Ela inclinou o braço para trás da cabeça, e eu travei.

Puuuta que pariu.

— Não vou entrar no seu carro. — Sua voz estava firme. — E não vou deixar você ir embora. Não vamos sair daqui até que me diga a verdade.

O ar ao meu redor ficou denso, e senti que estava em uma caverna. Paredes por todo lado.

Eu não poderia contar tudo a ela.

Poderia me desculpar. Poderia tentar explicar.

Mas não poderia dizer...

Merda! Ela ergueu mais o braço, se preparando para jogar a primeira chave, e minha mão foi para cima, sinalizando para que parasse.

Uma chave reserva seria pelo menos duzentos dólares.

Meu coração batia rápido, ecoando em meus ouvidos.

— Tate, não faça isso.

— Não é a resposta que eu estava procurando — rebateu e jogou uma chave na floresta ao lado da estrada. Observei, completamente impotente, quando ela desapareceu na escuridão densa.

— Droga, Tate!

Ela tirou outra chave do anel e colocou por trás das costas também.

— Agora, fale. Por que você me odeia?

Jesus. A chave já era. Talvez fosse a do carro. Talvez fosse apenas a da casa. E eu estaria fodido se fosse aquela a da escola.

Balancei a cabeça e quase ri.

— Odeio você? Eu nunca te odiei.

Seus olhos se estreitaram em confusão e sua voz abaixou.

— Então por quê? Por que você fez todas aquelas coisas?

Por que fui tão maldoso? Por que te isolei? Por que arruinei nossa amizade? Que merda horrível do caralho ela queria que eu explicasse primeiro?

— No primeiro ano — respirei fundo, e comecei —, ouvi Danny Stewart dizendo que ia te convidar para o baile de Halloween. Eu me certifiquei de que nunca o fizesse, porque ele também disse a seus amigos que mal podia esperar para descobrir se seus peitos cabiam na palma da mão dele ou se eram maiores.

Também deixei o nariz dele sangrando naquele dia. Ele ainda não sabia o motivo.

— Nem pensei duas vezes sobre minhas ações — continuei, já que ela permaneceu em silêncio. — Espalhei aquele boato sobre Stevie Stoddard, porque você não pertencia a Danny. Ele era um idiota. Todos eram.

— Então você pensou que estava me protegendo? — explodiu, nada convencida. — Mas por que você faria isso? Você já me odiava a essa altura. Isso foi depois que você voltou da casa do seu pai no verão.

— Eu não estava te protegendo — declarei, erguendo os olhos para encontrar os dela. — Eu estava com ciúme.

Se eu a estivesse protegendo, não teria dados as costas e a magoado com aquele rumor. Não era para mantê-la segura. Era por não querer que mais ninguém a tocasse.

— Nós chegamos ao ensino médio — continuei — e, de repente, você tinha todos esses caras gostando de você. Lidei com isso da maneira que eu sabia.

— Me intimidando? — provocou. — Isso não faz sentido. Por que você não falou comigo?

— Eu não podia. Não posso. — *Não podia confiar em você.*

— Você está indo bem até agora — pressionou. — Quero saber por que tudo isso começou em primeiro lugar. Por que você quis me machucar? As brincadeiras, a lista proibida das festas? Isso não era sobre outros caras. Qual era o seu problema *comigo*?

Puxei um suspiro profundo, tentando conseguir tempo. Não podia falar daquilo. Não agora. Não com ela.

Soltei o ar e menti:

— Porque era você quem estava lá. Porque eu não podia machucar quem eu queria machucar, então te machuquei.

Por favor, deixa isso para lá.

— Eu era sua melhor amiga — ela falou devagar, me fazendo sentir seu desgosto. — Todos esses anos... — Seus olhos brilharam por causa das lágrimas não derramadas.

— Tate, eu tive um verão de merda com meu pai naquele ano. — Cheguei mais perto. — Quando voltei, não era o mesmo garoto. Nem mesmo perto disso. Eu queria odiar todo mundo. Mas eu ainda precisava de você de certa forma. Precisava que você não me esquecesse.

Parte disso tinha a ver com controle; outra, com a raiva, mas a grande maioria era por não ser capaz de deixá-la. Precisava estar em sua vida. Precisava que ela me visse.

— Jared, eu revirei várias vezes a minha memória me perguntando o que eu poderia ter feito para você agir do jeito que agia. E agora você me diz que foi tudo sem motivo?

Continuei chegando mais perto.

— Você nunca foi pegajosa ou um incômodo, Tate. No dia em que se mudou para a casa ao lado, pensei que você era a coisa mais linda que eu já tinha visto. — Minha voz se tornou quase um sussurro e meus olhos fitavam o chão. — Porra, eu te amei. Seu pai estava descarregando o caminhão de mudança e olhei pela janela da minha sala para ver o que era o barulho. Lá estava você, andando de bicicleta na rua. Estava vestindo um macacão com um boné de beisebol vermelho. Seu cabelo estava caindo pelas costas.

Até na época, eu sabia que Tate seria importante para mim.

Logo depois que ela se mudou, descobri que sua mãe tinha morrido. Meu pai não estava na minha vida, e Tate e eu nos conectamos de forma instantânea. Tínhamos coisas em comum como música e filmes.

E o resto estava fora do meu controle. Encontramos um ao outro.

— Quando você recitou seu monólogo esta semana, eu... — Soltei um suspiro. — Eu soube, então, que realmente tinha te atingido, e em vez de sentir qualquer satisfação, eu estava com raiva de mim mesmo. Queria te odiar todos esses anos, queria odiar alguém. Mas não queria te machucar, e realmente não percebi isso até o monólogo.

Parado na frente dela, senti os pelos dos meus braços se erguerem. O calor de seu corpo, tão próximo, emanava para o meu, e precisei me esforçar demais para não passar os braços em sua cintura e puxá-la para mim. A memória de como foi senti-la na outra noite apenas me fez pensar em todas as coisas que eu queria.

— Você não está me contando tudo. — Ela parecia estar com a cabeça girando, como se metade dela estivesse ali no momento, e a outra, fora.

Estendi a mão para segurar seu rosto, secando uma lágrima quente e solitária.

— Não, não estou. — Minha voz mal era audível.

Seus olhos estavam entreabertos, mas ela tentou continuar:

— As cicatrizes em suas costas — começou. — Você disse que teve um verão ruim e que quando voltou queria odiar todo mundo, mas não tratou ninguém tão mal quanto...

— Tate? — Eu a interrompi e fechei o espaço entre nós, nossas respirações estavam em sincronia quando nossos troncos se tocaram. Tudo que eu podia ver eram seus lábios carnudos e macios. — Eu não quero falar mais esta noite.

Ela ficou lá, me observando de perto, e o momento era uma linha tênue entre tudo se unir ou tudo se separar.

Ela queria meus lábios nela, mas talvez não gostasse de querer isso.

Por favor, não me impeça.

Sua pele era como tocar seda fria, suave como manteiga, e fechei a mão em seu cabelo.

Então ela se mexeu, como se tivesse acordado.

— Você não quer mais falar? — Sua voz firme quebrou o feitiço, e minhas pernas tensionaram, esperando que ela me batesse de novo. — Bem, eu quero — ela gritou, e parti para ação quando a vi girar para lançar outra chave na floresta.

Inferno!

Passei os braços ao redor do seu corpo e a puxei para o meu peito. Ela estava resistindo.

Eu expliquei, cacete. Sabia que ela não me perdoaria na hora, mas por que ela estava brava? *O que mais a garota queria?*

Não peça desculpas. Não implore!

O mantra do meu pai. Repetido uma e outra vez naquelas férias.

Eu odiava quase tudo que ele me ensinou, mas aquela era a única lição com a qual me comprometi. Pedir desculpa era sinal de fraqueza.

Mas eu queria Tate de volta.

Meu coração só batia por ela, e eu preferia passar a vida odiando, amando, fodendo e respirando Tate a perdê-la.

Você precisa se desculpar, idiota.

— Shhh, Tate — sussurrei em seu ouvido. — Eu não vou te machucar. Nunca mais vou te machucar. Eu sinto muito — falei, fechando os olhos e engolindo a pílula amarga.

Ela se contorcia de um lado a outro.

— Não me importo que você esteja arrependido! Eu te odeio!

Não.

Ainda a segurando com os dois braços, usei as mãos para abrir seus dedos e arranquei minhas chaves de lá.

Eu a soltei, e ela deu um passo à frente, virando-se para me encarar.

— Você não me odeia — desafiei, com um sorrisinho, antes que ela tivesse a chance de falar. — Se odiasse, não ficaria tão chateada.

— Vá se ferrar — cuspiu e se virou, disparando para longe.

Hum, onde ela pensa que vai?

Se a garota achava que eu a deixaria voltar para casa, tropeçando no escuro, em uma estrada deserta, ela só podia ter perdido a porra da cabeça.

Finquei os pés no chão e fui atrás dela. Virei a garota e a joguei sobre o ombro como queria ter feito mais cedo. Ela pousou com força, seu estômago cravou em meu ombro e tive um enorme desejo de mantê-la ali e ir a pé para casa.

Foda-se o carro.

Bem, quase.

— Me coloque no chão! — Ela esperneou e socou as minhas costas, e segurei mais forte, obrigando meus dedos a ficarem parados.

Sua bunda estava perto da minha cabeça e, caramba, eu queria tirar vantagem de sua posição naquela saia curta.

Mas, do jeito que ela estava naquela hora, provavelmente cortaria meu pau.

— Jared! Agora! — ordenou, com tom baixo e autoritário.

Chegando ao carro, eu a levantei e plantei sua bunda no capô. Logo me abaixei, apoiando as mãos de cada lado de suas coxas e me aproximei.

Bem devagar.

Sabia que deveria recuar.

Dar tempo a ela. Recuperar sua confiança.

Mas eu a provei, e preferia desistir de respirar.

Eu ainda dava as cartas, e não perderíamos mais tempo.

— Não tente fugir — avisei. — Como você se lembra, eu posso mantê-la aqui.

Não era uma ameaça. Eu só queria que ela se lembrasse. Do jeito que me devorou naquele balcão da cozinha, me querendo tanto quanto eu a queria.

Ela abaixou o queixo, parecendo hesitante.

— E eu sei usar spray de pimenta e quebrar narizes — retrucou, inclinando-se para trás e mantendo uma distância cautelosa, como se não confiasse em si mesma.

Eu podia ver a pulsação em seu pescoço, mas ela não estava tentando escapar.

Ela me observou enquanto a observava, e o momento paralisou enquanto seu peito subia e descia em respirações rasas.

Ela me queria tanto quanto eu a queria, mas não gostava de me querer.

Ela estava uma confusão, e eu amava isso.

Eu faço isso com você. Ninguém mais.
— Eu não sou Nate ou Madoc... Ou Ben.
Meu nariz quase tocou o dela, e observei seu rosto. Uma linha de suor escorria por minhas costas, e meu pau pulsou, me fazendo sentir como se estivesse pegando fogo.
— Não — sussurrou, minha boca pairando sobre a dela.
Ah, eu não. Você vai.
— Prometo. Não vou, a menos que você peça. — Tê-la arrependida no dia seguinte por ter cedido a mim seria uma merda. Eu não queria aquela culpa. Ela seria parte disso tanto quanto eu, e a queria louca e confusa por mim. Eu queria que ela se rendesse.
Acho que era disso que estive atrás todo esse tempo.
Movi os lábios por seu rosto e pescoço, respirando-a, mas sem nunca beijá-la.
Ainda podia prová-la, no entanto.
Meus lábios roçaram sua bochecha macia e quase os toquei quando ela soltou um gemido baixinho.
Porra.
A cada segundo que minha boca deslizava por seu rosto, mandíbula, pescoço, lutei para evitar que meus dentes afundassem nela. Eu estava faminto a esse ponto.
— Posso te beijar agora? — meio que perguntei, meio que implorei.
Ela não disse que sim, mas também não falou que não.
— Eu quero te tocar — sussurrei em seus lábios. — Quero sentir o que é meu. O que sempre foi meu.
Por favor.
Sua respiração travou, e pude sentir que ela estava lutando. Bem fraquinho, ela me empurrou e desceu do carro.
— Fique longe de mim — disse, indo para o lado do passageiro.
É, não vai rolar.
Tentei manter a risada baixa.
— Você primeiro — provoquei.

CAPÍTULO VINTE E TRÊS

— Me dá duas. — Meu pai descartou duas cartas, e meus lábios se ergueram só um pouco.

Nada de "como você está", "quais são as novidades" ou "porra, feliz aniversário, filho".

Nada.

Estava fazendo dezoito anos, e meu pai claramente não lembrava.

Ou não se importava.

Peguei duas cartas no topo do baralho e as atirei pela mesa para ele.

Vá para o inferno. Dez minutos já foram, faltam cinquenta.

Estávamos em silêncio desde que cheguei. Falando, como sempre, apenas quando necessário.

E meu estômago ainda estava revirado.

Depois do que rolou com Tate ontem à noite, eu me sentia ótimo. Relaxado, empolgado, calmo.

Mas, toda semana, passava mal antes de vir para a prisão, e minha animação por causa da noite passada foi embora. A terrível ansiedade por qualquer merda que meu pai fosse tentar me dizer me deixou com náusea. Nunca comia nada nessas manhãs. E, na maior parte do tempo, minhas mãos tremiam tanto que era difícil dirigir.

Foi por isso que optei por dirigir na noite passada depois que deixei Tate. De jeito nenhum eu conseguiria dormir com meu corpo todo agitado por causa dela, então tive que dar o fora de lá. Fui até Crest Hill. Fiquei em um hotel barato e vim assim que o horário de visita começou. Costumava me acalmar depois de ir embora. Sentia-me mais seguro quanto mais perto chegasse de casa.

A única coisa que me fazia passar pelas visitas semana após semana sem vomitar era o colar.

E não o peguei de volta ontem.

Agora, porém, eu estava abarrotado de ácido por dentro que estava queimando uma trilha pela minha garganta. Doía, e continuei engolindo, torcendo para que ele não pudesse me ver pensando nela. Sabia que soava estranho. Como alguém poderia ver o que você estava pensando? Mas meu pai tinha um talento especial para me ler e era a única pessoa que me fazia me sentir fraco.

— Então, onde está?

Ignorei a pergunta.

Quem saberia do que ele está falando, mas eu sempre me arrependia quando o deixava me fazer falar. Só calei a porra da boca e respirei.

— Você costuma manter uma das mãos dentro do bolso praticamente o tempo inteiro de cada porra de visita, hoje não aconteceu. O que você mantinha aí como uma merda de tábua de salvação, e por que não está com ela, assim do nada?

Mordi o lábio, bati o pé, então tentei contar as cartas na cabeça uma e outra vez.

2-4-5-6-7. Espada, espada, espada, espada, copas.

O cômodo, de pé-direito alto e longos corredores nas laterais, ecoava com as conversas que eu não conseguia compreender, o barulho dos visitantes enchia o ar. Luz entrava pelas janelas, mas não deixava nada mais feliz.

— Você acha que eu sou um babaca. — Meu pai voltou a descartar e falou baixinho: — Eu sou babaca, Jared. Te fiz ser duro, mas também te fiz ser forte. Ninguém vai te machucar de novo, porque você é intocável. Até para aquela garota, você está fora de alcance.

Ergui os olhos para encontrar os dele, e minhas cartas ficaram amassadas no meu punho. O estrondo profundo de sua risada rouca arrancou Tate da minha cabeça.

— Você conseguiu seu dinheiro — falei, entredentes, com os lábios mal abertos. — Cala a boca.

Ele simplesmente balançou a cabeça e continuou arrumando suas cartas.

— Ela sabe sobre você? Que você é um covarde? Que abandonou seu irmão?

Jax.

— Não tem "ela". — A mentira saiu murmurada.

— Você está certo — ele retrucou. — Você sempre estará sozinho, porque sabe que assim é melhor. E ela vai encontrar alguém com quem se casar e fazer nela um monte de bebês que não são seus.

Meu estômago afundou, e eu não pensei.

Bati as cartas na mesa e me levantei da cadeira, acertando meu pai bem no queixo. A dor em meu punho se espalhou pelo meu braço, e o assisti cair da cadeira, direto para o chão, ainda morrendo de rir.

Meu peito arfou, e respirei fundo.

— Semana que vem é minha última visita — avisei. — Não sentirei falta de você, mas sei que você vai sentir de mim.

— Já chega. — Ouvi uma voz dizer antes de ser agarrado pelo braço.

Olhando para cima, vi um guarda, um pouco mais alto do que eu, cabelo escuro e olhos claros, carrancudo.

Eu me desvencilhei dele.

— Não se preocupe. Já estou indo. — E dei as costas, com a mandíbula tão dura quanto cimento quando me afastei.

— Não se preocupe, Jared — gritou meu pai, às minhas costas. — Não nos afastaremos um do outro. Sempre estarei em sua cabeça.

Assim que cheguei em casa da visita, encontrei minha mãe na cozinha com um bolo.

— Nem pensar. Não estou no clima. — Meu tom foi cortante, e eu não queria ignorá-la, mas me afastei da cozinha e fui para as escadas.

— Jared, por favor — ela gritou por trás de mim.

Parei, cada músculo do meu peito tão retesado que eu estava pronto para gritar, então me virei e voltei para a cozinha.

Minha mãe estava parada do outro lado da mesa, o cabelo castanho preso em um coque alto, os braços ao lado do corpo. Ela estava bem-vestida com jeans, salto e uma jaqueta curta.

Agarrei a parte de trás de uma das cadeiras até a madeira ranger sob meus dedos. Eu a encarei, tentando engolir a briga que eu queria começar.

— Agradeço o esforço — disse a ela. — Sério mesmo. Mas nos damos bem sem precisar fingir que somos uma família de verdade. Você faz as suas coisas. Eu faço as minhas.

Meu estômago estava embrulhado, e minhas palavras se derramavam como lama.

Seus olhos foram ao chão, mas ela se recuperou e ergueu o queixo.

— Quero que Jax venha morar conosco — ela disse, com naturalidade, do nada.

Parei de respirar, e estreitei os olhos para ela, chocado demais até para responder.

É o quê?
Jax morar conosco?
Ela sorriu um pouco e deu a volta na mesa, vindo na minha direção antes mesmo de eu ter chance de processar se era brincadeira.

— Jared, já falei com um advogado. Não há nada certo, mas... — pausou, me olhando com atenção — pode ser que ele consiga ajudar. Quer o seu irmão com a gente?

Queria meu irmão em segurança.

Apertei as costas da cadeira com mais força.

— *Você* o quer aqui? — indaguei.

Seus olhos caíram e seus lábios se curvaram em um sorriso pensativo.

— Sim. Gosto de Jaxon. — E me fitou de novo. — Ele desperta o melhor em você. Assim como Tate costumava fazer.

Não consegui comer o bolo.

Não gostava de atenção, e a ideia de minha mãe me fazer soprar as velinhas me dava ânsia de vômito.

Fui para o meu quarto e fechei a porta, curtindo a escuridão e o silêncio pelo máximo de tempo que eu pudesse.

Jax conosco? Pensei, ao me deitar na cama.

Ainda não conseguia acreditar que ela pensou nisso. Que ela queria assumir a responsabilidade por ele.

Era caro, mas ela não parecia se importar.

Era algo pelo que eu nunca havia insistido, mesmo que me confundisse. Ela trabalhava em uma firma de contabilidade, ganhando o suficiente para nos sustentar, mas não para o que tínhamos. Nossa casa estava quitada, sempre tive os melhores celulares e ela tinha um carro bacana. Tudo pago.

Para ser sincero, eu tinha medo de perguntar. Não queria saber como vivíamos tão bem.

Recebi uma mensagem de K.C. dizendo que ela esperava que fôssemos amigos e agradecendo por ajudar com seu namorado idiota.

Ele vai voltar a traí-la em um mês. Eles sempre voltam. Mas não disse isso a ela.

Ela também deixou escapar de maneira não tão sutil que Tate estava sozinha agora. A avó não estava na cidade.

Meus lábios se curvaram para cima, e eu estava prestes a ir até lá para começar outra briga com Tate quando recebi uma mensagem.

> Tudo bem?

O pai da Tate.

> Beleza.

> Devolveu a chave da casa para Tate, certo?

> Sim.

Eu menti. Não estava pronto para ficar sem a chave ainda.

> Obrigado. Parabéns pelos 18 anos. Seu presente deve chegar em breve.

> Valeu.

Digitei de volta, sem saber ser gentil.

> O aniversário da Tate é daqui a uma semana. Descubra o que ela quer.

Soltei um suspiro.

> Isso pode ser difícil.

Ele não levou nem trinta segundos para responder.

> Um homem...?

E soquei a cama.

> ... resolve os seus problemas.

Terminei, com relutância.

ATÉ VOCÊ

> Faça acontecer, e obrigado.

Tirei a camisa e entrei no chuveiro quente, me envolvendo em alguma paz e silêncio pela primeira vez nas últimas vinte e quatro horas.

Ainda não conseguia acreditar que tinha batido no meu pai. Nunca tinha feito aquilo antes, nem para me defender naquelas férias.

Não sabia por que aquele comentário sobre Tate ter filhos com outro homem me deixou tão furioso. Meu pai conseguiu o que se propôs a fazer, e eu caí de novo.

Não conseguia pensar em mim como pai, nem agora nem no futuro.

Mas uma coisa era certa: seja agora ou daqui a dez anos, eu não queria que Tate tivesse os filhos de ninguém.

Embora algum dia ela fosse querer. A maioria das pessoas queria.

Engoli o caroço do tamanho de uma bola de beisebol, por que não seria eu em seu futuro.

CAPÍTULO VINTE E QUATRO

Era segunda-feira de manhã, e eu estava invadindo a casa de alguém pela primeira vez na vida. Por vontade própria, de todo jeito.

Minhas mãos não estavam nem tremendo quando coloquei a chave na fechadura e caminhei pela casa vazia dos Brandt. Tate foi para a escola há meia hora, e eu estava um pouco irritado por estar atrasado para a escola também. Eu tinha esperado que ela saísse cedo hoje de manhã, para fazer o que quer que fizesse no laboratório de química, mas hoje, não. Ela saiu tarde, e agora eu estava atrasado.

O pai da Tate queria que eu descobrisse o que ela queria de aniversário como se fôssemos amigos ou alguma merda assim, mas ele sabia que não éramos. A única forma de eu descobrir alguma coisa era se perguntasse a ela, e nosso relacionamento ainda não tinha uma boa base.

Então... decidi bisbilhotar.

Sim, pensei que era uma boa ideia.

Olhar o histórico de seu notebook, folhear a porra do seu diário, talvez procurar em suas gavetas por caixas abertas de camisinha...

Minha perna formigou, e tirei o telefone vibrando de lá.

> Onde vc tá?

Madoc.

> Atrasado.

Fechei a porta dos fundos e guardei a chave no bolso. Passei pela cozinha e fui até as escadas.

Ela estava em todo canto. O cheiro de seu shampoo, que tinha cheiro de morango, fez minha boca encher de água.

Não tinha visto nem ouvido nada dela o fim de semana inteiro. O carro ficou na garagem, mas ela parecia estar se escondendo desde a noite de sexta-feira.

Respirei fundo antes de entrar em seu quarto. Não tenho certeza do motivo.

Tudo o que eu sabia era que me sentia excitado e pervertido, tudo ao mesmo tempo.

Decidi ser rápido e sair.

Eu não era um fracote. Tinha coragem para vasculhas as coisas dos outros.

Roupas estavam espalhadas pelo quarto arrumado, e ela adicionou mais algumas fotos e pôsteres nas paredes desde que estive aqui.

Meus olhos percorreram o espaço e caminhei devagar. Vi seu notebook, mas passei reto por ele e me sentei na cama.

Minha garganta secou.

Porra.

Escolhi esse momento para colocar a mão na consciência?

O histórico do computador dela deveria revelar exatamente o que eu precisava, ou poderia me mostrar merdas que eu não precisava saber. Ela poderia estar pesquisando cremes faciais e guarda-chuvas de grife. Ou poderia estar enviando e-mail para algum idiota que conheceu na França ou conversando com faculdades distantes.

Decidi começar aos poucos, e abri a gaveta da mesinha de cabeceira.

Havia creme para mãos, um potinho cheio de elástico, alguns doces e... um livro.

Franzi as sobrancelhas e peguei o livro esfarrapado e desbotado que eu não via há anos, mas que parecia ter sido ontem.

Memórias surgiram todas de uma só vez.

Tate colocando-o na mochila em seu primeiro dia de aula na escola.

Tate tentando ler algum poema sobre Abraham Lincoln para mim depois de nadarmos no lago.

O pai dela colando-o quando Madman o pegou e saiu correndo.

O livro, *Folhas de Relva*, de Walt Whitman, era velho. Tinha tipo uns vinte anos. Era da mãe dela, e Tate sempre o manteve por perto. Ela costumava levar consigo sempre que viajava.

Passando pelas páginas, procurei pelo poema, o único, de que eu gostava. Não conseguia lembrar o nome, mas me recordava de que ela tinha sublinhado a passagem.

Mal tinha começado a passar pelas páginas quando algumas fotos escorregaram para o meu colo. Esqueci o livro e as peguei.

Meu coração bateu no fundo da garganta.

Jesus.

Éramos nós.

Fotos minha e dela. Havia duas, ambas de quando tínhamos doze ou trezes anos, e uma tonelada de emoções caíram sobre mim de uma só vez.

Tate guardava fotos minhas?

Estava no livro da mãe dela, algo que ela guardava como se fosse um tesouro.

E ela deve ter levado para a França junto com o livro que as guardava.

Balancei a cabeça, meu pé parecia estar preso em um balde de cimento.

Assim como eu ela guardava nossas fotos; sorri, sentindo que tinha acabado de ganhar alguma coisa.

E então a sensação de caminhar na ponta dos pés sobre um campo de tulipas, algo que eu estava desfrutando, foi esmagada no chão assim que vi um sutiã de renda preta sobre sua cômoda. A sensação de formigamento, como se alguém estivesse andando de patins sobre o meu coração, foi para baixo, e agora eu queria sair daqui e ir atrás dela.

Minha mandíbula se moveu, e quase mordi a língua para manter o pau no lugar.

Ora, ora, ora... Tate usava lingerie.

Seu corpo esguio vestido em renda preta preencheu meu cérebro, e eu pisquei.

Espera.

Foi quando eu percebi.

Tate usava lingerie.

Tate. Usava. Lingerie. Porra!

Para que, caralho? E para quem?

Passei a mão pelo cabelo e senti o suor na testa.

Foda-se.

Que o pai dela desse dinheiro. Era o que todos os outros adolescentes queriam de aniversário, não era?

Guardei o livro de volta na gaveta, saí o quarto, desci as escadas e saí pela porta da frente.

Nem mesmo me lembro de dirigir até a escola.

As imagens de Tate usando lingerie para algum inútil eram as únicas coisas que vi por um tempo.

Minhas aulas da manhã passaram em uma névoa. Fiquei sentado lá com os braços cruzados e encarando a carteira, ignorando quem estava ao meu redor. No quarto tempo, agarrei a mesa, a cadeira ou qualquer outra coisa para evitar invadir a aula de francês dela e puxar briga.

Os professores não me pediam para participar, então não me preocupei em prestar atenção. Minhas notas continuavam altas, e eu falava gracinha quando eles me faziam perguntas, então acabavam se poupando de me envolver na aula.

Peguei meu almoço com toda a calma do mundo.

Ela estaria lá, e eu não queria ficar sentado, vendo nós dois tentar ignorar um ao outro quando eu a queria comigo.

— Tatum Brandt!

Mas quê...?

Parei no refeitório ao som de alguém chamando seu nome.

Reparei em Sam e seu amigo Gunnar na nossa mesa de sempre, e eu tinha acabado de pegar uma bebida e um sanduíche quando ouvi uma voz grave gritando bem alto.

Foquei Madoc, virado para longe de mim, de joelhos no meio da porra da cantina!

— Por favor, você pode ir ao Baile de Boas-vindas comigo? — gritou e, quando segui a direção do seu olhar, fechei os dedos, destruindo o sanduíche em minha mão.

Meeerda.

Uma Tate muito surpresa tinha se virado, os ombros tensos e os olhos evitando todo mundo como se estivesse mais irritada do que envergonhada.

Tate não suportava Madoc.

Mas que merda ele estava fazendo agora?

A cantina lotada caiu em silêncio.

Madoc andou de joelhos até Tate e pegou a mão dela.

Algumas risadinhas soaram pelo espaço, e um cabo de guerra estava sendo disputado pelos meus membros.

Mova-se! Ele está indo atrás dela. Ele sempre a quis.

Não, fique parado. Ele é seu amigo. Não faria isso.

— Por favor, por favor! Não diga não. Eu preciso de você — gritou, mais para o público do que para Tate, e todo mundo riu e fez coro, celebrando com ele.

— Por favor, vamos fazer isso funcionar. Eu sinto muito por tudo —

continuou, e pude ver Tate o observando, de olhos arregalados e corada, como se estivesse passando mal.

Passando mal e puta da vida.

Ela murmurou algo para ele que não consegui ouvir, então Madoc gritou:

— Mas o bebê precisa de um pai!
MAS QUE PORRA É ESSA?

Meu peito se apertou e tudo na sala ficou vermelho.

O rosto de Tate desmoronou, e o público comemorou com entusiasmo o espetáculo de Madoc.

Seus lábios se moveram, mas bem pouco.
Que droga ela estava dizendo a ele?

O babaca estava satisfeito pra caralho, porque ficou de pé e a envolveu nos braços, girando-a ao redor para o deleite da plateia.

Todo mundo assobiou e aplaudiu, e joguei meu lanche na lixeira sem nem olhar.
Ela disse sim?

Dei a volta e caí fora antes mesmo de ele a colocar no chão.

CAPÍTULO VINTE E CINCO

— Droga! — Madoc uivou. Sua mão disparou até o rosto e ele caiu para trás nos armários.

Fazíamos Educação Física juntos, e nem esperei que ele fizesse contato visual antes de socá-lo na cara.

A turma no vestiário saiu do caminho, e fui até o banco para me sentar em frente ao meu melhor amigo, que tinha deslizado até o chão.

Apoiei os cotovelos nos joelhos e olhei para ele.

— Sinto muito — soltei, e era verdade. — Mas você sabe que está me provocando, né?

— Sei. — Ele assentiu, espremendo os olhos, com a mão sobre um deles.

Ele sempre me provocava e me deixava puto, mas eu sabia por que ele estava fazendo aquilo. Queria que eu agisse. Que me rastejasse aos pés de Tate para fazê-la me querer.

Mas ela disse sim.

Aquilo me irritou também.

Eu nem ter pensado em convidá-la para o baile me deixou puto também.

Odeio bailes.

Odeio dançar.

Mas, graças a mim, Tate não foi a coisas como essas no passado, e obviamente queria ir.

Um gosto amargo tomou conta da minha boca.

É o gosto que se experimenta logo antes de engolir um bocado do próprio orgulho.

— Ei, doutor Porter. — Encontrei meu professor de química do segundo ano no meio do corredor, logo depois da aula. — Tatum Brandt está trabalhando no laboratório hoje? — Apontei para a porta atrás dele.

— Está — deixou escapar, de olhos arregalados e parecendo estranhamente aliviado por me ver. — Ela está. Mas acabou de me ocorrer que está sozinha. Você está livre? Se importa de dar uma olhada nela? Eu costumo ficar lá, mas tenho uma reunião.

— Sozinha? — Minha mandíbula se contraiu para esconder um sorriso. — Sem problemas.

Ele continuou andando, e abri a porta do laboratório, meu coração já acelerando com a promessa do tipo de problema em que eu queria me afogar.

A sala estava vazia, mas ouvi ruídos vindo do armário de suprimentos, então me sentei na cadeira do professor e coloquei o pé em cima da mesa, esperando por ela.

O laboratório era uma das maiores salas de aula da escola. Tinha umas doze mesas com três cadeiras em cada. Os tampos estavam forrados com béqueres e frascos, Bico de Bunsen e pias.

Eu gostava das mesas.

Tinham uma altura boa.

Meio que ri, meio que suspirei com as imagens flutuando pela minha cabeça.

Jesus Cristo.

Nunca tive fantasias com uma garota do jeito que tinha com Tate, mas estava me adiantando. Pode ser que ela nunca me deixe chegar à segunda base, quanto mais à terceira.

Passei as mãos pelo cabelo, entrelacei os dedos atrás da cabeça e tentei pensar em filmes do canal Lifetime para manter meu pau no lugar.

A porta do armário se abriu, e Tate saiu de lá com uma caixa de suprimentos nos braços.

O cabelo dela estava partido ao meio hoje e flutuava ao redor do rosto e do corpo, escondendo seus olhos.

Mas ela me viu.

Mesmo em meio aos fios loiros, consegui reparar a tempestade.

Suas pernas congelaram, e ela parecia surpresa, exasperada e um pouco puta.

Tínhamos o mesmo efeito um no outro.

— Agora não, Jared. Estou ocupada — avisou, carregando a caixa para a mesa à minha direita. Ela foi curta e grossa.

Ela estava me colocando no meu lugar.

— Eu sei. Eu vim te ajudar.

Era mentira, mas acho que eu poderia ajudá-la. Eu sabia Química, assim como Matemática. Eram matérias mais sensíveis como Inglês e Psicologia que me davam trabalho.

— Me ajudar? — Seus olhos acenderam como se eu tivesse dito a coisa mais ridícula do mundo. — Não preciso de ajuda.

— Eu não estava perguntando se você precisava — devolvi.

— Não, você está apenas supondo que preciso — retrucou, sem encontrar meu olhar, e continuou a descarregar seus suprimentos.

— De jeito nenhum. Eu sei o que você pode fazer. — Minha voz falhou com o riso, mas queria que ela me olhasse. — Pensei que, se vamos ser amigos — prossegui —, este pode ser um bom lugar para começar.

Levantando-me da cadeira, fui em direção a ela, esperando que a garota soubesse que a última coisa que eu queria era amizade.

— Afinal... — continuei, já que ela não falou nada. — Não é como se pudéssemos voltar a subir em árvores e ter festas do pijama, não é?

Seu peito se encheu em uma respiração silenciosa, e ela parou de mexer nas coisas por um breve segundo. Seus olhos encontraram os meus e, por um momento, pensei que me deixaria plantar sua bunda no balcão e mostrar como uma festa do pijama entre nós seria.

Mas então ela estreitou os olhos e falou mais com os dentes do que com os lábios.

— Como eu disse, não preciso de ajuda.

— Como eu disse, não estava perguntando — repeti, sem esperar um segundo. — Você achou que Porter ia te deixar fazer experimentos com fogo sozinha? — Não fazia ideia de qual era o experimento, mas, depois de dar uma olhada em alguns dos materiais e da apreensão de Porter por deixá-la sozinha, entendi que haveria fogo.

— Como você sabe sobre meu experimento? E quem disse que vamos ser amigos? — zombou, antes de se abaixar para pegar algo na bolsa. — Sabe, talvez o dano tenha sido muito grande. Sei que você se desculpou, mas não é tão fácil para mim.

Essa não era a Tate que eu conhecia. Tate era durona. Mesmo quando a fiz chorar ao longo dos anos com minhas brincadeiras, ela manteve a cabeça erguida e seguiu em frente.

Tate não precisava de gestos grandiosos. Precisava?

— Não vai ficar toda melosa comigo, né? — Estava tentando ser sarcástico, mas queria a porra de um milagre.

Sim, Jared. Obrigada por se desculpar, eu te perdoo. Vamos seguir em frente.

Era isso que eu realmente queria.

Mas ela enterrou o rosto no fichário e me ignorou. Ou tentou dar a entender que me ignorava.

Meus dedos estavam zumbindo, e os fechei em punho para tentar aplacar a vontade de tocá-la.

Tate continuou encarando os papéis, mas eu sabia que ela não estava lendo nada. Estava me sentindo como eu a estava sentindo.

Por fim, ela suspirou, desistindo do fingimento, e me olhou como minha mãe fazia quando estava de saco cheio.

— Jared, agradeço o esforço que você está fazendo, mas é desnecessário. Ao contrário do que o seu ego está jogando em você, tenho sobrevivido muito bem sem você nos últimos três anos. Trabalho melhor sozinha e não gostaria de sua ajuda hoje ou em qualquer outro dia. Nós não somos amigos.

Minha pulsação subiu até a garganta, e engoli em seco.

Sobrevivido muito bem sem mim?

E eu não respirei um dia sequer sem que ela estivesse na minha mente.

Tate me encarou com expressão resignada e olhos vagos. Perguntei-me se ela acreditava no que tinha dito.

E também se era verdade.

Ela voltou a se concentrar na mesa de trabalho, sem entregar nada, até que derrubou o fichário no chão e o conteúdo se espalhou por todo lado.

Parei atrás dela e nos abaixamos juntos para pegar os papéis.

Ela estava nervosa?

Tate não costumava ser desajeitada.

Juntei as folhas, uni as sobrancelhas e estudei as páginas impressas de anúncios on-line de carros à venda que estavam entre elas.

— Você está procurando carros? — perguntei.

A seleção incluía um Mustang, um Charger, um 300M e um G8.

— Sim — respondeu. — Vou me dar de presente de aniversário.

Aniversário, eu quase disse em voz alta.

Acho que agora sei o que dizer ao pai dela que ela quer.

E quer o carro em breve. Seu aniversário seria em menos de uma semana. Me perguntei se ele confiaria em mim para irmos juntos comprar em vez de fazê-la esperar.

Ela confiaria em mim?

— Jared? — Tate estendeu a mão para que eu lhe entregasse os papéis.

Pisquei, saindo do transe.

— Esqueci que seu aniversário estava chegando — menti. — Seu pai sabe que você quer comprar um carro tão cedo? — questionei, ao ficar de pé ao lado da mesa dela.

— Sua mãe sabe que você fornece álcool para menores e dorme fora de casa nos fins de semana? — retrucou, jogando minha merda na minha própria cara.

— "Minha mãe se importa" seria uma pergunta melhor. — Não consegui esconder o desdém em meu tom ao começar a ajudá-la a descarregar as coisas da caixa.

Mesmo antes de conhecer Tate, meu relacionamento com minha mãe era ruim. Eu vagava, e precisava cuidar de mim mesmo ou da minha mãe nas poucas ocasiões em que seus colegas de copo ficavam rudes. Não que eu pudesse fazer muito estrago naquela época, mas tentava.

Em seu monólogo, Tate me lembrou de como ela me curou, embora ela pensasse que eu a tivesse curado. Nós dois lutávamos pela felicidade. Lutávamos para sermos apenas crianças quando nos conhecemos.

Aqueles quatro anos que passamos juntos foram os melhores que já vivi.

Virei a cabeça para o lado quando ouvi o vidro se espatifar no chão.

Mas que...?

Tate tinha se virado, provavelmente tentando apanhar o frasco, e se inclinou no balcão, olhando para a bagunça que tinha feito.

Mas que droga estava acontecendo com ela?

Ela encarava o dano, quase parecendo sentir dor, seu peito subia e descia em respirações firmes e profundas.

Tate não era o que eu poderia chamar de "controlada", mas estava se segurando com Madoc e comigo desde que retornou.

Até agora.

— Eu te deixo nervosa — falei, com pesar, olhando para o vidro quebrado no cão.

— Apenas vá. — Ouvi seu sussurro dolorido e me encolhi.

Observando-a, vi vergonha e frustração em seus olhos. Ela não me queria ali. Eu não sabia se era porque ela me odiava e precisava que eu fosse embora ou se era porque não tinha certeza do que queria.

Eu estava finalmente enxergando como mexi com ela. Estava brincando com Tate, mesmo sem pretender. Pensei que a odiasse, então a afastei. Agora, eu a queria, então a estava trazendo para perto.

Uma e outra vez, era por causa de mim e nunca por causa dela.

— Olhe para mim. — Levei a mão à sua bochecha, e um choque de calor viajou por meu braço. — Eu sinto muito. Nunca deveria ter te tratado do jeito que tratei.

Seus olhos encontraram os meus, e desejei que ela acreditasse em mim.

Sua respiração ficou rasa, e ela procurou por algo em meus olhos.

Ou esperou por alguma coisa.

Apoiando a outra mão em sua bochecha, não quebrei o contato. Ela me observou chegar mais perto, sem me receber de braços abertos, mas também sem resistir.

Movi os lábios para perto, sem nuca tirar os olhos dos dela, e esperei que ela me afastasse. Os segundos passaram e finalmente tomei sua boca antes que ela tivesse mais tempo para reconsiderar.

Isso, porra.

Segurei-a em minhas mãos, provando seus lábios carnudos e doces como se nunca fosse me cansar daquilo.

Tate. Minha Tate. Minha melhor amiga e pior inimiga. A garota que virou meu mundo de cabeça para baixo com aquele macacão e um boné vermelho.

A única pessoa em todas as minhas boas memórias.

Suas mãos estavam hesitantes no começo, mas então passaram por meu pescoço e a senti se desenrolar ao meu redor.

Droga, seu corpo macio se esfregou no meu, e o gemido mais suave de todos deixou sua boca; meus punhos se apertando em seu cabelo. Eu estava prestes a perder a cabeça. O poder era dela. Sempre foi e sempre seria.

Ela moveu os quadris nos meus, e corri as mãos por sua lateral e em volta de sua bunda perfeita e redonda.

Segurando, eu a puxei para mim.

Minha.

Porra, sua boca molhada e quente e a curva dos seus seios no meu peito fizeram meu pau doer para ser liberado. Queria empurrar toda aquela merda no chão e reivindicá-la sobre a mesa.

Eu me perguntava se ela era virgem, e meu pescoço começou a suar por pensar em alguém a beijando assim.

— Eu queria você há tanto tempo — sussurrei em sua boca. — Todas as vezes que te vi na porta ao lado... Isso me deixava louco.

Ela abriu ainda mais a boca e mergulhou por mais.

É, ficaríamos aqui por um bom tempo.

ATÉ VOCÊ

CAPÍTULO VINTE E SEIS

Eu não estava prestes a fazer amor com Tate pela primeira vez na mesa do laboratório, não que ela fosse deixar, mas também não a soltaria por ora.

Infelizmente, ela tinha outras ideias.

— Não... — Ela arrancou os lábios dos meus e se afastou.

O quê? Não.

Abri os olhos, respirando com dificuldade e, subitamente, muito vazio.

Procurei em cada centímetro do rosto dela, me perguntando que droga a fez me parar. Sua boca tinha se moldado na minha, retribuindo o beijo com vontade.

Ela queria aquilo.

Mas não agora. Seus olhos azuis se estreitaram com raiva, e ela parecia usar uma armadura invisível.

Seu corpo queria; mas ela, não.

Ela, não.

Então recuei.

— Então não — respondi, frio.

Ela me encarou, parecendo a quilômetros de distância.

— O que você está tramando?

— Quero que sejamos amigos. — Soltei uma risada amarga.

— Por que agora?

Jesus.

— Por que tantas perguntas? — retruquei.

— Você não achou que seria tão fácil assim, achou?

— Sim — menti —, eu esperava que pudéssemos seguir em frente sem olhar para trás. — Sabia que era muito para esperar, mas me deixei torcer para que Tate visse o cenário como um todo.

Que apesar toda a raiva e dano, de toda a distância e mal-entendidos, ainda nos encaixávamos.

— Nós não podemos — disparou. — Você passa de me ameaçar um dia para me beijar no dia seguinte. Eu não mudo de marcha tão rápido.

Eu?

— Te beijar? Você me beijou de volta... as duas vezes — apontei. —

E agora você vai ao baile com Madoc. Pode-se dizer que sou eu quem está recebendo chicotadas aqui.

Ela piscou, seu rosto vacilou por um momento.

— Não tenho que me explicar para você — ela respondeu, pateticamente.

— Você não deveria ir.

— Eu quero. E ele me convidou. — Ela voltou ao trabalho, sinalizando o fim da discussão.

Mas nem fodendo.

Meus braços queimaram. Queria trazê-la de volta para eles.

Parei por trás dela e inspirei o seu cheiro. O topo de sua cabeça batia logo abaixo do meu queixo e todo seu torso, incluindo os braços, se encaixava na largura do meu peito.

Ela se encaixava.

— *Ele* esteve na sua cabeça, Tate? — Senti o aroma do seu cabelo e apoiei ambas as mãos na mesa de cada lado dela, prendendo-a. — Você o quer? Ou é comigo que você sonha?

Suas mãos diminuíram o ritmo do que estavam fazendo e aceitei isso como um bom sinal, então prossegui:

— Eu disse que quando colocasse minhas mãos em você, você iria querer. Lembra? — perguntei baixinho, tentando tocá-la com minhas palavras.

Ela pausou por um momento, e então se virou para me encarar.

— Não acho que seja nenhum segredo que eu gosto quando você me toca. Quando estiver pronto para me contar tudo o que está escondendo, talvez eu volte a confiar em você. Até lá... — Ela deu as costas de novo, cortando a conexão.

Encarei suas costas, tentando descobrir outra maneira de ela me deixar entrar.

Ela queria saber um monte de merda. Entendi.

Mas não ia rolar. Eu não saía por aí falando dos meus problemas. E não traria meu pai para o nosso mundo.

Recuei, e a verdade se instalou dentro de mim como uma rocha.

Tate não deixaria para lá.

De jeito nenhum.

— Jared? Aí está você.

Pisquei e o olhei para a porta, onde Piper estava parada em seu uniforme de líder de torcida preto e laranja.

Merda.

— Você não ia me dar uma carona para casa hoje? — Ela fez um showzinho, arrumando seu cabelo longo e escuro e a saia.

Não conseguia ver o rosto de Tate, mas sabia que ela estava brava. Tinha se concentrado um pouco demais nos materiais e nos papéis, tentando parecer ocupada.

— Estou de moto hoje, Piper. — O que era verdade. Ela não tinha pedido carona, não que eu fosse dar uma a ela de todo jeito.

— Eu posso lidar com isso — ela disparou. — Vamos lá. Não parece que você está ocupado aqui de qualquer maneira.

Tate não estava olhando para mim, nem para nenhum de nós, e meu estômago revirou como na noite em que dei o primeiro beijo dela.

Mas eu não queria ir embora. Preferia que Tate me alimentasse com seus espinhos a Piper com sua doçura.

Mas Tate estava farta. Ela não livraria a minha barra. Pelo menos não hoje.

Beleza, então. Soltei o ar e me endireitei.

— Sim, não estou ocupado. — Caminhei até a porta, sentindo o frio aumentar quanto mais longe ficava de Tate.

— Então, Terrance... — Piper cantarolou.

Ai, Jesus. Ela estava falando com Tate.

— Não foi você quem deu um olho roxo ao seu acompanhante do baile, não é? Ele mal consegue enxergar. Você realmente deveria parar de bater em caras ou as pessoas vão começar a pensar que você é sapatão.

Porra de meninas venenosas.

— Ela não deixou Madoc de olho roxo. — Eu me intrometi. — Fui eu.

Não ligava se Tate saberia que eu estava com ciúmes. A essa altura, ela com certeza já sabia que eu a queria.

— Por quê? — Piper perguntou.

Eu a ignorei e saí andando.

Eu nunca me explicava.

CAPÍTULO VINTE E SETE

> Obrigado pelo presente.

Enviei para o pai da Tate.

A enorme caixa de ferramentas que ele me deu era usada, mas uma poderia custar, fácil, uns 15 mil dólares. Sem estar em perfeitas condições, ainda deve ter custado uma bela grana. Quando chegou hoje, quase fiz o cara levar de volta.

Mas o senhor Brandt me conhecia. Sabia o quanto eu queria um conjunto profissional e completo como aquele, então aceitei. Foi a primeira vez em muito tempo que sorri com um presente.

> De nada. Desculpa o atraso. Novidades sobre a Tate?

A primeira coisa que pensei foi na lingerie preta que vi em seu quarto, e meu pau logo entrou em ação quando pensei sobre como ela ficaria vestindo aquilo para mim.

Apressado, digitei "um carro" e larguei o telefone na mesa de ferramentas na garagem, sem esperar por uma resposta.

Era um pouco estranho estar mandando mensagem para o pai da garota que no momento estava me fazendo ter uma ereção.

— Sam, vai abastecer o carro enquanto eu tomo banho, pode ser? — pedi ao meu amigo depois que terminamos de ajustar o Boss.

Era sexta à noite, e eu correria dali a uma hora. Mal poderia esperar para chegar na pista. Meus nervos estavam à toda.

Não transava há um mês, e a única garota que eu queria não estava nem aí para mim.

E a pior parte?

Eu andava tendo mais ereções ultimamente do que na minha vida inteira.

Precisava demais queimar um pouco de energia e, por mais infantil que parecesse, esperava que algum idiota viesse me desafiar hoje à noite.

Queria que fosse sangrento, e que me deixasse sem conseguir ouvir nada.

— Beleza. — Sam pegou as chaves. — Volto em vinte minutos.

Ele voltou para a garagem, e eu subi as escadas para me lavar.

Tate estava em casa. Eu a vi estacionar há umas duas horas e pensei em convidá-la para vir comigo, mas afastei a ideia. Ela faria perguntas que eu não queria responder e me deixaria desconfortável.

— Jesus Cristo — rosnei, quando a água fria tocou meu corpo como se fosse fogo. Os pelos em meus braços e pernas se arrepiaram, e calafrios se espalharam pela minha pele.

Tatum Brandt, caralho.

Prendi uma toalha preta na cintura, apanhei outra e caminhei para o meu quarto, secando o cabelo.

Acendi um abajur e fui até a janela, olhando através da árvore para o seu quarto. A luz estava acesa, mas ela não estava à vista. Fiz uma varredura do que podia ver no jardim da frente e de trás para me certificar de que estivesse nos conformes.

Eu odiava demais a ideia de ela estar sozinha. Embora estivesse me coçando para ir ao Loop, queria a garota onde a pudesse ver.

Deveria convidá-la para ir.

Ela ia gostar.

Mesmo que Tate estivesse me mantendo à distância, ela amava corridas. Isso eu podia dizer. Quando éramos crianças, conversávamos sobre correr lá quando tivéssemos carro.

E se eu passasse tempo com ela, mostrasse que podia ser confiável, então talvez ela mudasse de ideia. Talvez esquecesse o passado.

— Jared?

Uma voz baixa e suave cortou por mim e girei. Meu coração estava disparado.

Mas que droga é essa?

— Tate? — A visão parada em um canto escuro do meu quarto me assustou, confundiu e excitou, tudo ao mesmo tempo.

Ela estava aqui? No meu quarto?

Ficou parada lá, com o queixo abaixado e os olhos fixos em mim. Não moveu um músculo enquanto esperava. Parecia ter sido pega fazendo algo que não devia.

— O que diabos você está fazendo no meu quarto? — perguntei, com calma, mais confuso do que bravo.

Nossa última conversa não deixou dúvidas de que ela não viria atrás de mim, então que droga ela estava inventando?

Em silêncio, deu um passo à frente, aproximando-se.

— Bem, pensei sobre o que você disse sobre tentarmos ser amigos, e queria começar te desejando um feliz aniversário.

Oi?

— Então você invadiu meu quarto para me dizer "feliz aniversário" uma semana depois da data? — Uma gota de prazer disparou por meu peito por ela ter se lembrado, mas a garota estava mentindo. Não era por isso que estava aqui.

— Eu escalei a árvore, assim como costumávamos fazer — explicou.

— E seu aniversário é amanhã. Posso subir até o seu quarto? — retruquei, sarcástico. — O que você realmente está fazendo aqui? — Dei-lhe um olhar duro e me aproximei tanto que um fogo ganhou vida dentro de mim.

Caramba. Eu precisaria de outro banho. Será que eu exerça o mesmo efeito em seu corpo?

— Eu... hum... — ela tropeçou nas palavras, e tive que conter o sorriso.

A garota queria fazer joguinhos? Ela não fazia ideia.

Seu olhar lutou para encontrar o meu. Ela não conseguia mantê-lo afastado por muito tempo, mas também não sustentava o meu.

Por fim, ela respirou fundo e soltou um meio-sorriso trêmulo, empurrando um pouco de cabelo para trás da orelha.

— Eu tenho algo para você, na verdade. — Ela se inclinou para mais perto do meu rosto. — Considere isso seu presente para mim também — sussurrou.

Mas que...

Seus lábios derreteram nos meus, e era como se fosse açúcar derretido.

Jesus Cristo. O que ela estava fazendo?

Seu corpo firme se pressionou no meu, e fechei os olhos. Minhas mãos formigaram. A necessidade de afundá-las em cada curva de sua pele era incontrolável.

Seus lábios provocavam e capturavam os meus. Ela moveu os quadris nos meus em movimentos pequenos e lentos, sua língua passou pelo meu lábio superior, brincando comigo.

Eu teria um montão de problemas e sentiria bastante dor se ela parasse.

Tate passou os braços pelo meu pescoço e minhas sobrancelhas se ergueram.

Puta merda. Ela não ia parar. Estava seguindo a diante.

ATÉ VOCÊ

Graças a Deus.

Passando os braços por suas costas, tomei o controle e mergulhei em sua boca como se nunca fosse ter essa chance de novo.

Esqueci tudo: o motivo de ela estar aqui, de ela estar começando essa merda, o que ela faria quando chegássemos a um ponto do qual não haveria como voltar.

Quem se importava, porra?

— Jesus, Tate — suspirei distraído quando ela enfiou a cabeça em meu pescoço. O prazer de seus lábios, língua e dentes era um sonho que se tornava realidade.

Essa era Tate, mas não era.

Ela estava selvagem, me beijando e mordendo, como na noite no balcão da cozinha. Podia sentir o jeito que ela movia os quadris nos meus, pressionando-se em mim.

Ela estava em todo lugar e eu nem conseguia me lembrar do meu próprio nome.

Fiquei tenso por um momento quando seus dedos correram pelas cicatrizes das minhas costas. Ela sabia que estavam ali, mas eu esperava que não as notasse. Eu estava pronto para brigar com o próprio diabo se ela parasse com isso aqui para fazer mais perguntas.

Sua boca estava quente e a doçura do seu hálito me deixou em transe. Quase rosnava toda vez que aquela língua saía para provar minha pele enquanto ela me beijava o pescoço.

Sussurrando em meu ouvido, ela fazia meu corpo gritar "leve-a para a cama!".

— Não vou parar — provocou.

Isso, porra.

Erguendo-a, carreguei-a para a cama assim que passou as pernas ao meu redor. A sensação era ótima. Ter Tate se segurando em mim. Me querendo.

Não sabia por que ela estava aqui e me perguntava sobre a súbita mudança de postura, mas ela não estava fingindo.

E eu não foderia com tudo.

Eu a deitei e pairei sobre ela, absorvendo a visão de Tate debaixo de mim. Devagarinho, ergui sua regata até seu sutiã, amando a sensação de tê-la nas mãos. Sua barriga era lisa e firme, curvando-se nas laterais, parecendo macia, porém em forma. Tate me mostraria esse corpo várias vezes, eu esperava.

— Você é tão bonita. — Sustentei seu olhar por um momento antes de descer a cabeça para sua barriga e provar a pele quente.

Seus lábios sempre tinham um gosto doce, como uma fruta. Seu corpo, por outro lado, tinha um gosto selvagem e bruto, e tive a visão de uma chuva caindo pelo seu peito nu enquanto fazia amor com ela no capô do meu carro.

— Jared — ofegou, seu corpo arqueando em meus lábios.

Ainda não.

Beijei e a mordi de levinho até chegar ao seu jeans.

Meu cérebro estava sobrecarregado. Eu queria acelerar, porque uma pontada em minha cabeça me dizia que tínhamos pouco tempo. A Tate lógica, a Tate normal, me pararia a qualquer segundo.

Mas, ainda assim, eu não queria correr.

Usando a ponta da língua, trilhei sua pele quente antes de puxar um pouco entre os dentes. Seus olhos estavam fechados, e ela estava se contorcendo o suficiente para me deixar maluco. Acho que ela nem percebeu quando abri seu jeans nem que a calcinha estava deslizando por suas pernas.

Jesus.

Meu coração batia na garganta, e senti um frio na barriga como se eu estivesse em uma montanha-russa.

Tate era linda. Em todos os lugares.

Com o tanto te tempo que passamos juntos no passado, e o fato de sua janela ser logo de frente para a minha, eu a vi com poucas roupas antes, mas isso era novo.

Não esperei. Mergulhei em seu corpo e deixei um rastro de beijos por sua barriga, quadris e coxas.

— Jared — implorou, com a voz sendo interrompida pelos arquejos.

Olhei para ela, que me fitava, e meu pau estava pronto para explodir.

Ela ia pôr um fim a isso.

Mas ela não parou. Pausou por um momento antes de tirar a camisa, terminando o de se despir.

Cacete. E fechei os olhos, aliviado.

Sem esperar, desci as alças do sutiã por seus ombros e observei maravilhado o corpo maravilhoso, o corpo de Tate, deitado nu e aberto para mim.

Não conseguia superar o fato de que ela estava aqui. Nua na minha cama.

Beijei sua barriga, seus quadris e coxas, indo para baixo, e me lancei no que estava morrendo para provar há semanas.

Cacete, há mais tempo que isso.

Com a ponta da língua, lambi bem devagar a doce extensão do calor macio e molhado entre suas pernas.

Caramba.

Ela ofegou e estremeceu ligeiramente.

— Ah!

Olhei para cima, calmo e divertido, para ver seus olhos arregalados e surpresos.

E eu soube.

Ninguém a tinha tocado daquele jeito.

— O que você está fazendo? — perguntou, confusa.

Quase ri.

Felicidade se espalhou como cócegas em minha bochecha, e lutei para manter o rosto sério.

— Você é virgem — declarei, quase que para mim mesmo.

Ela não disse nada, apenas pareceu um pouco nervosa, embora animada, conforme abaixei a cabeça de novo e retornei minha atenção para beijar o interior de sua coxa.

— Você não tem ideia de como isso me deixa feliz — murmurei e movi a boca de volta para ela.

O gosto selvagem do seu sexo. O doce cheiro do seu calor. Sua maciez em meus lábios e língua. Tudo me deixou faminto por mais.

Cada vez que ela se contorcia e gemia era por minha causa.

Foi por mim que ela se desfez.

Chupei a protuberância dura do seu clitóris, puxando-o entre os dentes bem de levinho, então soltei apenas para tomar e chupar de novo. Agarrei seu quadril com uma das mãos e empurrei sua perna para cima com a outra.

Eu a chupei com toda a calma do mundo, agarrando sua pele mais e mais, arrastando os minutos, até ela estar ofegando para se libertar. Desci, de novo e de novo, provando e chupando com força.

Quando percebi que ela estava com calor o suficiente para não haver dúvidas de que não me pediria para parar, lambi.

Quente e molhada.

Deslizei a língua apenas um pouco para dentro dela e a passei por seu clitóris. Sem parar. Dentro e para cima. Apenas a ponta da língua. Dentro e para cima. Dentro e para cima. E então girei a língua ao redor do seu clitóris, com a umidade de seu corpo e o calor da minha boca.

Meu pau estava pronto e duro pra caralho. Não conseguia pensar em mais nada, apenas na necessidade de estar dentro dela.

Mas não fiz isso. Estava amando essa parte mais do que queria admitir.

Ela estava em minhas mãos, na minha boca, e queria que ela soubesse que eu não estava pensando em mim mesmo agora. Queria que ela visse que me deixava de joelhos.

Olhei para cima e me deleitei com a visão de uma Tate ofegante, com as sobrancelhas franzidas. Seus lábios estavam úmidos e ela parecia estar sentindo o melhor tipo de dor que existe. Seus mamilos estavam eretos, e estiquei a mão para envolver um dos seios. A firmeza complementava a maciez de sua pele, e era apenas mais uma coisa que eu queria na minha boca também.

— Jesus Cristo — sussurrei, em seu sexo —, se você pudesse se ver do meu ponto de vista. Linda pra caralho.

Fui com tudo, chupando e lambendo, então a invadi com a língua. Ela ergueu o corpo na cama, implorando por mais, e meu corpo estava louco por um orgasmo. Quase gozei ali mesmo. O dela se movia como se estivéssemos fodendo, seus quadris eram marolas batendo na minha boca.

Seu peito subitamente congelou, como se não estivesse absorvendo ar. Ela ficou em completo silêncio por alguns segundos e então gemeu meu nome, seus seios subindo e descendo com respirações fortes e rasas.

Ela estava gozando.

Euforia se espalhou por mim como uma ventania, e eu torci para que ela soubesse que não tínhamos terminado.

— Droga, Tate. — Corri a mão para cima e para baixo em seu corpo, dos seios até os quadris. — Sua beleza não é nada comparada a como você fica quando goza.

— Isso foi... — ela deixou no ar, sentindo-se deliciosamente perdida como eu, assim espero.

Deitei a parte inferior do corpo por cima dela e me inclinei, olhando-a nos olhos.

— Eu te quis por tanto tempo.

Ela ergueu a parte superior do corpo e esmagou os lábios nos meus, envolvendo braço em meu pescoço. Estendi a mão para a gaveta na mesinha de cabeceira para pegar uma camisinha que não queria usar com ela, e parei na mesma hora quando senti uma tempestade de raios se espalhar entre minhas pernas e se ramificar por minhas coxas.

Minha mão voltou para a cama, porque, caramba, quase caí por cima dela por causa do choque.
Puta merda!
Tate tinha me agarrado e estava movendo a mão para cima e para baixo no meu pau, bem devagarinho.
Jesus. Fechei os olhos com força.
Isso não era bom.
Tate merecia que eu fosse devagar. Merecia que eu fosse gentil.
Mas eu sabia que havia tanta chance de isso acontecer essa noite quanto de eu ir para West Point como o pai dela queria. Ela não teria um Jared indo lento e com gentileza.
Eu iria com tudo.
Depois de tirar seu sutiã, eu a empurrei de volta na cama e fui para seus seios bastos, colocando um na boca e movendo os quadris contra ela até estarmos mais que prontos.
— Jared, você já está pronto?
Oi?
Uma batida na porta e uma voz masculina soou, fazendo nós dois virarmos a cabeça para trás de mim.
Sam.
Suor escapou de meus poros e uma dor cortante se instalou no meu pau.
Porra. Não era possível. Isso não estava acontecendo.
— Eu vou matá-lo — vociferei, então gritei para a porta: — Vá lá para baixo!
— Já estamos atrasados, cara — ele pressionou. — O carro já tem gasolina. Vamos lá!
Como é possível eu ter esquecido que ele voltaria? Devia ter trancado a porta da casa.
Caralho!
— Eu disse para esperar lá embaixo, Sam!
— Tudo bem! — Sua sombra por baixo da porta desapareceu.
Jesus Cristo, a porra do meu coração estava acelerado, e eu estava bem puto. Tate cruzou os braços, seus olhos agora estavam envergonhados e alertas.
Saí da cama e estiquei a mão para pará-la.
— Não, não se vista — dei a ordem. — Eu vou me livrar dele, e vamos terminar isso.
— Você vai correr hoje à noite? — ela perguntou baixinho, ao se sentar.

Vesti o jeans.

— Não mais.

Foda-se a corrida. Não tinha dinheiro para pagar meu pai amanhã, mas no momento eu sentia que nada poderia me destruir nem me derrubar.

Tudo além dela desapareceu.

— Jared, vai. Está tudo bem — ela sussurrou. Ao se levantar e vestir as roupas, ela parecia diferente demais de como estava há alguns minutos. Queria saber o que se passava em sua cabeça, porque parecia que ela estava pensando novamente.

Não dei chance a ela de arruinar a situação. Eu a peguei no colo e a sentei na minha cômoda, onde poderíamos nos encarar olho no olho.

— Corridas não são importantes, Tate — rosnei baixinho, me inclinando em seus lábios. — Não há nenhum outro lugar que eu queira estar além do que com você.

Seus olhos, um pouco felizes e hesitantes, foram de um lado a outro antes de voltarem para encontrar os meus.

— Me leve com você, então — sugeriu, com um sorriso provocante nos lábios.

— Te levar comigo? — Brinquei com a ideia na minha cabeça. Eu poderia ganhar o dinheiro de que precisava, e ela voltaria comigo para casa depois. — Tudo bem, vá pegar algo mais quente, e vou te buscar quando estivermos prontos. — Dei um tapinha em sua coxa e fui para a porta. — E, depois da corrida — eu me virei para encará-la —, voltaremos aqui e terminaremos isso.

Não era um pedido.

Seus olhos, reluzentes e calorosos, brincavam comigo enquanto ela tentava esconder um largo sorriso.

Mandei Sam para a pista na nossa frente, e me enfiei no chuveiro antes de buscar Tate.

Outro banho frio.

CAPÍTULO VINTE E OITO

— Você fica bem aí. — Minha voz ecoava por cima de *Heaven Nor Hell*, de Volbeat, quando olhei para Tate sentada no banco do passageiro.

Ela estava ao meu lado, como minha carona. Parecia certo.

— Fico bem melhor no seu lugar — respondeu, e a memória de ela correr em meu carro veio à tona.

Sim, eu não poderia negar.

E, caramba, também não esquecia como o gosto dela estava bom meia hora atrás.

Mal podia esperar para levá-la para casa, mas então vi todas as luzes à frente, dos carros e dos espectadores e, por um instante, de volta em casa era exatamente para onde eu queria nos levar.

Ao que parecia, cada habitante da cidade estava aqui. Mordi o interior da boca, preocupado com quem encontraríamos e o que Tate esperaria.

Sempre apareci nesses lugares sozinho.

Você sempre estará sozinho, porque sabe que assim é melhor.

Garotas gostavam de exibição pública. Segurar mãos, abraçar, coisas fofas que eu não fazia e, embora eu adorasse ficar todo territorial em particular, não gostava de dar a impressão de que me importava com alguma coisa na frente dos outros.

A multidão de carros, os olhos em nós enquanto nos dirigíamos para o Loop, tudo parecia uma divisória no carro entre Tate e eu.

A música de Volbeat acabou e outra soou assim que meu Boss se arrastou pela pista, e eu suspirei, decidindo fazer o que sempre fazia.

Nada.

As coisas entre Tate e eu estavam em suspenso, e eu esperava esclarecê-las mais tarde, porém agora... as coisas tinham que permanecer simples.

Depois de eu colocar o carro em ponto morto e puxar o freio de mão, Tate soltou o cinto e levou a mão à porta.

— Ei. — Agarrei sua mão, e ela se virou para me olhar. — Gosto de manter a cabeça no jogo aqui. Se eu não for muito amigável, não tem nada a ver com você, ok?

Seus olhos se abaixaram por um breve segundo e eu logo quis engolir o que disse.

Ela se voltou para mim e deu de ombros.

— Você não precisa segurar minha mão.

Fiz de novo.

Afastei-a. Magoei-a.

E agora seus muros estavam erguidos, como estiveram nos últimos três anos.

Merda.

Com meu pai, eu tinha que ser cauteloso. Tinha que fazer pose, ser forte. Ficou muito difícil depois daquelas férias horríveis agir de um jeito específico com pessoas em quem eu não confiava e de outro com aquelas de quem eu era próximo, então preferi ficar distante.

E, depois de um tempo, não fazia ideia de como agir de outro jeito.

Eu a assisti descer do carro, dar as costas e guardar o que queria dizer para si.

Éramos mais parecidos do que ela pensava.

Desliguei o rádio, desci do carro e dei a volta pela frente para falar com meu oponente, Bran Davidson, e Zack.

Tate tinha se afastado e olhei em volta na multidão para ver onde ela parou.

Filho da puta.

Ben estava parado de lado e ela foi direto para ele.

Algo amargo revirou no meu estômago, e eu nem senti o frio da noite.

Balancei cabeça, puto, e olhei para os dois homens que estavam falando comigo.

— As chances estão ao meu favor, cara — Bran provocou e bateu no meu braço.

Tentei não deixar meu humor azedando vazar em meu tom. Bran era um cara legal e éramos amigos.

— Até parece — murmurei. — Significa que minha vitória vai pagar mais.

— Tenho um Camaro — apontou, como se eu fosse burro demais para perceber o que estava dirigindo.

— Um Camaro de quase trinta anos — especifiquei, roubando olhares para Tate e Ben.

Eles não estavam fisicamente próximos. Não estavam nem se encarando.

Mas ela estava sorrindo.

Ele a estava fazendo rir e meus olhos se estreitaram nela como se a garota precisasse de um lembrete de quem estava com a boca nela há menos de uma hora.

Tate e eu estávamos usando moletom preto, mas ela estava com as mãos nos bolsos para se aquecer, e eu estava suando e pronto para tirar o meu.

Calma.

Talvez eu estivesse exagerando. Talvez os dois só estivessem conversando ou nem isso.

Por que eu me importava, porra?

Não perderia o sono com o que poderia ou não estar se passando na cabeça dela.

Que se foda.

— Esvaziem a pista! — Zack gritou, e fui para o meu carro sem olhar para ninguém.

Coloquei o iPod para tocar *I Stand Alone*, de Godsmack; poético, pensei, então liguei o motor o deixei os sons de todos ao meu redor aplacar a dor em meu peito.

Com a cabeça para trás, fechei os olhos e deixei a música assumir o controle do meu cérebro.

As letras me fizeram me sentir forte de novo.

O ritmo afastou a voz do meu pai.

Tudo desapareceu.

Até que abri os olhos e soltei um rosnado.

Merda.

Piper.

Ela estava parada na frente do meu carro, remexendo-se devagar, exibindo o corpo em uma saia curta e uma regata justa azul-escura.

A multidão comemorou, e me dei conta de que ela daria a largada.

Ela também sabia que tínhamos terminado, mas aquilo não a impedia de aparecer na minha linha de visão a cada chance que tinha.

Sorrindo, ela veio para a lateral do meu carro, enquanto tentei disfarçar meu olhar irritado.

Inclinada para dentro da minha janela aberta, ela soltou um "tsc" como se eu tivesse algo para aprender.

— Quando terminar com aquela loira, sabe onde me encontrar.

Mantive meu olhar perplexo à frente, longe de Piper.

— *Se* eu terminar com ela, né?

— Você vai. — Sua voz era brincalhona e arrogante. — Boas meninas ficam com gosto ruim depois de um tempo.

Abri um sorriso largo, me divertindo de verdade. Se ela soubesse...

Não conseguia me imaginar ficando cansado de Tate.

Olhando com carinho em seus olhos castanho-claros, toquei seu queixo com o dedo.

— Espere sentada, Piper. — E abaixei a mão, voltando o foco para a pista. — Agora saia do meu carro e dê a largada.

— Ahh! — gritou, seu rugido fez meus tímpanos doerem quando virei a cabeça para o lado.

Seu corpo cambaleou para trás e foi quando reparei em Tate, que puxava Piper pelo cabelo longo para longe do carro.

Mas. Que. Porra. É. Essa?

— Tate — avisei, e saí do carro.

Ela empurrou Piper e assisti, de os olhos arregalados, a Tate parada lá, encarando a outra garota e cerrando os punhos.

Sua respiração era longa e profunda. Não era nervosa.

Apenas muito, muito puta, e levei a mão aos lábios para cobrir o sorriso.

Eu não deveria estar tão orgulhoso por ela arrumar briga.

Mas ela estava com ciúmes e aquilo estava me deixando excitado.

Ela também estava reagindo.

Bonito.

E logo olhei para o público, pensando, como um idiota, que eles não estariam assistindo a cada segundo disso.

Eu gostava de ser discreto, e Tate estava anunciando alto e bom som que eu era seu.

Que eu era *seu*.

— Sua vaca! — Piper rosnou. — Qual é a porra do seu problema?

Meu coração parou de bater quando Piper encarou Tate. Eu estava prestes a segurar uma delas ou as duas, mas logo parei.

Tate deu uma banda em Piper e meus olhos se arregalaram quando a vi cair de bunda no chão.

Sim, Tate não precisa de ajuda. Balancei a cabeça, chocado.

A multidão estava ensandecida, fazendo coro pela briga e celebrando com assobios e vivas. Não acho que sabiam para quem estavam torcendo. Só queriam a briga.

Tate se inclinou, dando dois tapas na cara assustada de Piper e falou, em voz alta:

— Agora que tenho sua atenção, só quero que saiba que ele não está interessado em você.

ATÉ VOCÊ

Prendi os lábios entre os dentes.

Uma trabalheira.

Ela se virou para mim e soltou um suspiro profundo, e seus olhos se acalmaram.

Ela veio até onde eu estava. Eu só tinha olhos para ela. Piper havia sido esquecida.

— Eu não sou papel de parede — falou baixinho, e soube que tinha magoado seus sentimentos naquela hora.

Tate não era algo casual.

Se ela estivesse dentro, ela estava dentro. Se estivesse fora, estava fora. E eu precisava crescer.

Ela pegou o colar de fóssil e colocou na minha mão.

— Não se esconda de mim, e não me peça para me esconder — completou, para apenas eu ouvir.

Apertei o punho ao redor do colar.

Ela estava dentro.

Erguendo seu queixo, beijei-a de leve e quase me engasguei com a necessidade de tomá-la nos braços aqui e agora.

— Boa sorte — sussurrou, e seus olhos prenderam os meus quando ela voltou para a multidão.

— Tate? — chamei, antes mesmo de voltar a entrar no carro.

Ela se virou, erguendo as sobrancelhas e enfiando as mãos no bolso do moletom.

— Você vem comigo, baby — avisei. — Entra aqui.

Sem esperar para ver o olhar em seu rosto, deslizei em meu banco e me inclinei para abrir a porta do passageiro.

Depois da minha vitória, abandonei a tradicional fogueira pós-corrida e arrastei Tate de lá, com uma pressa que nunca tive antes para chegar em casa.

Poucas pessoas duvidaram do que estávamos prestes a fazer. Logo após de cruzar a linha de chegada, levei dois segundos para soltar meu cinto e o dela e para puxar a garota para o meu colo e beijá-la.

A corrida fez minha pressão disparar. Sentir a energia de sua empolgação sentada ao meu lado fez meus músculos e nervos pulsarem com a adrenalina.

Correr sempre foi bom, mas com meu pai me arrancando cada centavo que eu tinha, a emoção há muito se foi. Agora eu corria como uma forma de fazer dinheiro, e Tate tinha mudado aquilo hoje à noite.

Durante, tive dificuldades de manter os olhos na pista. Seus deliciosos suspirozinhos ao fazermos as curvas eram viciantes.

Meu sangue enfim ficou quente por alguém. Eu nunca mais queria voltar ao Loop sem Tate.

— Jared? — ela chamou do banco do carona enquanto voltávamos para casa. — Aonde você vai nos fins de semana?

Os fins de semana.

Estreitei os olhos. Pensamentos confusos giravam pela minha cabeça, mas não consegui me apegar a apenas um. Meu estômago se afundou e a cada respiração eu queria sair de dentro do carro.

Meu pai na prisão. Não podia falar disso com ela.

Jax em um lar adotivo, e sua mãe, que mal havia saído da adolescência quando meu pai foi atrás dela. Minha mãe também, a propósito. O que ela pensaria disso?

As surras. O porão. Minha traição, deixando Jax para trás.

Bile se arrastou por minha garganta, e mal consegui engolir, que dirá contar a ela toda a história nojenta.

— Apenas fora da cidade — mantive a resposta curta e simples.

— Mas onde?

— Isso importa? — Não disfarcei a impaciência. Ela precisava calar a boca.

O passado era embaraçoso e sujo, e ninguém além de Jax sabia do que aconteceu naquelas férias. Se eu pudesse apagar da memória dele, teria feito isso.

Virei o volante para a direita, pisei fundo ao fazer a volta para embicar na garagem. Tate agarrou o puta-merda para se equilibrar enquanto eu corria.

— Por que Piper pode saber e eu não? — pressionou, seu tom mais urgente e defensivo.

Ela sabia sobre Piper?

— Porra, Tate — rosnei e desci do carro, parando por um segundo para registrar que o da minha mãe estava na garagem aberta. — Não quero falar sobre isso. — E era verdade. Nem sabia por onde começar. Se ela queria mesmo ficar comigo, então teria que deixar aquele assunto para lá.

— Você não quer falar de nada! — Ela me seguiu e gritou por cima do teto do carro. — O que acha que vai acontecer?

Acontecer? Ela me veria pelo que eu sou de verdade. Aquilo era o que aconteceria.

— O que eu faço com meu tempo livre é problema meu. Você confiando em mim ou não.

— Confiar? — Ela franziu o cenho e me olhou com desdém. — Você perdeu a minha confiança há muito tempo. Mas se tentar confiar em mim, talvez possamos ser amigos novamente.

Amigos? Nunca mais seríamos amigos.

Pressione-a ou afaste-a, disse a mim mesmo.

— Acho que passamos do ponto da amizade, Tate — zombei, com um sorriso azedo —, mas se você quiser jogar esse jogo, tudo bem. Podemos fazer uma festa do pijama, mas haverá sexo envolvido.

Ela respirou fundo e endireitou os ombros. Seus olhos encararam os meus, chocados e magoados, e eu tinha feito de novo.

Por que eu continuava fazendo essa merda? Não poderia ter só dispensado a garota e ido embora?

Mas, não. No momento, eu estava cheio de raiva e beligerante.

De todo jeito, ainda vi a mesma expressão triste em seus olhos azuis e marejados, e quis agarrá-la e beijar seus olhos, nariz e lábios, como se pudesse apagar cada coisa horrível que já disse e fiz.

— Tate... — Comecei a dar a volta no carro, mas ela disparou até mim e enfiou algo na minha barriga.

Agarrei a coisa, observando, impotente, enquanto ela atravessava correndo os jardins e ia para casa.

Não.

Olhando para ela, para a varanda escura e a porta fechada, levei um minuto ou dois antes de sentir o papel nas mãos.

Olhei para baixo, minha boca secou e meu coração bateu dolorosamente no peito.

Era uma foto.

Minha.

Quando eu tinha catorze anos.

Estava machucado e sangrando da visita do meu pai, e Tate tinha encontrado no fundo da caixa embaixo da minha cama.

Ela não veio me desejar "feliz aniversário" hoje.

Eu a peguei bisbilhotando.

E a afastei por não contar o que ela já sabia.

CAPÍTULO VINTE E NOVE

Saí de lá pisando fundo. Desci a rua até o limite da cidade, onde as luzes não chegavam.

Dirigir me ajudava a limpar a cabeça, que estava uma bagunça de novo por causa de Tate. Eu não estava correndo. Estava me desligando.

Ela não entenderia, e certamente me veria de outra forma. Por que ela não percebia que isso não era importante?

Eu poderia ter sido mais gentil a respeito do assunto, acho, mas ela continuava se intrometendo em merdas que não eram da conta dela.

Esmaguei a merda do volante, me obrigando a ficar com o pé no acelerador e não dar meia-volta.

Não podia retornar. Ela ia querer saber de tudo, e a vergonha que eu sentia pelo que fiz com meu irmão superava a vergonha que eu sentia pelo que fiz com ela.

Ela não entendia que era melhor que certas coisas ficassem enterradas?

— *Vá. Ajude seu irmão* — meu pai me disse, gentil demais.

Minhas mãos tremeram e olhei para ele.

O que estava acontecendo, perguntei a mim mesmo.

— *Não haja como se tivesse escolha.* — Gesticulou para mim com uma garrafa na mão.

A escada de madeira rangia a cada passo que dava, e a luz fraca lá embaixo não me oferecia nenhum conforto.

Era como se uma luz assustadora viesse de uma fornalha antiga, mas pude sentir que ficava mais frio à medida que descia.

Onde estava Jax?

Olhei de novo para o meu pai, que estava parado na cozinha, no alto das escadas, e senti mais e mais que estava sendo sugado por um buraco negro.

Eu nunca mais seria visto.

Mas ele fez sinal para eu continuar.

Eu não queria ir. Meus pés descalços estavam congelando, e lascas de madeira da escada os espetavam.

Mas, então, eu parei, e meu coração foi parar na garganta.

Eu vi Jax.

Eu os vi.

E então vi o sangue.

Estacionei o carro no espaço perto da entrada dos fundos do parque. Eagle Point tinha duas entradas. A da frente, para carros, e outra na parte de trás, para quem vinha a pé ou de bicicleta. Mas a segunda oferecia um estacionamento para você deixar o carro e ir andando. Foi o portão que escolhi.

O mais próximo do lago.

Não faço ideia de como cheguei aqui, mas, quando estava dirigindo, eu me desliguei. Mais cedo ou mais tarde, sempre acabava aonde queria ir.

Às vezes, acabava na Fairfax's Garage para mexer no meu carro. Em outras, na casa de Madoc para uma festa. E em algumas me via na casa de alguma garota.

Mas hoje? No parque? No lago?

Os pelos dos meus braços se ergueram, e senti o ácido queimando pela minha garganta acima. Queria estar aqui tanto quanto queria ver meu pai amanhã.

Mas entrei de toda forma. Atravessei o portão no meio da noite. E percorri as rochas até o lago que não via há anos.

Era um lago artificial e a área foi adornada com rochas de arenito, que compunham a base ao redor, os penhascos que o cercavam e os degraus que desciam até lá. Um caminho feito da mesma pedra partia do lago e entrava na floresta, onde se podia caminhar até um mirante com vista para o rio.

Era privativo, esquisito e especial para Tate e eu. Vínhamos aqui para piqueniques, casamento de vizinhos e apenas para ficar juntos no meio da noite quando escapávamos de casa.

A última vez que estive aqui foi a última que chorei.

— Tate? Venha aqui, docinho — o senhor Brandt chamou, e meu coração martelou no peito. Mal podia esperar para vê-la. Para abraçá-la.

E dizer a ela o que deveria ter dito antes. Que eu a amava.

Meu estômago se revirou e roncou de fome, e olhei para as minhas mãos, sujas nas dobras. Queria tê-las lavado antes de vir procurar por ela, mas sabia que Tate não ligaria.

Desci os degraus de pedra, e a vi sentada no cobertor, apoiada nas mãos atrás de si e com os tornozelos cruzados.

Ela era tão linda. E estava sorrindo.

Jax passou pela minha cabeça e senti meus músculos tensionarem com urgência. Precisava contar a alguém.

Mas, primeiro, precisava de Tate.

Comecei a ir até ela, mas então vi minha mãe e me agachei por trás de uma pedra. Raiva e desgosto me dominaram.

Por que ela estava aqui? Não queria vê-la.

Liguei nas férias. Tentei pedir ajuda dela, mas ela me deixou lá.

Por que minha mãe estava aqui com eles?

Tentei controlar a respiração, mas senti a garganta fechar como se fosse chorar.

Tate era minha família. Minha verdadeira família. Minha mãe bêbada não tinha o direito de estar lá se divertindo com eles.

— Mal posso esperar para o Jared voltar. — Ouvi o sorriso na voz de Tate e cobri a boca para engolir o choro se arrastando pelo meu peito.

Queria ir até ela, mas não consegui me mover com todo mundo em volta. Não queria ver minha mãe e não queria que o senhor Brandt me visse assim. Sujo e machucado.

Só queria agarrar a mão de Tate e sair correndo.

— Pode mostrar a ele os golpes que você e Will aprenderam no karatê nessas férias — o senhor Brandt sugeriu, e parei de respirar. O soluço preso na garganta se transformou em fogo no meu estômago.

Will? Geary?

Meus olhos foram da esquerda para a direita como se procurassem uma resposta, mas não encontrei nenhuma.

Ela ainda estava saindo com ele?

— Bem, é bom que você tenha alguém com quem passar o tempo agora que Jared não está aqui. — Minha mãe tirou a tampa da Coca-Cola. — E acho que a distância é uma coisa boa. Vocês dois estávamos próximos demais.

Minha mãe sorriu para Tate e cutucou sua perna. Ela afastou o olhar, envergonhada.

— Que nojo. Somos só amigos. — Ela torceu o nariz e minha respiração engatou.

Eu me escondi por completo atrás da pedra, me apoiando para trás, e abaixei a cabeça.

Agora não. Não faça isso comigo agora!

Sacudi a cabeça de um lado a outro, a sujeira em minhas mãos se misturou ao suor das palmas, e cerrei os punhos.

— Você é uma boa garota, Tate. — Ouvi minha mãe dizer. — Não sou boa com meninos, acho.

— Garotas são difíceis também, Katherine — *o pai de Tate entrou na conversa, e o ouvi desembalar as coisas do piquenique.* — Jared é um bom garoto. Vocês dois vão se resolver.

— Eu deveria ter tido uma menina — *ela respondeu, e cobri as orelhas com as mãos.*

Vozes demais. Minha cabeça parecia estar sendo apertada e não consegui afastar aquilo.

Meus olhos queimavam e queria gritar.

Pisquei, focando na água cristalina e brilhante. Há três anos não pisava nesse parque. Quando tinha catorze, estava certo de que seria o lugar onde beijaria Tate pela primeira vez.

Mas então se tornou apenas um lembrete do que perdi. Ou do que pensei que tinha perdido.

Na última vez em que estive aqui, atingi um ponto em que não poderia me decepcionar mais. Não conseguiria ouvir ninguém mais dizer que não me queria.

Então me fechei. Completa e imediatamente.

Esse era o problema com a mudança.

Podia ser gradual. Lenta e quase imperceptível.

Ou podia ser súbita, e você nem sabe como poderia ser se tivesse acontecido de outra forma.

Endurecer o coração não era um cruzamento em seu cérebro em que você tem uma escolha de virar à direita ou à esquerda. É um beco sem saída, e você continua e chega ao precipício, incapaz de parar o inevitável, porque a verdade é que você simplesmente não quer.

Há liberdade na queda.

— Jared — *uma voz hesitante soou às minhas costas.*

Meus ombros ficaram rígidos, e me virei.

Ai, mas que droga é essa?

— O que você está fazendo aqui? — *perguntei para minha mãe.*

E então me lembrei de que o carro dela estava parado na garagem quando cheguei da corrida. Pensei que ela passaria o fim de semana fora, como sempre.

Ela estava se abraçando por causa do frio da noite, usava jeans e um cardigã de mangas compridas. Seu cabelo castanho-chocolate, o mesmo tom do meu, estava solto sobre os ombros e ela usava botas marrons que iam até os joelhos.

Desde que ficou sóbria, minha mãe estava mais bonita do que nunca e, por mais que me deixasse puto, fiquei feliz por eu ser a cara dela. Não achava que poderia encarar os olhos do meu pai no espelho todos os dias.

Jax sortudo.

— A porta da frente estava aberta. — Ela chegou mais perto, seus olhos procuravam uma abertura nos meus. — Ouvi o que aconteceu com Tate.

Não vai rolar.

— Como você sabia que eu estaria aqui?

Seu sorrisinho me confundiu.

— Tenho meus meios — murmurou.

Perguntei-me o que era também, porque minha mãe não era tão inteligente assim.

Ela se sentou perto de mim, nossas pernas ficaram penduradas na pequena queda de um metro e meio até o lago.

— Você não vem aqui há anos. — Ela agia como se me conhecesse.

— Como você sabe?

— Sei bem mais do que você pensa — afirmou, olhando para o lago. — Sei que você está com problemas agora.

— Ah, fala sério. Não comece a agir como uma mãe agora.

Eu me impulsionei e fiquei de pé.

— Jared, não. — Minha mãe ficou de pé e me encarou. — Se alguma vez eu puder te pedir algo, é que me escute agora. Por favor. — Seu tom me desarmou. Era trêmulo e sério, o que era fora do comum.

Inspirei e fechei os punhos no bolso do casaco.

— Ano passado, depois que você foi preso — começou — e eu voltei do Haywood Center, pedi que você escolhesse uma coisa, uma ideia, que te ajudasse a se concentrar no dia a dia. Algo que você amasse ou que te ajudasse a se manter centrado. Você nunca me disse o que era, mas fugiu e fez outra tatuagem. — Ela apontou o queixo para mim. — A lanterna. No seu bíceps. Por que fez isso?

— Não sei — menti.

— Sim, você sabe. Por quê? — ela pressionou.

— Gostei de como ficava — gritei, exasperado. — Fala sério, o que é isso?

ATÉ VOCÊ   205

Jesus. Mas que inferno!

Tate. Uma lanterna. Eu associava os dois e, quando ela foi embora, eu precisava dela.

Por que uma lanterna? Não sei.

— No seu aniversário de onze anos, eu fiquei bêbada. — Suas palavras saíam calmas e lentas. — Lembra? Esqueci que jantaríamos nos Brandt, porque tinha saído com meus amigos.

Não havia muitos aniversários que foram bons para mim, então, não, eu não me lembrava.

— Esqueci que era seu aniversário — ela continuou conforme lágrimas enchiam seus olhos. — Não arranjei nem um bolo para você.

Que grande surpresa.

Mas não falei nada. Apenas escutei, mais para ver aonde ela iria com isso.

— Enfim, cheguei em casa lá pelas dez e você estava sentado no sofá esperando por mim. Você ficou em casa a noite inteira. Não foi ao jantar sem mim.

Eu. No escuro. Sozinho. Bravo. Com fome.

— Mãe, pare. Não quero...

— Eu tenho que fazer isso — interrompeu, chorando. — Por favor. Você estava triste no começo, eu lembro, mas então tomou uma atitude. Me disse que eu era uma vergonha e que as outras crianças tinham mães e pais melhores. Gritei com você e te mandei pro seu quarto.

Madman choramingando na minha porta. Chuva batendo nas janelas.

— Não me lembro.

— Queria que fosse verdade, Jared. Mas, infelizmente, aquela tatuagem prova que você se lembra. — Ela parou de chorar, mas as lágrimas ainda estavam em suas bochechas. — Uns dez minutos depois, fui ao seu quarto. Não queria te encarar, mas sabia que você estava certo e tinha que me desculpar. Abri sua porta e você estava apoiado na janela aberta, rindo.

Ela parou, perdida em pensamentos e encarando o nada.

— Tate — finalmente disse — estava nas portas abertas do quarto dela. O quarto estava escuro, exceto pela lanterna japonesa que você e o pai dela fizeram como um presente antecipado de aniversário para ela. — Minha mãe soltou outro sorrisinho. — Ela colocou *Fight For Your Right*, dos Beastie Boys, bem alto, e estava dançando feito doida... doida por você. Ela brilhava, como uma estrelinha pulando no quarto de camisola. Minha mãe olhou para cima e me encarou. — Ela estava tentando te animar.

Assim que vi Tate na porta do quarto naquela noite, não me senti mais um merda. Esqueci minha mãe. Esqueci meu aniversário. Tate se tornou mais um lar para mim do que meu próprio sangue.

E nunca quis estar onde ela não estava.

— Jared, eu sou uma péssima mãe. — Ela engoliu em seco, obviamente tentando segurar as lágrimas.

Virei para o lado, incapaz olhá-la nos olhos.

— Eu sobrevivi, mãe.

— Sobreviveu... de algum jeito. Estou orgulhosa de você. Você é forte, não fica indo nas ideias dos outros. Sei que vou te mandar para o mundo como um sobrevivente. — Sua voz leve ficou firme e séria. — Eu não ia querer um filho diferente. Mas, Jared, você não está feliz.

O ar ao meu redor ficou espesso, me empurrando de todos os lados, e não sabia para onde me virar para sair.

— Quem é feliz? Você é? — devolvi.

— Jared, eu tinha dezessete anos quando engravidei de você. — Ela cruzou os braços e se abraçou, mais como se quisesse se esconder de algo do que para se aquecer. — Tenho só trinta e seis agora. As pessoas com quem me formei, algumas delas, estão começando a formar família. Eu era tão nova. Não tinha apoio nenhum. Não tive chance de viver antes de o meu mundo ser virado de cabeça para baixo...

— É, entendi, tudo bem — cortei. — Vou te deixar em paz em junho.

— Não é isso que eu quero dizer. — Ela chegou mais perto, sua voz estava rouca, e ela estendeu a mão como se quisesse pausar meus pensamentos. — Você foi um presente, Jared. A luz. Seu pai era o inferno. Pensei que o amasse. Ele era forte, confiante e arrogante. Eu o idolatrava... — Ela foi parando de falar, e juro que ouvi seu coração se partindo quando seus olhos foram para o chão.

Não queria ouvir falar daquele otário, mas sabia que ela precisava falar. E, por algum motivo, queria deixar minha mãe fazer isso.

— Eu o idolatrei por um mês — prosseguiu. — Tempo suficiente para ficar grávida e presa a ele. — E então me fitou novamente. — Mas eu era jovem e imatura. Pensei que sabia de tudo. Beber era minha fuga, e te abandonei. Você nunca mereceu aquilo. Quando vi Tate tentando te deixar feliz naquela noite, eu deixei. Na manhã seguinte, você não estava no seu quarto. Quando olhei pela janela, vi que vocês dois desmaiaram na cama dela, dormindo. Então deixei. Por anos, eu soube que você fugia para dormir lá, e eu deixei, porque ela te fazia feliz, e eu não conseguia.

A coisa mais pura, verdadeira e perfeita do meu mundo, e passei anos jogando pilhas e mais pilhas de merda em cima dela.

Um emaranhado de dúvidas se desfez na minha cabeça e senti vontade de socar a porra de uma parede.

— Jesus Cristo. — Passei as mãos pelo cabelo, meus olhos se fecharam quando sussurrei para mim mesmo: — Tenho sido horrível com ela.

Minha mãe, assim como o senhor Brandt, provavelmente não sabiam de nada do que fiz Tate passar, mas ela sabia que não éramos mais amigos.

— Docinho — ela falou —, você tem sido horrível com todo mundo. Alguns de nós mereciam; outros, não. Mas Tate te ama. Ela é sua melhor amiga. Vai te perdoar.

Vai?

— Eu a amo. — É a coisa mais sincera que confidenciei para minha mãe em eras.

Meu pai podia ir se foder, e minha mãe e eu sobreviveríamos, aconteça o que acontecer. Mas Tate?

Eu precisava dela.

— Sei que você a ama. E eu te amo — ela afirmou, e estendeu a mão para tocar a minha bochecha. — Não deixe nem seu pai nem eu tirar mais nada de você, entendeu?

Lágrimas queimaram meus olhos e não consegui segurá-las.

— Como eu sei que não serei como ele? — sussurrei.

Minha mãe ficou quieta ao me avaliar, então estreitou os olhos.

— Conte a verdade a ela — instruiu. — Confie nela com tudo, especialmente com seu coração. Faça isso, e você já vai ser diferente do seu pai.

CAPÍTULO TRINTA

O ontem dura para sempre.
O amanhã nunca chega.

Olhei para o espaço vazio no papel impresso, as palavras da minha tatuagem me encarando de volta.

Agora eu sabia o que significavam.

Fui um idiota do caralho. Isso era certo.

Não apenas me deixei ficar preso nas merdas que meu pai jogou em mim, mas deixei, de bom grado, o ódio me controlar, erroneamente pensando que me faria mais forte.

Inclinando-me, apoiei o papel na coxa e escrevi outra frase.

Até você.

Sentindo o peso se erguer dos meus ombros, preguei o papel na árvore entre a casa de Tate e a minha e peguei o restante das coisas no chão.

Dei um passo atrás, olhei para a árvore enorme, não apenas acesa com as folhas vermelhas e douradas que ainda não caíram, mas com as centenas de luzes e várias lanternas que pendurei.

Era aniversário dela hoje, e tudo em que eu conseguia pensar era em como ela iluminou o meu dia quando eu tinha onze anos. Queria retornar o favor e mostrar que me lembrava.

Presumindo que ela tinha saído com K.C., fiquei esperando em seu quarto, apoiado na grade da sacada das portas, encarando a pasta que coloquei em sua cama.

A pasta com todas as provas do que meu pai tinha feito comigo.

Ela já tinha visto, claro, quando invadiu meu quarto.

Mas não tinha me ouvido falar ainda.

Uma porta se fechou no andar debaixo, e minhas costas se endireitaram.

Soltei o ar deliberadamente, devagar e com calma, mas meu corpo se aqueceu e meu coração acelerou.

Jesus.

Eu estava nervoso pra caralho.

O que direi a ela será bom o suficiente? Ela vai entender?

Tate caminhou a passos lentos para o quarto, e logo agarrei a grade atrás de mim para impedir de correr até ela.

Suas sobrancelhas estavam levemente franzidas quando ela olhou para mim com uma mistura de curiosidade e preocupação.

Seu cabelo estava solto e ela usava jeans escuro e desbotado, com uma blusa preta de manga curta. Roupas demais, porém eu gostava daquilo em Tate. Ela nunca revelava demais e me lembrava de um presente que eu mal podia esperar para desembrulhar. A garota estava sexy pra caralho e tive dificuldade de parar de pensar na cama em seu quarto.

Ela aponta para a pasta na cama.

— Era isso que você estava procurando no meu quarto ontem à noite?

Ela manteve a cabeça erguida, mas seus olhos foram para baixo, e um tom de rosa cobriu suas bochechas.

Vamos lá, Tate. Não seja covarde.

Na verdade, fiquei feliz por ela ter ido bisbilhotar. Foi porque ela se importava.

— Vá em frente. — Acenei para a pasta. — Dê uma olhada.

Ela não deve ter tido muito tempo para ver tudo ontem à noite.

Seu olhar se virou para mim por um segundo, e ela parecia estar considerando se deveria ceder à própria curiosidade.

Mas aceitou a oferta.

Devagar, ela abriu a pasta e espalhou as fotos. Suas mãos tremiam ao pegar uma e encarar, quase sem respirar.

— Jared — ela gemeu, e levou a mão à boca —, o que é isso? O que aconteceu com você?

Olhei para o chão e passei a mão pelo cabelo.

Isso era mais difícil do que pensei que seria.

Confie nela com tudo, especialmente com seu coração.

— Meu pai. — Soltei um suspiro longo e silencioso. — Ele fez isso comigo. E com o meu irmão.

Seus olhos se arregalaram de surpresa, e sua boca se abriu um pouco.

Tate não sabia que eu tinha um irmão. A menos que o pai tivesse dito a ela, e ele nunca revelou nada que não fosse necessário.

— No verão antes do ano de calouro, eu estava empolgado para passar meu verão inteiro com você, mas, como se lembra, meu pai ligou do nada e queria me ver. Então eu fui. Não o via há mais de dez anos e queria conhecê-lo.

Ela se sentou na cama, ouvindo.

— Quando cheguei lá — continuei —, descobri que meu pai tinha outro filho. Um garoto de outro relacionamento. Seu nome é Jaxon, e ele é apenas cerca de um ano mais novo que eu.

Jax surgiu na minha mente; doze anos de idade, esquelético. Tinha sujeira no rosto e o cabelo escuro era mais curto na época.

— Vá em frente — sussurrou, e deixei sair o ar que estava prendendo.

E contei a ela a maldita história inteira.

Como meu pai nos usou para ganhar dinheiro: vendendo drogas, invadindo casas, entregando coisas.

Como machucava Jax e então começou a me machucar quando me recusei a fazer seu trabalho sujo.

Como fomos vítimas dos bandidos que rondavam a casa, e a deixei ver as cicatrizes nas minhas costas, feitas pela fivela do cinto do meu pai.

Também contei a ela como meu pai nos odiava, e que minha mãe nos abandonou, e então como abandonei Jax e o deixei lá quando ele se recusou a ir embora comigo.

Os olhos dela ficaram vermelhos e se encheram de lágrimas que ela tentou segurar.

Soltei todo o mal em minha cabeça e a sujeira que havia deixado meu coração sombrio, e quis secar todas as lágrimas que ela chorou por mim.

Ela sempre se importou. Ela sempre me amou.

Eu a tratei pior do que a um cachorro por três anos, e ela ainda chorava por *mim*.

Senti a dor na minha garganta quando ela me olhou, com rosto contorcido de tristeza, e soube que ela tinha todo direito de não me perdoar.

Mas eu sabia que ela perdoaria.

Talvez essa tenha sido a coisa que eu ainda não tinha entendido sobre o amor.

Você não consegue guardá-lo nem compartimentá-lo quando é merecido.

Não dá para controlá-lo desse jeito.

Depois que contei a ela a história feia, sentei-me ao seu lado, esperando que ela dissesse alguma coisa.

Não sabia em que ela estava pensando, mas ela me deixou falar e me escutou.

— Você viu seu pai desde então? — ela perguntou, por fim.

Seu pai. As palavras eram tão estranhas. Eu me referia a ele como pai apenas para identificar o homem de vinte e dois anos que foi atrás de uma garota de dezessete, e eu fui o resultado.

— Eu o vi hoje — respondi. — Eu o vejo todo fim de semana.

O que era verdade. Mesmo que tecnicamente eu não tenha feito minha última visita.

— O quê?! — Seus olhos azuis se arregalaram. — Por quê?

— Porque a vida é uma merda, é por isso. — Soltei uma risada amarga.

Após o soco da semana passada, o juiz decidiu que eu tinha concluído meu compromisso e me liberou do de hoje. Vi meu pai à distância esta manhã, mas não seria a última vez que o encontraria. Eu sabia daquilo.

Tate me encarou e absorveu tudo que eu disse. Contei sobre os problemas em que me meti depois que ela foi para a França, sobre eu ter sentido saudade dela, sobre Jax ter sido agredido pelo pai adotivo e o acordo que o juiz fez comigo.

Levantei-me e fui até as portas francesas, deixando-a na cama para absorver tudo.

— Então é para lá que você vai — falou. — Para a prisão de Stateville em Crest Hill.

Crest Hill?

Ela deve ter visto outras coisas no meu quarto quando foi xeretar na noite passada. Minha mãe me pediu para guardar recibos de hotéis e da gasolina para fazer o imposto de renda. Essa merda estava espalhada por todo o meu quarto.

— Sim, todo sábado — expliquei, com um aceno de cabeça. — Hoje foi minha última visita, no entanto.

— Onde está seu irmão agora?

Seguro.

— Ele está em Weston. São e salvo com uma boa família. Eu o vejo aos domingos. Mas minha mãe e eu estamos tentando fazer com que o estado concorde em deixá-lo morar conosco. Ela está sóbria há algum tempo. Ele tem quase dezessete anos, então não é como se fosse uma criança.

Queria que ele a conhecesse e, se minha mãe tivesse sucesso com o advogado, ele viria morar com a gente mais cedo ou mais tarde.

Ela desceu da cama e veio até mim, que estava ali perto das portas.

— Por que você não me contou tudo isso anos atrás? — perguntou. — Eu poderia ter ficado ao seu lado.

Queria que eu tivesse permitido isso.

Ainda era algo com que eu tinha dificuldade. Tate me acolhendo, ou tentando, fez este quarto ficar dez vezes menor.

Um passinho de cada vez, gata.

Passei a mão pelo cabelo e me inclinei na grade.

— Quando finalmente cheguei em casa naquele verão, você foi meu primeiro pensamento. Bem, além de fazer o que pudesse para ajudar Jax — adicionei. — Eu tinha que te ver. Minha mãe poderia ir para o inferno. Tudo que eu queria era você. Eu te amava — sussurrei a última parte, meu estômago se revirava com arrependimento. Cerrei os punhos, me lembrando do dia que mudei tudo. — FFui à sua casa, mas sua avó disse que você estava fora. Ela tentou me fazer ficar. Acho que viu que eu não parecia bem. Mas fugi para te encontrar, de qualquer maneira. Depois de um tempo, me encontrei no lago de peixes no parque. — Finalmente olhei para ela. — E lá estava você... com seu pai e minha mãe, interpretando uma familiazinha.

Entendi a confusão em seu olhar. Mesmo agora, eu sabia que tinha sido uma triste série de eventos pouco importantes que levei muito a sério. Eu estava errado.

— Jared... — ela começou, mas a parei.

— Tate, você não fez nada de errado. Eu sei disso agora. Você só precisa entender minha cabeça. Eu tinha passado pelo inferno. Estava fraco e sofrendo com o abuso. Estava com fome. Tinha sido traído pelas pessoas com quem deveria poder contar: minha mãe que não ajudou quando precisei dela, meu pai que me machucou e meu irmão indefeso. — Respirei fundo. — E então te vi com *nossos* pais, parecendo uma familiazinha doce e feliz. Jaxon e eu estávamos com dor, lutando para sobreviver todos os dias, e você conseguiu ver a mãe que eu nunca tive. Seu pai te levava para piqueniques e para tomar sorvete, enquanto o meu estava me batendo de cinto. Senti que ninguém me queria e que a vida seguia sem mim. Ninguém se importava.

Aquele dia e as semanas que passaram tinham sido demais, muito rápidas e, do nada, me tornei uma criança diferente.

— Você se tornou meu alvo, Tate. Eu odiava meus pais, estava preocupado com meu irmão, e com certeza não podia confiar em ninguém além de mim mesmo. Quando eu te odiava, isso me fazia sentir melhor. Muito melhor.

Vi sua mandíbula endurecer, e entendi que não foi fácil para ela aceitar aquilo.

Mas prossegui:

— Mesmo depois que percebi que nada era sua culpa, eu ainda não conseguia parar de tentar te odiar. Foi bom, porque não podia machucar quem eu queria.

Lágrimas silenciosas caíram por seu rosto de novo e, caramba, não queria mais que Tate chorasse por mim.

Tivemos muito momentos bons na infância e queria voltar a isso.

— Sinto muito — sussurrei, segurando seu rosto, esperando muito que ela não me socasse. — Eu sei que posso compensar pelo que fiz. Não me odeie.

Ela balançou a cabeça.

— Eu não te *odeio*. Quero dizer — ela me olhou feio —, estou um pouco chateada, mas principalmente odeio o tempo perdido.

Pois é.

Agarrei-a, passando os braços em sua cintura e a puxei para mim.

Ela era minha, porra. Quis gritar e sorrir ao mesmo tempo. Moldei minha testa na dela, meus lábios estavam famintos para prová-la enquanto eu sentia o seu cheiro.

— Você disse que me amava — sussurrou. — Eu odeio termos perdido isso.

Nada estava perdido.

Eu a ergui, guiei suas pernas ao meu redor e nos levei para a cama, sentindo o calor do seu centro em meu estômago.

— Nós nunca perdemos isso. — Minha mão estava na sua bochecha e ergui seus olhos para encontrar os meus. — Por mais que eu tentasse, nunca consegui te apagar do coração. É por isso que eu era tão idiota e mantinha os caras longe de você. Você sempre foi minha.

— *Você* é meu? — perguntou, secando as lágrimas com o polegar.

Seu hálito acariciou meu rosto e não consegui mais me segurar. Beijei de leve o canto de sua boca e sussurrei em seus lábios:

— Sempre fui.

Ela passou os braços ao meu redor, e simplesmente lhe abracei bem apertado.

— Você está bem? — ela perguntou.

— Você está? — devolvi, sem me iludir por um único segundo que os

últimos três anos não tinham sido um inferno para ela também.
— Vou ficar.
Se tivéssemos um ao outro, ficaríamos bem.
— Eu te amo, Tate.
E caí na cama, trazendo-a comigo, torcendo que fosse para sempre.

CAPÍTULO TRINTA E UM

— Jared, você está me cutucando. — O gemido sonolento de Tate me acordou, e levei alguns momentos para abrir os olhos.

Cutucando? Verifiquei minhas mãos, que nem estavam tocando nela, e então senti o fogo e o aperto na minha calça.

Merda.

Virei de costas, para não estar mais de conchinha com ela, e passei as mãos pelo rosto.

Meu pau estava duro de novo e me encolhi de desconforto e vergonha.

Estava acontecendo bastante ultimamente.

Olhei para Tate, que ainda estava de costas para mim enquanto dormia, e comecei a me sentar.

— Não — ela gemeu e se virou —, não vai. — E passou o braço pela minha cintura. Eu fiquei rígido, com medo de me mover.

Droga, droga, droga! Estava prestes a explodir e precisava ir embora. Toda manhã isso acontecia e me deixava tão frustrado.

Não toque em mim, Tate.

Por favor.

Mas a deixei me tocar mesmo assim. Ela me trouxe de volta para baixo, aconcheguou a cabeça em meu pescoço e voltou a dormir.

Meus olhos se abriram, e eu pisco, e a mesma sensação familiar do sangue correndo para baixo e uma queimação profunda no meu baixo-ventre.

Sentei e esfreguei os olhos, afastando o sonho da minha cabeça.

Ou a memória.

Tate.

Eu me sentei e esquadrinhei o quarto escuro.

Onde ela estava?

Eu estava na cama dela. Caímos no sono depois da minha confissão, e aquele sonho foi da última vez que me deitei com ela aqui. Na manhã seguinte, fui passar as férias com o meu pai.

Mas agora ela não estava aqui.

E também não havia luz vindo do banheiro.

— Tate — chamei, sem resposta. O único som vinha da chuva batendo no teto.

Eu me levantei, esticando os braços acima da cabeça e saí de perto da cama, indo para as escadas escuras.

A luz era escassa, mas não importava. Eu poderia navegar por essa casa no escuro.

Mesmo se não fosse pelo fato de que passei muito tempo aqui no passado, a casa dos Brandt sempre parecia viva. O tique-taque do relógio de pêndulo no saguão, o ranger das escadas, o zumbido suave e abafado que vinha da ventilação; tudo dava a cada cômodo sua própria personalidade e tornava este lugar um lar.

Eu me sentia confortável aqui.

As salas de estar e a de jantar estavam vazias quando passei por cada uma delas, indo para a cozinha. Notei na mesma hora a porta dos fundos aberta.

Fui até lá, espiei o jardim e logo abri um sorriso ao ver Tate encharcada, parada no aguaceiro e com a cabeça virada para o céu.

Meus ombros relaxaram e fechei os olhos.

Eu deveria saber.

Saí em silêncio e me apoiei na casa, debaixo da cobertura.

Tate sempre amou a chuva. Ela ganhava vida e fazia anos que eu não tinha o prazer de observá-la desse jeito. Parte de mim sempre se perguntou que mágica ela via em tempestades, e outra parte não precisava saber.

Apenas observá-la era música na minha cabeça.

Seu cabelo longo e loiro estava pingando e suas roupas estavam coladas no corpo, assim como na noite do nosso primeiro beijo quando senti suas curvas e reentrâncias à perfeição.

Ela ficou lá parada, com as pernas ligeiramente separadas e os braços ao lado do corpo, balançando-se devagarinho de um lado a outro, quase como se estivesse dançando.

Sua blusa preta, brilhando com a chuva, estava colada nas costas como uma segunda pele, e eu sabia que, quando a tocasse, sentiria cada músculo.

Meu peito se aqueceu e minhas mãos zumbiram.

— Jared! — gritou, e eu pisquei, percebendo que ela tinha me visto. — Você me assustou. — Sorriu. — Pensei que estivesse dormindo.

Ela levou a mão ao peito e esperou que eu dissesse algo, mas não consegui.

Não queria mais falar. Queria apenas ela.

Eu me afastei da parede, fui até ela sem deixar de fitá-la, e apoiei as mãos em seus quadris. Prendi-a a mim, cravando os dedos em sua pele, e encarei seu rosto, selvagem e encantador.

Tate nunca ficou de joguinhos. Nunca houve uma chama de flerte em seus olhos ou uma brincadeira em seus lábios para que eu a notasse. Ela me olhava agora como costumava ser.

Como se eu fosse o Natal.

Ela ficou na ponta dos pés, e eu parei de respirar quando ela tocou os lábios nos meus. Provei o dulçor da chuva em seus lábios e minha pulsação disparou pelo corpo, desejando mais e mais.

Caramba. Tão bom.

Passei um dos braços por sua cintura, segurei seu rosto com a outra mãos e guiei seus lábios, assumindo o controle.

Eu me movi com ela, provei sua língua e hálito, até que cada apertão, mordiscada e lambida fosse como se um relâmpago atingisse meu corpo.

A tempestade caía ao nosso redor, só que eu mal reparei.

Minhas mãos formigaram e, a cada lugar que eu tocava, me sentia mais e mais quente.

Ela estremeceu e a segurei mais apertado, sem saber se era pela chuva ou por nós. Mas não soltei.

Cada vez mais rápido, devorei Tate, mergulhando em seus lábios uma e outra vez, até estar ofegando tanto que ficou difícil respirar.

Puxei seu lábio inferior entre os meus dentes e ela esfregou o quadril no meu, e nos perdemos.

Talvez tenha sido seus gemidos suaves ou suas mãos, agarrando meus quadris, mas eu soube que ela não pararia.

E eu precisava entrar nela bem aqui. Agora mesmo.

— Você está gelada — comentei, e ela continuou vindo até mim com um beijo atrás do outro.

Sua respiração estava quente e seus braços afoitos me acariciavam no peito e em volta do pescoço.

— Me aqueça — suplicou.

Puuuta que pariu.

Estiquei a mão e agarrei sua bunda, puxando-a para mim.

Agora.

Eu a queria aqui e agora, mas ela começou a fazer coisas no meu pescoço com os lábios e a língua e não consegui colocar a cabeça para funcionar.

— Eu te amo, Jared — falou, ofegante, bem no meu ouvido, e fechei os olhos.

Meu coração ficou tão cheio que doía.

— Nós podemos esperar — coloquei para fora, mas sem a mínima intenção de parar.

Ela balançou a cabeça devagar, com um sorrisinho brincando nos lábios. Ela tirou a minha camisa preta, passou a pontas dos dedos pelo meu peito, ao redor dos meus quadris, e subiu pelas minhas costas.

Estremeci quando seus dedos tocaram as cicatrizes nas minhas costas, torcendo para que ela não perguntasse sobre a minha história. Não era algo em que eu queria que ela pensasse agora.

Mas ela manteve os olhos nos meus e soltei o ar, relaxando.

Suas mãos estariam em cada parte do meu corpo mais cedo ou mais tarde. Podia muito bem me acostumar agora.

Cerrei os dentes e cravei os dedos em seu traseiro assim que ela tirou a blusa preta fininha e soltou o sutiã.

Jesus, articulei com os lábios.

Ficamos lá parados, cara a cara, peito nu contra peito nu, molhados e quentes em uma noite fria de outubro, e nunca quis tanto amar alguém a ponto de estar preocupado de não ser capaz de parar.

Estendi a mão e afaguei seu seio esquerdo com as costas dela. O mamilo, já duro por causa do frio da noite, era a parte dela, sem contar seus lábios, que iria para a minha boca primeiro.

Empurrei o cabelo molhado para trás de seus ombros, olhei-a de cima a baixo, tentando memorizar cada centímetro. Tate era atlética: tonificada e não muito magra. Seus ombros e braços tinham um pouco de músculos, mas era sutil, enquanto sua pele resplandecia com suavidade, como se fosse feita de porcelana.

Ela me assistiu absorvê-la, me deixando olhar.

Corajosa.

Ela gostou e não tentou se cobrir nem afastar o olhar.

Puxando-a para mim de novo, mergulhei em sua boca, chupando e mordendo seu lábio inferior, me forçando a ir mais devagar.

Pressionei-me em seu corpo, meu peito pegando fogo conforme seus seios se esfregavam em mim.

Por um instante, notei que suas mãos deixaram meu corpo, mas só me liguei quando sua boca deixou a minha também.

E notei que ela tirava o próprio jeans.

Caramba. Parte de mim queria despi-la, mas foda-se.

Não queria perder nada, então mantive as mãos afastadas até ela estar quase nua na minha frente.

Tate. Apenas de calcinha. Ensopada pela chuva.

Nunca na vida vi algo que desse mais tesão.

Eu a ergui pela parte de trás das coxas, passei o braço por suas costas esbeltas e suaves e a carreguei até a espreguiçadeira do outro lado do pátio. Tinha uma cobertura, eu lembrava, e de jeito nenhum estraríamos agora.

Na chuva, na amada tempestade de Tate, seria onde faríamos amor pela primeira vez.

Eu a deitei e reparei que em sua calcinha de renda cor-de-rosa.

Graças a Deus não é preta. Sorri para mim mesmo.

Eu preferia preta, mas gostava de Tate ter me surpreendido.

Minha boa menina de rosa.

Uma boa menina que só era fazia arte por minha causa.

Eu me inclinei, segurei seu seio e estremeci com o prazer de provar sua pele macia e flexível. Estiquei a mão para baixo e explorei o máximo dela quanto podia. Subi por suas coxas macias, passando seus quadris e barriga, ficando mais inchado na calça a cada vez que ela arqueava e se contorcia debaixo de mim.

— Jared... — implorou. — Jared, por favor.

Ai, Jesus.

— Seja paciente — rosnei baixinho, continuando a beijar sua barriga. — Se você continuar implorando assim, eu vou enlouquecer agora.

Precisava controlar meu corpo. Respirar fundo e me acalmar um pouco. Eu queria aproveitar tudo. Mais do que precisava gozar, precisava sentir seu corpo tremer debaixo do meu. Precisava ver seu rosto perdido quando gozasse comigo dentro dela.

Tirei sua calcinha e a joguei no chão, levantei e absorvi minha garota, que estava me encarando com fogo nos olhos.

Peguei uma camisinha na carteira, arranquei o restante das roupas, estremecendo quando minha ereção dolorida se ergueu, e desci devagar entre suas pernas.

Arrepios se espalharam pela minha pele com a sensação do seu calor no meu pau.

Ela passou as mãos pela minha nuca e a encarei, esperando que estivesse pronta. Esperando que ela não se arrependesse.

Eu sei que eu não te quis. A voz do meu pai ecoou de uma ilha distante na minha mente, e hesitei.

Mas Tate me olhou e passou a mão em meu rosto, me fazendo derreter em seu toque.

Fechei os olhos.

Felicidade, paraíso, euforia; eu não fazia ideia de em que estado me encontrava, mas sabia que era novo e que era verdadeiro.

Vai se foder, pai.

Abri a camisinha e a vesti, empurrando o filho da puta do meu pai a milhares de quilômetros de mim.

— Eu te amo — sussurrei. Então ergui seu joelho e deslizei para dentro dela.

— Ahhh... — Seu corpo tremeu, e ela ofegou, forte e rápido. Congelei, sentindo uma onda de calor se espalhar pelo meu corpo.

Tate.

Ela era mesmo virgem.

Minha mente girou com a ideia de lhe causar dor, mas, porra, aquilo também me deixou excitado.

Ela era minha agora.

Não me mexi, mas me ergui para encará-la.

Suas palmas estavam apoiadas em meu peito, e gotas de água brilhavam em seus seios. Observei sua respiração diminuir de ritmo.

Seus olhos se estreitaram de leve ao sentir a dor, mas ela não reclamou.

Eu estava pulsando tanto. Precisava entrar nela, mas me importava pra caralho com Tate e não iria com tudo. Queria que ela voltasse para uma segunda, terceira vez, e para sempre.

— Você está bem? — perguntei baixinho, torcendo muito para que ela não estivesse reconsiderando e pensando em se afastar de mim.

— Estou bem — suspirou e acenou. — Não pare, mas vá devagar.

Ela não precisava me dizer duas vezes.

Devagar, com meus nervos aquecendo a cada centímetro que eu entrava, me afundei em seu lindo corpo até estar enterrado.

A porra do paraíso. Soltei o ar, morrendo e ressuscitando de novo em seu calor apertado e molhado.

Ela estremeceu, e ficou ofegante por alguns segundos, mas eu soube quando a dor passou.

— Droga. — Meus músculos ficaram tensos, e fechei os olhos, sentindo a maciez e o calor do seu interior. — A sensação de você é tão boa. Perfeita.

Pairei sobre ela, saindo e entrando de novo, uma e outra vez. Meu corpo gritou, doeu e gemeu por mais.

Depois de um minuto ou dois, ela agarrou minha cintura e começou a guiar seu corpo no mesmo ritmo que o meu. Ela rebolava, e eu não consegui deixar de olhá-la. Tate estava dançando. Deitada e se movendo como um doce sonho, seu corpo arqueando e fluindo com o meu.

Ela estendeu a mão e segurou meu rosto, me puxando para os seus lábios.

Jesus Cristo.

O seu gosto, aquela porra daquele gosto, estava em todo canto. A chuva e o suor em seus lábios, seu calor no meu pau... em todo canto. Tate mordiscou meus lábios e se esfregou em mim como se nunca fosse suficiente.

Fechei os olhos e ataquei sua boca como se fosse a porra de um banquete.

Isso, porra.

Ela se afastou e ofegou nos meus lábios.

— Eu sinto você em todos os lugares — ela provocou, e eu gemi.

— Não fale assim, baby. Vou gozar muito cedo.

Testa contra testa, olhei para baixo, para seu corpo molhado e gostoso me fodendo assim como eu a fodia, e nem consegui me lembrar do som da voz do meu pai.

Tomei seu seio macio na boca, chupando o mamilo com força, e senti seu corpo tremer debaixo do meu, nossos quadris se unindo uma e outra vez. Mergulhei nela, que gemeu.

Mais rápido. Mais forte. Mais. E de novo.

Sua respiração engatou e logo parou completamente.

Olhei para cima e vi suas sobrancelhas franzidas, sua boca sem puxar ar. Seus orbes tempestuosos eram a mais doce mistura do prazer e da dor, presos no momento mais perfeito e visceral que já vi na vida.

Ela estava gozando.

Depois de um segundo ou dois, ela soltou um gemido longo e doce, fechando os olhos por completo. Senti seu corpo se contrair e afrouxar, me deixando pronto para gozar também.

Eu a beijei de levinho, mas ela não retornou. Seus olhos ainda estavam fechados com força, e ela estremeceu. Ainda estava gozando.

Depois de mais algumas estocadas, explodi dentro dela com tremores de prazer abalando minhas pernas e se espalhando pelas minhas coxas e barriga.

Ofeguei, minha cabeça ficou leve e meu peito se encheu de calor.

Jesus Cristo.

Respirei fundo para recuperar o fôlego, entrando nela mais algumas vezes.

Mais.

Só queria arrancar a camisinha, vestir outra e começar de novo.

Droga. Não consegui deter o sorriso que brotou quando a beijei e pensei na ironia.

Eu costumava mantê-la acordada até tarde vendo filmes de terror e, depois de tanto tempo, nada realmente mudou.

Ela não dormiria nada essa noite.

CAPÍTULO TRINTA E DOIS

Deixei nossas roupas molhadas na cozinha e voltei com duas toalhas cinza que peguei em seu banheiro. Passei uma pela cintura e coloquei a outra sobre ela quando me deitei na espreguiçadeira.

— Não vamos entrar? — Ela agarrou a toalha junto ao peito, garantindo que as partes importantes ficassem cobertas.

— Está com frio? — perguntei, malicioso, enfiando a cabeça em seu pescoço e apoiando a mão entre suas pernas. — Tudo parte do meu plano para te aquecer de novo.

Envolvendo os dedos na minha mão, ela não estava realmente tentando me afastar.

— Pare — pediu pateticamente.

— Está tentando dizer não? — provoquei, deslizando um dedo para dentro.

Ela ofegou e seu corpo subiu de leve. Em vez de suas mãos tentarem me parar agora, elas empurraram a minha mais forte para dentro.

Seus lábios roçaram meu peito.

— Eu sempre te quis, Jared. Mesmo aos doze anos, eu queria que você me beijasse.

Deveria mesmo ter sido a lhe dar seu primeiro beijo. E seus únicos seus beijos.

— Obrigado pelo que me deu hoje à noite. — Gemi pelo tanto que ela estava molhada, e me senti inchar e ficar mais pesado.

— Queria ter sido sua primeira. Você já ficou com muitas garotas, não é? — Sua voz tinha uma pontada de tristeza, e desviei os olhos.

É, eu não queria mesmo falar disso.

— Mais do que deveria. — Optei pela resposta simples.

Os nomes? Sumiram.

Os rostos? Esquecidos.

Eu amava Tate, e nada era melhor do que fazer amor com alguém que a gente amava.

Mergulhei para beijá-la, mas ela se afastou e me olhou feio.

— Preciso saber, Jared — pediu, com jeitinho.

— Precisa saber de quê? — Dei de ombros, mas o medo rastejou pelo meu peito de todo jeito.

O que ela estava fazendo?

Ela se sentou e apertou ainda mais a toalha ao redor do corpo.

— Estou supondo que a maioria das suas últimas namoradas frequentam a nossa escola, certo? Quero saber quem são. — Ela acenou para mim, de olhos arregalados, como se eu devesse esperar aquilo ou algo do tipo.

— Tate. — Esfreguei sua perna. — Elas não eram minhas namoradas. Eu não tenho namoradas.

Seu rosto se contorceu em uma mistura de surpresa, confusão e bastante raiva. Cerrei os dentes e fechei os olhos.

Idiota.

— O quê? — ela gritou, e me encolhi. — Então eu sou o quê?

Sim, sou burro e idiota pra cacete.

Mas antes de eu poder contornar a situação, Tate saltou da cadeira, saiu pisando duro pelo pátio e atravessou a porta dos fundos, arrumando a toalha ao seu redor no caminho.

— Tate! — *Caramba!*

Fui atrás dela e irrompi pela porta aberta.

— Baby, não foi isso que eu quis dizer — disparei, assim que a vi parada na cozinha com os braços cruzados.

— Não me chame de "baby". Se não sou sua namorada, com certeza não sou seu "baby".

Passei a mão pelo rosto.

— Namorada não é o suficiente para te descrever, Tate. O termo é descartável. Você não é minha namorada, minha garota nem minha mulher. Você. É. Apenas. Minha. — Pontuei cada palavra, para que ela entendesse aquela porra. — E eu sou seu — adicionei, um pouco mais calmo.

Ela respirou fundo, se acalmando.

— Jared, você tem que me dizer quais foram.

Deixei sair uma risada amarga e cansada.

— Por quê? Para você poder ficar brava cada vez que vir uma delas?

— Sou mais madura que isso. — Bufou. — Me dê um pouco de crédito. Isso nem é por causa delas. É para você admitir.

Mas que porra é essa?

— Eu te contei o meu passado inteiro, porra! — Joguei as mãos para o alto. — O que mais você quer?

— Quero saber de tudo! Não quero andar pelos corredores da escola e, sem saber, fazer contato visual com cinco garotas diferentes com quem você transou! — gritou, com olhos ardentes e ferozes.

— Nada disso importa! — Segurei mais forte a toalha ao redor da minha cintura e olhei para ela do outro lado da ilha central que estava entre nós. — Acabei de fazer amor com você. Com você. E vai ser só você daqui para frente!

Assim, que droga ela queria, afinal? Eu não podia voltar e mudar nada do que fiz e não fazia sentido reviver nada dessa merda. Ela era meu futuro, e eu não queria que ela soubesse de toda essa feiura.

Eu ficaria obcecado por causa de caras que a tocaram? Claro, caramba! Era por isso que eu não perguntava.

— Não gosto de estar no escuro, Jared. — Ela cruzou os braços, empurrando os seios mais para cima no topo da toalha. — É pedir demais de mim, sabendo que frequento a escola com essas garotas. Quero saber quem, onde e o que você fez. Você se livrou com facilidade. Sabe que eu só tive você. Elas não precisam me olhar com sorrisos convencidos, sabendo que tiveram o que é meu. E quero saber sobre a K.C. também — adicionou.

Era disso que se tratava.

E, puta merda, não consegui conter o sorriso.

— Você está com ciúmes.

Ela acha que sequer reparei em K.C. desse jeito? Ou que vi essas outras garotas do jeito que a via? Sempre foi o rosto dela. Desde os dez anos de idade, eu só vi a ela.

Ela ergueu o queixo, parecendo obstinada, como se eu estivesse prestes a ser mandado para o meu quarto por me comportar mal.

— Vá embora. E só volte quando conseguir agir como adulto — ela disse, calma.

E se virou, com o cabelo molhado grudado nas costas, e atravessou o corredor em direção às escadas.

Vá embora?

Havia pelo menos dez coisas diferentes que eu ainda queria fazer com ela hoje à noite, e ela queria que eu fosse embora?

Fúria queimou meu estômago, fazendo meu sangue ferver e, porra, eu estava pronto para começar uma briga séria. Já tinha derramado meu coração sobre meu irmão, meu pai e minha história idiota e digna de soluços. Falei sobre merdas que eu não queria, porque a amava e queria que soubesse que podia confiar em mim.

Mas cansei de ser tão pressionado em uma só noite.

Eu a peguei pelo braço e a puxei para mim, então a peguei no colo e a levei de volta para a cozinha.

Ela tentou se desvencilhar.

— Me solta.

Eu a coloquei no chão bem na minha frente, fiz com que andasse de costas até a mesa da cozinha e me elevei sobre ela.

— Passei três anos de joguinho com você, Tatum. Você não vai fugir mais.

Seus olhos se estreitaram, mas ela puxou o ar, irritada.

— Tatum? — perguntou, bem na minha cara.

Ela sabia que eu só a chamava de "Tatum" quando estava tentando bancar o superior. Como pais que te chamam pelo nome completo quando estão bravos.

Mas eu não estava bravo nem tentando bancar o superior. Estava meio que gostando da raiva dela, na verdade.

E, gostando ou não, meu pau continuava a ficar mais duro quanto mais nos encarávamos. Era como se eletricidade fosse disparada para a minha virilha ao ver Tate ficar feroz.

Caramba. Ela era bonita.

Seus olhos estavam afiados, e ela respirou fundo e soltou o ar pela boca. Parecia furiosa e gostosa, e eu não tinha ideia se ela ia me bater ou dar para mim. Só sabia que ambos seriam violentos.

Eu me inclino, perto o bastante para um beijo, ergui a mão direita, correndo a ponta dos dedos por seu rosto. Sua respiração estremeceu sobre meus lábios quando sussurrei para ela:

— Quer saber de tudo? Então me deixe te mostrar. Vire e se incline.

Seus olhos se arregalaram tanto que mais pareciam planetas.

— O-o quê? — gaguejou, sem fôlego.

Encontrei seu olhar, sentindo a intensidade e a urgência de compreender.

— Você não está com medo, está? — E os cantos da minha boca se ergueram com sua careta. — Vamos lá, Tate. Confie em mim. Quer saber de tudo, não é?

Sua expressão estava toda fechada, seus olhos dispararam de um lado a outro.

Ela se virou devagar e fui tomado pelo alívio. Suas costas estavam voltadas para mim, e ela ficou lá parada, esperando o que provavelmente pensava que seria alguma violação bizarra de seu corpo.

Mas eu sabia que ela me amava.

Ela não me conhecia mais. Não de verdade. Pelas informações que tinha, eu poderia ter um filho em algum lugar e vender drogas nos fins de semana em vez de visitar meu pai e meu irmão. Estava dando um salto de fé, porque se importava.

Estendi a mão e abri sua toalha, a única peça que ela vestia, e a afastei de seu belo corpo, deixando-a cair no chão. Dei um passo atrás para olhar para ela. Não era parte do plano, mas não consegui evitar.

Confiante como sempre, Tate ficou lá, sem tentar se cobrir e pronta para aceitar qualquer carta que tinha certeza de que eu tinha na manga, não importa a merda que fosse. Mas ainda dava para dizer que ela estava nervosa. Ela estava ofegante, e seu corpo, rígido.

Dei um passo à frente, com o peito esfregando em suas costas, envolvi os dedos ao redor dos seus pulsos e levei seus braços para cobrirem seus seios. Os meus os cobriram também, e segurei sua forma frágil e pequena, amando como se encaixava com facilidade.

Ela sempre encaixou.

— Consegue confiar em mim? — repeti.

— Sim. — Sua voz saiu tão baixinha. Ela não tinha mais certeza.

Ainda a segurando, afastei seus braços do corpo e sussurrei em seu ouvido:

— Incline-se na mesa então.

Sua respiração engatou, e quase parecia que ela tinha dado uma risadinha. Podia estar ansiosa ou assustada, mas estava seguindo com o plano.

Sua barriga, seguida pelos seios e a cabeça, se apoiaram de bruços sobre a mesa de madeira escura e guiei seus braços para ficarem abertos para o lado.

Calor correu para minha virilha e me contorci com a necessidade de estar dentro dela. Agora. E de não ir tão devagar também.

Só podia ser perversão.

Pega leve, cara.

O momento agora era da Tate.

Eu me inclinei, pressionando-me em suas costas, e minhas mãos deslizaram por suas costas macias e por seus ombros.

Acariciei sua nuca de leve e massageei a lateral do seu torso, sentindo-a estremecer e relaxar sob meu toque.

Abaixando, peguei a pele macia de sua cintura com a boca e trilhei beijos por suas costelas.

Ela arqueou as costas, gemendo, e corri a língua por sua coluna, afundando os dentes bem de leve em seu ombro.

Sentir seu corpo era maravilhoso, e eu amava poder simplesmente tocá-la. Faria isso por horas se o sangue correndo para o meu pau não o fizesse doer tanto.

Deslizei uma das mãos por cima e por baixo de suas costas, deslizei a outra entre as pernas dela até seu calor.

Na mesma hora ela suspirou e gemeu.

Corri os dedos por todo o seu corpo, fazendo círculos e acariciando, mas não fui direto para o objetivo do jogo. Não estava tentando fazê-la gozar. Ainda não.

Com dedos gentis, esfreguei dentro de suas dobras e ao redor de seu clitóris, a sentindo tensionar, mas logo relaxar. O centro estava duro, e ela já estava molhada pra caramba.

Não que eu quisesse ter flashes da Tate quando criança agora, mas ainda não conseguia acreditar que estávamos aqui. Essa era a garota que costumava andar sentada no meu guidão na chuva. A garota que costumava me deixar praticar minha mira acertando pipoca em sua boca nos dias entediantes de inverno. A única que já abracei.

Eu ia trepar com ela na mesa da cozinha, o lugar em que comemos bolo de aniversário quando tínhamos treze anos.

E meu pau ficou mais duro só de pensar em finalmente tê-la debaixo de mim, me querendo, gemendo meu nome.

Ela começou a se mover em mim e quase agradeci a Deus, porque estava pronto para uma provinha.

— Apoie o joelho na mesa, baby. — E a ajudei a trazer a perna para cima, colocando a parte interna da coxa sobre a mesa, o outro pé ficou plantado no chão.

Fogo se espalhou pelo meu estômago e um relâmpago desceu espiralando por minhas pernas.

Meu Deus, ela estava exposta para mim, seu sexo bem na extremidade da porra da mesa, e eu estava morrendo por tê-la.

Então não desperdicei tempo e me ajoelhei, enterrando a boca em seu centro quente.

Meus lábios encontraram seu clitóris e chuparam.

— Jared — ela ofegou, contorcendo-se, e me afastei para lambê-la toda.

— Seu gosto é tão bom. — Respirei nela, sugando-a entre os dentes.

Sua respiração se intensificou, e o corpo se mexeu como se estivesse sentindo a melhor das dores. Chupei e lambi, sentindo seu desejo crescer. Sentindo seu corpo se desfazer em minha boca.

E, então, finalmente enfiei a língua dentro dela.

— Jared, por favor. — Ela jogou a cabeça para trás, gemendo.

E, porra, eu estava pronto também.

Fiquei de pé, pressionei o pau nela e apertei seu quadril.

— Diga o que você quer, Tate. Por favor. O que você quer de mim?

— Eu... Jared... — Ela lutava em busca de palavras, sua respiração se foi e sua necessidade saiu do controle. Igual à minha.

— Jesus, você é tão linda. — Inclinei-me para sussurrar em seu ouvido. — Me diz. O que você quer de mim?

Suor brilhava na curva da sua coluna, e o cômodo parecia em chamas. Nossas peles molhadas, o gosto dela em meus lábios, tudo criava esse mundo novo do qual eu nunca mais queria ir embora.

Ela teria sorte se eu a deixasse longe da cama por tempo suficiente para ir à escola.

— O que você quer de mim? — rosnei, puxando-a de volta para a minha virilha.

— Com força — gritou. — Quero com força.

E meu coração foi parar na garganta.

Toquei sua pele e deslizei o dedo de volta para dentro dela para ter certeza de que ainda estava molhada. Estaria dolorida depois da sua primeira vez e queria garantir que ela pudesse aguentar o que estava me pedindo.

Molhadinha. *Isso, porra.*

Soltei uma respiração irregular, arranquei a toalha e procurei em meu jeans molhado a última camisinha, rasguei a embalagem com o dente. Eu a vesti e agarrei Tate pelo quadril, e mergulhando nela.

Com força.

— Puta merda — rosnei baixinho.

Tão apertada.

— Jared — ela sussurrou. — Isso.

Meu coração estava batendo a mil por hora e levei alguns segundos para me acalmar. Nunca senti nada tão bom quanto tê-la assim.

Mergulhei em seu sexo molhado e quente, mas o calor se espalhou pelo meu corpo inteiro.

Seu calcanhar pendendo da mesa envolveu a parte de trás da minha coxa, me puxando para si, e não consegui mais esperar.

Ela queria com força, mas era apenas a segunda vez na vida que fazia sexo, e eu não queria machucá-la.

— Com força? — quis confirmar.

— Sim — ela implorou com um gemido.

Então me movi dentro dela, devagar no começo e depois mais rápido. Em pouco tempo, eu estava segurando seus quadris e empurrando dentro dela até não conseguir ir mais longe.

Mas ela não se contentou em ficar lá deitada paradinha.

Não a Tate.

Ela empurrou o corpo para cima e quase gozei ali mesmo.

Porra.

As palmas de suas mãos se apoiavam na mesa, mantendo o torso ereto e as costas estavam arqueadas. Observei com admiração sua postura na minha frente conforme ela assumia mais controle e voltava para mim quando eu entrava nela.

Tate. Isso, porra.

A cada segundo, ritmo e pressão aumentavam e, caramba, ela estava molhada. Segurei seus quadris, desejando muito poder colocar as mãos em todos os lugares, mas precisava me controlar. Ela estava empurrando com mais e mais força contra mim.

Como sempre, ela encontrou um jeito de me foder também.

Uma trabalheira e tanto.

Inclinei-me em suas costas, mantendo o ritmo constante, e segurei um de seus seios, querendo levá-lo à boca.

Beijando seu pescoço, pressionei a língua ali, provando sua pele salgada. Minha mão deslizou pela sua barriga e então mergulhou entre suas pernas, onde meus dedos circularam seu clitóris de novo. Meu Deus, estava tão duro agora. Queria envolver os braços nela e sentir cada tremor e espasmo quando ela se desfizesse em meus braços. Queria estar dentro de sua mente e corpo, sabendo como era a sensação de quando eu a fazia desmoronar.

— Jared. Isso é tão bom — choramingou, instável, nossos corpos se encontrando uma e outra vez.

— Sim, é mesmo — suspirei em seu ouvido. — Porque somos você e eu, e ninguém vai tirar isso de nós.

Nem mesmo eu.

ATÉ VOCÊ

Ela era minha, e essa coisa perfeita entre nós nunca mais seria arruinada.

— Jared! — Ela jogou a cabeça para trás e gritou: — Ai, Deus...

— Eu te amo, Tate. — Arremeti com mais força. — Goze para mim.

E ela parou de respirar e se desfez, gozando como o trovão lá fora ao gritar, apertando-se ao meu redor e me levando à merda do meu limite.

Jesus Cristo!

Fogo e prazer se derramaram pelo meu corpo, e gozei logo depois dela, caindo em suas costas. Nós dois tocando a mesa... e a Terra.

Ficamos ali, ofegantes, exaustos demais para sequer nos movermos. Pelo menos eu.

— Eu te odeio de verdade. — Sua voz estava fraca, mas tinha um toque que me dizia que ela estava brincando.

— Por quê?

— A massagem, o oral, os beijos, a conversa... Não acho que preciso saber o que você fez com as outras, afinal.

— Não fiz — disse, na hora.

— O quê?

— Nunca fiz nada disso com nenhuma outra garota. — Levantei a cabeça e a encarei.

Ela tentou se erguer também, para discutir.

— Mas... mas eu te disse para me falar...

— Você queria saber o que as outras garotas conseguiram de mim. Bem, isso era o que elas não conseguiam. — Minha voz era firme, porém suave. Precisava que ela me ouvisse. — Nunca toquei o corpo delas assim nem as abracei. Nunca me importei se elas gostavam. Elas não receberam nenhuma parte de mim que valesse a pena, Tate. Principalmente a K.C. Eu nunca a toquei assim. — Afaguei seu cabelo. — Você é dona do meu corpo e da minha alma, e todo mundo vai saber disso. Algumas vezes, eu vou devagar com você e em outras eu vou te foder. Mas sempre haverá amor, Tate.

Sempre houve. Sempre haverá.

CAPÍTULO TRINTA E TRÊS

Eu não sabia se ela acreditou em mim, então apenas esperei, preocupado pra caramba que ela não sentisse o tanto que eu ansiava por ela.

Apoiada nas mãos, ela arqueou as costas para me encontrar e fungou.

Merda. Engoli em seco.

Ela estava chorando.

— Eu te amo — sussurrou, ao se virar.

Seu rosto estava desmoronando. Ela segurava mais lágrimas do que deixava sair.

Segurei ambos os lados de seu rosto e a trouxe para mim.

— Eu não mereço, mas vou merecer. Prometo.

Seu sorrisinho meigo e os olhos semicerrados estavam tão exaustos que tive medo de soltá-la ao me afastar.

— Ai — ela sussurrou, puxando o ar entre os dentes.

— Sim. — Coloquei as mãos em seus quadris, apoiando-a. — Pega leve. Você vai estar dolorida.

— Já estou.

— Fique aqui — eu disse, e entreguei uma toalha a ela e passei a outra em volta da minha cintura. — Vou ligar o chuveiro e volto aqui para te buscar.

— Eu consigo subir as escadas. — Ela riu.

— Fique. — E me afastei.

Depois de ligar a água e verificar a temperatura, desci correndo e peguei Tate no colo.

— Então acho que aquela história de um tapinha na bunda para cada ano de aniversário não vai rolar — brinquei, carregando-a lá para cima.

Ela revirou os olhos.

— Qual é a dos garotos com isso? Madoc já ofereceu isso ontem na escola.

— Ele fez o quê? — Congelei no topo das escadas.

Ela apertou mais os braços ao redor do meu pescoço e se inclinou, tomando meu lóbulo entre os dentes.

Soltei o ar com força, e Madoc foi esquecido.

— A água deve estar boa. — Afastei a cortina e a coloquei na banheira.

ATÉ VOCÊ 233

— Ligue o chuveiro — pediu, sonolenta, sentando-se no chão e abraçando os tornozelos. — Parece o som de chuva.

Abri o registro, observando a água escorrer por suas pernas, e arranquei a toalha de mim para subir por trás dela. Passei os braços ao seu redor e a trouxe para o meu peito.

— Sabe — falei em seu ouvido —, fiquei em seu quarto por um mês quando você estava fora.

— O quê? — Ela virou a cabeça na minha direção, e a abracei mais apertado.

Não sabia o que era, mas, de repente, quis que ela soubesse de tudo.

— Quando tive problemas, e minha mãe foi para a reabilitação, seu pai ficou comigo. Me colocou na linha. Bem, um pouco mais na linha. Dormi no seu chão. — Tentei manter a voz leve, mas estava me engasgando nas palavras. — Odiava que você tivesse ido embora, Tate. Puxei brigas com todo mundo. Matei aula. Até o amor que sentia pelo meu irmão não conseguia me tirar dessa. Quando eu te controlava, porra, eu tinha uma coisa na vida que fazia sentido. Que esquentava meu sangue. Ficava ansioso pelo amanhã quando você estava por perto. Se eu pudesse me concentrar em você, então não pensaria em todas as outras coisas que machucavam.

Tate apoiou a cabeça no meu ombro e olhou para mim, bem desperta agora.

— Por que você não dormiu na minha cama? — ela perguntou, baixinho.

Toquei os lábios nos dela, macios e quentes.

— Porque você não ia me querer lá.

Eu era doente.

Tudo bem humilhá-la, isolá-la, machucá-la, mas dormir na sua cama enquanto ela estava longe era invasivo demais? É, não conseguia explicar isso também.

Ela se inclinou, trilhando beijos em minha mandíbula. Arrepios se espalharam pelos meus braços quando ela sussurrou em meu pescoço:

— Eu com certeza te quero na minha cama. E eu te amo.

Um sorriso enorme se espalha pelo meu rosto quando fecho os olhos. Se o Madoc pudesse me ver agora.

Ou talvez não...

— Repete.

— Eu te amo — falou mais alto, com uma risada na voz.

— De novo — provoquei.

— Eu te amo. — Ela beijou a minha bochecha. — Eu te amo. — Outro beijo. — Eu te amo. — E continuou me provocando com beijos doces e molhados até que tomei seus lábios e a beijei com força.

Não vamos sair desse chuveiro nunca.

— Como está se sentindo? — perguntei, quando a soltei.

— Bem. — Ela assentiu e balançou as sobrancelhas. — Talvez devêssemos ver como é na água.

Calor e cada outra porra de fonte de energia dentro de mim disparou para baixo, mas uma decepção esmagadora me atingiu como um tijolo.

— Não dá — murmurei. — Não tenho mais camisinha.

Talvez Tate tivesse.

Espera... é melhor que ela não tenha, porra.

— Jared, quero uma foto! — minha mãe tagarela e excepcionalmente invasiva gritou, logo que subi correndo as escadas.

Foto?

Afastei a irritação ao procurar pelas chaves do carro na cômoda. Tate e eu estávamos indo para o baile.

Risque isso; Tate, *Madoc* e eu estávamos indo para o baile. Os dois aguardavam lá fora quando tudo que eu realmente queria era dar um soco na boca do estômago dele, mandar o cara para casa e fugir da cidade com Tate durante o fim de semana.

Porém... o babaca tinha um jeitinho de me deixar com ciúmes, me fazendo agir, e era um bom amigo.

Mais que isso, no entanto, Tate queria ir. Eu devia aquilo a ela.

— Sem fotos. Jesus — resmunguei, negando com a cabeça, apanhei as chaves e voltei lá para baixo.

Mas minha mãe estava esperando.

— Ah, não, nada disso. — Ela pegou meu braço para me parar quando tentei passar por ela.

Virei, tentando parecer irritado, mas estava achando um pouco divertida o jeito como ela assumiu o papel materno com toda a naturalidade do mundo.

ATÉ VOCÊ

Desde nossa conversa franca no lago, entramos meios que em trégua. Ainda não éramos de beijos e abraços, mas nos falávamos com mais gentileza e demonstrávamos mais paciência.

— O quê? — Não consegui esconder o sorriso. — Eu não tiro fotos... mãe.

Seus olhos se arregalaram com uma faísca, e ela pigarreou antes de arrumar minha gravata.

— Tudo bem, mas eu tenho uma coisa a dizer e você não vai gostar. — Ela se concentrou em arrumar a minha gravata e manteve a voz firme. — Querido, não conseguiria estar mais feliz por você e Tate terem encontrado uma forma de ficarem juntos...

Ai, Cristo.

Comecei a me afastar.

— Mas — ela falou mais alto, me puxando de volta para encará-la — a mãe da criança não costuma se casar com o pai da criança.

Cada palavra foi proferida como se eu fosse burro demais para entender.

Inclinei a cabeça para o lado e olhei para ela, satisfazendo sua necessidade de pontuar algo que eu já tinha entendido.

Não engravide a Tate. Sim, obrigado. Já entendi!

Seus olhos vieram para os meus, ameaçadores.

— Você fica lá quase todas as noites. Na verdade, todas as noites mesmo. E se você me fizer virar avó aos trinta e seis anos, eu vou te matar.

Ela estava brincando.

Eu acho.

De todo jeito, minha mãe não tinha nada com que se preocupar. Tate e eu éramos cuidadosos, e ela me manteve afastado a semana inteira, de todo jeito. Ela não queria ficar distraída das aulas, e eu não pressionei.

Mas essa noite? Sim, ela estava dentro.

Soltei um suspiro, dei um beijo rápido na bochecha da minha mãe e saí porta afora.

Tate estava parada na varanda, gata pra caramba, conversando com Madoc, como se fossem amigos.

Balancei a cabeça, sem acreditar na virada dos eventos. Ela quebrou o nariz dele, chutou suas bolas e bateu boca com ele mais de uma vez.

Mas ela era como o pai. Resolvia o problema e seguia em frente.

E Madoc estava mais do que pronto para isso. Andou animado para o baile e se vestiu para impressionar. Estávamos bem parecidos, mas enquanto eu estava todo de preto, ele usava para uma gravata roxa.

Tate ainda parecia a mesma, bonita e resplandecente, mas um pouco mais perigosa. Meio que esperava ter que brigar com alguém que flertasse com ela hoje. Ela usava um vestido justo, bege, sem alças, que ia até a metade da coxa. Eu podia ver tanto de sua pele que deixava bem claro como ela ficava nua.

Fui até ela e beijei o ponto macio abaixo de sua orelha.

— Desculpe por ter demorado tanto. Minha mãe estava me dando um sermão.

— Sobre? — ela pressionou, e Madoc se aproximou, pegando seu outro braço.

— Sobre não te engravidar — sussurrei, com o canto da boca, mas mantive os olhos à frente.

Mesmo sem olhar para ela, ainda a senti congelar e a ouvi pigarrear.

E eu não deveria ter dito a ela.

Eu realmente precisava colocar um fim à minha onda de sinceridade, mas ainda havia algo que eu deveria contar a ela e passei a última semana alucinado demais para encarar aquilo.

Mais tarde, disse a mim mesmo.

— Nós estamos prontos? — Madoc perguntou, do outro lado.

O aperto dela em meu braço relaxou e a senti soltar o ar.

— Totalmente. — Ela assentiu para ele. — Este é o início de uma grande amizade.

— Pode ser o começo de um grande pornô também — Madoc disparou, e cerrei os punhos.

— Filho da puta! — gritei, metade irritado e metade brincando. — Hoje à noite você vai levar uma — avisei, mas os dois apenas riram.

ATÉ VOCÊ

CAPÍTULO TRINTA E QUATRO

O baile foi exatamente o que pensei que seria. Fotos, ponche e música ruim. O ginásio tinha sido decorado com o tema de Nova Iorque, o que Tate amou, e fiquei feliz pra caralho por Madoc ter ido conosco, afinal de contas.

Ele preencheu minhas falhas.

Dançar em público? Feito.

Fotos fofas com poses românticas? Feito.

Conversa educada, fútil e sem sentido? Feito.

Segui o ritmo, mas situações assim eram como chupar limão. Madoc fez ser mais divertido para Tate, pelo menos.

E ela?

Ela me leu como um livro.

Pegou leve nas demonstrações públicas de afeto, e pesado em me foder com os olhos.

Mal podia esperar para levá-la para casa.

Mas tínhamos outra aparição para fazer.

— Tem certeza de que quer ir? — perguntei a ela, ao caminharmos de mãos dadas pela trilha que levava à casa dos Beckman.

Tori e Bryan Beckman, gêmeos e nossos colegas de turma, estavam dando uma festa, e Madoc insistiu parássemos de frescura e enlouquecermos.

— Estou bem — sussurrou. — Nada cansada.

Ergui a sobrancelha e balancei a cabeça. Não estava preocupado por ela estar cansada, mas também não queria trazer à tona o incidente do ano passado. Era com isso que eu estava realmente preocupado.

Um ano atrás, antes de Tate ir para a França, deixei Madoc jogar as chaves do carro dela na piscina e a observei mergulhar para buscá-las.

Ela tinha sido humilhada e imaginei que esse fosse o último lugar em que ela gostaria de estar.

Na verdade, não tinha certeza se eu queria estar aqui.

Não apenas eu tinha nossa própria *festinha* planejada, mas quanto mais esperava para esclarecer o restante da história, mais essa era a única coisa em que eu conseguia pensar. Fiquei embromando com isso a semana toda e era hora de aguentar o tranco.

Precisava contar a ela sobre Jax.

Passando pelo foyer com piso de cerâmica, seguimos Madoc pelas escadas acarpetadas até uma enorme sala de estar.

O cômodo grande estava cheio. Havia pelo menos sessenta ou setenta dos nossos colegas de turma, e a música soava com tanta força que pude senti-la passar por meus sapatos.

Meu braço se esticou por trás de mim e olhei para lá, percebendo que Tate tinha parado completamente.

Soltei um suspiro. *Merda*.

Seu peito subia e descia rápido, e ela engoliu em seco, claramente nervosa. Como um animal antes de ser abatido.

Meu peito apertou, e eu só queria tirá-la dali agora. Tinha sido uma péssima ideia.

— Tate, você está bem? — Mantive a voz baixa, mas estava com medo de que ela fosse me puxar e quebrar o *meu* nariz dessa vez, em vez do de Madoc, como fez há um ano.

Ela estreitou os olhos e olhou ao redor, então acenou com a cabeça.

— Sim, preciso de uma bebida.

Não acreditei nela, mas os cantos da minha boca se ergueram do mesmo jeito.

Garota durona.

Fomos nos apertando em meio à multidão que saía da cozinha conforme *Adrenalize*, de In This Moment, tocava alto pela casa. Madoc já estava fazendo bebidas e vi Tate pegar uma que ele ofereceu.

Eu era o motorista da noite, bem, basicamente de todas as noites, já que mal bebia em público, e definitivamente não planejava ficar aqui por muito tempo, de todo jeito. Fique lá parado, tentando não rir quando ela se engasgou com o líquido escuro.

Madoc sorriu de orelha a orelha ao vê-la erguer o queixo, engolir o restinho da bebida e jogar o copo na pia.

Ela tossiu na mão e tudo que pude fazer foi segurar sua cintura e deixá-la confortável.

Ela deveria se divertir. Não queria que ficasse nervosa ou assustada de que alguma pegadinha fosse acontecer.

E era por isso que ela estava bebendo, então só deixei rolar.

— Ah, ela está vermelha que nem um tomate — Madoc brincou.

— Cai fora. — Tate fechou a cara para ele, que apenas deu uma piscadinha.

K.C. e Liam entraram, parecendo *yin* e *yang*. Os olhos dela brilhavam e ela sorria, mas ele parecia estar constipado com uma expressão de tédio e lábios franzidos.

— Ei, pessoal — ela saudou, puxando Liam para trás de si.

Ele afastou o cabelo dos olhos e acenou para Madoc e eu, sem dizer nada.

Eu sabia que o estava deixando desconfortável e tive que forçar uma expressão séria.

Ele provavelmente ainda pensava que eu tinha transado com a namorada dele, e eu não podia deixar de me sentir impressionado por K.C. não ter dito a verdade a ele. Ela estava brincando com o cara, fazendo-o sofrer, sem dúvida. E por que não deveria?

Ela e Tate ainda não tinham voltado a ser como eram antes, mas chegariam lá; e Liam podia se foder.

Madoc terminou sua bebida e logo começou a fazer mais duas até que balancei a cabeça para ele. Tate não percebeu, pois conversava com K.C., mas Madoc recebeu meu aviso.

Precisava que ela ficasse acordada por um tempo.

Inclinando-me, sussurrei em seu ouvido:

— Venha comigo.

Não esperei nem que ela me olhasse antes de pegar sua mão e a levar para fora da cozinha. Passamos pelas pessoas que celebravam, todas em pequenos grupos, e tentei não ser atingido por suas bebidas no processo.

Assim que chegamos às escadas, corri para levar Tate ao segundo andar. Não tinha planos de usar um dos quartos com ela, mas as pessoas nos veriam subir e chegariam às próprias conclusões quando descêssemos.

Só precisava ficar a sós com ela por alguns minutos.

Para corrigir um erro.

Abri a porta do primeiro quarto que encontrei, espiei o lado de dentro e o encontrei vazio. Levei Tate comigo e mal tinha fechado a porta antes de apoiá-la lá e mergulhar em seus lábios.

Ela cambaleou e se agarrou em meus ombros para se estabilizar. O gemidinho de surpresa que soltou encheu minha boca com tanta força que eu estava pronto para surfar nessa tempestade aqui e agora.

Sim, não era isso que eu tinha planejado, mas fui bonzinho esta noite.

Merecia uma recompensa.

Ela tinha gosto de pêssego e puxei seu corpo quase nu para o meu, perto de esquecer por que vim até aqui em primeiro lugar.

— Meu Deus, Tate. — Mergulhei a cabeça para mordiscar seu lóbulo. — Seu vestido deveria ser queimado.

— Por quê? — Inspirou, inclinando o pescoço para mim, querendo mais.

— Caralho, todo cara naquele baile ficou te olhando esta noite. Vou ser preso.

Meu tom era brincalhão, mas minhas palavras, não. Eu não era inseguro em relação a Tate. Sabia que ela me amava e que podia confiar nela. Também não me importava que outros caras a olhassem, que a desejassem. Meio que me excitava, na real.

Não, meu crime se daria pelo fato de que cada vez que algum idiota apontou para ela hoje à noite ou olhou duas vezes quando Tate passou, eu quis colocar minhas mãos em todo seu corpo para mostrar quem era o dono.

Eles podiam olhar.

Eles podiam desejar.

Mas ela iria para casa comigo, e senti vontade de esfregar isso na cara deles.

Mas não podia exatamente tocar em seu corpo em público.

Ela se afastou e segurou minha cabeça, os olhos buscaram os meus.

— Sou sua. Sempre foi você — garantiu.

— Venha aqui. — Eu a guiei até o meio do quarto e peguei o telefone. Ela me observava enquanto eu colocava *Broken*, de Seether para tocar. Deixei o telefone na cômoda perto da varanda.

Tate me analisava em silêncio, com os braços soltos na lateral do corpo e uma mistura de curiosidade e animação nos olhos.

Peguei sua mão na minha, mantive meus olhos nos seus e guiei seus braços ao redor do meu pescoço, trazendo seu corpo para mim.

Começamos a nos mover com a música, mas eu mal conseguia ouvir nada. Nem a festa lá embaixo. Nem a conversa ao redor da casa e do lado de fora.

Seus olhos estavam colados nos meus, olhando além.

E de repente voltamos a ter catorze anos, no quarto dela, discutindo por causa do Silverchair.

Eu era Jared. Ela era Tate. E nós éramos inseparáveis.

— Me desculpe por não ter dançado com você esta noite — disse a ela, arrependimento tomando minha voz. — Não gosto de fazer coisas assim em público. Parece muito pessoal, eu acho.

Ela respirou fundo e sustentou meu olhar, parecendo séria.

— Não quero que você mude quem você é — começou, e balançou a cabeça. — Mas gostaria de dançar com você algum dia ou segurar sua mão.

Passei as mãos por sua cintura, prendendo-a.

— Vou tentar, Tate. Ontem passou. Eu sei disso. Quero que voltemos àquele conforto que costumávamos ter.

— Sua tatuagem... — Olhou para mim, como se percebesse algo. — O ontem dura para sempre, o amanhã nunca chega... É o que diz. O que isto significa?

Acariciei seu cabelo de leve.

— Só que eu estava vivendo no passado. O que aconteceu com meu pai, o que aconteceu com você, nunca consegui superar a raiva. O ontem continuou me perseguindo. E amanhã, o novo dia, parecia nunca chegar.

— E a lanterna em seu braço? — pressionou além, e eu ri.

— Ah, você faz muitas perguntas.

Mas ela continuou me encarando, mentalmente batendo o pé.

Caramba, tudo bem.

— A lanterna é você, Tate. A luz. — Ela dançando de camisola violeta com estrelinhas quando tinha onze anos passou pela minha mente. — Eu fiz depois que tive problemas no ano passado. Eu precisava melhorar minhas atitudes, e minha mãe decidiu fazer a mesma coisa com a bebida. Nós dois escolhemos um pensamento que nos ajudaria a sobreviver mais um dia. Um sonho ou um desejo... — Nunca perguntei para minha mãe qual era o sonho ou desejo dela.

— Eu? — Ela franziu as sobrancelhas, parecendo surpresa.

— Sempre foi você — repeti as mesmas palavras. — Eu te amo, Tate.

Ela sorriu, e levou os lábios aos meus.

— Eu também te amo — sussurrou, e as cócegas que se espalharam pela minha boca pareceu ser fogo em todo meu corpo.

Jesus Cristo.

Meus dedos se afundaram nela, mas eram suas mãos que me dominavam. Ela as correu por meus braços antes de entrelaçar os dedos em meu cabelo.

Ela se afastou e então voltou para me provocar uma e outra vez: passando a língua por meu lábio superior e pegando o inferior entre os dentes. As mordidelas faziam meu corpo formigar, indo feito um raio até minha virilha, e meu estômago praticamente roncou de fome.

Porra. Eu não sabia se queria comer a garota figurativa ou literalmente.

— Tire o meu vestido — forçou-se a dizer, entre os beijos ao longo da minha mandíbula.

Não faça isso agora, implorei em silêncio.

— Vamos sair daqui — sugeri. — Estou com vontade de mais do que uma rapidinha.

— Bem, eu nunca tive uma rapidinha — provocou. — Tire o meu vestido.

Prendi o ar, latejando nas minhas calças, muito pronto para ela.

Assim que abri seu vestido, que caiu e parou em sua cintura, estávamos os dois em um ponto de que não dava para voltar.

— Para onde foi a minha boa menina? — provoquei, mas tinha amado.

Travessa só comigo.

Ela era como uma droga, e eu estava voando tão alto quanto uma pipa. Sem perder tempo, minhas mãos foram para suas costas macias e paradisíacas, e meus lábios se enterraram em seu pescoço quente.

Seus dedos apressados desfizeram minha gravata e os botões da minha camisa, e segurei seus seios, engolindo cada gemidinho e ofego que saiu de sua boca. Ela era muito sensível nos seios. Passei um dos braços por trás de suas costas e corri a outra mão para cima e para baixo de um deles, sentindo seu mamilo ficar mais duro cada vez que o tocava.

— Jared — sussurrou, passando o braço pelo meu pescoço e me beijando. — Eu realmente sou uma boa menina. Mas esta noite eu quero ser muito, muito má.

Droga. Ela estava me matando e, juro, cada vez que nossos lábios se uniam, eu ficava prestes a explodir. Mal podia esperar até chegarmos em casa.

Foda-se.

Puxei a camisa, alguns botões voaram no processo, e observei, meio atordoado, ela retirar o restante das roupas, deixando apenas os saltos bege.

Uau.

Meu coração acelerou, minha boca secou e eu fiquei ofegante. Todo meu sangue correu para baixo e fiquei mais duro que a porra de um tijolo. Nunca senti uma dor como aquela.

Precisava entrar nela.

— Porra, Tate. — Acariciei o máximo de seu corpo que pude e a beijei com vontade. Cada músculo do meu corpo ficou rígido e tive que me forçar a não jogá-la na maldita cama. — Sinto muito. Eu quero ir devagar com você. É tão difícil. Acha que em dez anos eu finalmente chegarei ao ponto de realmente precisar de preliminares para ficar duro com você?

Ela ficou lá parada, corajosa e ousada, sabendo que me tinha na palma da mão.

Peguei uma camisinha do bolso, coloquei na mesinha de cabeceira e retirei o restante das minhas roupas, suspirando de alívio quando meu pau se libertou.

Imaginar o que queria fazer com Tate era quase tão doloroso quanto assisti-la me encarar. Ela observava meu corpo, quase como se quisesse passar um tempo para estudá-lo ou algo assim. Ela estendeu a mão, e quase saltei quando ela começou a me acariciar.

Soltei respirações curtas e pesadas.

Isso era algo que ela ainda não tinha feito. Explorar o meu corpo desse jeito.

Seus olhos pareciam maravilhados e curiosos, e não quis perder isso por nada. Ela me viu responder a ela, como cresci e estremeci em seu toque suave e forte, e não acho que conseguiria pegar mais fogo.

Merda, baby. Agora, agora, agora...

Eu não aguentava mais. Talvez tenha sido seus saltos, seu corpo, ou o jeito como ela me fazia enlouquecer apenas sendo ela mesma, mas para mim já deu.

Peguei a camisinha, rasguei a embalagem e a vesti sem tirar os olhos dela.

Trazendo-a para perto, esmaguei seu corpo no meu, sentindo sua pele nua e quente derreter na minha.

Ela quebrou o contato visual e sussurrou em meu ouvido:

— Minha vez.

O quê?

Meus olhos se arregalaram, sem ter certeza do que ela queria dizer até que empurrou minhas costas para a cama e subiu em cima de mim para me montar.

Meu pau estava pressionado em sua abertura quente e molhada, e apertei seus quadris, quase rosnando.

— Você é perfeita. Perfeita para mim — disse, sentindo a pele macia e sexy em minhas mãos.

Caramba, eu precisava dela. Agora.

Seu cabelo loiro se espalhava ao seu redor, e ela era um animal, me olhando como se soubesse exatamente como me matar.

Erguendo-se, Tate desceu o quadril e guiei meu pau para dentro dela. Era tão pequena que precisávamos de ajuda, e eu não tinha nenhum problema com isso.

Prazer se espalhou por mim como ondas de calor quando me deitei, sentindo-a me acolher. Coloquei uma das mãos em seu seio e a outra em seu quadril, tocando e guiando.

— Diga que gosta disso, Tate. — Eu tinha que saber que ela amou. Que ela voltaria pedindo mais.

Que ela era minha namorada.

Nunca quis dar aquele título a ninguém, porque pensava que não fosse capaz de assumir aquele compromisso.

Não era isso.

Eu já tinha uma namorada. O tempo todo, mesmo quando éramos inimigos, ninguém podia tomar o lugar de Tate.

Diga, baby. Diga.

— Eu... — Ela ofegou, movendo os quadris de um jeito selvagem que dizia "é melhor você fazer isso a noite inteira" e que me deixou respirando com dificuldade.

Ergui o quadril, empurrando mais profundamente nela.

— Diga.

Suas sobrancelhas se uniram em um tipo bom de dor e ela se atropelou nas palavras.

— Eu amo isso. — Sorriu. — Eu amo fazer isso com você.

Disparei para cima e passei os braços por suas costas, enterrando o rosto em seu peito, tomando um seio firme na boca.

— Você tem um gosto doce — sussurrei em sua pele, puxando o mamilo entre os dentes. — Porra, você não vai dormir nenhum pouco hoje à noite, Tatum Brandt. Sabe disso, né?

— Você vai? — devolveu, e segurou meu rosto.

Uma trabalheira e tanto.

— Tem uma coisa que não te contei na semana passada quando... quando estávamos no seu quarto.

Estávamos deitados debaixo das cobertas, nus e felizmente exaustos, encarando o teto.

Acariciei seu braço e ela apoiou a cabeça debaixo do meu queixo.

Eu não queria perturbar aquela calmaria perfeita, mas era hora.

Contar a verdade é como mentir. Uma vez que você começa, fica mais fácil.

— O quê? — Sua voz estava rouca, e eu não sabia se era um leão rasgando meu estômago ou um rinoceronte pisoteando meu peito, mas eu estava nervoso.

— Deixei meu irmão na casa do meu pai. Saí correndo de lá sem ele — confessei.

Ela arqueou o pescoço para trás para conseguir me ver.

— Jared, eu sei. Você me contou essa parte. Que tentou fazê-lo ir com você, mas ele não quis.

Acenei.

— Mas não te contei tudo. No dia em que fugi, meu pai tinha me forçado a descer o porão para ajudar meu irmão. Com o quê, eu não sabia, mas quando desci lá, eu vi... — A bile começou a forçar seu caminho por minha garganta, então me concentrei em respirar. — Vi a namorada do meu pai e o amigo dele mortos no porão.

Ela ergueu a cabeça e me encarou com as sobrancelhas franzidas.

— Mortos?

— Volte aqui.

Puxei-a de volta para baixo, mas ela apoiou o braço na cama e descansou a cabeça na mão em punho.

Acho que ela queria contato visual.

— Sim, pelo que eu pude dizer com a porra da distância que mantive. Jax estava sentado na parede mais afastada, segurando os joelhos no peito e encarando o nada. Ele não parecia assustado nem bravo, era mais como se estivesse um pouco confuso ou algo assim. — Estreitei os olhos, tentando imaginar o que poderia estar se passando na cabeça dele.

— Como você sabe que eles estavam mortos? — ela perguntou baixinho, e engoliu em seco.

— Havia sangue. Eles não estavam se mexendo. — Afastei as imagens da minha mente. — Enfim, não consegui fazer Jax despertar, quanto menos falar. Ele só ficou lá sentado e dizia que estava bem e que tínhamos que limpar a bagunça. Era como se ele nem soubesse que eu estava ali.

Tate me olhava, com os olhos preocupados, e eu esperava que ela entendesse.

— Você se sente culpado. — Ela me compreendeu.

— Sim — admiti. — Era insuportável estar naquela casa. Estar naquele porão. Por que ele não vinha comigo? — questionei, mais para mim mesmo do que para Tate.

— Você perguntou a ele?

— Uma vez. — Afaguei seu cabelo. — Ele diz que não se lembra.

— O que você acha que aconteceu lá? — Ela fez a pergunta que eu fazia a mim mesmo há anos. Meu pai não foi preso por assassinato. Não sei nem se a polícia encontrou os corpos quando cheguei em casa e denunciei o abuso ao meu irmão.

Pensei por um minuto, com medo de admitir em voz alta o que eu sabia que era ridículo suspeitar.

— Acho que aqueles dois vagabundos receberam exatamente o que mereciam.

CAPÍTULO TRINTA E CINCO

— Você está dolorida? — sussurrei em seu cabelo quando entramos na escola na manhã de segunda-feira.

Sua respiração acelerou e pude ouvir o sorriso em sua voz.

— Um pouco.

— Que bom — murmurei, e passei o braço por seu pescoço, trazendo-a para perto.

Eu a levei para casa no sábado à noite, depois do baile, e a puni por me manter afastado a droga da semana inteira ao deixá-la acordada a noite inteira.

Depois de passar o domingo com meu irmão e ficar sem conseguir falar com Tate, porque fui idiota de esquecer meu telefone na festa dos Beckman e ele foi roubado, rastejei para o seu quarto na noite passada e dormi com ela em meus braços.

Mas a acordei cedo. Estávamos os dois meio dormindo, porém ainda foi gostoso.

Ela revirou os olhos para mim.

— Você tem um ego tão grande — reclamou.

Olhei para ela, sorrindo.

— E você ama meu ego.

— Não amo, não. — Fez um biquinho, e toquei sua testa com os lábios.

Sim, ama sim.

Suspirei.

— Então eu vou mudar — prometi.

— Ah, mas vai mesmo.

Ela parou no armário, mas fiquei atrás dela, segurando seus quadris. Estava me tornando seu cachorrinho, mas não conseguia *não* tocá-la quando estava por perto.

As pessoas ficaram nos olhando na última semana. Costumavam ver a nós como inimigos e a mim nunca tocando uma garota em público, o que as deixou bem confusas.

Mas em vez de ficar me esquivando e fazendo pose de durão, dei o dedo do meio a eles.

Bem, figurativamente.

Olhei para o corredor, vi Piper e Nate cochichando, então eles se viraram para me encarar.

Meu estômago revirou, não porque eu não conseguiria lidar com eles, mas não queria que Tate sequer percebesse a presença dos dois.

Ela ficaria feliz... senão...

Nate parecia achar graça, mesmo com os resquícios do olho roxo que dei a ele semanas atrás, enquanto Piper torcia os lábios de desgosto. Mas havia raiva no olhar dela, e certo desconforto se aninhou no fundo da minha cabeça.

Ótimo.

Tenho certeza de que vou entrar em uma briga até o fim do dia.

— Tudo bem. — Tate se virou e abraçou os livros. — Estou pronta. Vai me acompanhar?

— Não, tenho que ir à sala de aconselhamento, na verdade.

Dizer a palavra *aconselhamento* me faz querer vomitar, mas é obrigatório para todos os alunos de último ano.

— Ah, a conversa sobre "quais são seus planos para o futuro"? — provocou, ao acenar com a cabeça.

Quase soltei uma risada com o jeito que meu coração saltou.

— Os únicos planos que eu tenho para o futuro são para te levar para ver um show no Dia de Ação de Graças — falei baixinho, tirando dois ingressos do bolso.

— Ah! — Seus olhos se arregalaram, e ela os arrancou da minha mão. — Você não fez isso! Avenged Sevenfold!

— Presente de aniversário atrasado — expliquei. — Estava esperando que começassem as vendas. — Um sorriso largo cutucou minha mandíbula, mesmo eu tentando escondê-lo. — Você gosta de Avenged Sevenfold, né?

Por mais que Tate e eu tenhamos passado bastante tempo separados, ainda tenho que me lembrar de que há coisas de que talvez eu não saiba mais sobre ela.

Ela me olhou como se eu tivesse três cabeças.

— De Avenged Sevenfold? — Abriu os braços para que eu visse a camisa preta, a camisa da Avenged Sevenfold, que ela usava por baixo de seu cardigã preto. — M. Shadows é tudo para mim — provocou.

— Ei. — Eu meio que fiz careta, meio que sorri e a puxei para mim. Ela soltou uma risada rouca.

— Obrigada — sussurrou em meus lábios, me puxando para si.

— Pode me agradecer melhor mais tarde.

Ela se afastou e empurrou meu peito de brincadeira.

— Vá. Vá para o seu compromisso e faça planos para uma faculdade em Nova Iorque.

Mal tive tempo de revirar os olhos antes de ela dar meia-volta e sair andando pelo corredor.

— Suas notas parecem boas. Não ótimas, mas boas o bastante para entrar em uma boa universidade. — A senhorita Varner abriu uma pasta, a minha pasta, e repetiu a mesma conversa que, sem dúvidas, vomitou para os outros trezentos alunos de último ano com quem falou este mês.

Fiquei lá sentado, com os braços descansando no apoio e um dos tornozelos apoiados no joelho. O ar dentro da sala era pesado, mas fiquei, porque o diretor perseguia os alunos que dificultavam as reuniões. Fiquei sentado, paradinho, pronto para sair o mais facilmente possível.

— Que universidades você está considerando? — indagou, me olhando com preocupação.

— Indefinido. — Mal afastei os dentes para soltar as respostas de uma palavra que eu sempre dava.

Seus olhos se estreitaram, e ela me estudou por um momento antes de tirar um pacote de dentro da pasta.

— Está interessado em ver o que o teste vocacional disse de você? — indagou, sem nem me olhar.

— Não.

— Aqui diz — continuou, como se eu não tivesse falado nada — que você tem a liderança como ponto forte.

Mas que po...?

— Como um técnico? — disparei.

Eu e esportes? Trabalhar em uma escola pelo resto da vida ganhando um salário de merda. Sim, seria um desperdício de vida do caralho.

Ela cobriu o sorriso com a mão.

— Não. — Sua voz virou uma risada. — Como uma carreira militar ou política.

Como West Point, a voz do senhor Brandt veio me assombrar.

Não, talvez ser dono da minha própria loja um dia ou organizar corridas, mas nada de dirigir tanques ou pilotar jatos.

Espera...

— Sim, claro. — Parei de pensar em mim em um *cockpit*. — Vou pensar nisso. — Fiquei de pé para ir embora, sem nenhuma intenção de pensar naquilo.

— Jared — chamou, e parei. — O teste também diz que você é um protetor, um cuidador... — ela deixou no ar quando meus olhos se arregalaram.

Mas que porra é essa?

— Você pode querer considerar carreiras na área da saúde ou aconselhamento juvenil. — E ela olhou para baixo, quase envergonhada.

Aconselhamento juvenil?

Meu rosto provavelmente parecia o de alguém que acabou de saber que foi criado por lobos. Quando olhei para ela, vi uma mulher louca.

— Dá uma verificada no seu teste — murmurei, saindo pela porta.

Porra, um piloto que dá aconselhamento juvenil?

E ela ganha dinheiro para fazer isso?

Minha cabeça estava em todo lugar agora e perdi a calma de hoje de manhã. Normalmente, meu cérebro era um armazém. Pegue uma caixa, abra, lide com ela e afaste-a antes de partir para a próxima. Agora, todas as malditas caixas estavam abertas ao mesmo tempo.

Era tão errado apenas querer Tate na garupa da minha moto para sempre e nada mais?

Marchei pela recepção e abri a porta para sair.

— Jared! — Ouvi meu nome ser gritado... não, berrado... à minha esquerda e me virei, vendo Madoc pisando firme na minha direção.

Meus ombros endureceram na mesma hora.

Ele parecia puto. O cabelo parecia ter sido penteado com as mãos e os lábios estavam apertados.

— Porra, qual é o seu problema? — ele acusou, e me preparei para um soco que tive certeza de que viria por algum motivo.

O quê?

— Do que você está falando? — Se a sala da conselheira estava quente, eu estava em uma frigideira agora. Afastei o colarinho do moletom preto para longe do meu pescoço suado.

Peguei o telefone erguido na frente do seu rosto e encarei horrorizado um vídeo de Tate e eu fazendo sexo na noite do baile.

O quê?

Meu coração martelava no peito, e não consegui normalizar a respiração.

Jesus.

Ar quente saía do meu nariz.

Estávamos na cama dos Beckman e ela estava por cima, completamente nua.

Que porra é essa?

Madoc estava com aquele vídeo.

Ele a viu daquele jeito.

Meus punhos cerraram, prontos para jogá-lo no chão.

Mas... por que Madoc tinha aquele vídeo?

E então outro pensamento me ocorreu.

— Quem viu isso? — rosnei, pronto para pôr tudo para fora ou ir com tudo.

— Hum, todo mundo — cuspiu, sarcástico. — Então não foi você quem enviou?

— Claro que não enviei! Não gravamos um vídeo transando. Jesus Cristo! — gritei, e percebi vagamente alguns alunos ao nosso redor saindo de sala quando deveriam estar na aula.

Ele olhou para baixo.

— Bem, veio do seu telefone — ele falou, baixinho.

Fechei os olhos. *Não, não, não...*

— Tate deve ter recebido esse vídeo. Merda. — Comecei a ir em direção às escadas, sabendo que ela estava no terceiro andar na aula de Francês, mas Madoc agarrou a parte de dentro do meu cotovelo.

— Parceiro, ela já foi. — Ele balançou a cabeça, e meu estômago se revirou.

Meu telefone tinha sumido e alguém enviou um vídeo de Tate e eu para a merda da escola inteira do meu número.

— Jared!

Virei, vendo Sam correndo pelo corredor, apontando com o polegar para as portas duplas que levavam lá para fora.

— Tate está destruindo seu carro, mano! — gritou, sem ar.

Madoc e eu não esperamos. Disparamos pelas portas, apenas para ver um grupo ao redor do meu Boss.

Tate.

Não consegui enxergar muito, mas a vi batendo no carro e senti o corte afiado no meu peito toda vez que a arma de metal em suas mãos atingia o veículo.

Ela estava perdendo a cabeça.

Quantas vezes ela poderia ser humilhada antes de desmoronar?

Quantas vezes poderia se machucar antes de o dano ser irreparável?

— Tate, para! — Segurei-a por trás antes que ela descesse o pé-de-cabra de novo.

Não fazia ideia de qual era o dano, mas não me importava.

Ela se afastou de mim e se virou para me encarar.

E foi quando eu vi.

O fim.

A morte em seus olhos. A falta de emoções. A desistência de tudo que houve de bom entre nós, do que construímos na última semana.

Ela acreditava que mandei aquele vídeo para a escola inteira. Acreditava que eu queria feri-la de novo.

— Tate... — Tentei falar de novo, mas não conseguia.

Ela não parecia brava nem triste.

Ela desistiu de mim.

E fiquei tão paralisado ao perceber aquilo que mal ouvi a ameaça.

— Fique longe de mim, ou vai ser mais do que seu carro da próxima vez.

Ela se afastou, e o grupo ao meu redor ficou em silêncio, mas eu não tinha nada a dizer.

Porra, não fazia ideia de como consertar isso.

Orientador juvenil?

Sim, claro.

CAPÍTULO TRINTA E SEIS

— Me dá seu telefone — ordenei ao Madoc, depois de passar pelo público que sussurrava baixinho e me dava olhares invasivos e intrometidos pra caralho.

— Cara, apenas deixe a garota em paz por enquanto — resmungou.

Todas essas malditas pessoas. Os olhos delas estavam em mim, e havia até alguns nas janelas da escola. Todo mundo viu aquilo e alguém provavelmente filmou Tate destruindo meu carro.

Meu carro. Gemi. Não conseguia nem olhar para ele.

— Seu telefone. Agora. — Estiquei a mão depois de conseguirmos um pouco de espaço.

Ele colocou na minha mão.

— Vou procurar por ela. — Comecei a discar o número de Tate. — Fique aqui e fale com o diretor. Garanta que ela não vá ter problemas por isso.

O diretor Masters tinha medo do pai do Madoc, graças a Deus. O senhor Caruthers não era um advogado qualquer. Era o cara que tinha casos sendo estudados nas faculdades de direito.

A importância dele era o que nos deixava fora de problemas e agora Tate manteria seu histórico limpo também.

Enfiei a mão no bolso em busca das chaves.

— Eles vão ficar sabendo do vídeo, Jared. Ele não vai causar problemas, mas vai ligar para o pai dela.

Merda.

— Porra! — rosnei, calando todos ao meu redor.

Garotas gritaram e outras pessoas se afastaram.

Foi quando notei que ainda tinha uma plateia e, pela primeira vez em semanas, senti necessidade de bater nas coisas.

— Todos vocês — berrei, pontando o dedo ao meu redor em círculo — apaguem aquele vídeo da porra do celular! Agora! Se eu vir alguém com ele, eu mato! Inclusive as garotas.

— Ai, Jesus. — Madoc passou a mão pelo rosto. — Está tentando ser preso?

Que todo mundo se foda.

— Se ela aparecer, por qualquer motivo, arranje um celular e me ligue. — E dei a volta, subindo no meu carro quase quebrado.

Dirigi por quase uma hora antes de criar coragem de ligar para o pai dela. Ele poderia receber notícias da escola, mas precisava saber por mim primeiro. Fiquei ligando e mandando mensagens para Tate sem parar, mas era hora de encarar as consequências.

O pai de Tate atendeu no primeiro toque.

— Alô? — perguntou, confusão enchendo sua voz. Eu estava com o telefone do Madoc, e ele não tinha o número.

— Senhor Brandt? É o Jared.

— Jared? — soltou. — O que aconteceu?

Quase ri.

O senhor Brandt e eu trocávamos mensagens. Se eu estava ligando, então ele sabia que havia acontecido alguma coisa.

— Tate está bem — afirmei na hora, mas parecia mentira. Fisicamente ela estava bem. — Mas algo aconteceu. — Fiz uma pausa antes de cuspir de uma vez: — Provavelmente seja uma boa ideia o senhor voltar para casa o mais rápido possível.

O gosto era de vinagre, mas não tinha jeito.

Tate precisava do pai agora.

— Que merda aconteceu? — ele ladrou, e eu afastei o telefone do ouvido.

Lento e tímido, usando o vocabulário mais leve que pude, contei que Tate e eu estávamos transando, um vídeo nosso foi gravado em uma festa depois do baile e aparentava ter sido enviado para a escola inteira do meu telefone, que eu tinha perdido.

Sim, eu ia levar um tiro.

O silêncio pesado que veio do outro lado da linha me fez estremecer. Continuei dizendo a mim mesmo para calar a boca, porque a qualquer momento a mão dele apareceria ali, agarraria meu pescoço e apertaria até me matar.

— Senhor Brandt? — Estreitei os olhos como se estivesse me preparando para uma surra quando ele não respondeu. — Tem alguma ideia de para onde ela pode ter ido?

Ele ficou em silêncio por um momento, então pigarreou.

— Talvez para o cemitério.

— Sim, senhor. Vou procurar lá.

— Jared — chamou de novo, mais calmo do que eu esperava. — Encontre minha filha. Leve-a de volta para casa em segurança. — Cada palavra veio com raiva. — E não saia do lado dela até eu chegar em casa.

Assenti, mesmo que ele não pudesse ver.

— E então — adicionou —, pode ser que eu nunca mais te deixe chegar perto dela de novo.

Meu estômago se revirou, e ele desligou.

Dirigir até o Cemitério Concord Hill era como entrar em um sonho com um terreno instável. Já estive aqui várias vezes, mas raramente sem Tate.

A mãe dela estava enterrada aqui, e foi nesse local que percebi que a via mais do que como apenas uma amiga. Trouxe um balão para o túmulo de sua mãe e roubei o colar de fóssil que Tate tinha deixado para ela aqui.

Mesmo que o lugar estivesse ligado a algo doloroso para Tate, eu olhava para ele com boas memórias.

Meu coração começou a pular no meu peito como uma bola de tênis quando vi o Bronco de seu pai estacionado na rua próxima ao túmulo de sua mãe.

Ela estava em segurança.

Soltei o ar, parei atrás do seu carro e desliguei o motor.

Minhas botas esmagaram os cacos das janelas quebradas por ela quando saí do carro, mas mal reparei.

Meus olhos estavam nela, deitada sobre o túmulo da mãe, com a testa apoiada no chão.

Tentei me colocar em seu lugar.

Eu me importava que alguém me visse transando com outra pessoa? Sim.

Eu me importava que as pessoas tivessem visto o corpo da minha namorada? Não apenas nua, mas o que ela estava fazendo comigo?

Porra, claro que sim.

Fez com que o que estávamos fazendo se tornasse sujo.

Meu peito doía e quis rasgar a cidade ao meio para encontrar quem fez aquilo.

— Tate. — Não consegui fazer nada mais do que sussurrar seu nome ao me aproximar.

Ela ficou tensa, mas não me olhou.

Droga.

Tate, vamos sair dessa merda de um jeito ou de outro, porque ninguém vai nos destruir.

— Você não ganhou, Jared? Por que não me deixa sozinha?

— Tate, isso é tudo tão fodido. Eu...

Ela me cortou.

— Não! Já deu! — gritou, ao se virar e disparar seus olhos carregados para mim. — Está me ouvindo? Minha vida aqui está arruinada. Ninguém vai me deixar viver com isso. Você ganhou. Não entende? Você. Já. Ganhou! Agora me deixa sozinha!

Fiquei sem palavras. Fiquei sem ar. Minhas mãos subiram para o meu cabelo e tentei descobrir como conseguir controlar a situação.

— Apenas pare por um minuto, ok? — Ergui as mãos e acalmei a voz.

— Eu escutei suas histórias. Suas desculpas.

Ela se levantou e começou a voltar para a rua. Para o seu carro.

— Eu sei — falei para suas costas. — Minhas palavras não são boas o bastante. Não posso explicar nada disso. Não sei de onde esse vídeo veio! — gritei, quando ela não parou.

— Veio do seu telefone, idiota! — ela devolveu, virando o rosto de leve para mim. — Não, esquece. Eu parei de falar com você. — E continuou indo embora.

Ela não ficaria para conversarmos. Estava puta e queria ficar longe de mim, é claro.

— Eu liguei para o seu pai!

Isso a fez parar.

Ela murmurou algo baixinho, mas não consegui ouvir. Provavelmente não queria ouvir também.

Ela estava parada. Ela estava quieta.

Faça alguma coisa, filho da puta!

— Tate, eu não mandei aquele vídeo para ninguém. — *Me escute, baby.* — Eu nem gravei um vídeo nosso.

Isso é seu e meu, e ninguém vai tirar isso de nós.

ATÉ VOCÊ

Ela estava ouvindo, então continuei enquanto ela me permitia.

— Não vejo meu telefone há dois dias. Deixei no andar de cima na festa da Tori quando estávamos ouvindo música. Quando lembrei mais tarde, voltei para pegar, mas havia sumido. Você não se lembra?

O clima frio fez o suor na minha testa parecer gelo e assisti ao vento soprar o longo cabelo de Tate em suas costas.

Desde que ela não estivesse se movendo, era um bom sinal.

— Você é um mentiroso — rosnou, baixinho.

Bem, aquilo não era um bom sinal.

Mas resolvi me arriscar e fui até ela.

Essa manhã, ela estava rindo quando meus dedos fizeram cócegas em suas costelas e sussurrando meu nome quando fiz amor com ela.

Ela tinha que me sentir. Mesmo que eu não a estivesse tocando, ela tinha que me sentir.

— Liguei para o seu pai, porque ele descobriria de qualquer maneira. Aquela porra daquele vídeo está on-line, e eu queria que soubesse primeiro por mim. Ele está voltando para casa.

A tensão em seus ombros diminuiu, mas sua cabeça abaixou. Quase como se ela desistisse.

— Eu te amo mais do que a mim mesmo — comecei —, mais do que minha própria família, pelo amor de Deus. Não quero dar outro passo neste mundo sem você ao meu lado.

Por mais que eu odiasse admitir, era verdade.

Amava minha mãe e meu irmão. Mas se fosse para escolher entre os três, eu sempre escolheria Tate.

Quando ela não se virou nem disse nada, apoiei a mão em seu ombro.

— Tate.

Mas ela girou, afastando minha mão do seu corpo. Seus olhos estavam resguardados.

Eu ainda era o inimigo.

— Você tem todo o direito de não confiar em mim, Tate. Sei que sim. Porra, meu coração está destroçado agora. Não suporto o jeito que você está olhando para mim. Nunca te machucaria novamente. Por favor... vamos tentar consertar isso juntos. — Minha voz estava falhando, e o caroço em minha garganta ficou maior.

— Beleza. —Ela enfiou a mão no bolso e pegou o celular. — Vou entrar no jogo.

Jogo?
— O que você está fazendo? — perguntei, ao estreitar os olhos embaçados para ela.
— Ligando para a sua mãe. — Ela começou a apertar botões em sua tela.
— Por quê?
— Porque ela instalou um aplicativo de GPS no seu Android quando o comprou. Você disse que perdeu seu telefone? Vamos encontrá-lo.

CAPÍTULO TRINTA E SETE

— Escola. — Tate praticamente sussurrou ao deslizar o celular de volta no bolso. — Está na escola.

— Filho da puta. — Minha mãe colocou um rastreador em mim? Acho que isso explicava como ela me encontrou lá no lago. — Ela é mais inteligente do que eu pensava — falei mais para mim mesmo.

Então meu telefone estava na escola. Deixei na festa, o que significava que alguém da nossa escola pegou e ainda estava com ele.

Bem, que burrice.

A questão de como fizeram o vídeo ainda estava por resolver. Meu telefone estava tocando música naquela noite, mas com certeza não estava filmando Tate e eu.

Merda.

Fechei os olhos com força.

A varanda.

Alguém poderia estar nos filmando de lá?

Agora, minhas entranhas estavam retorcidas com ácido e eu estava agitado.

Aquela foi a primeira vez que Tate tinha tomado as rédeas, tentado algo novo e ficou por cima. Ela foi corajosa e linda, e eu fiquei mexido.

Pensar que havia alguém do lado de fora da varanda o tempo inteiro, nos observando. Observando a ela.

Focando outra vez, olhei para Tate, que estava com as sobrancelhas arqueadas. Assustada.

Mas ela não fugiria mais.

— Estou vendo esse seu olhar. — Cheguei mais perto e falei baixinho: — É o mesmo de quando você quer fugir. Aquele que você faz antes de decidir ficar e lutar.

— Pelo que estou lutando? — ela perguntou, com a voz embargada.

Por nós, caramba!

— Não fizemos nada de errado, Tate.

Seus olhos estavam vermelhos de chorar, mas ela não estava se afastando. Sua respiração se estabilizou e uma linha determinada surgiu em seus lábios.

— Vamos lá. — Ela se virou, indo em direção ao carro, e abriu a porta.
Graças a Deus. Soltei um longo suspiro.

Talvez não encontraríamos meu telefone. Talvez eu não provaria minha inocência diante de seus olhos. Talvez levá-la de volta para a escola, com todos aqueles olhares, fosse um erro gigantesco.

Mas ela estava lutando por nós de novo, e aquilo me deixou tão feliz que eu dançaria em público a qualquer momento que ela pedisse.

— É... hum... é seguro dirigir o seu carro? — Ela apontou para o Boss estacionado atrás da sua caminhonete.

Baby, eu nem ligo. Balancei a cabeça.

— Não se preocupe. Isso me dá uma desculpa para fazer mais atualizações.

Seus olhos se encheram de água, mas ela afastou as lágrimas e respirou fundo.

— Pare na empresa da sua mãe e pegue o telefone dela — instruiu, já que precisávamos do aparelho para encontrar o meu. — Te encontro na escola.

Assim que peguei o telefone da minha mãe e fugi de suas perguntas, disparei para a escola e encontrei Tate no estacionamento, esperando por mim.

— Você está bem? — perguntei, ao pegar a sua mão, mas ela a puxou na mesma hora.

Meu coração foi parar no estômago.

— Tate.

Ela não me encarava. Seus olhos se afastaram, voltados para a escola.

— Não me pergunte se estou bem. — Sua voz estava rouca, como se segurasse as lágrimas. — Acho que vou passar um bom tempo sem ter ideia de como responder isso.

Ela passou a mão pelo cabelo longo e loiro e respirou fundo antes de caminhar para a escola.

Meu Deus, espero que dê certo.

Quanto mais tempo passava, mais longe de mim ela ficava, e sendo eu culpado ou não, essa pode ter sido a última gota.

Tate chegou ao limite.

Ela estava entre revidar ou se fechar.

Caminhei atrás dela, ficando perto, mas sem tocá-la.

Todo mundo ainda estava na aula, mas não por muito tempo. O sinal tocaria em breve, e seria como libertar uma boiada.

Olhos por todo canto, sem lugar nenhum para ir.

Segui o rastreador do telefone da minha mãe, ainda maravilhado por não estar puto por ela me rastrear.

Depois de tanto tempo sentindo que estava por conta própria, na verdade me senti reconfortado por ter alguém que se preocupasse comigo.

A luz piscava, mostrando a localização geral do meu telefone, mas não era específico.

Tinha que haver uma maneira mais rápida de fazer isso.

Minhas mãos estavam tremendo e quis dar o fora dessa porra de lugar antes que o sinal tocasse.

— Ainda está piscando? — Tate perguntou, encarando o aparelho na minha mão.

— Sim. — Olhei em volta, esperando que alguém nos visse. — Não consigo acreditar que meu telefone ainda está ligado depois de dois dias. GPS usa muita bateria.

— Bem, o vídeo foi enviado esta manhã — pontuou. — Se o que você diz é verdade, então quem usou seu telefone provavelmente o carregou desde sábado à noite.

Já faz tanto tempo.

— Se o que eu digo é verdade... — repeti suas palavras, odiando o quanto essas merdas podem mudar rápido. Hoje de manhã, eu estava em cima dela, e agora era como se ela me quisesse bem longe.

— Olha — começou, pondo fim ao silêncio entre nós —, o rastreador só tem precisão até cinquenta metros. Então...

— Então comece a ligar para o meu telefone — interrompi. — Talvez a gente ouça.

Cinquenta metros era uma área bem grande. O telefone estava aqui, mas precisávamos de ajuda para encontrar onde exatamente.

Ela pegou o aparelho no bolso de trás e ligou para o meu. Passamos pelo chão de ladrilhos em silêncio, ouvindo qualquer toque ou vibração dos armários.

Mesmo ela estando com o telefone no ouvido, eu ainda conseguia ouvir meu correio de voz atendendo. Cada vez que caía na caixa postal, ela desligava e discava, e nós seguíamos nosso caminho.

— Vamos nos separar — ela sugeriu, por fim, depois da quinta ligação. — Vou continuar tentando. Basta ouvir um som. Acho que está em um armário.

— Por quê? — perguntei, parando para fitá-la. — Alguém poderia ter guardado consigo também.

— Comigo ligando a cada dez segundos? Não. — Ela balançou a cabeça. — Eles teriam desligado o telefone e, nesse caso, teria ido direto para o correio de voz. Está ligado e em um armário.

Separar?

Esfreguei a mandíbula, sem gostar nem um pouco dessa porra dessa ideia.

Mas não tínhamos muito tempo.

— Beleza. — Aceitei a contragosto. — Mas, se você encontrar, ligue para o telefone da minha mãe imediatamente. Não te quero sozinha nos corredores, não hoje.

Ela ficou lá parada, me avaliando, como se não tivesse certeza de que eu era digno do seu tempo. Provavelmente pensava que eu mandei mesmo o vídeo e estava só de onda com ela agora.

Ela deu meia-volta e subiu as escadas.

Continuei procurando no andar de baixo, meus punhos abriam e fechavam dentro do bolso da frente do moletom, e tentei ouvir qualquer som que pudesse ser do meu telefone.

Eu não usava relógio, costumava ver as horas no celular, mas sabia que estávamos perto.

O sinal ia tocar, e precisaríamos desistir e dar o fora daqui.

Hoje de manhã, senti seus beijos, suas mãos e sua alegria. Mas agora apenas sentia sua dúvida. Ali entre nós como um elefante de dez toneladas.

O telefone em minha mão vibrou e o ergui tão rápido que quase deixei cair.

> 2º andar, ao lado da sala do Kuhl!!

Merda.

Eu disparei pelo lance de escadas mais próximo e quase tropecei nos degraus quando o sinal soou sinalizando o fim da aula.

Medo fez meu estômago cair para os meus pés, e só hesitei por um momento antes de atravessar correndo as portas do segundo andar.

Estudantes lotavam o corredor, todos tentando chegar ao armário ou às escadas para ir embora.

A maioria me olhou uma segunda vez quando reparou que era eu, mas apenas virei à esquerda e me empurrei pela multidão o mais rápido que pude.

As pessoas que vinham no meu caminho diminuíram, enquanto outras paravam para sussurrar com os amigos. Não tinha como dizer o que se passava na cabeça delas e meus punhos se cerraram de irritação. Não apenas eu estava bravo pelo que aconteceu, mas fiquei totalmente puto que agora tinha que limpar uma bagunça que não fiz.

Finalmente encontrei Tate perto de um conjunto de armários no fim do corredor, e é claro que havia curiosos lá.

Seu corpo estava rígido, mas ela ficou parada e não conseguiu se esconder das encaradas. Olhou para mim e, porra, quase derreti quando vi que sua guarda comigo tinha abaixado de novo.

— Você está bem? — perguntei, segurando seu rosto.

— Sim. — Seu tom me disse tudo. Ela acreditava em mim. — O telefone está aqui, no 1622. Mas não sei de quem é o armário.

Eu sei.

Mirei trás dela, e meu olhar travou na fechadura.

Piper.

Minha mandíbula estava colada, e o oxigênio entrava como combustível. Eu não batia em mulher, mas podia muito bem deixar Tate bater nela.

— Voltou tão cedo? — uma voz feminina disparou às minhas costas. — Sua carreira pornô já deu errado?

O corpo de Tate se moveu sob minhas mãos e dei um estalinho na sua testa antes de me virar para encarar aquela desgraçada.

Tentei manter Tate atrás de mim, mas ela me puxou e rapidamente passou por mim.

Ai, Jesus. Esfreguei a testa e tentei não sorrir.

Não tinha nada de engraçado aqui, mas aquela garota continuava a me surpreender.

— Na verdade, estamos apenas esperando por você — ela falou, com felicidade fingida. — Sabe aquele vídeo que veio do telefone de Jared esta manhã? Aquele que todo mundo viu? Ele não enviou. O telefone dele foi roubado na noite de sábado. Sabe onde está? — Tate perguntou, e cruzou os braços.

O corredor ficou quieto, e todo mundo continuou parado como se estivesse do lado de fora de um ringue de box, encarando o lado de dentro.

— Por que eu saberia onde está o telefone dele? — Piper bufou.

Tate ergueu o celular.

— Ah, porque... — Ela tocou em "rediscar", e todo mundo ouviu o toque de Tate, *Behind Blue Eyes*, de Limp Bizkit, saindo do armário de Piper.

Foi o toque que coloquei depois que ela foi embora para a França, como se ela fosse ligar, e nunca mais troquei.

Tate mostrou a tela para todo mundo, assim eles podiam ver que era para mim que ela estava ligando.

— Este é o seu armário, Piper — declarei, para que todo mundo soubesse.

Tate foi humilhada. O dano foi feito.

Mas não houve escolha. Todos tinham que saber que não fui responsável por feri-la daquele jeito. Nem nunca mais seria.

— Sabe, eu simplesmente amo essa música — Tate provocou. — Vamos ouvir de novo. — Ela ligou de novo, e as pessoas ao redor ficaram lá, algumas esperando por uma briga, outros sussurrando ou balançando a cabeça.

Fui até ela e me abaixei para ficar na altura de seu rosto.

— Abra o armário e me devolva a droga do meu telefone, ou vamos chamar o reitor, e ele vai abrir.

Seus lábios se retorceram.

— Foi ideia do Nate! — Ela não aguentou mais e começou a se defender.

Os curiosos começaram a rir.

— Sua vadia idiota! — Ouvi Nate latir de algum lugar entre a multidão.

— Foi ideia sua.

E endireitei os ombros quando ele deu um passo à frente.

Algumas pessoas nasceram burras.

Fechei o punho e o acertei no nariz, nocauteando-o como se fosse um bicho morto. Ele caiu, segurando o nariz que sangrava, e pairei sobre ele, pronto para quando ele se erguesse outra vez.

Madoc atravessou a multidão, seus olhos quase saltaram da cabeça ao reparar em Nate no chão.

— Você está bem? — ele perguntou, ao olhar para Tate.

Não a ouvi nem vi responder, mas Madoc balançou a cabeça e se voltou para Nate.

— Como você fez isso? — Tate questionou Piper.

Ela não respondeu.

— Seu pai é policial, certo? — Tate insistiu. — Qual é o número dele? — Ela ergueu o celular como se estivesse prestes a ligar para alguém. — Ah, sim. 911.

— Hm, tudo bem! — Piper gritou. — Nate me levou para o baile e depois para a festa da Tori. Quando vimos você e Jared subindo, Nate pegou o celular com câmera e subiu na varanda. Ele me mostrou o vídeo mais tarde e vi que Jared havia deixado o telefone na cômoda, então voltei para o quarto para pegá-lo.

Filha da puta.

— Então o vídeo veio do telefone do Nate — Tate confirmou, mas estava me olhando. — Foi transferido para Jared antes de ser enviado.

Nossos olhos travaram, e uma montanha de alívio desceu em meus ombros.

— Pegue o telefone de Jared, Piper. Agora — Madoc ordenou, e olhei para Nate, que tentava se erguer.

Assim que nossos olhos se encontraram, porém, ele pareceu reconsiderar e se deitou de novo.

Piper levou um minuto agonizante para pegar o aparelho e então o jogou em Tate.

— Terminamos aqui — disse, maliciosa, e acenou com a mão, enxotando Tate. — Você pode ir.

Havia centenas de nomes horríveis de que queria chamá-la, mas seria perda de tempo. Eu cuidaria disso. Piper e Nate não se livrariam dessa merda.

Apenas tire Tate daqui.

Mas, é claro, ela tinha outros planos.

— Piper? — ela chamou, com calma. — Faça um favor a si mesma e peça ajuda. Jared não é seu e nunca será. Na verdade, ele nunca mais vai te olhar e ver algo de bom, se é que viu em algum momento.

Tate se virou para mim, mas, do nada, Piper a puxou pelo cabelo!

E fiquei lá parado como um maldito bobão, sem saber qual das duas segurar, porque estavam se movendo rápido pra caralho.

Tate foi arremessada para os armários. Piper tentou dar um soco nela. Tate desviou, e deu um tapa na cara da garota. Duas vezes.

Merda.

Tive um vislumbre de Madoc acenando para mim.

— Porter! — meio sussurrou, meio gritou, com a pressa estampada em seu rosto, e corri para agarrar minha garota e sussurrar em seu ouvido.

— Shhh. — Tentei controlá-la, mas Tate lutava.

Doutor Porter abria caminho em meio à multidão.

— O que está acontecendo aqui? — ele rosnou, ao chegar lá na frente.

Na mesma hora, Tate relaxou no meu corpo. Soltei-a, e ela ficou lá parada em silêncio, olhando para baixo, enquanto Porter olhava entre o amontoado que era Piper choramingando no chão e o outro bolinho, que era Nate sangrando ao seu lado.

— Doutor Porter — Madoc chamou. — Nate e Piper esbarraram um no outro.

Suor desceu por minhas costas, e não sabia se queria abraçar Tate, bater em Madoc ou... beijar Madoc.

— Senhor Caruthers, não sou estúpido. — Doutor Porter olhou para as pessoas. — Agora, o que aconteceu aqui?

Mexi o pé e apliquei pressão no braço de Nate como um aviso para manter a boca fechada. Ele se debateu, mas só pressionei mais.

Duvidava que ele fosse falar qualquer coisa, de todo jeito. Ele não queria que a gente levasse o assunto à polícia.

Eu iria, se Tate quisesse, mas preferia fazer do meu jeito.

— Eu não vi nada, senhor — meu amigo, Gunnar, ofereceu.

— Nem eu, doutor Porter — outro aluno seguiu seu exemplo. — Provavelmente foi apenas um acidente.

Todos os outros sacaram e entraram no jogo.

Porter não conseguiu nada com eles, e ninguém arranjou problema.

Tate estava segura, e eu a levaria para casa sem mais complicações.

Esfregando a barba, doutor Porter olhou para Nate e Piper.

— Tudo bem, vocês dois. Levantem-se e venham até a enfermeira. Todos os outros: para casa! — ordenou.

Nate e Piper desceram o corredor atrás de Porter, embora Nate estivesse cambaleando um pouco. O restante dos alunos desapareceu devagar e em silêncio. Ninguém ria por trás das mãos. Ninguém olhava para Tate.

Eles sabiam que aquele vídeo não era coisa minha e, se eu não estava de acordo com isso, eles também não deveriam estar.

Pessoas com medo de você podem ser úteis.

Passando os braços pelo pescoço de Tate, eu a trouxe para perto de mim, onde estava segura.

Não que ela precisasse ser salva.

ATÉ VOCÊ

— Sinto muito por não confiar em você. — Sua voz abafada vibrava no meu peito. — E sobre o que fiz com o seu carro também.

Eu não estava nem aí para a porra do carro.

— Tate, você é minha, e eu sou seu. A cada dia você vai perceber isso mais e mais. Quando acreditar sem dúvida nenhuma, então terei conquistado sua confiança.

Sei que ainda não conquistei. Hoje foi resultado do dano que fiz.

— Eu sou sua. Eu só... não tinha certeza se você era realmente meu — falou, baixinho.

— Então eu vou te dar certeza. — Beijei o topo de sua cabeça e a imagem de Piper a agarrando pelo cabelo piscava em minha mente.

Tentei segurar minha diversão pela forma como Tate a puxou e a derrubou.

— Você está rindo agora? — Ela se afastou para me olhar, meio brava e meio confusa.

É, eu com certeza não deveria estar rindo agora.

— Bem, eu estava meio preocupado com meus problemas de controle de raiva, mas agora estou meio preocupado com os seus. Você gosta de bater nas pessoas. — Não consegui esconder o enorme sorriso em meu rosto.

Ela revirou os olhos.

— Eu não tenho problemas de controle de raiva. Ela teve o que merecia, e eu fui atacada primeiro.

Peguei Tate no colo, guiando suas pernas ao redor da minha cintura e a carreguei pelo corredor, incapaz de não tocá-la mais.

Tive tanto medo de nunca mais conseguir fazer isso.

— A culpa é sua, sabe? — Ela falou no meu ouvido.

— O quê? — indaguei.

— Você me fez ficar malvada. E agora eu esmurro garotas pobres e indefesas... e garotos — adicionou, e eu quis rir de novo, pensando no estrago que ela fez em Madoc.

— Se você bater no metal por tempo suficiente, ele se transforma em aço.

Ela beijou a ponta da minha orelha e um arrepio percorreu o meu corpo.

— Se isso te ajuda a dormir à noite, seu grande valentão — ela provocou.

E a agarrei com mais força, tendo a esperança de que, um dia, eu possa corrigir todos os erros.

CAPÍTULO TRINTA E OITO

Na semana seguinte, trabalhamos duro para derrubar os vídeos ou fazer denúncia para os sites de hospedagem.

Tate lidou com tudo vestindo uma expressão séria, até ler os comentários no vídeo em um dos sites. Alguns eram cruéis. Outros eram nojentos. Todos eram sórdidos.

Ela estava pronta para colocar fogo na internet inteira, então acabei dizendo a ela para deixar quieto e lidei com o restante eu mesmo. Na verdade, passei a tarefa para Jax. Ele entendia daquela merda melhor que eu. E seria mais rápido nisso.

Os pais de Piper descobriram sobre o vídeo e sobre o envolvimento dela. Eles a tiraram da escola pelo resto do ano. Ela vai estudar de casa até se formar.

Nate era outra questão. Ele estava desaparecido desde que a merda explodiu no corredor na semana passada, então o deixei em segundo plano por enquanto.

O cara apareceria em algum momento, e eu não estava nem perto de ter superado aquilo.

O mais difícil mesmo foi lidar com o pai de Tate. Ele apoiou nosso relacionamento, mas tivemos que "diminuir a porra do ritmo".

Ele levou Tate e eu para Chicago na semana passada para comprar o R8 que ela estava pesquisando na internet. Ele não ficou nada animado por gastar tanto dinheiro em um carro para ela, mas queria vê-la sorrir. Manter-se ocupada. Focar outro projeto.

Algumas pessoas podem considerar as táticas terapêuticas dele como uma forma de se esconder, mas não eram. O projeto do Nova que ele inventou para mim no ano passado foi um jeito de eu não pensar o tempo todo. Eu consegui encontrar espaço, distância e perspectiva.

Já estava funcionando com Tate. Eu não conseguia acreditar na rapidez com que ela estava superando o vídeo.

— O que é isso? — Seus olhos curiosos sorriam para a caixa que eu tinha acabado de colocar em suas mãos.

Eu estava de joelhos na sua cama, apoiado nos pés.

— Abra.

Tate já estava na cama quando escalei a árvore, na chuva, entrando escondido para visitá-la.

Arrastei Jax comigo para o shopping de que Madoc me falou. Não costumo fazer compras, mas criei coragem e pedi ideias.

Queria dar algo especial a Tate.

Ela tirou a tampa da caixa e pegou o bracelete, seus olhos brilhando com a surpresa e um pouco de confusão.

Eu a vi estudar os quatro pingentes que estavam lá: uma chave, uma moeda, um celular e um coração.

Mantive a expressão em branco, ainda desconfortável por qualquer um saber como eu era fraco. Como minhas esperanças se apoiavam nessa garota pensar que eu valia alguma coisa.

Depois de alguns momentos, ela entendeu, e seus olhos se arregalaram.

— Minhas rotas de fuga! — soltou, sorrindo, e soltei um suspiro de alívio.

Eu não sabia, até recentemente, das técnicas de sobrevivência de Tate comigo. Eram coisas que ela sempre carregava consigo ao ir a festas ou outras reuniões sociais no ensino médio.

Objetos de emergência que ela usava para escapar de mim se precisasse. Dinheiro, telefone e chave do carro.

— Sim. — Passei a mão pelo cabelo, e gotas escorreram no meu rosto. — Quando você me contou no caminho para Chicago sobre como sempre precisou ter planos de como escapar ao lidar comigo no passado, eu não queria que você me visse desse jeito.

— Eu não... — Ela balançou a cabeça.

— Eu sei — interrompi. — Mas quero garantir que nunca perderei sua confiança novamente. Quero ser uma de suas rotas de fuga, Tate. Quero que você precise de mim. Então... — Apontei para o bracelete. — O coração sou eu. Uma de suas rotas de fuga. Levei Jax comigo hoje para escolher.

Eu deveria ter simplesmente comprado uma pulseira com um coração. Só isso. A porra de um coração. Era tudo de que ela precisava. Era eu quem a manteria em segurança. Era para mim que ela correria, se sequer fosse correr para alguém, em busca de ajuda ou conforto.

— Como está o seu irmão? — Ela me afastou dos meus pensamentos.

— Está sobrevivendo — comentei. — Minha mãe está trabalhando com um advogado para tentar conseguir a custódia. Ele quer te conhecer.

Era verdade. Nas palavras do meu irmão: "quero conhecer a garota que te deixou tão chato".

Um merdinha.

— Eu adoraria — falou, baixinho, e meu coração inchou ao vê-la brincar com o bracelete, estudando-o com um brilho no olhar. — Coloca em mim? — pediu, e tentei ignorar a lágrima que desceu por sua bochecha. Esperava que fosse de alegria e, de repente, mal podia esperar que seu pai relaxasse as regras de quanto tempo poderíamos ficar juntos. Precisava demais tocar nela.

E logo.

Tínhamos dezoito anos, mas respeitávamos o pai dela. Só que na cabeça do homem, provavelmente na da maioria dos pais, dezoito anos ainda era jovem demais para as coisas que eu queria fazer com ela.

Para as coisas que já fiz com ela.

Mexi no fecho, prendendo a pulseira no lugar, e então a trouxe para o meu colo, para ela me montar.

Ai, Senhor.

Ela passou os braços pelo meu pescoço, seu sexo esfregando em mim, e fechei os olhos por um segundo.

Fazia tanto tempo.

Ok, só uma semana, mas ainda assim...

Quando você prova a única coisa que te preenche, é impossível não querer mais.

Bem mais.

Ela se inclinou, derretendo os lábios doces e macios nos meus, e segurei sua cintura com força. Sabia que não poderia ficar, mas não queria parar também.

— Jared — uma voz masculina profunda e ameaçadora soou, e nós dois viramos a cabeça para a porta.

Merda. O pai da Tate.

Suspirei e balancei a cabeça.

— Você precisa ir para casa agora — ele deu a ordem, através da porta fechada. — Nos vemos para o jantar amanhã à noite.

Maravilha.

Meu corpo estava gritando, mas o que eu poderia dizer a ele?

Ei, preciso da sua filha por umas três horas ou até ela desmaiar de exaustão? Ou: você se importa se eu dormir por aqui, porque nunca durmo

tão bem quanto quando os lábios de Tate estão cravados no meu pescoço?
Sim, bufei, *daria muito certo.*
— Sim, senhor — respondi, e pude sentir o corpo de Tate sacudir com uma risada silenciosa. Olhei para ela de novo. — Acho que preciso ir.

Ela segurou a minha camisa e tocou o nariz no meu.

— Eu sei — disse, relutante. — Obrigada pela minha pulseira.

Desci da cama e a beijei com vontade antes de nos despedirmos. Ela também não estava facilitando em nada, me olhando como se quisesse me comer.

Mas fiz o que me disseram, para variar, e voltei pela árvore.

Bem, na verdade fiquei feliz pelo senhor Brandt não ter cortado essa coisa.

Espera... pode ser que agora ele a corte.

Ri para mim mesmo quando passei pela minha janela, acenei para ela e apaguei as luzes.

A ereção na minha calça não havia abaixado, e fiquei meio tentado a trazer Tate para cá.

Outro banho frio hoje.

No caminho para o banheiro, senti o celular vibrar na minha coxa e o tirei do bolso.

Olhei para a tela e senti vontade de jogar a coisa no vaso sanitário.

K.C.

CAPÍTULO TRINTA E NOVE

Gemi.

Estava tarde, e ela e eu não estávamos conversando. Que droga ela queria?

Deslizei a tela e atendi:

— Oi?

— Tenho algo para você — cantarolou, com voz lenta, sensual e muito irritante.

Endireitei os ombros, tenso.

— Tenho certeza de que não estou interessado — declarei, categórico, ao ligar o chuveiro.

— Ah, você vai ficar. — Pude ouvir o sorriso em sua voz. — Estou na casa do Madoc. Corra, ou vamos começar sem você.

Jesus. Eu não era de julgar, mas K.C. poderia ser menos burra às vezes. Agora, no entanto, ela só parecia estar bêbada.

— Passe o telefone para ele — dei a ordem, minha paciência estava indo pelo ralo.

Ouvi sua risadinha antes de um farfalhar do outro lado.

— Cara, só venha para cá. — Madoc riu, mantendo a voz baixa. — Você vai querer um pouco disso.

Mas que porra?

— Um pouco da K. C.?

— O quê? — Madoc entrou na defensiva. — K.C. é ótima. Ela tem um presente para você. Ele está esperando na banheira agora. Vou te dar uma dica. O nome é Nate.

Minha pulsação foi parar na garganta e meu rosto esquentou.

— Porra, vem logo pra cá! — ele gritou comigo e desligou.

Ah, cara. Inspirei e expirei, querendo rir e chutar alguma coisa ao mesmo tempo.

Ok, acho que a K.C. não é burra, afinal de contas.

Não fazia ideia de como ela acabou ficando com Nate, e na casa do Madoc, mas era perfeito.

Eu daria uma surra nele pelo que fez por mim, mas o mataria pelo que causou a Tate.

Quando eu lembrava de como ela chorou ao ter que encarar o pai na semana passada. Ou como tive que levá-la para cada aula para garantir que ninguém dissesse merda para ela...

Cada lágrima em seu rosto, cada tremor em seu peito e toda vez que ela fechou os olhos por vergonha foi uma dor que eu causei. Nate e Piper não tinham problemas com ela. Eles estavam retaliando a mim.

Fui até o quarto de hóspedes e acordei meu irmão.

— Está a fim de uma briga?

Depois de termos ido para Chicago para comprar o presente de Tate, ele dormiu na minha casa. Mesmo que eu odiasse o fato de ele não morar conosco, fiquei aliviado por seus pais do acolhimento aceitarem as visitas. Ele dormiu a semana toda, dirigindo uma hora todos os dias para ir à escola.

— Claro que sim — murmurou, grogue, saindo da cama.

Ele prendeu o cabelo para trás em um longo rabo de cavalo e, antes de sair, nós dois vestimos nossos moletons pretos de capuz. Minha mãe estava dormindo e por um momento pensei em tentar buscar Tate e levá-la comigo, mas era melhor que ela ficasse em casa. Não fazia sentido arriscar colocá-la em mais problemas.

Entramos no meu Boss praticamente consertado e partimos.

Jax bocejava ao meu lado enquanto cruzávamos as ruas lisas e escuras, rumo ao outro lado da cidade.

— Você só chega tarde e sempre acorda cedo. Precisa dormir mais. — Tentei pegar vislumbres dele pelo canto do olho.

Jax balançou a cabeça.

— Você fala demais. Acordo com você xingando na porra do chuveiro às duas da manhã todo dia. Você precisa pegar aquela garota e a levar para um longo passeio de carro amanhã. Tenho certeza de que ela está sofrendo tanto quanto você.

Estreitei o olhar para o para-brisa, mas não consegui conter o riso.

— Não faria nenhuma diferença. Eu ainda precisaria de um banho frio. Quando você encontra alguém que ama, sempre quer mais.

— Ai, Jesus — ele choramingou. — Só não tatue o nome dela no seu corpo, por favor. O único nome de mulher que um cara deveria tatuar é o da filha.

Balancei a cabeça, mas não consegui evitar a visão de uma garotinha de cabelo castanho com olhos azuis tempestuosos em cima dos meus ombros algum dia.

Jesus Cristo.

Encarei a estrada, tentando não pensar em como minha visão de futuro estava mudando.

Jax e eu percorremos em silêncio o resto do caminho até a casa de Madoc, que era uma dez vezes mais elegante do que o bairro em que Tate e eu vivíamos.

Não me entenda mal. Morávamos em um lugar ótimo. Várias casas bem cuidadas, parques e festas bacanas na vizinhança.

Mas o Madoc? Ele vivia em um lugar rico demais para os advogados e médicos da cidade. Não era um local apenas para profissionais. Era um bairro para cirurgiões e CEOs de corporações que queriam manter a família escondida e trabalhar em Chicago.

Parando no portão de metal preto de mais de três metros e meio, digitei o código.

Durante o dia, havia um segurança que verificava os visitantes que iam e vinham, mas, à noite, a equipe diminuía e geralmente passava o tempo patrulhando o bairro em seus SUVs.

O portão zumbiu ao abrir, e desci devagar a rua muito bem pavimentada, que levava a Seven Hills Valley.

Depois de algumas casas, paramos em frente à de Madoc e contornamos a curva em frente à sua casa. Saí do veículo, bati a porta e estalei os dedos, tentando ficar empolgado. Ainda não tinha certeza de qual era o meu plano aqui, mas, como sempre, mergulhei de cabeça primeiro e agi como se soubesse o que estava fazendo.

Quando tiver dúvidas, faça o que já sabe.

Ouvi Jax me seguir, e nós dois entramos na casa, disparando pelo saguão até a parte de trás.

Na real, era uma mansão, mas Madoc me corrigiu sobre aquele termo anos trás. Era uma casa... ou algo assim.

Ele nunca se gabou pela posição que tinha na vida nem pelo dinheiro. Se fizesse isso, não seríamos amigos.

— Parceiro. Já era hora, porra. — Ele veio nos encontrar no corredor. Usava um short xadrez preto e cinza ridículo e o cabelo loiro, penteado para trás, dava a impressão de que ele tinha acabado de nadar. Mas o restante dele estava seco.

Halloween era dali a dois dias e estava congelando, mas a jacuzzi de Madoc deixaria o clima tolerável.

Parei na frente dele.

— Então ele veio mesmo para a sua casa? — indaguei.

Nate sabia que Madoc era meu melhor amigo. Depois do vídeo, não achei que o cara seria burro a ponto de confiar que poderia respirar o mesmo ar que Madoc.

Ele sorriu.

— Essa é a parte maneira. Ele acha que é a casa da K.C. — Os olhos dele brilhavam como se estivesse muito orgulhoso por enganar Nate. — Ela tinha saído e esbarrou nele. Armou um esquema e me mandou mensagem. Eu disse a ela para trazê-lo aqui. O cara ainda nem me viu.

Ele deu de ombros e esperou que eu respondesse.

Eu me segurei, sem ter certeza de até onde eu queria levar aquilo. Eu tinha coisas a perder agora e, pela primeira vez em muito tempo, me importava com o rumo da minha vida.

Jax pigarreou ao meu lado.

— A coleira está um pouco apertada, Jared?

Coleira?

Merdinha do caralho.

Virei a cabeça para o lado e o fulminei com o olhar, o garoto apenas sorriu e olhou para longe.

Jax sabia tudo que tinha acontecido com Nate, ele estava ajudando com o vídeo, afinal, e embora me enchesse o saco por causa do meu apego a Tate, estava do nosso lado. Queria, tanto quanto eu, ver esse otário pagar.

Atravessei o corredor rumo à cozinha e senti Madoc e Jax atrás de mim.

Espiei em K.C. e Nate pelas portas de vidro, divertindo-se na banheira de hidromassagem, antes de entrar e interromper seu mundinho de relaxamento.

— K.C., saia da banheira. — Virei a cabeça para o lado.

— Mas que... — Nate começou.

— Não fale — cortei-o.

De sutiã e calcinha preta, K.C. esparramou água para fora da banheira ao sair de lá.

— Leve as roupas dele — dei a ordem a quem quer que fosse, sem tirar os olhos de Nate. Em um segundo, foi Madoc que apareceu e pegou as merdas do cara na lateral da banheira.

Não tinha certeza se Nate estava vestindo alguma coisa, mas, conhecendo-o, ele era cheio de coragem.

O cara não falou nada enquanto seus olhos azuis disparavam entre mim, Madoc e Jax. Não tinha certeza de para onde K.C. tinha ido, mas não ouvi a porta da casa se abrir, então supus que ela ainda estava aqui no pátio.

— Jax, me dá sua faca. — Estendi a mão para o lado, com os olhos ainda focados na expressão chocada de Nate. Um momento depois, um canivete foi colocado na minha palma.

Apertei o botão, e a lâmina parcialmente serrilhada saiu, vibrando em minha mão.

Os olhos de Nate se arregalaram e ele olhou para todos os lados, como se estivesse procurando uma rota de fuga.

É, nem tente.

— Você sabe por que estou puto. — Fiquei parado do outro lado da banheira, encarando-o. — E deveria saber que eu não esqueceria.

— Jared... — começou.

— Cale a boca — disparei.

Seu cabelo curto e preto estava suado e colando na testa, seus lábios tremiam de leve.

— Poderíamos ter ido à polícia — disse a ele —, mas eu acerto minhas contas. — Girei o pulso, chamando atenção para a lâmina. — E isso vai doer pra caramba.

— Por favor. — Sua voz estava rouca e ele tentou se levantar. — Posso explicar.

— Explicar? — ladrei, e ele se sentou de novo. — Que parte? A vez que você tentou agarrar a minha namorada na floresta ou quando nos filmou nus e mandou para o mundo inteiro ver? — Circulei a banheira, entrando em seu espaço. — Veja só, consigo entender que você seja burro demais para entender uma ordem simples. — Abaixei bem a voz e deixei a faca fazer parte da conversa. — Mas você vai entender isso. E vai ter uma noite bem desconfortável.

Cheguei mais perto, me inclinando.

— Sinto muito — ele disse, engasgado, seus olhos azuis dançando entre meu rosto e a lâmina preta e brilhante na minha mão direita. — Eu não deveria ter tocado nela. Nunca mais vou olhar para ela de novo. Por favor, não.

— Você o quê? — Parei e perguntei, arqueando a sobrancelha.

— Sinto muito — ele falou mais alto.

— Sente muito pelo quê?

— Sinto muito por mexer com sua namorada. — Apressou-se em dizer.

— Não. — Balancei a cabeça, como se estivesse falando com uma criancinha. — Você sente muito por mexer com *Tate* — instiguei.

Fosse ela minha namorada ou não, ele não mexeria com ela de novo. Nunca mais.

— Tate — ele corrigiu, respirando com dificuldade. — Sinto muito por mexer com Tate. Não vai se repetir. Fui idiota. Estava bêbado. Vou me desculpar com ela.

— Não. — Minha voz foi de levemente divertida para ameaça de morte. — Se você falar com ela de novo, olhar para ela, falar dela... se você sequer sorrir para ela, vou adicionar o seu sangue à coleção dessa faca. — Minha mandíbula se contraiu, e pude sentir Madoc e Jax se mexendo para o lado. — Agora, vá para casa — dei a ordem a Nate.

— O quê? — Ouvi o berro de Madoc, mas meus olhos ficaram em Nate, que saía correndo da banheira, completamente nu.

— Ele vai embora. — Virei para olhar para o meu amigo e o meu irmão, os dois parecendo como se seus olhos estivessem prestes a saltar da cabeça. — Dessa vez.

Sabia que eles queriam que eu desse uma surra no babaca. Caramba, eu também queria.

Mas algo tinha mudado. Não queria sentir sempre que Tate merecia alguém melhor que eu.

Fazer o que meu instinto queria que eu fizesse não teria nenhuma serventia. O cara era um otário. A garota era minha. Ela me amava. Eu venci.

— Minhas roupas. — Nate olhou ao redor, inquieto e trêmulo. — Minhas chaves estão no meu jeans.

— Então acho que você está com problemas. — Esperava que meu sorriso estivesse sinistro. — Tenha uma boa caminhada.

Ele hesitou por um momento, provavelmente se perguntando como chegaria em casa a dezesseis quilômetros daqui, sem roupas, no frio de outubro.

Mas não discutiu.

Todo mundo ficou em silêncio conforme ele deixava o pátio.

Reparei em K.C. parada a uma boa distância, coberta com uma toalha. Ela parecia estar bêbada ao telefone, mas seu rosto estava sóbrio agora.

— Vou garantir que ele vá embora. — Madoc riu. — Não quero que tente pegar roupas da minha casa.

Fechei a lâmina, joguei o canivete para o meu irmão e comecei a ir na direção da casa.

— Jared, mas que merda é essa? Nem mesmo um soco? — Sua voz estava baixa. Não exatamente desapontado, estava mais para confuso.

— Há outras coisas pelas quais vale a pena lutar, Jax.

Fui até a melhor amiga de Tate e fiquei surpreso por, na verdade, me sentir feliz por ter K.C. por perto. Duvidava que Madoc ou Jax conseguissem trazer Nate aqui hoje. Ela e eu fomos burros por nossas próprias razões egoístas, mas eu sabia que ela tinha apoiado Tate hoje, e esperava que K.C. esclarecesse tudo. Tate precisava de uma explicação dela.

— Obrigado. — Fiz um gesto de cabeça para a garota.

— Imagina.

Seus olhos rapidamente foram para Jax, e ela franziu as sobrancelhas.

Olhei para o meu irmão e vi que ele a analisava de cima a baixo, violando-a de todas as formas que um homem pode violar uma mulher sem tocar nela.

— O que você está olhando? — ela disparou.

O canto de sua boca se ergueu.

— Precisa de uma carona para casa?

— Eu não te conheço. — Seu escárnio foi altivo.

— Mas vai — devolveu, com naturalidade. — Pode muito bem ir se acostumando agora.

Ai, Jesus.

A cara da garota foi parar no chão, mas ela retribuiu o favor e deu a ele a mesma encarada que ele tinha lhe dado.

— Quantos anos você tem mesmo?

— Velho o bastante para te desmontar.

Passei a mão pelo rosto, pronto para ir para casa.

K.C. olhava entre nós dois, carrancuda e claramente irritada.

— Vocês dois são iguaizinhos. — Ela balançou a cabeça e se virou para ir embora. — Madoc, preciso de carona para casa! — ela gritou, ao entrar.

Ouvi Jax soltar uma risada e revirei os olhos.

Nós dois evitávamos compromisso, mas lidamos com aquilo de forma diferente. Ele não se envolveu com uma longa lista de relacionamentos curtos e desconectados como eu. Ele não se importava de deixar as pessoas se aproximarem, porque sabia que nunca chegariam ao fim da linha com ele.

Eu tinha medo de me importar demais.

Jax sabia que não se importaria o bastante.

— Quem era aquela? — perguntou, quando voltamos pela casa de Madoc, indo em direção ao meu carro.

— A melhor amiga da Tate, K.C.

Abrimos a porta do veículo e entramos.

— O que K.C. significa? — Colocou para trás os fios soltos de cabelo que caíram de seu rabo de cavalo.

— Não faço ideia. — Suspirei. — Ela é K.C. desde que a conheço. — Olhei para ele, antes de ligar o motor. — E não — ordenei.

— Não o quê?

— Estou tentando chegar ao nível de Tate. Essa merda precisa se acalmar. Não crie mais drama. K.C. não é uma garota para ter um casinho de uma noite e é emocionada demais para uma amizade colorida. Apenas deixe a garota em paz.

— Tarde demais, irmão. Meu povo é formado por caçadores.

O povo dele. Ri sozinho, embora fosse triste. Eu duvidava de que Jax sequer se lembrasse de como a mãe dele era, quanto mais da tribo dela. E ele era apenas 25% ameríndio, mas, para ele, ele era todo indígena.

— Ela não faz o seu tipo — pontuei. — Nervosinha e chorona.

Dei partida no carro, pisei no acelerador e pisei fundo em direção ao portão.

— Exatamente o meu tipo — falou, baixinho. — Não dá para se apaixonar por alguém assim.

CAPÍTULO QUARENTA

— Puta que pariu — resmunguei, ao me sentar na cama.

Dobrando a perna, descansei a testa na mão e apoiei o cotovelo no joelho.

Estou tão fodido.

Meu pau estava latejando.

Eu acordava com ereções constantes e era como se eu tivesse treze anos de novo.

Despertava sentindo dor pela pressão entre as minhas pernas e a única coisa que eu queria estava presa a sete chaves na porta ao lado.

Seria um ano longo pra caralho. Isso era certo.

Ainda não tinha nenhum plano para a faculdade, mas uma coisa estava garantida. Onde quer que eu terminasse, ficaria ansioso para visitar Tate e transar com ela até cansar, sem nossos pais ao redor.

Um rangido interrompeu meus pensamentos, e minha cabeça se ergueu para ver Tate entrar no meu quarto.

Meu peito afundou, e pisquei algumas vezes para ter certeza de que não estava sonhando.

Ela fechou a porta e se apoiou lá.

— Por favor, diga que está pensando em mim. — Seus lábios eram macios e brincalhões quando ela ronronou as palavras.

Ela estava me fodendo.

Com seu olhar, feroz e urgente. Com sua boca, úmida e aberta. Com sua voz, suave e provocante, e eu estava pronto para agradecer às estrelas por ela estar aqui.

— Está brincando? — Ergui as sobrancelhas e arranquei o cobertor, apontando para o volume muito duro aparecendo no jeans com que peguei no sono. — Olhe para essa merda. Não consigo nem pensar direito.

E pulei para fora da cama, correndo até ela. Nossos lábios se juntaram e a doçura de como seu corpo se moldou ao meu me fez me arrepender de todas as outras garotas que toquei.

Tate sempre tinha um gosto bom, de doce de maçã e céus raivosos, sua língua era doce puro.

Ela sabia como se mover comigo. Quando eu me inclinava, ela arqueava as costas. Quando afastei a cabeça, ela leu minha mente e mostrou o pescoço para mim.

— Espera — Ela arquejou. — A porta da casa estava aberta. Não vi sua mãe quando entrei, mas ela tem que estar acordada.

Balancei a cabeça, repreendendo-a.

— Você começou. E essa não é a sua casa. Não há regras aqui. — Sorri e me inclinei para o dockstation, colocando *Raise the Dead*, de Rachel Rabin para abafar nosso barulho.

— Venha aqui — sussurrei, puxando-a pelos quadris.

Mas ela me afastou.

Decepção; não, dor e confusão, passaram por mim.

— Mas que... — comecei a perguntar, mas prendi a respiração quando ela começou a tirar a roupa.

Puuuuta que pariu.

Regatinha branca?

Fora.

Short do pijama e calcinha?

Saíram de uma vez só.

E quando ela veio para mim, minha cabeça estava leve e o pau duro pra caralho.

Subi os dedos pelas suas costelas e desci por seus belos seios. Sua pele era cremosa e firme, como a chuva.

Perfeita.

Nem tive tempo de chegar à gaveta da mesinha de cabeceira antes de ela me jogar na cama e subir em cima de mim.

— Tate, a camisinha — falei, ofegante.

Puta merda.

Meu corpo inteiro tremeu com o contato, sua umidade quente se esfregou em mim e o sangue pulsando pelo meu pau.

— A calça — sussurrou. Quando se inclinou para pegar a camisinha, eu soube o que ela queria.

Depois de três segundos, a proteção estava no lugar e eu empurrei para cima, para dentro dela.

Ficamos parados por um minuto, nós dois tremendo e recuperando o fôlego, mergulhados na sensação.

Meu Deus, Tate. Tão apertada.

Seus lábios esmagaram os meus e mergulhei em sua boca, movendo a língua na dela enquanto ofegávamos e voltávamos para mais.

— Jared — sussurrou entre os beijos. — Tem algo de errado comigo. Eu sempre quero mais de você.

Seus quadris se moviam para trás e para frente, subindo e descendo no meu pau, fazendo uma doce tensão correr pelos meus braços e pernas.

Sua pele paradisíaca parecia um creme, e agarrei sua bunda, puxando-a para baixo em mim conforme o cômodo se enchia de calor e suor.

Meu Deus... ela me amava. Ainda não conseguia acreditar, mas ela amava.

— O que você quer, Tate? — Suspirei em seus lábios, desesperado e perdido pra caralho na minha necessidade de ter sua pele, seu cheiro, seu fogo.

— Quero você. — Fechou os olhos, jogando a cabeça para trás, e seu corpo se moveu no meu. — Todas as manhãs e todas as noites. — Sua cabeça desceu de novo, os dedos puxaram meu cabelo. — Quero te sentir o dia inteiro, Jared.

Sim, seria um ano longo pra caralho.

Passando o braço em volta de sua cintura, nos virei, assim ela ficou por baixo e fodi o amor da minha vida com força o suficiente para que ela pudesse me sentir.

O. Maldito. Dia. Inteiro.

— Ahhh — ela gemeu, e seus olhos desesperados encontraram os meus.

— Eu te amo, Tatum Brandt. — Coloquei a mão sobre sua boca e empurrei com mais força dentro dela. — Agora goza.

Porra, eu odiava me apressar. Mas sabia que minha mãe já estava acordada e que nossa conversa e gemidos atrairia atenção. Mesmo com a música.

— Jesus Cristo, baby, é muito bom sentir você. — Abaixei a boca sobre seu seio, chupando o mamilo.

Sabia que minhas costas já estavam empapadas de suor, e sorri quando provei sua pele salgada. Ela sentia isso tanto quanto eu.

Suas coxas tensionaram ao meu redor, suas unhas afundaram nas minhas costas e senti a pulsação do seu interior quando ela prendeu a respiração.

Tate estava gozando, e encarei seus olhos, que estavam fechados. Depois de alguns momentos, ela soltou um gemidinho e exalou na minha mão.

Eu sempre sabia quando Tate gozava. Ela fazia essa coisa de segurar a respiração.

Apoiei-me em uma das mãos e agarrei sua coxa com a outra, movendo meu quadril entre suas pernas mais e mais rápido. Mais e mais. Forte e mais forte.

Meus olhos se fecharam, a pressão dentro de mim chegando ao ponto de ruptura.

Caralho.

Olhei para baixo em seu rosto feliz e mergulhei mais algumas vezes antes de liberar tudo.

Um fogo frio se espalhou pelas minhas veias, e todo o ar deixou o meu corpo. Colapsei em cima dela, respirando como se tivesse corrido uma maratona.

— Jared, preciso de uma camisa limp... opa.

Minha cabeça se ergueu e vi Jax, Tate gritou, puxando meu corpo para baixo para cobrir o seu.

— Que porra é essa? — Eu estava totalmente nu e Jax ficou parado lá, de olhos arregalados e os lábios formando um círculo. — Mete o pé daqui! — gritei.

Depois de uma pausa, ele abriu um sorriso e bufou.

— Ei, você deve ser a Tate. Sou o Jaxon. — E o filho da mãe estendeu a mão para ela apertar.

Felizmente, Tate estava coberta por mim; mas eu, não. O babaca tinha deixado a porta aberta também.

Tate deu uma olhadinha e estendeu a mão, com timidez.

— Hum... oi, Jaxon. Prazer em te conhecer.

Os dois apertaram as mãos, e o idiota ficou lá sorrindo.

— Cai fora, porra — gritei de novo, meus olhos queimando de vontade de matar o garoto.

— Jared, por que você está berrando? — Minha mãe colocou a cabeça para dentro, e Tate se encolheu como uma bola debaixo de mim outra vez.

Ah, que porra é essa?

— Jared! — Minha mãe suspirou, chocada, quando percebeu os braços e pernas extras, o que fez meus dentes cerrarem.

Jax caiu na gargalhada, e seu rosto ficou vermelho.

— Todo mundo, fora daqui! — gritei, e Jax se foi, ainda sorrindo, obviamente tentando segurar a risada.

Minha mãe, com o rosto contraído de raiva e parecendo querer dizer alguma coisa, agarrou a maçaneta e a fechou a porta com força.

— Ai, meu Deus! — Tate choramingou em meu peito. — Isso acabou de acontecer?

— Sim, infelizmente. Mas e daí? — desdenhei. Estava puto, porque Tate estava com vergonha, mas minha mãe e Jax não eram uma ameaça.

Ela me olhou, seu cabelo sexy caindo sobre os olhos.

— Sua mãe vai contar para o meu pai.

— Minha mãe tem medo do seu pai. Todos nós meio que temos. Ela não vai falar nada. — Beijei sua testa.

— Estou me comportando tão mal. — Ela se sentou, cobrindo a si mesma, parecendo um pouco mal. — Não consegui evitar. Ou... não queria, talvez. Eu acordei e te queria tanto. Nem pensei direito.

— Olhe para mim — interrompi, segurando seu rosto. — Você não está se comportando mal. Você é uma boa garota. Ninguém vai tirar isso de nós, Tate. — Minha voz ficou séria e meus olhos focaram. Toquei seu queixo, para que ela olhasse para mim. — Temos dezoito anos. Estamos na minha casa. Você está em um lugar seguro. Pare de agir como se devêssemos nos desculpar por estarmos apaixonados. Entendo termos que mostrar respeito ao seu pai debaixo do teto dele, mas o que está feito está feito. Não vamos voltar atrás. — Passei os braços ao seu redor e beijei seu pescoço quente.

— Eu sei. — Suspirou, passando os braços pelo meu pescoço e me abraçando apertado. — Eu te amo e... confio nisso.

Mas senti a dúvida se assentar no meu estômago de todo jeito.

Ela tinha certeza? Drama demais aconteceu ultimamente, ou problemas demais, mas ela ainda estava com medo de ser magoada.

Pigarreei, parei de pensar naquilo e mudei de assunto.

— Vá se arrumar para a escola. — Recuei, olhando para ela. — Chego lá em trinta minutos para te buscar. E pode ir pela porta da frente. Todos eles sabem onde você está agora — adicionei, ao me levantar.

O canto de sua boca virou para cima, e ela riu quando joguei uma das minhas camisas limpas no seu rosto.

— Vista isso. — Era outra da Nine Inch Nails, uma das minhas bandas favoritas, então eu tinha várias delas. — Para substituir aquela que você queimou ano passado — adicionei, quando ela franziu as sobrancelhas para mim.

— Legal. — Sorriu e vestiu a roupa íntima e a camisa. — Sempre gostei de vestir suas roupas — sussurrou, sexy, e deu uma voltinha, exibindo a roupa.

Uhuuul... Fiquei duro de novo.

ATÉ VOCÊ 285

— Mano, retiro tudo que falei — Jax se apressou a dizer quando entrei na cozinha. — É claro que você precisa tatuar o nome *dela* no seu corpo. Caramba, eu vou tatuar o nome dela no meu corpo. — E começou a rir de novo, moleque insuportável.

— Jaxon, esse comportamento não é tolerado. — Minha mãe entrou, com a pasta na mão. — Não pense que vai se safar quando vier morar aqui.

— Sim, mamãe — ele debochou, mas, para ser sincero, o garoto tinha um relacionamento melhor com ela do que eu.

— Jared. Esteja em casa depois da aula. Nós vamos conversar. — Apontou o dedo para mim.

— Sim, mamãe — murmurei, imitando Jax.

— Jax, querido. — Ela olhou para o meu irmão. — Terminou com meu notebook?

— Sim, coloquei de volta na case. Obrigado. — E encheu a boca com outra colherada de cereal, ao se apoiar na pia.

Minha mãe veio até mim assim que passou a alça da bolsa do computador pelo ombro. Eu a deixei colocar a mão na minha bochecha, mas ainda não conseguia manter contato visual.

— Amo você — ela sussurrou com carinho. — E esteja em casa depois da escola.

Assenti, e ela saiu, o som de seus saltos desapareceram pelo corredor.

Olhei para Jax, que ficou lá parado tentando manter o sorriso contido, e de repente fiquei confuso.

— Você tem um celular. Para que precisava do notebook? — questionei, ao pegar uma maçã do balcão e dar uma mordida.

Ele simplesmente deu de ombros e encheu a boca com mais cereal.

— Tem certeza de está confortável com essa roupa? — perguntei, logo que entramos na escola, de mãos dadas.

Ela não me olhou, mas seu sorriso cheirava a sarcasmo.

— É o meu conforto que te preocupa ou o seu?

Ela não parecia nem remotamente vulgar. Pelo contrário, era a porra de uma capa de revista. Mas o vestidinho preto era curto. Tate costumava se vestir como um garoto, mas era como se ela estivesse em uma missão para foder com meu desejo sexual vinte e quatro horas por dia, sete dias por semana.

Eu estava no limite.

— Minha preocupação não tem nada a ver comigo. — Puxei-a para o meu lado e prendi o braço em seu pescoço. — Só penso em você.

Passamos pelos corredores, mal sendo notados, a escola finalmente tinha seguido para o drama seguinte. Jax era um gênio. Pesquisei na internet depois que cheguei em casa ontem à noite e não consegui encontrar o vídeo em lugar nenhum.

Todos estavam seguindo em frente.

— Vamos dar um passeio depois da escola hoje — sugeri. — Só pegar a moto e sair.

Ela olhou para cima, com a sobrancelha erguida, e me abriu um sorriso, mas então seus olhos foram para os armários ao nosso lado e sua bolha imediatamente explodiu.

Seguindo seu olhar, vi duas garotas encarando Tate e eu, e sussurrando. Estavam sendo bem óbvias.

Uma das garotas eu não conhecia. A outra, com certeza, sim.

Merda.

— Tate, é só ignorar.

— É fácil para você, Jared. — Sua voz estava baixa e calma, mas tinha uma acidez nela. — Você poderia ser filmado com dez estrelas pornôs e seria considerado o cara. Sou eu que estou pagando por aquele vídeo. Não você.

Ela estava certa. Embora eu me encolhesse toda vez que via aquela coisa, não era igual.

E havia pouco que eu pudesse fazer para protegê-la.

Queria tirá-la daqui. Subir na moto agora e nos perder, mas ela não queria isso. Então, apenas peguei sua mão.

— Vamos para a aula.

Começamos a andar no meio das várias pessoas, mas ela hesitou.

Olhei para Tate, e a vi pegar o telefone, que estava vibrando. Meus olhos se ergueram quando ouvi vários outros tocarem e vibrarem.

Medo encheu meu estômago com um déjà vu. Todo mundo estava recebendo uma mensagem ao mesmo tempo, assim como Tate me contou que foi quando o vídeo explodiu.

Meu próprio telefone vibrou na minha bunda e, estremecendo, estendi a mão para pegá-lo.

Madoc.

Olhei ao redor e percebi que quase todo mundo estava com o nariz enfiado em seus aparelhos também.

Destravei a tela e abri a mensagem.

Sério?!

Com ódio e fúria queimando em meu estômago, observei uma gravação de Nate choramingando ontem à noite na banheira de hidromassagem. Eu também estava no vídeo, mas embaçado, e não conseguia ouvir o que estava sendo dito. Tudo o que era visível e audível era Nate Dietrich, implorando por sua segurança e se desculpando.

Porra!

Calor subiu pelas minhas costas e um suor frio surgiu na minha testa ao olhar para Tate. Ela estava vendo também, sem dúvidas. Outros começaram a gritar e rir nos corredores, alguns sussurravam e mostravam o celular para os amigos que não tinham recebido a mensagem.

O vídeo não era lisonjeiro. Claramente me protegia e o jogava para os tubarões.

É, tudo bem. Eu estava de boa com isso, mas Tate?

Suas sobrancelhas estavam franzidas enquanto ela olhava para o telefone, então seus olhos sérios e nada felizes focaram em mim.

— Jared? Esse é você, não é? É com você que ele está falando.

Sua respiração estava rápida; o rosto, tenso.

Puta que pariu. Bem quando eu esperava que as coisas se acalmassem. Madoc e Jax, filhos da puta. Madoc obviamente enviou para a escola inteira, mas tinha que ter sido filmado por Jax quando eu estava de costas na noite passada. Eu tinha certeza disso. Madoc não sabia merda nenhuma sobre editar vídeos. Jax era o inteligente.

E foi por isso que ele pegou o computador da minha mãe emprestado hoje de manhã.

— Tate, foi...

— Foi na noite passada? — interrompeu.

— Foi espontâneo. — Ergui as mãos e balancei a cabeça, chegando mais perto dela. — Nate estava na casa do Madoc, e Jax e eu fomos lá confrontá-lo.

— Você o ameaçou? No que estava pensando? — acusou. — Tipo,

não me entenda mal — continuou —, eu agradeço o gesto, mas não vale a pena. Agora todo mundo está falando da gente de novo, Jared. Eles sabem a razão disso.

Olhei ao redor e, sim, as pessoas estavam nos encarando de novo. Conversando e rindo, sem mencionar os sussurros. Os sorrisos não eram maliciosos nem maldosos, mas ainda havia as conversas.

E Tate estava de saco cheio disso.

— Por que você não me levou junto? — indagou.

Ergui os ombros e soltei uma risada amarga.

— Pareceu uma má ideia te colocar de volta nessa bagunça. Você passou por muita coisa. Não queria que suas emoções...

— Minhas emoções? — Sua voz irrompeu como uma buzina no corredor silencioso.

Olhando ao redor, cheguei mais perto, sentindo meus nervos se aquecerem com sua óbvia raiva.

— Por que você não me contou hoje de manhã? — Sua guarda estava alta, e fiquei parado lá, embasbacado com o quanto estava muito próximo dela um momento atrás. — Outro vídeo, Jared! — explodiu. — Eu deveria saber.

— Eu não sabia que estava sendo filmado!

Mas que merda? Por que ela estava brava? Na pior das hipóteses, deveria estar feliz por eu ter defendido sua honra! Claro, Nate foi embora sem um arranhão, mas o vídeo foi cortado assim que minha faca foi para o seu rosto. As pessoas pensariam o pior até o cara aparecer e mostrar que estava bem.

Tate estava exagerando, porque não sabia o que tinha acontecido.

— A mesma desculpa que você usou da última vez! — retrucou.

— Desculpa? — Ela estava mesmo insinuando que eu sabia sobre o vídeo do sexo? — Você está explodindo por nada. De novo! Assim como fez com a porra do meu carro! — Passei a mão pelo cabelo e suspirei. — Olha — meus dentes estavam à mostra, e minha voz, baixa —, K.C. levou Nate até a casa do Madoc na noite passada...

— K.C. estava metida nisso? — interrompeu. — E eu não? Por que você não me contou?

Ah, puta que pariu.

— Não tive chance — gritei, acenando com as mãos. — Você apareceu no meu quarto e pulou no meu pau tão rápido hoje de manhã...

— Argh! — ela rosnou, e bateu o joelho entre as minhas pernas.

Inclinei-me para frente e caí sobre um dos joelhos.

Merda, merda, merda... Gemi, conforme a dor disparava pela minha virilha. *Jesus Cristo, Tate!*

Meus olhos se fecharam com força, e ofeguei, tentando evitar que minhas pernas cedessem.

A porra do meu pau estava pegando fogo e náusea revirou o meu estômago. *Puta que pa...*

Respirei uma e outra vez, tentando não vomitar... nem chorar.

Tate foi embora. Não a vi sair, mas senti sua ausência.

E eu fiquei lá. Sozinho, um idiota no corredor cheio de pessoas que eu não conseguia ver, porque estava tremendo e com os olhos embaçados.

Maldita Tatum Brandt.

Ela seria a minha morte.

CAPÍTULO QUARENTA E UM

Um peso atingiu meu ombro e afundei um pouco mais para frente.
— Ela faz direitinho, não faz?
Madoc.
Ele me ajudou a levantar, e me apoiei nos armários, tentando ficar de pé. O choque inicial havia passado, mas eu ainda estava em mal.
Aquilo era uma merda, e eu nunca mais sentir algo assim de novo.
— O vídeo? — grunhi, querendo parecer durão, mas minha voz falhou como se eu estivesse quase chorando.
— Seu irmão. — Ele assentiu. — Eu o vi gravar o show no telefone noite passada quando você não estava prestando atenção, mas não tinha ideia do que ele faria. — Ele ergueu a sobrancelha. — Até hoje de manhã quando ele me mandou por e-mail.
— Caramba, vocês dois — reclamei. — E você pensou que seria uma boa ideia mandar para todo mundo?
— Sim. — Assentiu, resoluto, com os olhos se iluminando. — Pensei ser uma ideia perfeita mandar para todo mundo. Deixar que vissem aquele merda choramingando. Dar a ele um gostinho do próprio veneno.
— Bem, Tate está me culpando agora.
— Bem... — Ele começou a rir. — Não sabia que ela reagiria daquele jeito, mas você sabia que estava por vir, certo?
Ele estava rindo? É, isso era engraçado pra caralho.
— Ela exagerou. — Fiquei de pé direito, tentando, de forma relaxada, massagear meu pau para ressuscitá-lo em um corredor cheio de gente. — Fiz o que tinha que fazer na noite passada. Além disso, depois do que aquele babaca fez, ela achou mesmo que eu não faria nada? E por que isso a incomoda?
As perguntas continuavam surgindo. Tate não deveria ter ficado assim tão brava.
Suor cobria meu pescoço e minhas costas, e senti que deveria e atrás da garota e jogá-la por cima do ombro.
— Tate tem bagagem, graças a nós. Problemas de confiança — Madoc continuou e passou na minha frente. — Olha. — Ele olhou para baixo e

ATÉ VOCÊ 291

balançou a cabeça. — Normalmente, não dou a mínima para quem você come ou no tipo de problemas em que se mete. Apenas me sento e deixo você autodestruir. Mas a Tate? Ela é a nossa baixinha. Agora, vai resolver essa merda.

Observei-o se afastar, mais e mais perplexo de como meu amigo continuava a me surpreender.

Ele estava certo?

Sim.

Tate precisava confiar em mim. *Ainda* estávamos trabalhando nisso, e eu poderia ter me encrencado na noite passada. Ela ficaria preocupada e puta se alguma coisa tivesse acontecido comigo ou se eu tivesse feito alguma bobagem.

Tenho certeza de que ela também estava insegura sobre qualquer coisa que imaginou que aconteceu entre K.C. e eu. Eu estar no mesmo lugar que sua amiga, sem ela, a deixaria brava.

Apressei-me pelo corredor, pronto para arrancá-la da aula de Matemática, mas diminuí quando fiquei preso na massa de estudantes, todos indo para a mesma direção.

Era uma confusão de pessoas andando, gritando e sussurrando. Vi algumas ainda encarando o celular, o vídeo, sem dúvidas, e algumas chamavam meu nome, mas eu as ignorei.

Porra, para onde todo mundo estava indo?

E então me lembrei.

O auditório.

Tínhamos aquela assembleia hoje de manhã.

Sobre *bullying*.

Passei os dedos pelo cabelo, com força o suficiente para massagear meu couro cabeludo, e soltei um suspiro longo e cansado.

Ótimo. Acho que gostaria mais de cortar meu braço e jogar sal nele.

Droga.

Disparei e ziguezagueei o mais rápido que pude pela longa fila de alunos, tentando passar pelas portas do auditório.

— Jared — alguém chamou, mas dispensei a pessoa sem nem olhar.

Tate estava aqui em algum lugar, então analisei as fileiras ao passar pelos corredores. Havia cerca de dois mil alunos na escola, mas os calouros estavam em um evento separado no ginásio, então o público não era tão grande quanto costumava ser.

Procurar por uma loira era um pesadelo. Nunca tinha percebido quantas tínhamos até agora.

Mas eu conhecia Tate.

E saberia quando a visse, então procurei mais rápido antes que nos mandassem sentar.

Passando pelo corredor central e voltando, senti meu coração acelerar quando vi o tênis roxo dela. Suas pernas estavam cruzadas e um dos pés estava no corredor.

Rapidamente, passei pelo carpete violeta a apoiei as mãos no descanso de braço dela, me inclinando.

— Precisamos conversar — falei baixo. — Agora.

Seus olhos azuis se estreitaram em mim e minha boca secou.

Minha voz parecia um aviso, e eu comecei a me enterrar ainda mais naquele momento.

Calma lá, cara. Meu estômago revirou, e eu não sabia se gostava de um drama ou se estava apenas acostumado com essas coisas. Mas era algo que eu fazia bem, então fui para cima dela.

Não era o momento nem o lugar, mas foda-se.

— Agora você quer falar — provocou, e notei Jess Cullen, a capitã do time de *cross-country*, sentada ao seu lado, completamente parada ao nos observar. Tate encarou à frente, se recusando a me olhar. — Você tem que reagir e se comportar sem se desculpar com ninguém, mas eu tenho que largar as minhas coisas quando você quer minha atenção.

Não era uma pergunta. Era uma declaração.

— Tatum...

— Agora eu sou Tatum. — Bufou, e olhou para Jess. — É engraçado como funciona, né? — indagou.

— Com o que você está brava? A noite passada não foi para te machucar.

Agarrei o descanso de braço com mais firmeza. Eu amava sua raiva. Sempre amei.

Bastou aquele primeiro beijo no balcão da pia e pronto, eu era dela.

Mas, agora, ela não estava tão brava quanto estava distante. Seu queixo estava abaixado e ela ainda não me olhava.

Daquilo eu não gostava.

— Você não me envolve nas coisas — falou, quase sem destravar os dentes. — Não divide nada comigo até correr o risco de me perder. Tudo é nos seus termos... no seu tempo. Sou sempre deixada de fora e tenho que abrir espaço à força. — Seu rosto estava duro como uma pedra ao encarar o que estava à frente. — Vou falar com você, Jared. Só não agora. Nem tão cedo. Preciso de tempo para pensar.

— Para chegar às suas próprias conclusões — acusei.

— Não tenho escolhas quando sou a única no relacionamento. Você me humilhou no corredor mais cedo. De novo! Me jogou aos leões apenas para se divertir. Quando foi que você se sacrificou por mim? — sua voz calma cuspiu de volta para mim.

Ar entrava e saía dos meus pulmões, pesado e doloroso.

Eu mal consegui recuperá-la.

Ela duvidava de mim. Duvidava do meu comprometimento com ela.

E o que eu poderia dizer?

Por que ela confiaria em mim? Eu disse que a amava. Tentei demonstrar. Mas nunca mostrei que a colocaria como prioridade.

Ela me viu com as mãos em toneladas de garotas que não eram ela.

Magoou-se, uma e outra vez, quando a joguei aos lobos e fiz piada dela na frente de todo mundo.

Ela me viu me deliciar com suas lágrimas e isolamento.

Naquele momento, todas as consequências das minhas ações desceram pelo meu corpo como uma pilha de lixo e me vi enterrado nelas.

Puta que pariu.

Como é que ela havia me perdoado?

— Todo mundo sentado — uma voz masculina, provavelmente do diretor, gritou no microfone e enfim pisquei.

Sou sempre deixada de fora e tenho que abrir espaço à força.

Continuei dizendo a mim mesmo que ela era minha.

Mas tinha falado que sempre fui dela.

Mas ela nunca sentiu isso.

Com o coração martelando no peito e uma névoa na cabeça me convencendo a não pensar no que estava prestes a fazer, andei pelo corredor e subi as escadas até o palco.

O diretor Masters virou a cabeça para mim, para longe do público.

Seu cabelo grisalho estava penteado para trás, e o terno cinza já estava amarrotado. Esse cara não gostava de mim, mas me livrou de várias coisas ao longo dos anos, graças a Madoc e seu pai.

— Você não vai arruinar meu dia, vai, senhor Trent? — perguntou, quase em um lamento, como se estivesse resignado ao fato de que eu ia inventar alguma merda.

Aponto para o microfone em sua mão.

— Pode me dar alguns minutos? No microfone? — Minha garganta parecia um deserto e eu estava nervoso pra caramba.

Essa porra de escola era minha, mas, no momento, havia apenas uma pessoa com quem eu me importava.

Ela ficaria ou iria embora?

Masters me olhou como se eu tivesse dois anos de idade e tivesse desenhado nas paredes.

— Vou me comportar — garanti. — É importante. Por favor?

Acho que foi o "por favor" que o pegou de jeito, porque ergueu a sobrancelha, surpreso.

— Não me faça me arrepender disso. Você tem três minutos. — E me entregou o microfone.

Assobios e outros sons flutuam ao redor quando todo o recinto ficou em silêncio. Eu nem tinha que dizer nada para conseguir a atenção deles.

Todo mundo aqui sabia que eu era na minha. Só falava quando me cabia e nunca ia atrás de atenção.

O que faz isso aqui ser difícil pra caralho.

A quantidade de sangue bombeando no meu coração pode ter sido o que me deixou um pouco tonto, mas levantei o queixo e acalmei a respiração.

Encontrei Tate, a única pessoa ali, e a absorvi.

— Matei um ursinho de pelúcia quando eu tinha oito anos — disse, simplesmente. Os caras gritaram em aprovação, as garotas soltaram "own". — Eu sei, eu sei. — Comecei a andar devagar pelo palco. — Eu já era um babaca na época, né?

As pessoas riram.

— Deixei o coitado em pedaços e o joguei no lixo. Quando minha mãe descobriu o que fiz, ela ficou horrorizada. Como se, depois disso, eu fosse torturar animais ou algo assim. Se ela soubesse... O negócio é que...
— Eu falava com Tate, mas também com todos os outros. — O ursinho era algo que eu amava. Mais do que qualquer outra coisa na época. Ele era pardo, com orelhas e patas marrons. Ele se chamava Henry. Dormi com ele até eu ser velho demais.

Balancei a cabeça, envergonhado, enquanto os caras bufavam e riam, e as garotas, suspiravam.

— Um dia, as crianças da minha rua me pegaram carregando urso e começaram a me zoar. Me chamaram de menininha, bebê, e me olhavam como se eu fosse estranho. Então joguei o urso no lixo. Mas, naquela noite, voltei e peguei de novo. No dia seguinte, tentei escondê-lo em uma caixa no sótão.

Voltei-me para Tate de novo. Seus olhos estavam em mim, e ela estava ouvindo, então prossegui.

— Talvez se eu soubesse que ele estava perto, que não tinha ido embora, então eu seria capaz de viver sem ele. Mas também não funcionou. Depois de alguns dias sem conseguir dormir, sem conseguir ser forte sem o bichinho idiota, decidi massacrá-lo. Se não desse mais para consertar, então não teria função para mim. Eu teria que superar. Não haveria escolha.

Tate.

— Então peguei uma tesoura de jardim e o cortei em pedaços. Cortei as pernas. As memórias se foram. Piquei os braços. Relações se foram. Joguei no lixo. Minha fraqueza... se foi.

Olhei para baixo, minha voz estava embargada, me lembrando de que a sensação foi a de que alguém tinha morrido quando fiz aquilo.

— Chorei a primeira noite inteira — adicionei, respirando fundo e limpando a dor em minha garganta. — Levou mais dois anos para eu descobrir algo a que eu amava mais do que Henry. Conheci uma garota que se tornou minha melhor amiga. Tanto que eu queria que *ela* estivesse comigo à noite. Eu entrava escondido no seu quarto e nós dormíamos juntos. Eu precisava tanto dela, que ela se tornou parte de mim. Eu era desejado, amado e aceito.

Meus olhos estavam fixos em Tate agora. Ela estava plantada no assento, completamente imóvel.

— Ela me olhava e eu congelava onde estava, sem querer que o momento passasse. Sabem como é isso? — Observei o público. — Dia sim, dia não, você se sente empolgado por estar vivo e experimenta milhares de momentos de amor e felicidade que constantemente competiam um com o outro. Cada dia era melhor que o último.

Minha visão ficou borrada e percebi que estava lacrimejando, mas não liguei.

— Mas, assim como Henry — minha voz ficou forte de novo —, concluí que minha conexão com ela me deixava fraco. Pensei que não era forte o bastante se precisava de algo ou de alguém, então a deixei ir embora. — Balancei a cabeça. — Não, na verdade, eu a afastei. Para longe. Bem longe.

Além do limite. Eu a magoei. Cortei-a em pedaços, para que nossa amizade não pudesse mais ser consertada. — Assim como com o urso. — Inventei apelidos para ela, espalhei rumores que fizessem as pessoas odiá-la, eu a afastei e isolei. Eu a machuquei, não porque a odiava, mas porque odiava não ser forte o bastante para não amá-la.

O auditório inteiro ficou em um silêncio sepulcral. As pessoas que tinham rido não estavam mais rindo. As pessoas que não estavam prestando atenção agora estavam.

— Eu poderia falar sobre como minha mãe não me amava e meu pai batia em mim, mas quem não tem uma história, né? — indaguei. — Há momentos em que podemos colocar a culpa da situação nos outros, mas somos *responsáveis* pelas nossas reações. Chega um ponto em que somos os responsáveis por nossas escolhas e as desculpas não têm mais peso.

Falei dos meus problemas para a escola inteira. Eles sabiam que eu era um valentão. Um idiota. Mas a única boa opinião que eu precisava era a dela.

Desci as escadas, com o microfone em mãos, passei pelo corredor em direção à minha garota.

E falei apenas para ela.

— Não posso mudar o passado, Tate. Queria poder, porque voltaria atrás e reviveria todos os dias que existi sem você, para garantir que você sorrisse. — Meus olhos queimaram de arrependimento, e vi piscinas em seus lindos olhos azuis também. — Cada minuto do meu futuro pertence a você.

Agachei ao lado de sua cadeira, grato por ver meu mundo de volta em seus olhos, e apoiei um dos joelhos no chão.

— Farei qualquer coisa para ser bom para você, Tate.

Ela se inclinou para mim e enterrou o rosto no pescoço, tremendo ao libertar as lágrimas. Respirei seu cheiro e passei os braços ao seu redor.

Era isso.

Casa.

— Qualquer coisa, baby — prometi.

Ela se afastou um pouco e secou os olhos com o polegar, soluçando e sorrindo ao mesmo tempo.

— Qualquer coisa? — Riu, e seus olhos brilharam com felicidade e amor.

Assenti.

Sua testa se apoiou na minha quando ela segurou meu rosto e perguntou:

— Já considerou um piercing no mamilo?
Ai, pelo amor de Cristo.
Caí na gargalhada e a beijei com vontade, para o prazer do público vibrando ao nosso redor.
Uma trabalheira.

FIM.

Você queria um epílogo, né? Queria vê-los na faculdade ou daqui a dez anos, na estrada, com filhos. Eu sei, eu sei, mas você terá que esperar. Jared e Tate aparecerão nos meus próximos livros, então fiquem ligados!

INTIMIDAÇÃO, O POEMA

SHERELLE ROSS

Você é venenoso, tóxico, para a minha saúde é ruim.
Ganancioso, astuto e suspeito demais você é, sim.
Você me machucou, me usou, fez gato e sapato de mim.
Mas o arrependimento em seu olhar,
Enquanto mentiras seus lábios estão a contar,
Trazem-me de novo ao seu lado,
E perdoo cada pecado.
Eu te aceitei desde o início,
Seu amor é o meu vício.
Está claro que sou masoquista,
E você é o meu terrorista.
Meu tormento,
Meu amor,
Meu valentão,
Meu amigo.

AGRADECIMENTOS

Para o meu marido. Querido, você merece um monte de "carinho" por me aturar durante este livro. Sinceramente, foram as massagens. Suas mãos são a razão pela qual poesias são escritas, e não faço ideia de como lidaria com um trabalho em tempo integral e escrever este livro sem seu terno amor e cuidado.

Para Bekke, minha amiga e editora, que não distribuiu opiniões positivas com facilidade nem rapidez. Você me manteve alerta e me falou a verdade. Espero poder devolver o favor em breve.

Para Ing, Marilyn e Tee Tate, que se tornaram as melhores amigas que nunca conheci. Sua ajuda com "Intimidação" e "Até você" foi inestimável para o sucesso do livro, e espero que possamos nos encontrar em breve para uma bebida, ou cinco.

Para Sherelle Ross, que fez a gentileza de me deixar incluir sua poesia em meu livro. Sinto grande empolgação por minhas ideias terem inspirado sua arte e espero que possamos continuar com essa parceria!

Para TODOS os blogueiros maravilhosos que leram e resenharam *Intimidação*! Ai-meu-Deus! Vocês são a vida por trás do sucesso do meu trabalho e não consigo agradecer o suficiente por seu apoio, resenhas e menções. Agradeço muito, muito, muito!

Para todos os leitores espalhados por aí. Quando escrevi *Intimidação*, não fazia ideia do que era uma turnê de livro ou semana de blitz de lançamento, e não fiz nenhuma divulgação. Gostava de ler avidamente e decidi escrever um livro, tendo sorte o bastante de ter uma amiga que o editasse. Um dia, cliquei em PUBLICAR, mas ninguém sabia que *Intimidação* seria lançado. Pensei que cinquenta pessoas fossem ler e que o livro ficaria perdido no limbo dos e-books.

Mas vocês leram. Resenharam, comentaram e me mandaram mensagem falando dele, e ainda encorajaram outros a lerem. Li cada comentário, mensagem, e quase todas as resenhas. O feedback de vocês é importante, e espero que continuem fazendo a gentileza de deixar uma resenha na Amazon, Goodreads e/ou nos seus outros sites preferidos.

É o melhor presente que você pode dar a um autor!

RIVAIS

Da sensação do BookTok e da lista dos mais vendidos do New York Times com Intimidação e Falls Boys, conheça a terceira novela da série Fall Away.

Dois adolescentes afastados fazem joguinhos que ultrapassam os limites entre o amor e a guerra...

Nos dois anos em que ela esteve fora, no internato, Madoc não ouviu uma palavra a respeito de Fallon. Quando moravam na mesma casa, ela costumava esnobá-lo durante o dia e então deixava a porta aberta para ele durante a noite. Agora ele está pronto para vencê-la em seu próprio jogo...

Fallon pode dizer que ele ainda a quer, mesmo com o cara agindo como se fosse alguém melhor do que ela. Mas a garota não ficará com medo. Ou de cabeça baixa. Aceitaria o seu blefe e revidaria. Era isso que ele queria, certo?

Desde que mantenha a guarda alta, ele nunca saberá o tanto que a afeta...

Rivais, próximo livro da série *Fall Away*, chega pela The Gift Box em 2023.

SOBRE PENELOPE

Penelope Douglas é best-seller do *New York Times*, *USA Today* e *Wall Street Journal*.

Seus livros foram traduzidos para catorze idiomas, tendo publicado em português pela The Gift Box as séries *Devil's Night* e *Fall Away* e os livros únicos *Má conduta*, *Punk 57*, *Birthday Girl*, *Credence* e *Tryst Six Venon: venenosas*.

Inscreva-se em seu blog: https://pendouglas.com/subscribe/

Siga suas redes sociais!
BookBub: https://www.bookbub.com/profile/penelope-douglas
Facebook: https://www.facebook.com/PenelopeDouglasAuthor
Twitter: https://www.twitter.com/PenDouglas
Goodreads: http://bit.ly/1xvDwau
Instagram: https://www.instagram.com/penelope.douglas/

Site: https://pendouglas.com/

E-mail: penelopedouglasauthor@hotmail.com

Todas as suas histórias têm painéis no Pinterest, se você gostar de algo mais visual: https://www.pinterest.com/penelopedouglas/

A The Gift Box é uma editora brasileira, com publicações de autores nacionais e estrangeiros, que surgiu no mercado em janeiro de 2018. Nossos livros estão sempre entre os mais vendidos da Amazon e já receberam diversos destaques em blogs literários e na própria Amazon.

Somos uma empresa jovem, cheia de energia e paixão pela literatura de romance e queremos incentivar cada vez mais a leitura e o crescimento de nossos autores e parceiros.

Acompanhe a The Gift Box nas redes sociais para ficar por dentro de todas as novidades.

 www.thegiftboxbr.com

 /thegiftboxbr.com

 @thegiftboxbr

 @GiftBoxEditora